DUIZEND KLEINE DINGEN

EERDER VERSCHENEN IN DE MISCHIEF BAY-SERIE

Bij de blauwe baai

Goed voor elkaar

Susan Mallery

Duizend kleine dingen

Vertaling Sonja van Toorn

HarperCollins

MIX
Papier van verantwoorde herkomst
FSC® C083411

Voor het papieren boek is papier gebruikt dat onafhankelijk is gecertificeerd door FSC®
om verantwoord bosbeheer te waarborgen.
Kijk voor meer informatie op www.harpercollins.co.uk/green.

HarperCollins is een imprint van Uitgeverij HarperCollins Holland, Amsterdam.

Oorspronkelijke titel: *A Million Little Things*

Vertaling: Sonja van Toorn
Omslagontwerp: HarperCollins Holland
Omslagbeeld: © NicoElNino / Getty Images
Zetwerk: Mat-Zet B.V., Huizen
Druk: CPI Books GmbH, Germany, met gebruik van 100% groene stroom

ISBN 978 94 027 1232 2
ISBN 978 94 027 6819 0 (e-book)
NUR 302
Eerste druk in deze editie april 2023

Originele uitgave verschenen bij MIRA Books®, Toronto, Canada.
Deze uitgave is uitgegeven in samenwerking met Harlequin Enterprises ULC.
HarperCollins Holland is een divisie van Harlequin Enterprises ULC.

www.harpercollins.nl

Hoofdstuk 1

'Mijn naam is Zoe Saldivar en ik heb net stomme seks gehad met mijn ex-vriend.'

Terwijl Zoe dat zei, trok ze voorzichtig aan het touwtje van het zolderluik. Het mechanisme was niet helemaal in orde en als het luik te snel terugschoot, dan kreeg ze het never nooit meer los. Tenminste, dat had haar makelaar gezegd tijdens de bezichtiging van het huis.

'Niet dat de seks stom was,' ging ze verder. 'Die was wel oké. Nu zou ik graag zeggen dat ik te veel gedronken had, maar dat was niet het geval. Ik wist wat ik deed. Dat wist ik heel goed. Ik ben gewoon een slappeling. Zo. Dat is er ook weer uit. In een moment van zwakte was ik zo stom om seks te hebben met mijn ex.'

De ladder schoof keurig omlaag in het kleine gangetje van haar huis. Met haar voet op de onderste trede keek Zoe streng naar Mason, haar groot uitgevallen rode kater.

'Zeg jij niets?' vroeg ze. 'Geen goede raad vandaag?'

Mason kneep zijn ogen even dicht.

'Is dat desinteresse of vergevingsgezindheid?'

Mason geeuwde.

'Ik weet niet wat erger is,' gaf Zoe toe. 'Die stomme seks of het feit dat jij de enige bent met wie ik erover kan praten.'

Ze klom het smalle, wankele trapje op naar de verrassend ruime zolder. Vooralsnog had ze er niet veel neergezet – met name omdat het zo goed als onmogelijk was om zware, grote spullen dat trapje op te hijsen. Maar haar koffers hadden er een goed plekje gevonden, plus de vlaggenverzameling die ze onlangs op een braderie gekocht had. Haar moeder had het altijd leuk gevonden om voor elk seizoen en elke feestdag een toepasselijke vlag te hebben, en nu Zoe een eigen huisje had, had ze zich voorgenomen die traditie voort te zetten.

Hoe groot ook, elke zolder had iets griezeligs. Snel deed ze het licht aan. Het was ruim en open en het rook er niet muf, maar hallo, het bleef een zolder.

Na de anderhalve meter lange vlaggenstok naar het luik geschoven te hebben, ging ze terug om een toepasselijke voorjaarsvlag uit te zoeken. Glimlachend hield ze een vlag met een prachtig ingeweven boeket felgekleurde bloemen op. 'Perfect.'

Er kraakte iets.

Op het moment dat Zoe zich omdraaide, zag ze Mason zich net afzetten voor de sprong.

'Nee!'

Daar zat ze echt niet op te wachten, dat haar kat zich zou verstoppen in een van de donkere hoekjes hier, zodat ze de hele middag bezig zou zijn hem naar beneden te lokken.

Mason keek haar onschuldig aan. Heb je het tegen mij, vroegen zijn groene ogen voor hij de zolder op sprong.

Mason was een flinke jongen. Bijna tien kilo spieren. Nou ja, en misschien wat te veel kattensnoepjes. Hoe dan ook, toen hij zich afzette, zette de trap zich ook af. Vervolgens schoot het ding met verbazingwekkende snelheid omhoog. Het luik sloeg dicht met een klap waar de muren van trilden.

In de stilte die volgde, keken Zoe en Mason elkaar aan. Toen wandelde de kat met zijn staart in de lucht weg, de zolder op. Op ontdekkingsreis alsof er niets aan de hand was.

Maar Zoe wist wel beter.

'Sla het luik niet te hard dicht. Het mechanisme is van ouderdom een beetje verbogen en moet vervangen worden. Als het hard dichtklapt, krijg je het never nooit meer open.'

De woorden van de makelaar herhaalden zich in haar hoofd. Ze had wel naar hem geluisterd, maar zijn advies niet opgevolgd. Haar prioriteiten hadden ergens anders gelegen: verf uitzoeken en nieuwe gordijnen. Wie maakt zich dan druk om een zoldertrap?

Nou, zij dus. Nu wel.

Ze liet de vlag uit haar handen vallen, liep naar het luik en gaf er een zetje tegen. Er gebeurde niets. Ze duwde wat harder, met hetzelfde resultaat.

Zoe was geen technisch aangelegd persoon. Ze kon een peertje vervangen en haar computer updaten als de beste, maar daar hield het ook wel een beetje mee op. Het idee achter de zoldertrap kon ze nog bevatten. Als je aan een touwtje trok, ging het luik open. Dan kwam de trap vanzelf omlaag. Als ze klaar was, duwde ze de trap omhoog en dan ging het luik netjes dicht.

Maar hoe deed je dat van bovenaf, als het luik muurvast zat? Geen idee. Als ze erop ging staan en het luik ging open, dan stortte ze naar beneden. Dat kon niet goed aflopen.

Ze knielde voor het luik, zette haar handen aan weerszijden van de trap en duwde zo hard ze kon. Er was geen beweging in te krijgen. Ze zat echt opgesloten.

Peinzend ging ze op haar hurken zitten. Wat nu? Schreeuwen had geen zin; er was niemand anders thuis – logisch, want er woonde niemand anders. Natuurlijk had ze wel vrienden en vriendinnen, maar die zouden haar pas na een paar dagen gaan missen. Hetzelfde gold voor haar vader. Haar mobiele telefoon lag beneden en zwaaien naar buren of voorbijgangers werd lastig aangezien de zolder geen ramen had.

Ze slikte en hield zichzelf voor dat het niet warmer was dan in het begin. Het viel allemaal wel mee. Ze was niet gewond en kon nog ademhalen. Alles kwam goed. Er bewoog iets in de hoek en ze schrok zich lam. Met haar hand tegen haar bonzende hart gedrukt staarde ze in het donker tot ze Mason tevoorschijn zag komen. Lag het aan haar of keek hij haar met een roofzuchtige blik aan?

'Mooi dat jij niet mijn lever op gaat peuzelen,' zei ze.

Hij glimlachte.

Zoe dwong zichzelf op te staan. Als er een probleem was, dan was er ook een oplossing. En die zou ze vinden ook. In het allerergste geval zou ze zichzelf op het luik storten en de val voor lief nemen. Dat was beter dan een eenzame, langzame dood sterven op deze zolder.

Terwijl ze over de zolder begon te drentelen, probeerde ze positief te blijven denken. Het zou goed komen. Het zou een ontzettend leuke anekdote zijn voor later. Maar haar hersenen werkten niet helemaal mee. Die herinnerden zich natuurlijk net op dat moment alle verhalen die ze gelezen had over mensen die doodgingen en pas gevonden werden als ze gemummificeerd waren. Omdat niemand merkte dat ze er niet meer waren.

Zoiets zou haar ook kunnen overkomen, bedacht ze met schrik. Ze woonde alleen. Ze werkte vanuit huis. Haar beste vriendin was geobsedeerd door haar anderhalf jaar oude zoontje en ze belde zelden. Het kon best dat Zoe gemummificeerd en zonder lever aan haar einde zou komen. Hoe dat eruitzag, wist ze nog uit haar biologieboek. Gemummificeerd zag niemand er aantrekkelijk uit.

Twintig minuten later had ze haar koffers verzameld, plus de vlaggenstok, twee muffe dekens en, vreemd genoeg, een ijzeren hark. Die laatste voorwerpen waren achtergelaten door de vorige bewoner. Als James Bond iemand kon vermoorden met een vulpen, dan kon zij zich met deze spullen als MacGyver uit haar benarde positie bevrijden.

Ze legde de vlaggenstok aan de kant waar het luik open ging en zette haar kleinste koffer ernaast. De dekens waren een laatste redmiddel: stel dat ze zichzelf inderdaad door het trapgat moest werpen, dan zou ze zich in de dekens wikkelen voor een zachtere landing. Maar eerst probeerde ze een verstandigere aanpak.

Behoedzaam wrikte ze de tanden van de hark tussen de vloer en het luik en drukte zo hard ze kon. Het luik week een millimeter en schoot toen weer terug. Nog eens. Dit keer leunde ze op het eind van de steel en gooide ze haar hele gewicht in de strijd. Ze voelde het luik weer een millimeter opengaan, toen een centimeter, toen nog iets meer. Met haar voet schoof ze de vlaggenmast in de ontstane kier om het luik open te houden.

Hijgend ging ze overeind staan en schudde haar armen los. Als ze hieruit kwam, dan moest ze hoognodig een goed gesprek voeren met Mason. En zich aanmelden bij een sportschool. En meer vrienden maken. En zo'n bejaardenketting bestellen met een alarmknop eraan.

Toen haar armen niet meer zo trilden, ging ze weer aan de slag. Dit keer kreeg ze het luik zo ver open dat ze haar kleine koffer ertussen kon schuiven. Het plastic deukte helemaal in door de druk, maar in elk geval had ze nu een behoorlijke opening.

Twee koffers en veel gevloek later, viel het luik helemaal open. De trap schoof soepeltjes omlaag, alsof er niets aan de hand was. Mason rende er meteen vanaf, en keek vanuit de gang naar haar op alsof hij zich afvroeg waar ze bleef.

'Later hebben we het nog wel eens over die brutale houding van jou,' mopperde Zoe, terwijl ze de trap af kwam. 'En vanavond mag ik een wijntje.'

Vier dagen na het zolder-incident, zoals Zoe het was gaan noemen, ging ze naar Let's Do Tea om scones te kopen voor ze naar haar vriendin Jen ging. Een van de voordelen van thuiswerken was natuurlijk dat ze haar tijd helemaal zelf in kon delen. Als zij haar werk om twee uur 's nachts af wilde maken, dan kon dat niemand wat schelen. Het nadeel was, natuurlijk, dat niemand het zou merken als ze op zolder lag te mummificeren.

Hoe vaak ze ook tegen zichzelf zei dat ze had weten te ontsnappen en dat alles goed gekomen was, ze kon het gevoel niet van zich af zetten dat ze geconfronteerd was geweest met haar eigen sterfelijkheid – en dat ze geschrokken was. Of misschien had het algehele gevoel van onbehagen niets te maken met haar bijna-doodervaring op zolder. Misschien had het er meer mee te maken dat ze zich zo verdomd geïsoleerd voelde.

Alle vrienden die ze van haar vorige werk kende, waren ofwel met het bedrijf meeverhuisd naar San José, ofwel ze hadden een andere baan gevonden. Haar vader was een aardige vent en woonde in de buurt, maar hij bleef haar vader. Niet iemand met wie ze lekker ging shoppen. Ze werkte thuis en er was vrijwel nooit een aanleiding om de deur uit te gaan. De afgelopen maanden was ze op een of andere manier het gevoel kwijtgeraakt dat ze lééfde.

Voor een groot deel had dat te maken met het feit dat het uit was met Chad, hield ze zichzelf voor toen ze naar de toonbank liep om scones uit te zoeken. Niet dat het verkeerd was dat ze het uitgemaakt had, maar nu was ze helemaal op zichzelf teruggeworpen.

Ze koos twaalf scones – karnemelk, bosbessen en witte chocola – voor ze terugliep naar haar auto en het kleine stukje naar Jens huis reed.

Het was half maart. Koel, met een heldere hemel. De Stille Oceaan, die nog geen kilometer verderop lag, beschermde de gemeenschap van Mischief Bay tegen uitersten, klimaattechnisch gesproken dan. Zelfs in de winter werd het zelden kouder dan een graad of vijftien, al kon het wel vochtig worden.

Zoe reed de straat in waar Jen woonde en zette de auto op de halfronde oprit. Het grote, gelijkvloerse huis stond op een ruim stuk grond. In de tuin stonden al wat oudere bomen en struiken, het dak was nieuw. In de tijd van de escalerende huizenprijzen, zeker in deze buurt, hadden Jen en haar man Kirk de jackpot gewonnen.

Met een rimpel boven haar neus bedacht ze dat Jen voor dat geluk wel een hoge prijs had moeten betalen. Bijna twee jaar geleden was Jens vader plotseling overleden. Jens moeder Pam had besloten kleiner te gaan wonen en het grote huis aan haar dochter te geven. Zoe vermoedde dat Jen, als ze mocht kiezen, liever in haar kleine appartementje was blijven wonen als ze daarmee haar vader bij zich had kunnen houden. Zelf zou Zoe er alles voor over hebben om haar moeder terug te krijgen.

'Door dat gedoe met die zolder ben ik wel in een morbide toestand, zeg,' mompelde ze, toen ze uit de auto stapte. 'Tijd voor iets vrolijkers.'

Ze liep naar de voordeur en klopte zachtjes aan, omdat een felgeel handgeschilderd bordje boven de bel waarschuwde: MIJN BABY SLAAPT!

Een paar seconden later deed Jen, een knappe brunette, de deur open. 'Zoe,' zei ze, een beetje verbaasd. 'Hadden wij een afspraak?' Toen kreunde ze. 'O ja, natuurlijk. Sorry. Ik ben echt een slechte vriendin. Kom verder.'

Zoe sloeg haar armen om Jen heen, hield toen de doos met scones op. 'Ik heb iets meegenomen wat we allebei eigenlijk niet mogen eten, dus ik ben ook een slechte vriendin.'

'Heerlijk. Ik heb de laatste tijd zo'n behoefte aan koolhydraten. Hoe meer, hoe beter.'

Jen ging haar voor naar de grote open keuken. Ze zette water op, haalde een theepot uit een van de kastjes en schepte losse thee in een thee-ei. 'De dagen gaan zo snel voorbij,' zei ze. 'Ik weet gewoon niet waar de tijd blijft. Wat ik ook doe, er blijven altijd duizend klusjes liggen.'

Jen droeg een wijd T-shirt en zwarte yogapants. Daaronder witte sokken, geen schoenen. Er zaten wallen onder haar ogen, alsof ze niet geslapen had, en de extra pondjes die ze tijdens de zwangerschap van haar inmiddels anderhalf jaar oude zoontje had gekweekt, zaten er allemaal nog aan.

'Kirk heeft het zo druk op zijn werk. Ik weet dat hij gelukkig is, maar zijn werktijden zijn om gek van te worden. Om over die partner van hem maar te zwijgen…'

'Maak je je daar nog steeds zorgen over?' vroeg Zoe medelevend.

'Dag in, dag uit. Die man is een losgeslagen cowboy. Hij lapt alle regels aan zijn laars. Het verbaast me echt dat hij nooit berispt of ontslagen is.'

Een halfjaar geleden had Kirk de betrekkelijke veiligheid van het politiebureau in Mischief Bay ingeruild voor een heel wat uitdagendere functie in Los Angeles: rechercheur bij de LAPD. Zijn partner was een oude rot in het vak, genaamd Lucas. Nu was Jen de hele tijd bang dat Lucas Kirk mee zou slepen in gevaarlijke situaties.

Zoe legde de scones op een bordje, dat ze op tafel zette. Toen haalde ze boter uit de koelkast, en melk voor in de thee. 'En Jack?' vroeg ze, met een zijdelingse blik op haar vriendin.

De tranen sprongen Jen meteen in de ogen. Even sloeg ze haar blik neer, toen keek ze met betraande ogen op. 'Hetzelfde. Slim, vrolijk, lief. Als hij nou ook nog zou…'

De fluitketel begon te fluiten. Snel draaide Jen het gas uit en schonk het kokende water op.

Een zucht verbijtend nam Zoe plaats aan de tafel. Jack was een schat van een baby die elke mijlpaal op het juiste moment had bereikt. Omdraaien, opstaan, lopen, grijpen, alles precies volgens het boekje. Het enige wat hij niet deed, was praten. Brabbelen deed hij ook niet, maar desondanks kon hij goed duidelijk maken wat hij wilde.

De laatste maanden was Jen daar steeds ongeruster over geworden. Ze was ervan overtuigd dat er iets mis was met haar zoontje. Nu had Zoe niet zoveel ervaring met kleine kinderen dat ze daar een mening over had, maar aangezien alle specialisten die Jen geraadpleegd had, zeiden dat Jack wel zou gaan praten als hij er klaar voor was, vermoedde ze dat haar vriendin zich zorgen maakte over iets wat helemaal geen probleem hoefde te zijn.

Jen schonk twee koppen thee in en kwam aan tafel zitten. De babyfoon legde ze voor zich neer. 'Ik doe thuis heel veel testjes met Jack,' zei ze, 'en hij doet alles hartstikke goed. Volgens mij is hij heel intelligent. En ook niet in zichzelf gekeerd of zo. Ik heb een andere specialist gevonden, waar ik volgende week met hem naartoe ga.' Peinzend pakte ze een scone. 'Misschien ligt het aan zijn dieet. Maar ik let heel goed op wat hij eet. Dit krijgt hij bijvoorbeeld absoluut niet,' zei ze, haar scone in de lucht houdend. Ze zuchtte. 'Ik slaap er bijna niet van. Ik lig aldoor te piekeren.'

'Dat kan ik me voorstellen. Je hebt het er maar druk mee.'

'Nou! Die schoonmaakservice die we hadden, weet je wel? Daar ben ik mee gestopt. Ze gebruikten een of andere spray om de ramen mee te lappen. Kun je het je voorstellen? Ik had nog gezegd dat ze alleen stoom mogen gebruiken en die speciale doekjes die ik ervoor gekocht heb. Stel dat die chemische stoffen Jack in zijn ontwikkeling remmen? Stel dat het aan de verf ligt die we gebruikt hebben in huis, of aan de parketlak?'

‘Stel dat er niets aan de hand is?’ Zoe had het er al uitgeflapt voor ze erbij nadacht, en ze kon haar tong wel afbijten.

Beschuldigend keek Jen haar aan, haar mond vertrokken tot een boze streep. ‘Je klinkt net als mijn moeder,’ snauwde ze. ‘Moet je horen, ik begrijp dat het voor jou niet belangrijk is, maar Jack is mijn kind en ik ben de enige die het voor hem op kan nemen, snap je? Ik weet dat er iets niet goed is. Dat wéét ik gewoon. Als jij zelf kinderen had, zou je het begrijpen.’

Zoe had heel erg trek gehad in een chocoladescone, maar ze merkte dat ze geen hap door haar keel kreeg. ‘Sorry,’ zei ze. ‘Ik wilde je alleen maar geruststellen.’

‘Dat is dan niet gelukt.’

Ze vroeg zich af of Jen zich ook nog zou verontschuldigen voor haar pinnige toon, maar die bleef haar alleen maar boos aankijken.

‘Dan ga ik maar,’ zei Zoe zachtjes. Ze stond op en liep naar de deur.

Jen kwam achter haar aan, en net toen Zoe het huis uit wilde lopen, legde Jen een hand op haar arm.

‘Het spijt me, oké? Ik kan er gewoon niet meer tegen dat iedereen zegt dat er niets met Jack aan de hand is. Er is wel iets aan de hand en ik lijk de enige te zijn die dat ziet. Ik heb het gevoel dat ik verdrink zonder dat iemand het merkt. Probeer het alsjeblieft te begrijpen.’

‘Ik doe mijn best,’ zei Zoe. ‘Zal ik volgende week terugkomen? Of heb je daar geen zin meer in?’

‘Wat?’ Weer vulden Jens ogen zich met tranen. ‘Dat moet je niet zeggen. Natuurlijk wil ik dat je komt. Je bent mijn beste vriendin. Ik heb je nodig. Kom alsjeblieft terug. Volgende keer houden we het gezellig, oké? Ouderwets gezellig. Beloofd.’

Langzaam knikte Zoe. De woorden klonken bekend, maar ze waren geen beste vriendinnen meer. Al een tijdje niet meer.

'Tot volgende week dan,' zei ze, naar de auto lopend. Toen ze wegreed, bedacht ze dat ze niet eens de kans had gehad om Jen te vertellen over haar avontuur op zolder, of over iets anders wat haar bezighield.

Alles was anders nu, dacht ze. Chad was weg. Jen en zij groeiden uit elkaar. Ze had het gevoel dat ze in een volslagen isolement leefde. Als ze niet in alle eenzaamheid wilde sterven, moest ze nodig actie ondernemen. Stap één: een klusjesman zoeken die de zoldertrap voor haar kon repareren. Stap twee: het huis uit gaan en nieuwe mensen leren kennen.

Jennifer Beldon wist dat elke moeder haar eigen kind heel bijzonder vond, maar in haar geval was het echt waar. John Beldon, die vernoemd was naar zijn grootvader en door iedereen Jack genoemd werd, was een mooi, opgewekt en o zo slim knulletje. Met zijn achttien maanden kon hij al lopen en rennen, zij het nog wat hobbelend. Grote blokken kon hij al op elkaar stapelen en hij begreep woorden als boven, beneden en heet. Hij kon lachen, dingen aanwijzen die zij benoemde, hij herkende het geluid van zijn vaders auto en hij kon verbazingwekkend goed voetballen. Hij was heel lief en voorzichtig met het vreemde oude hondje van zijn oma en waste zelfs min of meer zelfstandig zijn handjes voor het eten.

Alleen praten kon of wilde hij niet.

Jen zat op de vloer in de woonkamer tegenover Jack. Op de achtergrond klonk klassieke muziek. Het kleed was van organisch katoen en dik genoeg om de ergste klap op te vangen als Jack viel. De zon scheen door de met stoom gelapte ramen. Zover het oog kon zien, de neus kon ruiken en de longen konden inademen, was er geen vuiltje aan de lucht – letterlijk en figuurlijk. Geen chemicaliën in de buurt.

Ze liet Jack een eenvoudige tekening van een spin zien. Jack klapte in zijn handjes en wees. Op een tweede tekening stonden wel alle onderdelen van de spin, maar kriskras door elkaar, waardoor er meer een willekeurig patroon te zien was dan een insect. Met een frons in zijn voorhoofd schudde Jack zijn hoofd, alsof hij wist dat er iets niet klopte. Jen hield de eerste tekening weer omhoog en hij begon te stralen.

'Wat ben je toch een slimme jongen,' zei ze. 'Ja, dat is een spin, hè? Goed zo.'

Jack knikte en klopte toen met zijn hand tegen zijn mond.

Meteen begreep ze wat hij bedoelde, en ze keek op de klok. Halftwaalf.

'Heb je honger?' Op hetzelfde moment hoorde ze haar maag rommelen. 'Ik ook. Ik ga eten klaarmaken. Wil je kijken?'

Lachend kroop Jack het kleine stukje naar haar toe. Toen stond hij op en stak zijn armpjes naar haar uit voor een knuffel.

Zoals altijd vond ze troost in de warmte van zijn kleine lijfje. Het was zo'n lieverd, dacht ze dankbaar. Slim, lief, vrolijk. Als hij nou ook nog...

Die gedachte duwde ze weg. Het ging zo goed vandaag. Daar moest ze zich op concentreren. De rest kwam later wel.

Ze stond op en samen liepen ze naar de keuken. Jack stortte zich meteen op het speeltafeltje in de hoek bij de voorraadkast. Daar lagen allerlei spulletjes waarmee hij zich kon vermaken als zij aan het koken was. Een enorm tekenblok met dikke, niet-giftige krijtjes, een blauw met groene 'lunchbox' waar muziekjes uit kwamen of een stem die opnoemde wat er allemaal in zat. Eigenlijk had ze een speelkeukentje willen hebben, maar daar had Kirk tegen geprotesteerd. Tegen haar opmerking dat het helemaal niet gek was als jongens met keukenspullen speelden, had Kirk ingebracht dat ze het dan helemaal eerlijk moesten doen:

een keuken, oké, maar dan ook een werkbank met bankschroef en toebehoren. Hoewel hun keuken niet bepaald klein was, zou er dan te weinig ruimte voor haar overblijven en dat was ook weer niet de bedoeling.

Zorgvuldig deed ze het hekje achter zich dicht, zodat Jack niet zonder haar op onderzoek uit kon gaan, en plugde haar telefoon in het kleine boxje op het aanrecht. Na Pandora geopend te hebben, scrolde ze naar hun favoriete liedjes.

'Zin in disco?' vroeg ze glimlachend.

Met een brede grijns keek Jack naar haar op.

You Should Be Dancing van de Bee Gees begon. Ze wiegde met haar heupen. Jack deed hetzelfde, zo'n beetje. Voor zijn leeftijd bewoog hij heel gecoördineerd. Ze stapte opzij, achteruitlopend naar de gootsteen. Lachend klapte Jack in zijn handen. Ze draaide twee rondjes en hij deed haar na.

Een kwartiertje later konden ze aan tafel. Ze had Jacks kinderstoel naar zich toe getrokken. Uit het speakertje klonk nog steeds discomuziek.

Zijn lunch bestond uit een klein beetje malse kip en bloemkool-aardappelkoekjes waarvoor ze een recept op internet gevonden had. Om te voorkomen dat het te vet werd, had ze ze gebakken in de air-fryer. Als bindmiddel had ze ei en wat biologische cheddar gebruikt. Ze had de koekjes wat kleiner gemaakt dan in het recept stond, zodat hij ze goed beet kon pakken. Hoewel hij al heel goed overweg kon met een lepel, was het haar opgevallen dat hij beter at als hij alles op zijn bord gewoon op kon pakken.

Zelf nam ze wat zalm die over was van de dag ervoor met een paar crackers. Eigenlijk had ze voor zichzelf een salade moeten maken, maar dat vond ze zo'n gedoe. Kirk zei altijd dat ze zo'n kant-en-klare salade moest kopen, en dat was misschien wel handig, maar dat vond zij weer zonde van het geld.

'Vandaag is het woensdag,' zei ze tussen twee happen door. 'Het is mooi weer buiten. We kunnen wel een eindje gaan wandelen. Naar zee bijvoorbeeld.'

In alle literatuur die ze gelezen had, stond dat ze zo veel mogelijk tegen Jack moest praten alsof hij haar begreep. Dat hij niet praatte, betekende niet dat hij het niet begreep. Dus zorgde ze ervoor dat ze altijd in volledige zinnen sprak en de juiste woorden gebruikte. Specifiek zijn. Lulu, het hondje van haar moeder, was niet gewoon een hond, het was een Chinese naakthond. Ook eten benoemde ze heel specifiek. Brood. Appel. Rijstwafel. Hetzelfde gold voor zijn speelgoed.

Elke seconde dat hij wakker was, wist ze waar hij was en wat hij deed. Altijd zocht ze naar mogelijkheden om zijn ontwikkeling te stimuleren, hem te helpen groeien. Ze kende alle waarschuwingssignalen voor autisme en afgezien van het feit dat hij niet praatte, vertoonde hij die niet. Maar er moest een reden zijn waarom hij niet praatte, en er waren nog wel duizend dingen die fout konden gaan. Dat besef hield haar 's nachts uit haar slaap.

Na de lunch bracht Jack voorzichtig zijn bordje naar de keuken. Zij nam het van hem over en zette het op het aanrecht, naast dat van haar. Ze deed het hekje weer dicht en zette de muziek uit, want een kind moest ook aan stilte wennen.

Met haar oordopjes in begon ze de keuken op te ruimen. Zoals altijd stond de politiescanner-app aan. Het gebruikelijke gebabbel: twee agenten moesten naar een mogelijk geval van huiselijk geweld, een agent belde de meldkamer met de vraag of ze *breadsticks* bij hun pasta wilden. Op het moment dat ze een laatste blik op het aanrecht wierp om er zeker van te zijn dat er geen eten meer op stond, sloeg haar hart een slag over.

De woorden kwamen zo snel dat ze het niet helemaal kon volgen, maar er bleef genoeg over om van te schrikken. Twee rechercheurs. Schutter. Een gewonde.

Kirk! De paniek sloeg om zich heen. Haar hart ging tekeer, ze kreeg het benauwd. Inmiddels wist ze dat ze geen hartaanval kreeg, maar dat maakte de angst er niet minder op. Er leek een olifant op haar borst te zitten; ze haalde adem, maar de lucht leek haar longen niet te bereiken.

'Crackers zijn een gezond tussendoortje.'

De mechanische stem van Jacks lunchbox bracht haar een bétje bij zinnen. Ze keek naar haar zoon, die stralend op de knop met de crackers drukte.

Met beide handen hield ze zich vast aan de rand van het aanrecht. Rustig blijven nu. Als Kirk de gewonde rechercheur was, dan zou ze gebeld worden. Dan kwam er een politieauto voorrijden om haar te brengen naar de plek waar ze familie in dit soort gevallen opvingen. Geen idee waar dat was. Ondertussen belde ze Kirk op zijn mobiel, maar ze kreeg de voicemail. Logisch. Dat was altijd zo als hij aan het werk was.

Het liefst had ze de tv aangezet, maar dat kon niet. Ze wilde Jack niet blootstellen aan nieuwsbeelden. Te gewelddadig. Niemand wist welke beelden zich in zijn geheugen zouden nestelen. Trouwens, in alles wat ze gelezen had, stond dat je tv-kijken op deze jonge leeftijd moest beperken.

Zo kalm mogelijk schraapte ze het eten van hun borden in de composteerbak en zette de bordjes in de vaatwasser. Al luisterend naar de scanner haalde ze een doekje over het aanrecht. Details werden er niet gegeven, alleen flarden van informatie drongen tot haar door. Laat staan dat ze een naam kon opvangen. Op een gegeven moment had ze alles wel een keer gehoord.

Toen de keuken opgeruimd was, deed ze met tegenzin haar oordopjes uit. Die wilde ze niet te lang inhouden in Jacks bijzijn. Dan kreeg hij misschien het gevoel dat ze geen aandacht voor hem had. Ademhalen ging nog steeds moeizaam en ze werd verscheurd door angstgevoelens. Naar zee gaan was geen optie meer. Ze moest thuisblijven voor het geval het verschrikkelijke waar ze bang voor was, echt gebeurd was.

Jen ging met Jack in de achtertuin zitten. De schuifpui liet ze openstaan voor het geval er gebeld zou worden. Haar mobiel had ze in haar zak. Een eeuwigdurend uur speelde ze met haar zoon, nerveus wachtend op nieuws over Kirk. Om kwart voor twee gingen ze weer naar binnen, waar ze Jack een tussendoortje gaf, bestaande uit pompoendip met een stukje appel. Toen hij dat ophad, gingen ze naar zijn kamer voor het ritueel dat aan zijn middagslaapje voorafging.

Terwijl zij de gordijnen dichtschoof, koos Jack de knuffel uit die mee mocht in bed. Meestal was dat Winnie de Poeh, en vandaag was geen uitzondering. Ze hielp hem zijn schoenen uit te trekken en legde hem in bed. Vervolgens zette ze het speeldoosje annex nachtlampje aan en ging op het randje van zijn bed zitten. Van het muziekje alleen al begon hij te gapen. Na één verhaaltje sliep hij. Zachtjes zette Jen de babyfoon aan en sloop langzaam achterwaarts de kamer uit.

Zodra de deur dicht was, rende ze naar de woonkamer en zette de tv aan.

Alle lokale zenders waren al weer overgestapt op hun reguliere programmering. Op CNN hield Wolf Blitzer een betoog over een opleving in de aandelenmarkt. Ze spurtte naar haar bureau en wachtte ongeduldig tot haar laptop opgestart was. Nerveus scrolde ze door de berichten op de site van het lokale krantje.

Er stond een bericht bij over de schietpartij, maar dat was al van een halfuur geleden. Behalve dat een verdachte het vuur had geopend op twee rechercheurs, stond er niets in. Ja, dat de verdachte was gearresteerd. Niets over een gewonde politieman. Wat hield dat in? Was er toch niemand gewond geraakt? Was het zo erg dat ze er niets over mochten schrijven tot de familie ingelicht was?

Nogmaals probeerde ze Kirks mobiel. Weer de voicemail. Ze hield zichzelf voor dat alles in orde was. Dat hij zo thuis zou komen. Ze moest iets gaan doen, anders kwam ze nooit door de waslijst met klusjes heen die ze elke dag moest doen. Jack sliep hooguit een uurtje. Die tijd moest ze benutten.

Alleen leek ze niet in beweging te kunnen komen, vooral door de druk op haar borst en de benauwdheid. De paniek lag nog steeds op de loer. Ze kon het niet alleen. Haar man moest komen. Haar zoon moest gaan praten. Iemand moest ervoor zorgen dat de muren die op haar afkwamen haar niet zouden verpletteren.

Haar ogen brandden, maar ze durfde niet te huilen. Als ze eenmaal begon, was er geen houden meer aan en ze wilde niet dat Jack zou zien dat ze gehuild had. Ze wilde niet dat haar geestesgesteldheid hem zou beïnvloeden. Vroeger was haar moeder ook altijd ongerust en bang geweest en dat had ze zich als kind heel erg aangetrokken.

Dus dwong ze zichzelf op te staan. Ze moest bedenken wat ze de komende dagen gingen eten en ze moest een boodschappenlijst maken. De was moest gedaan worden en de bedden verschoond. Gewoon, een voet voor de andere zetten. Met Kirk was er vast niets aan de hand. Dat moest gewoon. En anders…

Ze liet zich weer in de stoel vallen en sloeg haar armen om zichzelf heen. Ze moest overgeven. Of misschien viel ze wel flauw. Ze kreeg geen adem, kon niet –

Haar telefoon tingelde. Berichtje van Kirk. Snel griste ze haar mobiel van het bureau. Week van opluchting las ze zijn bericht.

Ha schat. Moest ik nog boodschappen meenemen? Sorry, ik weet dat je iets zei vanmorgen maar ik weet niet meer wat. Hou van je.

Het geluid dat Jen maakte, hield het midden tussen een lach en een snik. Zie je wel, niets aan de hand. Kirk was in orde. De rust was hersteld.

Ze stond op en ging in haar hoofd haar lijstje na. Bedden, boodschappenlijstje en als ze tijd over had vijf minuten op internet zoeken naar iemand die haar kon vertellen waarom haar kleine jongen het vertikte om te praten.

Hoofdstuk 2

'Dat gaat niet lukken.'

Pam Eiland vond dat ze best een beetje zelfvoldaan mocht kijken terwijl ze haar schouders naar achteren trok voor een wat autoritairdere uitstraling. Want ze wist dat ze gelijk had. 'O alsjeblieft, Ron. Twijfel je aan me? Je zou inmiddels beter moeten weten.'

Ron – blond, in de dertig, plantenman en parttimecoach van het volleybalteam van de UCLA – schudde zijn hoofd. 'Maskerbloemen kun je niet houden in een pot. Die jongens hebben een rotsachtige bodem nodig, veel zon en een heel goede afwatering.'

'Al die voorwaarden kun je creëren in een pot. Dat heb ik wel vaker gedaan.'

'Niet met maskerbloemen.'

Wat was dat toch met mannen? Ze dachten altijd dat ze het beter wisten. Al twee jaar lang hield ze planten op haar balkon waarvan Ron beweerde dat die niet in een pot konden overleven, en bij haar groeide en bloeide alles uitbundig. Je zou toch denken dat iemand dan wel overtuigd was van haar groene vingers. Dat zou je denken, maar dat was dus niet zo. 'Dat zei jij ook over de lipbloemen en de agave shawii.'

'Helemaal niet. Ik heb nooit gezegd dat agave niet in een pot kan.'

Die man wist veel van planten. Maar niet alles. 'Ik koop ze toch. Wat je ook zegt, ik laat me niet weerhouden.'

'Je hebt niet eens een plan,' klaagde hij. 'Je koopt ze alleen omdat ze zo'n gekke naam hebben.'

Dat was waar. 'Als mijn kleinzoon naar mijn planten vraagt, wil ik kunnen zeggen dat ze allemaal een gekke naam hebben.'

'Wat een idiote reden om een plant te kopen.'

'Zegt de man die geen kinderen heeft. Wacht maar. Ooit begrijp je het wel.'

Ron leek niet overtuigd. Hoofdschuddend verzamelde hij drie planten in potten van twintig centimeter doorsnee. 'Je bent een koppige vrouw.'

'Toevallig ben je niet de eerste die dat zegt.' Ze gaf hem haar creditcard. 'Kom je ze brengen?'

'Is goed.'

Het klonk niet erg enthousiast. Arme man, dacht ze. Kon niet tegen zijn verlies. Het zou nog veel erger worden als ze hem de foto's liet zien van de bloeiende planten, later.

Na haar de creditcard en de bon gegeven te hebben, stak hij zijn handen naar haar uit, met de palmen naar boven. Natuurlijk. Het ging hem helemaal niet om Pam of om wat ze kocht.

Pam opende haar grote tas. 'Kom eens hier, kleine meid.'

Er kwam een klein koppie uit de tas. Lulu, haar Chinese naakthond, keek om zich heen. Toen ze Ron zag, sprong ze uit de tas en rende opgewonden piepend naar hem toe.

Liefdevol pakte Ron haar op. Het was een vreemd gezicht, dat kleine hondje tegen het stoere HOW'S YOUR FERN HANGING-T-shirt. Lulu was mager, kaal – afgezien van de witte pluimpjes boven op haar koppie, aan haar voetjes en aan het puntje van haar staart – en droeg een roze jurkje. Dat jurkje was niet alleen bedoeld als modestatement, maar ook om haar kwetsbare huid tegen de zon te beschermen.

Ron fluisterde lieve woordjes tegen haar en kreeg er hondenkusjes voor terug. Het was echt wonderbaarlijk, vond Pan. Lulu was een ware mannenmagneet. Werkelijk, hoe meer macho de man, hoe sneller ze voor het hondje vielen. Pams vriendinnen grapten wel eens dat ze daar meer gebruik van moest maken. Maar dat zat er niet in. Pam was oud genoeg om Rons.... nou ja, misschien niet zijn moeder te zijn, maar toch wel zijn veel oudere oppas. Niet dat het leeftijdsverschil ertoe deed; ze had geen belangstelling voor mannen. Twee jaar geleden was ze haar grote liefde verloren en hoewel ze John nooit zou vergeten, was de scherpste pijn gesleten. Er waren vooral mooie herinneringen overgebleven. Dat was genoeg.

Met tegenzin gaf Ron Lulu terug. 'Ze is zo'n schatje.'

'Zeker.'

'En toch gaat het niks worden met die maskerbloemen.'

'Als ik eenmaal bewezen heb dat ik gelijk had, ga ik je dat nog jarenlang inpeperen. Dat begrijp je wel, hè?'

Ron zond haar een lach waarvan de studentes uit zijn volleybalteam in katzwijm zouden vallen. 'We zullen zien.'

Pam deed Lulu weer in de tas, hing die over haar schouder en liep de zaak uit. Het was half maart. Ergens in het land sneeuwde het vast verschrikkelijk, maar in Mischief Bay was het zonnig en zacht: 22 graden. Skateboarders oefenden hun trucs in het park, er werd druk gefietst en moeders waren buiten met hun kleine kinderen. Even overwoog ze om haar dochter te bellen om te vragen of ze zin had om met Jack naar het park te komen, om met haar en Lulu te gaan lunchen. In theorie was dat een prima idee, maar de praktijk was een ander verhaal. Want dan maakte Jen zich de hele tijd zorgen of Jack niet te veel in de zon zat, of dat hij het verkeerde eten kreeg. Ze zou zeggen dat het tafeltje niet schoon was en ze zou Pam vragen hoe ze het in haar hoofd haalde om een hond mee te nemen naar een restaurant. Inderdaad mocht Lulu technisch gesproken niet elk restaurant in, maar ze bleef altijd braaf in de tas zitten en gedroeg zich voorbeeldig. Iets wat je niet eens van alle mensen kon zeggen.

Het punt was… Pam zuchtte. Hoe graag ze ook een middagje met haar kleinzoon door wilde brengen, dat ging niet helemaal op voor haar dochter. O, ze hield natuurlijk van Jen. Ze zou voor haar dochter willen sterven, haar een orgaan doneren. Ze gunde haar het allerbeste. Alleen – en dit was iets wat Pam tegen niemand had gezegd, behalve tegen Lulu – sinds Jen moeder was, was ze er niet gezelliger op geworden.

Jen was geobsedeerd door haar zoon. Groeide hij wel goed? Kon hij al zitten wanneer dat volgens de boekjes moest? Hield hij oogcontact? Het was vermoeiend om met haar op te trekken. Misschien maakte dat een slecht mens van haar, dat ze dat over haar eigen dochter dacht, zeker omdat zij ook wist wat het was om bezorgd te zijn over je kinderen. Zelf was ze ook een beetje een obsessieve moeder geweest. Maar niet zo erg als Jen.

'Wat denk jij?' Ze stak haar hand in haar tas en aaide Lulu. 'Zullen we onszelf eens verwennen en lekker een ijsje gaan halen?'

Lulu blafte. Dat was ja, nam Pam aan. Morgenochtend, nam ze zich voor, zou ze zichzelf een schop onder haar achterste geven en bij haar dochter langs gaan. Maar vanmiddag zou ze genieten van de zon en het strand, en van het verpotten van haar maskerbloemen. Met een ijsje toe.

Uit naar later afsluiten.

Zoe trok haar neus op. Ze wist niet precies waaraan het lag: een krakkemikkig vertaalprogramma of een menselijke fout. Hoe dan ook, de boodschap kwam niet over. Ze bestudeerde het tweede document dat openstond op haar grote computerscherm en begon te typen.

Om het apparaat uit te zetten, drukt u op de aan/uit-knop. Wanneer het apparaat een halfuur in de stand-bymodus staat, schakelt het zichzelf automatisch uit. Omdat u stom genoeg bent om weg te lopen zonder het gloeiend hete strijkijzer uit te zetten, doen wij er alles aan om te voorkomen dat uw huis in vlammen opgaat. Persoonlijk vind ik het overdreven om met zoveel stupiditeit rekening te houden, maar mij wordt niets gevraagd.

Even fantaseerde Zoe dat ze de vertaling gewoon zo zou verzenden. Maar dat durfde ze niet. Verantwoordelijk als ze was, wiste ze de laatste twee zinnen en ging door met de volgende paragraaf van de handleiding.

Nog meer kromme taal waar ze iets leesbaars van moest zien te maken. Deze week had ze allemaal kleine huishoudelijke apparaten. Vorige week supertechnische medische apparatuur. Dat was veel leuker geweest. Het was niet zo dat de handleidingen niet eerder vertaald waren, maar ze waren vertaald door mensen die gewend waren om in codes en afkortingen te spreken. Technici in ziekenhuizen hadden te maken met complexe problemen die zo snel mogelijk opgelost moesten worden. Die hadden geen tijd om zich het hoofd te breken over onduidelijke instructies. Die moesten hun werk doen en door naar de volgende patiënt.

Dat maakte Zoe mogelijk. Ze vertaalde de rammelende tekst van handleidingen naar goed leesbare en begrijpelijke instructies. Ze wist dat de gemiddelde consument niet de moeite nam zo'n handleiding te lezen, maar mocht iemand zich toevallig eens verdiepen in een handleiding die zij herschreven had, dan was het de bedoeling dat die alles meteen begreep.

Toen ze klaar was met de laatste paragraaf, stond ze op om

zich uit te rekken. Als ze te lang achter de computer zat, werd ze stijf en kreeg ze zere benen.

'Had ik me niet voorgenomen om meer te gaan bewegen?' vroeg ze hardop. Toen wendde ze zich tot Mason, die op een oude fauteuil in het zonnigste hoekje van haar kleine werkkamer lag te slapen. 'Wil je het daar nu niet over hebben? Moet ik je er soms op wijzen dat ik de enige ben die je te eten geeft, de enige die van je houdt? Als er iets met mij gebeurt, heb je spijt als haren op je lijf.'

Ze wachtte af, maar Mason reageerde niet. Zelfs zijn oortjes bewogen niet. Maar op het moment dat ze vooroverboog om hem te aaien, begroette hij haar met een klein mauwtje en begon tevreden te spinnen.

'Zie je wel! Ik wist wel dat je luisterde. En ja, ik weet ook dat het behoorlijk zielig is dat ik niemand anders heb om tegen te praten.'

Haar telefoon ging. Gered door de ringtone, dacht ze. Ze keek op het schermpje, glimlachte en nam op.

'Hoi, pap.'

'Waarom zie ik je nooit meer? Heb je iets te verbergen, soms? Heb je een tatoeage laten zetten? Je hoofd kaal laten scheren?'

Ze schoot in de lach. 'Waarom zou het iets met mijn uiterlijk te maken hebben? Zeker omdat ik een vrouw ben. Pure discriminatie, dat je denkt dat wij ons alleen maar druk maken over hoe we eruitzien. Vrouwen hebben ook hersens, pap.'

'Alsjeblieft, Zoe. Geen feministische praatjes. Het is pas tien uur. En wat die hersens betreft: volgens mij heb jij daar te veel van voor één hoofd.' Hij grinnikte. 'Ik controleer je niet, ik toon mijn vaderlijke belangstelling. Alles goed?'

Zoe dacht aan het zolder-incident, maar besloot dat niet te vertellen. Dan ging hij zich maar zorgen maken en daar had ze geen zin in. Er was een hele lijst dingen waar ze zin in had, maar een bezorgde vader stond daar niet op.

'Ja, hoor. Prima.'

'Waar ben je mee bezig?'

'Werk.'

'En als je niet aan het werk bent?' Haar vader zuchtte. 'En nou niet zeggen dat je gezelschap hebt van Mason. Dat is een kat. Hij slaapt en eet, verder niets.'

'En hij poept, soms.'

'Nou, dat is dan meteen een gedenkwaardig moment voor iedereen.'

Het bleef even stil.

'Zoe,' vroeg haar vader toen, 'kom je je huis nog wel eens uit? Voor werk hoeft het niet meer, en nu het uit is met Chad... Ik ben blij dat je hem eindelijk gedumpt hebt, maar je bent nog jong. Je moet uitgaan en plezier maken.'

O jee. Ze hoorde de bezorgdheid aanzwellen. 'Het gaat prima, pap. Echt prima.' Ze benadrukte het laatste woord. 'Ik doe van alles.' Naarstig probeerde ze iets te verzinnen wat niet met werk te maken had. 'O, weet je? Ik ga barbecueën aanstaande zondag. Kom ook, als je zin hebt.'

'Barbecueën?'

'Ja, vanaf, eh... een uur of vier. Je mag iemand meenemen, aangenomen dat ze een geschikte leeftijd heeft.'

Nu schoot haar vader in de lach. 'Over de definitie van een geschikte leeftijd verschillen we nogal eens van mening.'

'Klopt. Jouw definitie is jakkie.'

'Ik ga nooit uit met iemand die jonger is dan jij.'

'Dat zegt niets. De meeste mensen zijn van mening dat zelfs dénken aan iemand die jonger is dan ik niet door de beugel kan.'

'Je weet best dat ik al jaren geen jonge vriendinnen meer heb. Momenteel heb ik zelfs helemaal geen vriendin, maar als ik er een zou hebben, dan beloof ik je dat ze de geschikte leeftijd zou hebben.'

Zoe ging naast Masons stoel op de grond zitten. 'Pap, je hebt al een tijdje geen vriendin meer. Hoe komt dat?'

'Ik wil meer. Wat precies, dat weet ik wel als ik haar ontmoet. Tot die tijd ben ik ook gelukkig in mijn eentje.'

Zoe vroeg zich af sinds wanneer dat zo was. Als ze moest gokken, zou ze zeggen sinds het overlijden van haar moeder. Hoewel haar ouders al jaren gescheiden waren, waren ze altijd bevriend gebleven. Haar vader was net zo kapot geweest van haar moeders dood als Zoe.

'Jij moet weer aan het werk, jongedame. Zie je zondag. Kan ik iets meenemen?'

Ze glimlachte. 'Hetzelfde als altijd.'

'Oké, tequila dus.'

Jen sprong op toen ze de garagedeur open hoorde gaan. 'Papa is thuis!'

Jacks ogen werden groot en hij klapte in zijn handjes. Een adembenemende seconde lang hoopte Jen dat hij iets zou zeggen. Wat dan ook. Het maakte haar echt niet uit als zijn eerste woordje papa zou zijn. Maar hij lachte alleen maar en stond wankel op, om vervolgens door de kamer naar achteren te hobbelen.

Zelf voelde Jen zich ook een beetje wankel op haar benen staan, maar dat was vooral van opluchting dat haar man weer een dag overleefd had. Toen hij bij de politie van Mischief Bay had gewerkt, had ze zich nauwelijks zorgen gemaakt. In hun kleine, rustige gemeenschap waar bijna alleen gezinnen woonden, gebeurde haast nooit iets. Maar Los Angeles was andere koek.

Meer dan acht miljoen mensen telde die stad, en op sommige dagen was Jen bang dat een groot deel daarvan het op haar man voorzien had.

Kirk kwam binnen, en Jack rende op hem af. Ze keek toe hoe haar man zijn zoontje hoog in de lucht tilde. Kirrend stak Jack zijn armpjes naar hem uit, waarop Kirk hem stevig tegen zich aan drukte en vader en zoon elkaar innig omhelsden.

Het vervulde haar altijd met dankbaarheid als ze haar man en haar zoon zo samen zag. Jack leek op zijn vader; allebei hadden ze rood haar en blauwe ogen. Haar twee mannen, dacht ze gelukkig. Zolang Kirk tenminste thuis bleef komen.

Hij gaf Jack een kus op zijn voorhoofd en liep naar haar toe. 'Hoe gaat het met mijn liefste meisje?' vroeg hij, voor hij haar een kus op haar mond gaf.

'Goed.' Ze leunde tegen hem aan voor hun rituele begroetingsknuffel met het hele gezin. Jack trok aan haar haren om maar zo dicht mogelijk bij haar te zijn. Een paar tellen genoot ze van de perfectie van het moment. Dit was alles wat ze wilde, hield ze zichzelf voor. Alles zou goedkomen.

Toen begon Jack te wiebelen; hij wilde neergezet worden. Kirk deed een stap achteruit en de betovering was verbroken. Hij zette zijn zoon op de grond. 'Hoe was jouw dag?'

Hoewel er de afgelopen dagen geen alarmerende berichten waren gekomen over de politiezender, had ze zich meer dan genoeg zorgen gemaakt over Jack. De paniekaanvallen kwamen steeds vaker. Wel een of twee keer per dag. Maar dat wilde ze niet tegen Kirk zeggen. Dan werd hij maar ongerust over haar, terwijl hij zelf dagelijks het risico liep om neergeschoten te worden. Dat hij rechercheur was en geen patrouilles liep, was voor haar niet echt een geruststelling.

'Goed, hoor. Ik ben met Jack naar het park geweest. Daar was een jongetje van zijn leeftijd waar hij heel leuk mee gespeeld heeft.' Dat soort dingen maakten haar blij. Ze wilde niet dat hij naar de kinderopvang ging, maar ze wist dat het goed voor hem was om contact te hebben met leeftijdgenootjes. Haar vriendinnen hadden geen kleine kinderen. Dus of ze moest haar bezwaren tegen de kinderopvang opzijzetten, of ze moest iets van een leuke peuterspeelzaal zoeken. Maar daar ging ze vandaag niet over piekeren.

Kirk liep naar zijn werkkamer om zijn wapen en badge in de kluis te stoppen die ze hadden laten installeren toen Jack geboren was. 'Ik heb Lucas uitgenodigd voor het eten!' riep hij.

Jen wierp een boze blik naar de lege deuropening. Waarschijnlijk was hij expres pas met die mededeling gekomen toen hij uit haar blikveld was. 'Vanavond?'

Met een innemende glimlach kwam hij de werkkamer uit. 'Ja, voor vanavond. Is dat goed?'

Goed? Nee, natuurlijk was dat niet goed. Het was nooit goed als Lucas langskwam, maar het was nog veel erger als Kirk er zo onverwachts mee kwam. Ze zag er niet uit – ze had zich niet opgemaakt, ze droeg geen leuke kleren en ze kon zich oprecht niet herinneren of ze die ochtend gedoucht had. Voor vanavond had ze een eenvoudige, gezonde maaltijd bedacht, twee eigenschappen van voedsel die Lucas niet bepaald kon waarderen.

Maar Lucas was wel degene die er mede voor moest zorgen dat Kirk elke dag veilig thuiskwam. Ze haalde diep adem en glimlachte geforceerd. 'Het is prima, al vermoed ik dat hij niet dol zal zijn op het eten dat ik klaargemaakt heb.'

'Hij zei dat hij biefstuk mee zou nemen.'

'Waar vandaan?'

Kirk keek haar aan alsof hij het niet begreep. 'Uit een winkel?'

Dus gewoon standaard vlees waarvan de herkomst niet bekend was. Niet het gecertificeerde, verantwoorde biologische scharrelvlees dat zij bij een speciaalzaak dertig kilometer verderop haalde.

'Geweldig,' bromde ze.

Hij kwam bij haar staan. 'Lieverd, vlees hoeft niet altijd een stamboom te hebben om lekker te zijn.'

Op die neerbuigende opmerking kon ze op duizend manieren reageren. 'Ik wil dat Jack alleen het allerbeste krijgt.'

'Dat weet ik, en ik waardeer het dat je zoveel moeite doet. Maar misschien is het niet zo'n slecht idee om er af en toe iets soepeler mee om te gaan.'

O, ja. Het lag altijd aan haar. Zij was degene die zich moest aanpassen, nooit de ander. Van Lucas accepteerde Kirk alles. Het was goed dat hij respect had voor zijn partner, maar af en toe kon Jen het wel uitschreeuwen.

Dat had trouwens niet altijd met Lucas te maken.

'Ik ga me even omkleden,' zei ze. 'Dan bedenk ik daarna wel iets voor bij die biefstuk.'

'Dat hoeft niet. Het maakt Lucas niets uit hoe je eruitziet.'

Nee, dat geloofde ze graag. Tenslotte was ze veel te oud voor zijn smaak. Maar daar ging het niet om. 'Ben zo terug.'

Een kwartiertje later had ze een spijkerbroek aangetrokken en een leuk bloesje. Na een beetje make-up te hebben aangebracht, had ze haar haren los gedaan en geborsteld. Eigenlijk moest het nodig geknipt worden, en het werd ook wel tijd voor nieuwe highlights, maar dat zat er vandaag niet meer in.

Terwijl ze naar de keuken liep, probeerde ze zich te herinneren wat ze nog in de koelkast had staan. De vrije-uitloopkip die had staan marineren zette ze weg. Toen kneep ze voorzichtig in een paar avocado's. Die konden wel in de sla. En in de vriezer lag een zak voorgebakken patat en een zakje biologische kipfilets voor

Jack, want hoewel hij wel gehakt at, was hij nog niet toe aan biefstuk.

Kirk had de barbecue al aangezet en veegde het tuintafeltje schoon. Net toen ze de borden uit het keukenkastje haalde, stak hij zijn hoofd om de hoek van de tuindeur. 'Lucas is er.'

Mentaal bereidde Jen zich voor op de chaos die zou volgen. Lucas was een nadrukkelijk aanwezige persoonlijkheid die elke ruimte die hij betrad meteen domineerde. Ondanks haar bedenkingen tegen zijn werkwijze, scheen hij een uitstekende reputatie te hebben bij de dienst. Hij was meer dan eens onderscheiden. Hij was ook een arrogante, egocentrische man, die alleen maar aan zichzelf dacht. En hij was de partner van haar man, dus kon ze niet om hem heen.

Ze liep de tuin in. Het hek stond open; Kirk was zijn maat tegemoet gelopen. Het tegenstrijdige beeld dat zo ontstaan was – haar knappe echtgenoot met een peuter op de arm versus de belachelijk dure sportwagen die de oprit op reed – was veelzeggend. Jen had geen idee hoe Lucas zich die Mercedes kon veroorloven. Die auto moest een jaarsalaris gekost hebben, misschien wel meer. Maar ze vroeg er niet naar, omdat ze het eigenlijk niet wilde weten.

Met tegenzin liep ze naar het hek. Als ze dat niet deed, stond dat zo onaardig, en ze wilde Kirk niet in verlegenheid brengen.

Lucas was rond de vijftig, slank en gebruind. Zijn ogen waren opvallend diepgroen, zijn haar was grijs en zijn glimlach nonchalant. Alle keren dat zij hem had gezien, had hij een spijkerbroek aan gehad, een T-shirt met lange mouwen en cowboylaarzen. Als hij werkte, had hij daar een jack overheen. Waarschijnlijk vonden de meeste mensen hem knap. In haar ogen was hij vooral een losbol. Hij haalde alles uit het leven wat erin zat, dronk veel en had een hele rits vriendinnen. Vanaf het begin had Jen zijn levenswijze afgekeurd, uit principe, en dat was niet veranderd sinds ze hem wat beter had leren kennen.

'Hé, Jen!' riep hij. Hij knikte naar Kirk en knipoogde naar Jack, die verrukt in zijn handjes klapte.

Om een voor Jen onnavolgbare reden was haar zoon dol op Lucas.

'Ik kom niet met lege handen,' zei Lucas, naar de andere kant van de auto lopend. Van de bijrijdersstoel haalde hij een boodschappentas, een doos van Amazon en een sixpack bier. 'Voor elk wat wils,' grapte hij, terwijl hij naar het hek liep en haar de spullen overhandigde.

Sprakeloos staarde ze naar de doos van Amazon. Het zou toch heus zo erg niet zijn als ze vreesde. Hoewel...

Inmiddels had Jack zich onbekommerd in Lucas' armen gestort. Gelukkig was de onstuimige overstap van het ene naar het andere paar armen zonder kleerscheuren verlopen.

'Hé, kerel. Hoe gaat het? High five.'

Lucas hield zijn hand op, waar Jack zijn handje zo hard mogelijk tegenaan ketste, waarna hij nog breder lachte.

Met zijn allen liepen ze de tuin in. Lucas zette Jack op de grond en de peuter begon gillend door de tuin te rennen. Jen moest zich inhouden om niet met haar ogen te gaan rollen. Zo ging het altijd. Die jongen werd helemaal hyper van Lucas. En dan moest zij hem vanavond in slaap zien te krijgen.

Lucas nam de Amazon-doos en het bier van haar over en knipoogde. Was dat een vriendschappelijk of een spottend gebaar? Bij hem wist ze het nooit. Op zijn gemak liep hij naar de ingebouwde buitenkeuken, trok een la open en haalde daar een flesopener uit. Na twee flesjes opengeplopt te hebben, keek hij haar vragend aan.

'Wil jij...' begon hij.

'Nee, dank je.'

Net als de meeste vrouwen, was Jen tijdens haar zwangerschap helemaal gestopt met drinken, maar zelfs na Jacks geboorte durfde ze er niet weer mee te beginnen. Haar zoon kon haar op elk moment nodig hebben. Ze moest te allen tijde waakzaam zijn.

Lucas legde de andere vier flesjes in de kleine koelkast. Toen haalde hij een zakmes uit zijn zak om het plakband dat om de doos zat door te snijden. De open doos zette hij voor Jacks neus op de grond.

Haar zoon ging op zijn hurken zitten en gluurde erin. Langzaam werden zijn ogen groter en viel zijn mond open. Stralend haalde hij een blauw met witte...

Jens wenkbrauwen schoten omhoog. Wat was dat?

'Dit is een echte B. Woofer-gitaar,' zei Lucas tegen de jongen. Hij haalde het plastic dat eromheen zat weg en hing de band om Jacks smalle schoudertjes. De gitaar kwam tot aan zijn knieën. 'Kijk, je moet hem zo vasthouden.' Lucas zette Jacks handen op de hals en de kast van de gitaar. 'Zie je die knopjes? Als je daarop drukt, komt er geluid uit. Akkoorden, noemen ze dat. Vraag maar aan je moeder, die kan je precies leren hoe het zit.'

Vol afschuw luisterde Jen naar de geluiden die de gitaar voortbracht. Zo te horen was elke knop een akkoord. Je kon ze apart spelen, maar ook tegelijk. Het was natuurlijk een prima manier om iets over muziek te leren, maar het was beangstigend hoeveel herrie er uit zo'n ding kon komen.

'En hier, kijk...' Lucas wees. 'Daar zitten de geprogrammeerde liedjes. Een heleboel verschillende. Als je op de knop met het hondje drukt, dan komt het hondenliedje.' Weer knipoogde hij naar Jen. 'Cool, hè?'

Wantrouwig drukte Jack op de gele knop met de muzieknoot erop. Inderdaad klonk er een liedje. Zijn gezicht lichtte op en hij keek naar Jen, om dit geluksmoment met haar te delen.

Jen glimlachte, maar mompelde ondertussen tegen haar man: 'Ik vermóórd die man.'

'Het is hartstikke leuk speelgoed.'

'Ja, jij hoeft er niet de hele dag naar te luisteren.' Van een afstand wierp ze een blik op de gitaar. 'Heeft hij wel naar de leeftijdsaanduiding gekeken? Volgens mij is het meer iets voor oudere kinderen.'

Kirk sloeg een arm om haar heen. 'Laat het nu maar even, schat. Later kun je op je gemak kijken of er kleine onderdelen aan zitten en zo. Lucas is een ontzettend aardige vent en hij is dol op Jack. Dat is toch genoeg?'

Waarom? Waarom was dat voor Lucas genoeg? Waarom golden er voor Lucas ineens andere regels? Het was toch haar huis? Haar zoon? Waarom voelde ze zich als Lucas er was altijd de saaiste, degelijkste vrouw op aarde? Hij was de feestneus, de eeuwige student, en zij was de huismoeder. Het was niet eerlijk.

Ze had zin om te gaan stampvoeten, maar dat loste niets op. Dus glimlachte ze gespannen, mompelde snel 'Bedankt, Lucas,' en vluchtte naar de keuken.

In de boodschappentas die hij had meegenomen zaten drie enorme biefstukken, een grote bak aardappelsalade met blauwe kaas en, een beetje tot haar verbazing, twee potjes biologische peutervoeding. Worteltjes met kalkoen en quinoa.

Kirk kwam de keuken in en nam het potje van haar over. 'Zie je? Zo slecht is hij niet. Jij vindt dit toch een goed merk?'

'Kan wel.'

Lucas kwam binnen met Jack op zijn arm. Gelukkig hadden ze de gitaar buiten gelaten. Jen zou hem opbergen en pas tevoorschijn halen als Jack wat rustiger was. Het zou goed zijn om hem muziek te leren, gaf ze met tegenzin toe. Als ze zich goed herinnerde, had ze ergens gelezen dat dat het rekenkundig inzicht bevorderde.

'Hier is iemand met een vieze luier,' zei Lucas, Jack aan zijn vader gevend. 'Er zijn grenzen aan mijn takenpakket.'

Kirk lachte. 'Daar zal ik iets aan doen.'

Toen haar man met hun zoontje wegliep, bleef Jen alleen achter met Lucas. Ze wist niet goed wat ze moest zeggen.

'Bedankt voor het vlees,' begon ze onhandig. 'En voor de salade en de peutervoeding.'

'Ik hoop dat het het goede merk is. Ik weet dat je hem alleen verantwoord eten wilt geven, dus ik heb een mevrouw in de supermarkt om raad gevraagd.'

'Heb je ook meteen haar telefoonnummer gevraagd?' Het was eruit voor ze erbij nagedacht had.

Met opgetrokken wenkbrauwen leunde Lucas tegen het aanrecht. 'Ze was getrouwd, Jen. Ik flirt niet met getrouwde vrouwen. Bovendien was ze te oud.' Zijn mondhoeken trilden. 'Wel dertig, denk ik.'

'Zielig voor je.' Ze keek hem aan. 'Waarom moeten ze zo jong zijn?'

'Lekker ongecompliceerd.'

'Waar prááat je dan over met ze?'

'Waarom zou je praten?'

Onwillekeurig moest ze glimlachen. Goed, als hij dat spelletje wilde spelen – dat kon zij ook. Ze sloeg haar armen over elkaar. 'Oké, dan zijn we zes minuten verder. En dan?'

Hij knipoogde. 'Dan deel ik mijn levenswijsheid met ze.'

'Je kletst uit je nek.'

'Kan zijn. Maar ik vermaak me ermee.' Hij haalde een schouder op. 'Op een dag beantwoorden ze mijn telefoontjes niet meer, dat begrijp ik wel. Tot die tijd ben ik tevreden met wie ik ben.'

'Voel je je nooit eenzaam?'

'Nee. Dat vereist een emotionele diepgang die ik niet heb.' Hij glimlachte innemend. 'Probeer me niet op te voeden. Dat lukt toch niet. Ik vind mijn leven best zo en ik zie geen reden om het te veranderen.'

Dat was allemaal leuk en aardig, maar ze hoopte dat hij die houding niet op haar echtgenoot over zou dragen. Stel dat hij zou proberen Kirk op het slechte pad te brengen? Stel dat Kirk het wel spannend vond, al die jeugdige mogelijkheden?

Tersluiks wierp ze een blik in de gang. Toen keek ze weer naar Lucas. 'Ik begrijp niet waarom je uitgaat met meisjes van twintig, maar dat zijn mijn zaken niet. Wat ik wel wil weten, is of je voor hem zal zorgen. Als er iets ergs gebeurt.'

Lucas' glimlach verdween. 'Natuurlijk. Dat beloof ik je, Jen.'

Dat zou een geruststelling moeten zijn, maar Jen kon niet inschatten wat een belofte van deze man waard was.

Hoofdstuk 3

Mischief in Motion was een bekende plaatselijke pilatesstudio. Van buiten zag het er licht en fris uit; waarschijnlijk aantrekkelijk voor mensen die, nou ja, van bewegen hielden. Zoe had haar best gedaan verre te blijven van alles waarvan ze ging zweten, dus had ze zich er nooit binnen gewaagd. Tot vandaag.

Niet alleen was het hoog tijd dat ze wat spieren ging kweken, zoals gebleken was tijdens het zolder-incident, ze wilde ook weten of Jens moeder hier nog steeds sportte. Zij en Pam hadden het altijd goed met elkaar kunnen vinden, en Pam deed haar denken aan haar eigen moeder. Tegenwoordig kon ze wel wat moederlijke aandacht gebruiken. Mocht daar ook goede raad met betrekking tot Jen uit voortvloeien, des te beter. Eerlijk gezegd had Zoe geen idee wat ze met haar vriendin aan moest. Ze groeiden uit elkaar en ze wist niet hoe ze dat tegen kon houden.

In haar onlangs bij een discountzaak aangeschafte pilatesoutfit – lees: een zwarte legging en een ruimvallend T-shirt – meldde ze zich bij de balie om zich in te schrijven voor een les.

Er stonden al vier vrouwen te wachten. Achter de kleine balie zat een gespierde, energieke vrouw met rood haar. Vanuit haar ooghoek zag Zoe griezelig uitziende apparaten, veel te veel spiegels en heel sportieve klanten. Denkend aan haar eigen blubberdijen klampte ze zich vast aan de gedachte dat iedereen hier zo met zichzelf bezig was dat ze niet op haar zouden letten. En als ze dat wel deden, dan waren ze waarschijnlijk te beleefd om iets te zeggen. Trouwens, ze was hier gekomen om fitter te worden en iedereen moest ergens beginnen en –

'Zoe?' Pam zag haar staan en kwam naar haar toe. 'Wat doe jij hier?'

'Ik, eh... wilde wat vaker gaan, eh... sporten en toen herinnerde ik me dat jij het over deze les had gehad en toen wilde ik dat eens proberen. Is dat goed?'

'Natuurlijk!' Pam glimlachte en omhelsde haar. 'Wat heb ik jou lang niet gezien! Alles goed?'

'Ja, prima.' Zoe beantwoordde de omhelzing en verloor zich even in de mama-goedheid die Pam uitstraalde.

'Kom, dan stel ik je aan iedereen voor.'

Pam liep met haar de zaal door en stelde haar aan iedereen voor als 'een vriendin van mijn dochter en ook van mij', waar Zoe helemaal blij van werd. Ze deed haar best om namen en gezichten te onthouden en zich niet te laten afleiden door slanke benen en platte buiken. Zo zou zij er ook uitzien – ooit.

Nicole, de eigenaresse van de studio, was een knappe blonde vrouw die nog geen dertig kon zijn. Pam vertelde haar dat ze een zoontje en een nieuwe vriend had. Sommige mensen hebben ook alles, dacht Zoe wrevelig, maar ze besloot meteen dat ze zich zou laten inspireren door zoveel succes in zo'n sportief lijf, in plaats van zich eraan te ergeren.

De les begon op tijd. Na drie minuten wist Zoe al dat ze het niet zou overleven. Dat ze ter plekke zou sterven, op het pilatesbankje. Ze zou gewoon stoppen met ademen, of ze scheurde zichzelf in tweeën. Per ongeluk, natuurlijk.

Bemoedigend knikte Nicole haar toe. 'In het begin is het even wennen. Doe wat je kunt, maar forceer niets.'

Zoe knikte, vooral omdat ze zo buiten adem was dat ze geen woord kon zeggen.

Terwijl ze niet eens iets heel inspannends deden, eigenlijk. Nee, het waren die langzame en gecontroleerde bewegingen waardoor ze buiten adem raakte. Ze werd geacht bepaalde posities tien tellen vast te houden en zich dan langzaam te laten zakken. Of op een of andere stomme bewegende plaat te staan met banden die speciaal ontworpen leken te zijn om haar van kant te maken.

Vijftig minuten later liet ze zich van het bankje op de grond vallen. Andere mensen stonden op en misschien dat dat haar ook nog wel eens zou lukken. Maar vandaag niet meer. Nu hoopte ze alleen maar dat haar spieren zouden stoppen met trillen.

Pam hurkte naast haar. 'Gaat het?'

'Nee.'

Pam schoot in de lach. 'Ik weet dat het in het begin zwaar is. Het is heel verwarrend. Misschien is het handig als je eerst een paar privélessen neemt, om de basisbewegingen onder de knie te krijgen. In de les gaat het allemaal best snel.'

'Uh-huh.' Zo. Twee lettergrepen. Zoe was trots op zichzelf. Ze ging rechtop zitten en kwam toen overeind. Haar benen trilden, maar ze bleef staan.

Pams mond vertrok.

'Ja, lach maar,' hijgde Zoe. 'Ik weet hoe ik erbij loop.'

'Volgende keer gaat het vast beter.' Pam sloeg een arm om haar schouders. 'Heb je tijd om te gaan lunchen? Ik wil wel even bijkletsen.'

'Ja, hartstikke leuk.'

'We zijn niet bepaald gekleed op een restaurant,' zei Pam, aan haar strakke zwarte topje plukkend. 'Zullen we iets gaan halen en dat bij mij thuis opeten?'

'Helemaal goed.'

Toen ze hun spullen gingen pakken, kwam er ineens een klein hondenkoppie uit Pams grote tas.

'Lulu!' Zoe viel op haar knieën. Haar gezicht vertrok toen haar beenspieren protesteerden. De pijn negerend stak ze haar handen uit en het hondje sprong in haar armen. 'Hé, lieverd,' zei Zoe, het beestje knuffelend.

Lulu leek een beetje op een hond, een beetje op een modepopje, een beetje op een buitenaards wezen en heel veel op een verwende popster. Vandaag had ze een dun wit truitje aan met kleine paarse knoopjes op de rug. Vrolijk gaf ze Zoe hondenkusjes, en ging toen eens goed liggen voor een uitgebreide knuffel.

'Neem je haar altijd mee naar pilates?'

'Ik neem haar overal mee naartoe. Ze is heel rustig en vindt het leuk om uit te gaan. Waar heb jij zin in, qua lunch?'

Pams appartement was groot en licht en keek uit over de Stille Oceaan. Het was in moderne stijl gebouwd, wat had kunnen detoneren met Pams wat traditionele meubels, maar op een of andere manier pasten het warme hout en de zachte stoffen goed bij de rechte hoeken en het strakke design.

Pam haalde Lulu uit de tas voor ze haar handen ging wassen en de tafel bij de tuindeuren gingen dekken. 'Het is een beetje fris om buiten te eten,' zei ze. 'Dat doen we de volgende keer.'

Dat klonk goed, vond Zoe – de belofte van een volgende gezamenlijke maaltijd. Ook zij waste haar handen, zodat ze de tas van Wok's Up uit kon pakken.

'Ik heb ice tea,' zei Pam, in de koelkast kijkend, 'en cola light en o ja, van dat biologische sinaasappelsap dat Jack altijd van Jen moet drinken.'

'Ice tea is prima.'

Ze gingen tegenover elkaar aan het kleine tafeltje zitten. Lulu lag op haar kussen bij de bank.

'Gezellig,' zei Pam, het bakje met in honing gemarineerde garnalen pakkend. 'Ik vind het zo leuk dat je naar de les bent gekomen.' Grinnikend trok ze een rimpel in haar voorhoofd. 'Wat zul jij een spierpijn krijgen. Veel water drinken en ibuprofen slikken, dat helpt.'

'Zal ik doen.' Mooi dat ze dat niet zou vergeten; ze wilde morgen nog wel kunnen lopen. Ze keek om zich heen. 'Leuk huis. Is het prettig wonen hier?'

'Absoluut. Het duurde wel even voor ik mijn draai gevonden had. Het was even wennen, voor ons allebei.' Ze knikte naar Lulu. 'In ons vorige huis had ik meer dan twintig jaar met John gewoond. Maar dit is beter. Hanteerbaarder. Het is prettig om alles in de buurt te hebben. Bovendien, nu ik vaak op reis ben met vrienden is het makkelijker om een appartement te hebben dan een heel huis.'

'Ik weet dat Jen dol is op het huis.'

Nadat Pams man overleden was, was Pam in dit appartement getrokken en had ze haar grote huis overgedaan aan Jen en Kirk. De details wist Zoe niet meer, maar ze meende zich te herinneren dat Pam dit appartement gekocht had van een vriendin die getrouwd was en bij haar nieuwe echtgenoot was gaan wonen.

'Dat is waar,' zei Pam. 'En ik ben blij dat het huis in de familie is gebleven.'

Zoe schepte nasi met kip op haar bord. 'De tuin is zo mooi. Zoiets zou ik ook wel willen. Misschien een paar verhoogde bloembedden of zo. Ik weet het nog niet precies.'

'O ja, Jen vertelde me dat je een huis gekocht hebt. Bevalt het?'

'Jawel. Het is wel heel anders. Nu ben ik overal zelf verantwoordelijk voor, wat wel raar is omdat ik hiervoor altijd gehuurd heb. Maar het is wel leuk.' Op die moordlustige zolder na, tenminste.

Pam keek haar aan. 'En hoe gaat het verder?'

Een simpele vraag. Het voor de hand liggende antwoord was iets als uitstekend. Top. Prima. Of gewoon: goed. Dat was Zoe ook van plan om zeggen. Maar wat er uit haar mond kwam, was: 'Ik heb er een zootje van gemaakt.'

Pam glimlachte begripvol. 'Vertel.'

'Nou gewoon... Ik weet het niet. Ik ben in de war.' Ze legde haar vork neer. 'Een paar maanden geleden hebben Chad en ik het uitgemaakt. Of tenminste: ik heb het uitgemaakt. Dat was een goede beslissing, hoor. Daar sta ik nog steeds achter.'

'Maar?'

'Maar het is lastig. We zijn bijna vijf jaar samen geweest.' Ze was zo slim om niet uit te wijden over hoe ze elkaar ontmoet hadden, of welke problemen ze gehad hadden. In plaats daarvan zei ze: 'Hij is gescheiden, heeft twee kinderen. Plotseling realiseerde ik me dat ik die kinderen alles bij elkaar twee keer heb gezien. Twee keer! Hij zei altijd dat ze tijd nodig hadden om aan de nieuwe situatie te wennen, maar ik kreeg steeds meer de indruk dat hij gewoon wachtte tot ze volwassen waren en de deur uit zouden gaan.'

'Hè, wat jammer.'

'Ja, vond ik ook. Ik heb het gevoel dat ik een groot deel van mijn leven aan hem verspild heb. Bij de beslissingen die ik nam, hield ik altijd rekening met hem. Soms pakte dat goed uit, soms niet. Denk ik.' Ze staarde even naar haar bord voor ze weer opkeek naar Pam. 'Ik heb dit huis gekocht met het idee dat we er samen in zouden gaan wonen. Ik dacht dat het die kant op zou gaan. Het huis heeft drie slaapkamers. Drie! Ik heb slaapkamers gekocht voor kinderen die ik twee keer gezien had. En mijn werk... Ik weet niet of het zo'n goed idee was om te stoppen met lesgeven. Ik verdien wel meer met wat ik nu doe, maar ik doe het niet met plezier. En ik zit de hele dag thuis.' Ze haalde diep adem en flapte eruit: 'Ik ben met Chad naar bed geweest, een paar weken geleden, toen het al uit was. Achteraf voelde ik me zo beroerd. Het is voorbij. Uit. Ik deed het uit eenzaamheid. Ik zoek gewoon wat iedereen zoekt: iemand om van te houden, een gezin mee te stichten. Niet dat ik Chad terug wil, maar ik heb spijt van de tijd die ik verspild heb. Het was zo'n stomme beslissing.'

'Je moet niet zo hard zijn voor jezelf,' zei Pam streng. 'Je hield van hem en je geloofde in jullie relatie. Toen je erachter kwam wat er mis was, heb je hem de laan uit gestuurd. Zo simpel is het.'

'Dank je,' zei Zoe glimlachend.

'Nou, het is toch zo? Je bent verder gegaan met je eigen leven. Nu moet je de volgende stap zetten. Zoek een nieuwe vriend. Heb je iemand op het oog?'

'Nee. Ik zou wel willen, maar ik zit vast, lijkt het wel. Ik ontmoet nooit leuke mannen. En ik ben zo lang met Chad geweest, dat ik niet meer weet hoe het moet. Misschien zou ik naar een café moeten gaan of zo.' Ze rilde bij de gedachte. 'Wat ik nog erger vind dan geen vriend hebben, is dat ik mezelf helemaal geïsoleerd heb. Hoe het zover gekomen is, weet ik niet, maar het is wel zo. Vorige week had ik mezelf opgesloten op zolder. Het luik was dichtgevallen en ik kreeg het niet meer open. Mijn telefoon lag beneden. En mijn enige gedachte was dat ik dood zou gaan en dat het weken zou duren voordat iemand me miste.'

'Weken? Denk je dat echt?'

'Nou, dagen dan. Maar toch, dan lag ik daar dood te gaan terwijl Mason mijn lever oppeuzelde.'

'En Mason is...'

'Mijn kat.'

'O ja, katten zijn dol op lever. Vertel eens iets over je werk.'

'Ik vertaal onbegrijpelijke handleidingen in begrijpelijke handleidingen. Soms zijn ze vertaald uit een andere taal en is de vertaling onbegrijpelijk, soms zijn ze geschreven door mensen die alleen nog maar in technische termen kunnen denken. Daar maak ik dan een goed leesbare tekst van.'

'En wat vind je daar niet leuk aan dan?'

'Dat ik de hele tijd alleen ben. Het bedrijf waarbij ik in dienst ben, is verhuisd naar San José. Ik wilde niet mee verhuizen, voor Chad. Omdat ze me niet kwijt wilden, hebben ze toen aangeboden dat ik van huis uit mocht werken. En ik heb ja gezegd.' Zoe keek naar haar handen in haar schoot. 'Ik ben zo'n sukkel.'

'Zou je nu naar San José willen verhuizen?'

'Niet echt. Maar ik mis het wel om op een kantoor te zitten.' Aarzelend keek ze op. 'Soms overweeg ik om weer voor de klas te gaan staan, maar ik weet het niet...'

'Wat gaf je ook alweer?'

'Engels aan de onderbouw.'

Pams gezicht vertrok. 'Pittig.'

'Ja, dat weet ik ook wel. Ik zou mijn master kunnen halen, maar ik weet eigenlijk ook niet of ik dat wil. Ik weet gewoon helemaal niets meer en ik mis mijn moeder.'

Pam legde even haar hand op Zoe's arm. 'Natuurlijk mis je haar. Wanneer is ze overleden?'

'Vorige maand precies een jaar geleden.'

'Ach, wat rot. Het is moeilijk. Je hebt er nu niet zoveel aan, maar je moet weten dat de goede herinneringen je altijd bij zullen blijven.'

'Goed zo. Ik vind het fijn om aan haar te denken. Dan heb ik het gevoel dat ze dichtbij is.' Met tegenzin nam Zoe een hap. 'Weet je, ik ben zo bang dat ik haar teleurgesteld heb.'

'Wat een onzin,' zei Pam stellig. 'Het is niet verkeerd om van iemand te houden. Wat het lastig maakt, is dat we soms beslissingen nemen op grond van die gevoelens. Maar je bent nu van die relatie af en dus kun je verder met je leven.'

'Dat hoop ik.'

'Heb je een goede band met je vader?'

Eindelijk een onderwerp waarbij ze zich niet ongemakkelijk voelde. 'Ja. Heel goed zelfs. Maar ja, hij blijft een man, hè? Ik kan niet over alles met hem praten.'

'Natuurlijk, want dan wil hij alles meteen oplossen. Waarschijnlijk zou hij Chad een flink pak op zijn donder willen geven.'

'Dat zou hem nog wel lukken ook,' zei Zoe glimlachend. 'Mijn vader heeft een uitstekende conditie.'

Pam grinnikte. 'Nou, dat is een beeld dat jij voor ogen kunt houden. Verder moet je gewoon minder nadenken en meer doen. De eerstvolgende keer dat een aardige, geschikte man je mee uit vraagt, zeg je ja. Ga uitzoeken of je alsnog je master kunt halen. Ga bij jezelf na of je weer voor de klas wilt staan of niet. En wat dat alleen zijn betreft: maak plannen met je vriendinnen. Wat doen Jen en jij zoal?'

Oeps. Toch weer een ongemakkelijk onderwerp. Zoe beet op haar lip. Pam was Jens moeder. Ze kon toch moeilijk zeggen dat Jen een beetje...

'Ik weet wat je denkt,' zei Pam met een zucht.

'Dat weet ik niet, hoor.'

'Jawel. Jen is een saaie piet geworden.'

Zoe's mond viel open. 'Merk jij dat ook?'

'Dat merkt iedereen. Ik ben er nog niet uit of ik medelijden met haar moet hebben of haar een schop onder haar kont moet geven. Ik was vroeger ook een bezorgde moeder, meer dan gemiddeld denk ik, maar niet zo erg als Jen. Jack is echt een obsessie voor haar.'

'Dat hij niet praat,' mompelde Zoe.

'Het biologische eten. Geen chemische schoonmaakmiddelen. Altijd als ik daar kom, vraagt ze wanneer Lulu voor het laatst in bad is geweest. Het enige wat er mis is met haar zoon is dat ze hem geen vijf seconden alleen laat. Logisch dat hij niet praat: hij hoeft niet te praten.' Ze zweeg even. 'Klinkt dat erg hard?'

'Voor mij niet.'

'Nou ja, tegen Jen kan ik dat natuurlijk niet zo zeggen. Dat zou ze me nooit vergeven. Je gaat me toch niet verraden, hè?'

Zoe tekende een kruisje over haar hart. 'Erewoord.'

'Mooi. Goed, hoe voel jij je nu?'

Daar dacht Zoe even over na. 'Beter, geloof ik. Ik moet ophouden met dat zelfmedelijden en in actie komen.' Impulsief leunde ze voorover op tafel. 'Zeg, ik geef zondag een barbecue. Kom je ook?'

'Heel graag. Hoe laat?'

Pam parkeerde haar SUV, pakte haar tas en liep naar het kantoor van MWF. Moving Women Forward was gevestigd op een klein bedrijventerrein aan de rand van Mischief Bay; ongeveer 280 vierkante meter, gedoneerd door een voormalige cliënt. In verband met de kleine en drukbezette kantoorruimte werkte Pam zo veel mogelijk vanuit haar appartement, maar minstens een keer per week was ze op kantoor voor overleg met collega's of cliënten.

Ze begroette de vrijwilligster achter de balie en liep door naar het kantoor van Bea Gentry.

Bea, de directeur van de organisatie, die Pam twee jaar geleden had aangenomen, was ongeveer net zo oud als Pam. Ze droeg altijd een broekpak en had steevast een broche op de revers van haar jasje. Bea's oudste zoon was een schoolvriend van Pams jongste.

Pam nam tegenover haar plaats en liet Lulu uit de tas.

'Wat zie jij er zelfvoldaan uit,' constateerde Bea bij wijze van begroeting. 'Heb je soms iets bekokstoofd?'

Pam schoot in de lach. 'Het is niet netjes dat je het kunt zien, maar je hebt wel gelijk. Ik ben uiterst tevreden. Volgens mij heb ik de juiste vrouw voor Steven gevonden.'

'Ongelooflijk dat je je daarmee bezighoudt. Mijn kinderen zouden me vermoorden als ik zoiets probeerde.'

'Niet als je gelijk hebt. Trouwens, bij Steven moet ik me er wel mee bemoeien. Hij heeft eindelijk zijn snoepjes van de week opgegeven, gelukkig, maar hij heeft ook nog niet serieus belangstelling voor iemand. Het wordt tijd.'

Voor een deel was die ommekeer in Stevens gedrag terug te voeren op het overlijden van zijn vader. Johns onverwachte dood had hen allemaal geraakt. Pam was overvallen door een verdriet dat haar dreigde te verstikken, terwijl Steven veel eerder dan verwacht de leiding van het loodgietersbedrijf over had moeten nemen. In het begin had die verantwoordelijkheid zwaar op hem gedrukt, maar hij was snel in de functie gegroeid en deed het inmiddels uitstekend als directeur van het bedrijf. Dus nu werd het tijd voor de juiste vrouw.

'Ik was niet van plan een vrouw voor hem te gaan zoeken,' zei Pam. 'Maar als ze toevallig op mijn pad komt, dan kan ik daar niets aan doen.'

'Hm-m. Daar zal ik je aan herinneren als het een grote ramp blijkt te zijn. En dan ga ik lekker "zie je wel" zeggen.'

Pam lachte. 'Zover zal het niet komen.'

Lulu was klaar met de inspectie van het kantoor en trippelde op Bea af, die haar optilde en tegen zich aan hield.

'Dag lieverdje,' zei ze zachtjes. 'Wat heb jij een mooie knoopjes op je vestje. Daar kan alleen een echte fashionista mee wegkomen. En dat ben jij.'

Lulu gaf haar hondenkusjes en nestelde zich toen tevreden in haar armen. Het zou zomaar kunnen, dacht Pam, dat er mensen waren die vonden dat Lulu verwend was – en dan hadden ze misschien wel gelijk ook. Maar Lulu was een trouwe metgezel geweest, die geen seconde van haar zijde was geweken sinds Johns dood. Het kleine beestje miste haar baasje net zo erg als de rest van de familie.

Schouderophalend schudde Pam de herinneringen van zich af en graaide in haar tas. Dit keer haalde ze een map tevoorschijn. 'Hoe zit het precies met Filia,' zei ze, de map openend.

'We hebben haar vijf jaar geleden geholpen bij het opstarten van haar nagelstudio, en nu loopt die zaak als een trein. Je zult het vast leuk vinden om met haar samen te werken.'

Daar had Bea waarschijnlijk gelijk in. Haar vriendin wist altijd precies welke cliënt ze aan welke coördinator moest koppelen. De missie van Moving Women Forward was simpel: vrouwelijke ondernemers helpen. Een heldere, duidelijke visie. Als een vrouw een bedrijf wilde beginnen, dan kon MWF haar adviseren over allerhande zaken. Van de hoogte van het benodigde startkapitaal tot de aanmelding bij de Kamer van Koophandel. Had de vrouw al een bedrijf opgestart, dan bood MWF begeleiding en steun bij de salarisadministratie, personeelsbeleid en inventaris. Er waren zelfs leningen en giften beschikbaar. Al die diensten waren gratis, maar de cliënt moest wel eerst aangenomen worden. En dat ging niet zomaar.

De afgelopen jaren had Pam geleerd dat veel mensen wel zeiden dat ze een eigen bedrijf wilden beginnen, maar dat er niet veel waren die bereid waren hard te werken om het van de grond te krijgen. MWF verwachtte dat de vrouw in kwestie de eerste stappen zelf zette, om te laten zien dat het haar ernst was.

'Ik heb wel een paar ideeën,' zei Pam. 'Haar plannen zijn nogal ambitieus. Laten we eerst maar eens kijken of ze die uit kan voeren.'

Pam werkte bij MWF als vrijwillige begeleider. Ze nam elk jaar een handjevol cliënten aan. Voor die mensen was ze contactpersoon. Als zij een vraag niet kon beantwoorden, zocht ze iemand die dat wel kon. Als de cliënt een lening of toelage aanvroeg via MWF, dan hielp Pam met de papierwinkel en fungeerde ze als haar advocaat tijdens de procedure.

Filia wilde haar nagelstudio uitbreiden tot een schoonheidssalon. In de papieren stond dat het pand naast de nagelstudio over een paar maanden vrij zou komen. De locatie was goed en de nagelstudio was al op capaciteit. Uitbreiding leek een logische volgende stap.

'Je hoort wel hoe het gegaan is,' zei Pam, opstaand. 'Wil jij bij Bea blijven, Lulu?'

Lulu kwispelde en kefte bevestigend.

'Dan ben ik over een halfuurtje terug.'

'Als ze onrustig wordt, dan ga ik wel een eindje met haar lopen,' beloofde Bea.

'Graag.'

Pam liep de korte gang door naar een van de kleine vergaderruimtes. Filia, een tengere brunette van achter in de dertig, was er al. Ze stond op toen Pam binnenkwam en glimlachte nerveus.

Pam stelde zich voor en de vrouwen schudden elkaar de hand. Toen gingen ze allebei aan de ronde tafel zitten.

Het dossier liet Pam nog even dicht. Het was niet nodig om meteen de details erbij te halen. Eerst moesten ze elkaar maar eens leren kennen. 'Bea vertelde me dat je wilde uitbreiden. Vertel eens.'

Filia's bruine ogen lichtten op. 'Vijf jaar geleden ben ik met mijn nagelstudio begonnen met twee meisjes. Nu heb ik er vijftien. We zijn zeven dagen per week open. We hebben veel vaste klanten, maar ook veel aanloop. Een jaar geleden ben ik stoelmassages aan gaan bieden voor klanten, meestal voor of na hun nagelbehandeling. Een halfjaar geleden ben ik met een huidverzorgingslijn begonnen. Dat loopt goed.' Filia ging op het puntje van haar stoel zitten. 'Twee jaar geleden is mijn jongste zusje bij mij ingetrokken. Die heeft een opleiding tot schoonheidsspecialiste gedaan en werkt nu al een paar maanden bij een groot wellness-centrum. Zij zou voor mij kunnen komen werken, en misschien een paar van haar vriendinnen ook. Ik weet al hoe ik het buurpand in zou willen richten. Een deel van het geld voor de verbouwing en inrichting heb ik al, maar niet alles. Dus ik moet geld lenen.'

Pam knikte. Dit wist ze allemaal al. Verder wist ze ook dat Filia getrouwd was, dat haar man werkte als tuinman en dat ze een dochter hadden van tien. Filia en haar man hadden allebei alleen de middelbare school afgemaakt, maar ze wilden dat hun dochter zou gaan studeren. Voor haar zat de vleesgeworden American Dream.

'Het eerste waar de bank om vraagt, is een bedrijfsplan,' zei Pam. 'Weet je wat dat is?'

Filia beet op haar lip. 'Ja, dat heb ik ook gemaakt toen ik hier vijf jaar geleden voor het eerst kwam. Dat kan ik wel aanpassen aan de nieuwe situatie.'

'Geweldig.' Pam sloeg de map open en haalde er een paar papieren uit, die ze naar Filia toe schoof. 'De bank zal willen weten of je de rekeningen kunt betalen, inclusief de salarissen, en of je de lening terug zal kunnen betalen. Als die basis in orde is, gaan ze pas kijken of ze het risico van de onderneming niet te groot vinden.' Er was ook nog de mogelijkheid om van MWF een lening tegen een lage rente te krijgen, maar daar begon Pam nog niet over. Eerst maar eens kijken of Filia zich in wilde spannen voor een lening van de bank. Dat wilde niet iedereen. Maar ze had het gevoel dat de vrouw die voor haar zat iemand was die bereid was hard te werken voor wat ze wilde bereiken.

Filia bestudeerde de papieren. Toen keek ze glimlachend op. ‘Dit is veel duidelijker dan de boeken die ik uit de bibliotheek heb gehaald. Bedankt.’

‘Fijn.’ Pam gaf Filia haar visitekaartje. ‘Hier staan mijn contactgegevens op. Als jij nou een week ongeveer uittrekt om het bedrijfsplan aan te passen, dan spreken we daarna weer af om dat te bespreken.’

Ze zou uitgebreid de tijd nemen om te zorgen dat het bedrijfsplan geschikt was om naar de bank te sturen. Als Filia liet zien dat ze haar schouders eronder wilde zetten, zou Pam haar helpen waar ze kon.

‘Alvast heel erg bedankt.’ Filia hield de papieren stevig vast. ‘Ik ga dit in orde maken. Het gaat vast lukken.’

‘Het lijkt me erg leuk om met je samen te werken.’

‘Dat is wederzijds.’ Weer glimlachte Filia. ‘Als de schoonheidssalon de deuren opent, ben jij de eerste die een gezichtsbehandeling krijgt.’

Pam schoot in de lach. ‘Daar verheug ik me nu al op.’

Hoofdstuk 4

'Denk je dat hij het warm genoeg heeft?' vroeg Jen aan haar moeder, terwijl ze de kinderwagen voortduwde over de boulevard. Het was twintig graden; dat was niet koud, maar er stond een fris windje uit zee. Zelf had ze een dun vestje aangetrokken, haar moeder had genoeg aan een T-shirt met driekwartmouwen.

'Ja, hoor. Het is prima zo.'

'Ik weet het niet,' zei Jen aarzelend. Toen besloot ze dat ze al zo dicht bij de draaimolen waren dat ze niet meer hoefde te vragen of hij het te warm of te koud had. Hij huilde ook niet of zo.

Het was niet druk in het Pacific Ocean Park, ook wel kortweg POP genoemd. Een paar moeders met kleine kinderen, een paar zakenlui die laat lunchpauze hielden. De meeste andere mensen hadden overdag andere verplichtingen. Een middagwandeling aan het strand was een luxe, daar moest ze dankbaar voor zijn.

Ze had ergens gelezen dat een gevoel van dankbaarheid kon helpen bij het bestrijden van spanning. Inmiddels was ze zo ver dat ze alles wel wilde proberen. Ze was doodmoe, omdat ze elke nacht een paar keer uit bed ging om te kijken of alles goed was met Jack. Niet dat hij dan wakker was – zij was zelf degene die wakker schrok en niet meer kon slapen voor ze met eigen ogen had gezien dat Jack nog ademde, ook al was dat via de babyfoon niet te horen. En ze was doodmoe van dat verlammende gevoel dat er iets verschrikkelijks stond te gebeuren. Een gevoel dat regelmatig uitmondde in een regelrechte paniekaanval. Het was een benauwend gevoel, het gevoel dat ze nooit even echt tot rust kon komen en dat ze als ze niet uitkeek helemaal door zou draaien. Dus als een gevoel van dankbaarheid daartegen zou helpen, dan zou ze overal dankbaar voor proberen te zijn.

Naast Pam dribbelde Lulu. Vandaag had het hondje een T-shirtje aan waarop stond QUEEN OF EVERYTHING, wat in haar geval waarschijnlijk waar was.

'Ze is deze week toch wel in bad geweest, hè?' vroeg Jen, wetende dat Jack met het hondje zou willen spelen als hij klaar was in de draaimolen.

'Natuurlijk is ze in bad geweest. Ze gaat elke week in bad. Dat hoef je niet elke keer te vragen.' Pam klonk geërgerd.

'Ik vraag het gewoon.'

'Nee, je vraagt het niet gewoon. Je controleert me.' Haar moeder schudde haar hoofd. 'Het wordt tijd dat je een tweede kindje krijgt.'

Een tweede kind? Jen voelde de druk op haar borst toenemen. 'Waarom zeg je dat?' Hoe redde ze dat, met twee kinderen? Twee keer zoveel stress, dat overleefde ze niet. Ze redde het al net met Jack. Er zaten te weinig uren in een dag. Met twee kinderen zou ze ontploffen, of misschien juist helemaal verschrompelen, als een dode vlieg.

'Dan had je geen tijd om te vragen of ik Lulu wel in bad had gedaan.' Haar moeder glimlachte bezorgd. 'Je moet niet zo piekeren, Jen. Alles gaat goed. Je kwelt jezelf voor niets.'

'Dat is gemeen.'

'Het was niet gemeen bedoeld. Geloofde je me maar.'

Over Jack, dacht Jen wrokkig. Dat bedoelde haar moeder. Pam wilde niet dat Jen zich zorgen maakte over het feit dat haar zoon nog steeds niet praatte. Maar dat zat er niet in. Er was iets mis met Jack. Jen wist het zeker, ook al geloofde niemand anders het.

'Jij was ook bezorgd,' zei ze beschuldigend. 'Altijd. Daar moest papa je altijd op wijzen.'

Pam glimlachte. 'Klopt. Ik was inderdaad bezorgd. Maar jij overdrijft.'

'Nietwaar.'

'Dan niet. Iets heel anders: ik sprak Zoe een paar dagen geleden.'

Die onverwachte mededeling bracht Jen even van haar stuk. 'Mijn vriendin Zoe?'

'Die, ja. Ze kwam naar Mischief in Motion voor een pilatesles en daarna hebben we samen geluncht. Wat is dat toch een lieve meid. Zo sneu, dat verhaal over die zolder. Daar was ze echt van geschrokken.'

'Wat bedoel je?'

'Zoe had zichzelf per ongeluk opgesloten op haar zolder. Het luik klemt en dat was dicht gevallen. Dat had ik ook doodeng gevonden. Heeft ze je dat niet verteld?'

'Eh... nee, daar heeft ze het niet over gehad.' Jen wilde vragen wanneer het gebeurd was, en waarom zij er niets over gehoord had, maar het antwoord op die tweede vraag wist ze eigenlijk al. Ze had het niet gehoord omdat zij en Zoe elkaar niet veel meer spraken. Zeker niet aan de telefoon. Uitgaan deden ze zelden. Meestal kwam Zoe nog wel langs op donderdag, maar haar laatste bezoekje was geen succes geweest.

Een schuldgevoel bekroop haar. Nog iets waar ze aan moest werken. Maar niet vandaag, nam ze zich voor.

'Ga je binnenkort nog op vakantie met je vriendinnen, mam?' vroeg ze, in de hoop het gesprek een luchtigere wending te geven.

'Over een paar weken gaan we een lang weekend naar Phoenix, en in juni natuurlijk de cruise.'

'Een cruise waar?'

Uit Pams gelaten zucht begreep Jen dat ze die vraag al vaker gesteld had. Dat ze het vergeten was, kwam niet door gebrek aan belangstelling, verdedigde ze zichzelf. Het kwam doordat ze het zo druk had. Ze kon moeilijk alles wat haar moeder deed ook nog eens onthouden.

'Noord-Europa,' zei Pam. 'We beginnen in Kopenhagen en dan twee dagen St. Petersburg. Van daaruit een dagje naar Moskou.'

'Interessant.'

'Ik heb er zin in.'

Jens oog viel op Lulu, en het schuldgevoel werd sterker. Eigenlijk zou ze moeten aanbieden om tijdens Pams vakantie op het hondje te passen. Lulu kende het huis en was best goed opgevoed. Maar dat was ook iets waar Jen geen tijd voor had. Bovendien ging Lulu dan in de tuin haar behoefte doen en dan moest ze dat opruimen. Dat bracht allemaal bacteriën met zich mee en het was allemaal gewoon zovéél.

Ze kwamen bij de draaimolen. Terwijl Jen Jack uit de wagen tilde, stopte Pam Lulu in haar tas. Haar zoon kirde opgewonden toen hij de houten paardjes hun rondjes zag draaien. Hij wees.

'De blauwe, hè?' zei Jen. 'Ja, dat herinner ik me nog wel.' Het blauwe paard was Jacks favoriet.

Ze kochten kaartjes en wachtten tot de draaimolen stilhield. Toen liepen ze naar het blauwe paard. Jen zette Jack erop, maakte hem goed vast en bleef naast hem staan. Pam stond aan de andere kant. Een minuutje later kwam de draaimolen in beweging. Jack lachte en zwaaide met zijn armpjes.

'Hoe gaat het met Kirk?' vroeg Pam.

'Goed. Gaat wel. Ik wou dat hij niet bij de LAPD was gegaan, maar ja, daar is niets meer aan te doen.'

'Hoe gaat het met zijn partner? Trekt hij een beetje bij?'

'Was het maar waar.' Jen trok een gezicht. 'Lucas is een bijzonder type. En dat bedoel ik niet positief. Hij loopt tegen de vijftig en gaat uit met meisjes van tweeëntwintig. Waar praten ze dan over, vraag ik me af.'

Pams wenkbrauwen schoten omhoog. 'Ze praten waarschijnlijk niet.'

'O, mama!'

'Niks o mama. Ik maak geen grapje. Lucas en Kirk hebben veeleisende banen. Ieder mens gaat anders met die druk om. Dit is zijn manier. Of zit je nog iets anders dwars?'

'Hij is zo'n losbol. Ik ben bang dat hij Kirk in de problemen zal brengen. Of in gevaar.'

'Ik dacht dat hij zo'n goede rechercheur was.'

'Is hij ook. Hij wordt op handen gedragen. Kirk was echt blij dat hij met hem mocht werken. Ik ben gewoon bang dat hij een slechte invloed heeft. Al die vrouwen. Kirk is getrouwd.'

'Denk je dat hij Kirk wil overhalen om een, eh...' Ze keek even naar Jack. '...a-f-f-a-i-r-e te beginnen?' Ze spelde affaire.

'Dat weet ik niet. Ik hoop het niet.'

'Zoiets doet Kirk toch niet.'

'Niet elke man is zo geweldig als pa.'

'Geeft Kirk aanleiding om zoiets te vermoeden?'

Jen begon er spijt van te krijgen dat ze dit onderwerp had aangesneden. 'Niet echt. Alleen... Hij heeft het druk, ik heb het druk. We hebben Jack. Alles is anders.'

Haar moeder keek haar recht aan. 'Vrijen jullie nog wel genoeg?'

'Mama!' Nerveus keek Jen om zich heen. Gelukkig waren er bijna geen andere mensen aan hun kant van de draaimolen. 'Daar kunnen we hier toch niet over praten?'

'Waarom niet? Het is heel belangrijk. Je mag het leven en werk en je kind niet tussen jou en je man laten komen. Vrouwen tonen hun liefde door wat ze zeggen en doen. Voor mannen is dat anders. Voor sommige mannen is seks een manier om hun liefde te uiten. In een huwelijk gaat seks niet alleen om het bevredigen van behoeften. Ook wel, natuurlijk, maar als er niet gevreeën wordt, weet een man vaak niet goed hoe hij zijn liefde moet tonen. Een gezond seksleven is voor jullie allebei belangrijk.'

'Hou daar alsjeblieft over op. Dit gesprek wil ik niet voeren met mijn moeder.'

'Je zult het er toch met iemand over moeten hebben.' Ernstig keek Pam haar aan. 'Dit is echt belangrijk, Jen.'

'Dat weet ik wel.'

'Je vader en ik hebben altijd een geweldig seksleven gehad.'

'Hou op.' Jen kneep haar ogen dicht. 'Nu moet je echt ophouden. Zoiets wil niemand horen. Ik wil helemaal niet weten dat mijn ouders een seksleven hadden.'

'Ook goed. Maar vergeet niet dat seks een belangrijk onderdeel uitmaakt van je huwelijk. Kirk vergeet dat in ieder geval niet.'

'Oké. Je hebt gelijk. Kunnen we het nu over iets anders hebben?'

Haar moeder knikte, na een korte aarzeling. 'Ik heb een nieuwe cliënt bij MWF. Een heel leuke vrouw.'

'Dat is mooi. Wat voor bedrijf heeft ze?'

Pam begon te vertellen over de nagelstudio, maar Jen luisterde maar half. Ze was nog steeds van slag door het beeld van haar ouders die seks met elkaar hadden. Maar ze was nog meer van slag door wat haar moeder had gezegd over mannen en seks. Zij en Kirk deden het niet vaak meer. Door zijn drukke baan en haar zorgen over Jack kwam het er gewoon niet meer van. Heel eerlijk gezegd miste ze het niet eens. Maar Kirk, wat vond die ervan?

Die stomme Lucas, dacht ze. Stomme Lucas met zijn jonge meiden. Ze wist zeker dat hij haar man op ideeën bracht. Het kon niet anders. Als ze haar man niet kwijt wilde raken aan een of ander jong mokkel, dan moest ze iets ondernemen. De vraag was alleen wát.

Woensdagmiddag om vier uur zat Zoe in de schaduw op haar terras en staarde naar de tuin. In haar verbeelding zag ze daar altijd van die leuke houten moestuinbakken in staan, zodat ze haar eigen groenten en kruiden kon kweken. Ze had alleen geen idee waar ze die het beste neer kon zetten en hoe je zoiets aanpakte. Dat kon ze natuurlijk aan een tuinman of -vrouw vragen, maar het leek haar echt een project dat ze zelf aan moest pakken.

Haar telefoon ging. Een nummer dat ze niet herkende.

'Hallo?'

'Zoe? Met Steven Eiland, de broer van Jen.'

Het duurde even voor het kwartje viel. Steven was natuurlijk ook de zoon van Pam. Zoe had hem een paar keer ontmoet, onder andere op de bruiloft van Jen, toen zij en Steven Jens getuigen waren geweest.

'Hé, hallo,' zei ze. 'Hoe gaat het?'

'Ik sprak mijn moeder laatst en die vertelde dat je een huis gekocht hebt. Gefeliciteerd.'

'Dank je.' Waarom zou Pam het in hemelsnaam met Steven over haar en haar huis gehad hebben? Voor ze die vraag kon stellen, beantwoordde Steven hem al.

'Ze zei dat je zoldertrap klemt en ik dacht: misschien kan ik je daarmee helpen. Ik ben toevallig in de buurt. Komt het uit als ik langskom om ernaar te kijken?'

Het onverwachte verzoek bracht haar van haar stuk. 'O,' zei ze aarzelend. 'Nou ja, dat is wel handig. Graag.'

'Prima. Ik heb het adres. Ben er over tien minuten.'

'Oké. Tot zo.'

Overrompeld hing ze op. Het was lief van Pam, maar wel

een beetje vreemd. Aan de andere kant, Steven had het loodgietersbedrijf van zijn vader overgenomen. Hij was ongetwijfeld al klussend opgegroeid. Op zijn minst kon hij haar uitleggen wat er moest gebeuren en wat dat ongeveer zou moeten kosten, zodat ze niet door iemand afgezet zou worden.

Ze stond op en riep Mason. Haar kat lag in de zon en wiebelde niet eens met zijn oren.

'Ik weet dat je me hebt gehoord,' zei ze. 'Laten we duidelijk zijn: als je over vijftien seconden niet binnen bent, kom je er niet meer in.'

Het puntje van zijn staart krulde een beetje op. Hoogstwaarschijnlijk was dat kattentaal voor: 'Dat gelooft niemand, en ik al helemaal niet.'

Jammer genoeg had hij gelijk.

Zoe ging naar binnen en vroeg zich af wat ze moest doen ter voorbereiding. De trap hing netjes op zijn plek en het was ook niet zo dat ze de gang altijd vol stouwde met dozen. Steven kon er gemakkelijk bij.

Het was duidelijk dat Pam achter deze actie zat. Echt zo'n lief moeder-ding. Jen had mazzel met zo'n moeder. Even mijmerde Zoe over hoe het zou zijn als haar eigen moeder nog geleefd had. Toen werd er aan de voordeur geklopt.

Ze trok alvast haar welkom-gezicht – per slot van rekening kende ze Steven al jaren. Hij was de broer van haar beste vriendin. Ze wist dat hij een paar jaar jonger was dan Jen, dat hij het bedrijf van zijn vader had overgenomen en dat hij altijd een ander liefje had. Meer wist ze eigenlijk niet van hem.

Nu hij in haar deuropening stond, die ineens veel kleiner leek dan anders, realiseerde ze zich dat ze kennelijk verdrongen had hoe knap hij was. Was hij altijd al zo lang geweest? Zo gespierd? Glimlachte hij altijd zo sexy?

'Hoi, Zoe. Hoe gaat het?'

Het zonlicht speelde in zijn haar. Hij droeg een spijkerbroek en een T-shirt met lange mouwen. Zij een afgeknipt broekje en een wijd shirt, waar best wel eens vlekken op konden zitten. Stom, ze had niet eens even haar haar gekamd, of gedoucht!

'Eh... Goed,' mompelde ze, hem binnen latend. Ze was altijd wat aan de kleine kant geweest, en naast hem voelde ze zich echt een kabouter. Toen hij langs haar liep, rook ze iets lekkers, een combinatie van zeep en dennengeur en man. Haar maag kromp ineen, haar hart ging tekeer en ze kreeg de onweerstaanbare neiging om te gaan babbelen.

Van dat laatste werd ze gered door een doordringend gemauw aan de achterkant van het huis.

'Daar is iemand ongelukkig,' constateerde Steven, in de richting van het geluid knikkend.

'Dat is Mason. Ik laat hem even binnen.'

In de keuken schoof ze de hordeur open. Mason mauwde klaaglijk, alsof ze hem dagen buiten had gesloten. 'Eigen schuld dikke bult, Mason.'

Op zijn gemak drentelde de kat naar binnen, regelrecht op Steven af. De meeste mannen hielden niet van katten, was haar ervaring. Chad had Mason zo veel mogelijk gemeden en had altijd geklaagd over kattenharen. Steven daarentegen hield uitnodigend zijn hand voor Masons neus, die Mason uitgebreid besnuffelde. Zodra Mason hem een kopje gaf, tilde Steven hem op en kriebelde hem achter zijn oren.

'Zo, bakbeest. Hoe gaat het in de kattenwereld?'

'Hou jij van katten?'

'Ik hou van alle dieren,' zei Steven glimlachend. 'Maar katten hebben iets cools. Hun liefde moet je echt verdienen. Bij honden gaat het alleen maar om wie de baas is.'

'En Lulu?' vroeg ze plagend.

Steven rilde. 'Ik weet niet zo goed wat ik van haar moet denken. Die rare vlekken en wilde haarpluimen gaan nog wel, maar die garderobe... Mijn moeder is elke dag veel te veel tijd kwijt met bedenken wat haar hondje aan moet. Vreselijk.' Hij zette Mason op de grond. 'Ik geef toe, ik ben zo'n man die geen oog heeft voor hondenmode.'

'Dat is een tekortkoming waar je je niet voor hoeft te schamen.'

'Gelukkig maar.' Hij knikte naar het plafond. 'Zit daar die eigenwijze trap?'

'Ja.'

Ze wilde het krukje pakken zodat ze bij het luik kon, maar hij schoof haar opzij. 'Ik kan er zo wel bij.'

Hij trok het luik open en schoof de trap naar beneden en weer naar boven. Na dat een paar keer gedaan te hebben, liet hij zijn handen over de zijkanten glijden. 'Het hout is een beetje kromgetrokken. Waarschijnlijk van ouderdom, of door een paar natte winters. Als hout uitzet, krimpt het bij droogte niet altijd terug in de oude vorm. Een beetje schuren en het probleem is verholpen. Dat kan ik wel voor je doen, als je wilt?'

'Echt? Is dat alles?'

Het viel haar op dat hij wel heel dichtbij stond in het kleine gangetje en ze deed haar best om niet nerveus te gaan ratelen. Het lukte niet. 'Ik ben echt blij om dat te horen. Heeft je moeder verteld dat ik vastgezeten heb op de zolder, met het luik dicht? Mijn mobiel lag beneden en ik kon alleen nog maar denken dat ik daar dood zou gaan en dat Mason mijn lever op zou eten. Dat ik zou eindigen als zo'n zielig verhaal dat je wel eens op internet leest, weet je wel?' Met haar vingers maakte ze aanhalingstekens in de lucht. 'Alleenstaande vrouw na maanden dood gevonden op zolder.'

Na de trap weer op zijn plaats geschoven te hebben, keek Steven haar aan. 'Alleenstaand? Jij ging toch met die... Hoe heet hij ook weer? Waar je altijd mee was?'

Ze trok een rimpel boven haar neus. 'Chad. Dat is een paar maanden geleden uit gegaan.' Mooi dat ze niet zou beginnen over de recente stomme seks. Dat ze alles opgebiecht had aan Pam was tot daar aan toe, maar het was niet iets om over te beginnen tegen iemand als Steven.

'Heb je het er nog moeilijk mee?'

Die vraag overviel haar een beetje. 'Nee. Het was mijn idee. Ik besefte ineens dat ik al te veel tijd aan die relatie verspild had.'

'Mooi.'

Het was maar één woord, maar er was iets met de manier waarop hij het zei. Of misschien kwam dat doordat ze zo dicht bij elkaar stonden. Of doordat hij zo lang was. Plotseling was ze zich weer erg bewust van haar ongekamde haren en haar gebrek aan Lulu-achtige kleding.

'Die trap kan ik wel repareren,' zei hij. 'Dan moet ik even heen en weer naar huis om een schuurmachine te halen. Zo gebeurd.' Er verscheen een glimlach om zijn lippen. 'We kunnen natuurlijk ook iets gaan drinken en dan doe ik die trap een andere keer.'

Ze bloosde tot aan de puntjes van haar blote tenen. 'Leuk. Wat drinken. Geef me vijf minuten om iets anders aan te trekken.' Snel schoot ze langs hem heen naar haar slaapkamer. Zodra ze de deur achter zich dichtgetrokken had, nam ze een paar seconden de tijd voor een vreugdedansje voor ze haar korte broek en T-shirt uittrok. Toen ging ze voor haar kast staan en bestudeerde haar garderobe.

Sinds ze thuis werkte, hoefde ze zich niet druk te maken over wat ze aantrok. Meestal werd het een spijkerbroek en een T-shirt.

Haar saaie docentenkleren wilde ze ook niet aan, dus bleven haar feestelijke jurkjes over.

'Het is geen feest,' fluisterde ze. 'Maar het is wel leuk.'

Ze ging voor een rood jurkje met korte mouwen en een flatteuze V-hals. Het was een simpel model, een variatie op een A-lijn die de rondingen van haar lichaam volgde. De kleur was dieprood en stond haar goed. Ze trok hem aan en rende naar de badkamer.

Daar bracht ze mascara aan, blusher en lipgloss, en ze borstelde toen haar donkere haren. Er zat een natuurlijke slag in die ze meestal weg probeerde te krijgen, maar daar had ze nu geen tijd voor. Een beetje volumespray erin en klaar. In de slaapkamer deed ze gouden oorringen in en stapte in haar taupekleurige sandalen met halfhoge hakken.

Toen ze de woonkamer in kwam, zat Steven met Mason op schoot op de bank. Beide heren keken op. Mason deed zijn trage ik-hou-van-je-knipoog en Stevens ogen werden groot. Hij stond snel op.

'Je ziet er fantastisch uit.'

'Dank je.'

'Dat was snel.'

'Zoveel heb ik niet gedaan.'

Vragend gebaarde hij naar de deur. Ze knikte, pakte haar tas en ging hem voor.

'Zullen we naar Olives gaan?' vroeg hij, nadat ze de deur op slot had gedaan.

'Klinkt goed.'

Olives was een café bij de kantorenwijk van de stad. Af en toe liep er een verdwaalde toerist binnen, maar meestal zaten er alleen maar mensen uit Mischief Bay. Zoe was er in geen jaren geweest. Vroeger ging ze er vaak met Jen heen om wat te drinken en bij te kletsen.

Steven parkeerde zijn Mercedes SUV en liep naar haar kant om het portier open te houden. Het beleefde gebaar verraste haar een beetje, tot ze zich realiseerde dat niet elke man was zoals Chad. Leuk om te weten.

Binnen vonden ze een klein onbezet tafeltje in een hoek. De ober kwam meteen. Zoe bestelde een *lemon drop* en Steven een wodka-martini.

'Je zei niet eens *"shaken, not stirred"*,' zei ze toen de ober weg was.

'Ik ben geen James Bond-type.' Glimlachend leunde hij over het tafeltje naar haar toe. 'Wat doe jij tegenwoordig? Het laatste wat ik heb gehoord, is dat je op dezelfde school werkte als Jen, maar dat je daar weg bent gegaan.'

'Klopt. Ik werkte daarnaast parttime als schrijver van handleidingen. Net na een moeizame schoolweek bood dat bedrijf me een fulltime contract aan, en ik zei ja.'

Dat was allemaal waar, maar niet de hele waarheid. Ze was ook gestopt met lesgeven in de dwaze veronderstelling dat zij en Chad zouden trouwen en een gezin zouden stichten. Thuiswerken zou haar de mogelijkheid geven een stiefmoeder te zijn voor zijn kinderen. Maar zover was het niet gekomen en nu leefde zij haar post-Chad leven.

'Wat is het leukste aan je werk?' vroeg hij.

'Goede vraag.' Ze dacht even na. 'Dat ik er mensen mee help. De meeste mensen lezen nooit een handleiding, maar af en toe doet iemand dat wel. Soms echt omdat hij of zij hulp nodig heeft of wil begrijpen hoe iets werkt. In dat geval kan ik ze helpen.' Ze lachte. 'Soms moet ik een handleiding schrijven voor medische apparatuur. Dan ga ik er wel van uit dat iemand echt de hele handleiding leest.'

Samenzweerderig leunde hij verder voorover. 'Je weet toch

wel dat je alleen voor vrouwen schrijft, hè? Mannen lezen geen handleidingen.'

'Ja,' beaamde ze grinnikend. 'Ik ben op de hoogte van die vreemde afwijking.'

'Dat is geen afwijking! Wij zijn gewoon geboren met intuïtieve kennis.'

'O, noemen jullie dat zo.'

De ober kwam terug met hun drankjes en het bordje met bruschetta dat ze besteld hadden.

'Wat vind je er het minst leuk aan?' vroeg Steven.

'Dat ik de hele tijd alleen ben. Van te voren had ik me niet gerealiseerd dat ik andere mensen zo zou missen. Ik heb zin om de gang in te lopen voor een praatje met een collega. Toen ik docent was, had ik het gevoel dat ik de hele dag niets anders deed dan praten, maar nu is er niemand tegen wie ik dat kan doen.' Ze nam een slokje. 'Ja, Mason. Die kan heel erg lief voor me zijn, maar een gesprek zit er niet in.'

'Die indruk kreeg ik al. Hij is meer het sterke, zwijgzame type.'

'Dat zal hij fijn vinden, dat je dat gemerkt hebt,' zei ze glimlachend.

'Heb je er spijt van dat je bent gestopt met lesgeven?'

Spijt genoeg, maar dat betrof vooral Chad. 'Sommige dingen mis ik wel, maar ik weet niet of ik terug zou willen. Dit werk is heel leuk, ik wou alleen dat het anders georganiseerd was.' Ze keek hem aan. 'En jij? Vind jij wat je doet leuk? Je zit natuurlijk in het familiebedrijf, dus ik weet niet of je wel zou kúnnen stoppen, maar toch.'

'Ik heb altijd geweten dat ik ooit het bedrijf over zou nemen en dat vond ik prima. Ik had alleen nooit gedacht dat het zo snel zou gaan.'

O ja. Omdat zijn vader overleden was. 'Sorry.'

'Ja, het is niet leuk. Ik mis mijn vader elke dag. Hij was zo'n geweldige man. In het begin was ik bang dat ik het niet zou kunnen, leiding geven aan het bedrijf zoals mijn vader dat al die jaren gedaan heeft. Tot ik besefte dat ik dat ook niet hoefde te doen: ik moet het op mijn eigen manier doen. En dan maar afwachten of dat zou lukken.'

'En het lukte.'

Zijn donkere ogen rustten in de hare. 'Dat kun je niet weten.'

'Jawel, hoor.' Ze stak een vinger in de lucht. 'Ten eerste: Jen zou het me zeker verteld hebben als jij het bedrijf te gronde gericht had.' Nog een vinger. 'Ten tweede lijk jij me niet het type dat van zichzelf mag falen. Niet bij zoiets belangrijks. Het is niet alleen een familiebedrijf. Jullie hebben... hoeveel mensen in dienst? Tientallen, toch? Je wilt vast niet dat al die mensen hun baan verliezen.'

Hij keek tegelijk trots en een beetje ongemakkelijk. 'Ja, nou, het gaat de goede kant op.'

'Je vader zou trots op je zijn.'

'Dat zegt mijn moeder ook steeds.' Zijn blik werd ernstig. 'Toen mijn vader overleed, was dat voor ons allemaal een klap. Dat verbaasde me niet echt, maar ik had niet verwacht dat zijn dood zoveel bij mij los zou maken. Je verwacht gewoon niet dat iemand er ineens niet meer is.'

'Dat hebben alle kinderen,' legde ze uit. 'Je neemt aan dat je ouders er altijd voor je zullen zijn.'

Bedachtzaam knikte hij. 'Toen ik klein was, was ik blij dat mijn ouders zo'n goede band hadden. Ze waren een eenheid, lieten zich nooit tegen elkaar uitspelen. Later, in mijn puberteit, schaamde ik me ervoor dat ze zo close waren. Dat was helemaal niet cool. Maar nog later vond ik het weer geweldig. Ze hielden echt van elkaar. Jen, Brandon en ik maakten ons zorgen dat mijn moeder na zijn dood niet meer verder zou kunnen of willen, maar ze heeft haar leven weer goed opgepakt.'

'Zeg dat wel. Pam is een fantastische vrouw.'

'Dat ben ik met je eens, maar dat mag je niet tegen haar zeggen, hoor.'

Zoe schoot in de lach. 'Omdat ze dan te veel macht over je krijgt?'

'Jij begrijpt het.'

'Ik zal je geheimpje niet verklappen, maar dan sta je wel bij me in het krijt.'

'Als tegenprestatie zal ik je trap repareren. Is dat genoeg?'

'Zeker.' Heel even legde ze haar hand op zijn arm. 'Echt heel fijn dat je dat wilt doen. Ik moet je zeggen, toen ik opgesloten zat op die zolder dacht ik echt even dat ik gek werd.'

'Logisch. Dat zou iedereen toch doodeng vinden?'

Hij was aardig, dacht ze blij. Verantwoordelijk. Toen zijn familie hem nodig had, had hij gedaan wat hij moest doen, ook al had hij zelf ook verdriet gehad. 'Goed in klussen en je houdt van katten,' zei ze. 'Hoe komt het dat er niet ergens een Mrs. Steven Eiland op je zit te wachten?'

Hij nam een slok. 'Wil je een charmant antwoord of een oprecht antwoord?'

'Oprecht antwoord.'

'Op school en tijdens mijn studie was ik best populair.'

'Aha. Waarom zou je er eentje kiezen als je ze allemaal kunt hebben?'

'Zoiets. Op een gegeven moment was het zo ver gekomen dat ik van mijn moeder geen meisjes meer mee naar huis mocht nemen. Ze vond het niet leuk dat het, elke keer dat ze iemand aardig begon te vinden, steeds na twee weken uitging.'

'Hield je het soms wel twee weken vol? Wauw. Indrukwekkend.'

'Even serieus. Zit ik hier voor jou mijn ziel bloot te leggen, ga jij er grapjes over maken.'

'Inderdaad.' Ze knipperde met haar ogen. 'Wen er maar aan.'

Hij schoot in de lach. 'Mijn ouders zeiden steeds dat ik inmiddels mijn wilde haren wel kwijt moest zijn,' ging hij verder. 'Dat ik een serieuze relatie aan moest gaan met iemand. Al was het maar voor een maand. Maar ik zag er het nut niet van in. Tot mijn vader overleed. Toen veranderde alles. In het begin had ik geen tijd om uit te gaan zoals vroeger, en toen het rustiger werd op het werk, merkte ik dat ik er geen behoefte aan had. Ik wilde wat mijn ouders hadden. Echte liefde.'

Schouderophalend staarde hij naar zijn nog bijna volle glas. 'Sorry voor die emotionele uitbarsting. Ik zou graag de schuld geven aan de wodka, maar daar heb ik nog bijna niks van gedronken. Dus... Of het is echt makkelijk om met jou te praten, of ik ben een vrouw aan het worden.'

'Eén van die twee?'

'Ja.'

'Je bent volgens mij geen vrouw aan het worden.'

'Gelukkig maar. Daar ben ik blij om.'

'Ik ook.'

Een paar seconden keken ze elkaar zwijgend aan. Zoe betrapte zich erop dat ze haar stoel dichter naar hem toe wilde schuiven. In elk geval wilde ze met hem blijven praten. Hij was aardig, lief, gevoelig en grappig. En o ja, hij was ook nog sexy. Over de perfecte man gesproken. Kon het zo zijn dat het lot haar toelachte?

'Ik hou –'

'Heb je –'

Ze begonnen tegelijkertijd te praten.

'Jij eerst,' zei Steven.

'Ik hou een barbecue aanstaande zondag. Gewoon, voor een paar vrienden, heel informeel. Heb je zin om te komen?'

'Jawel.' Hij glimlachte. 'En ik wilde vragen of je zin hebt om aan dit drankje een etentje vast te plakken.'

Ze glimlachte terug. 'Jawel.'

Even staarden ze elkaar aan. Zoe voelde de vonken tussen hen overspringen – iets wat ze in eeuwen niet gevoeld had.

'Ik moet je wel waarschuwen dat ik je moeder ook heb uitgenodigd voor die barbecue. En mijn vader.'

'Ouders. Interessant. Dat kan ik wel aan, denk ik. En jij?'

'Zo'n uitdaging ga ik niet uit de weg.'

Hoofdstuk 5

Jen sloop achteruit Jacks kamer uit en deed de deur dicht. Later, vlak voor zij en Kirk naar bed gingen, zou ze de deur weer op een kier zetten, zodat ze Jack zou horen als hij ging huilen. Een noodplan voor het geval de babyfoon het niet deed.

In plaats van meteen bij Kirk te gaan zitten in de woonkamer, schoot ze de slaapkamer in waar ze haar tanden poetste, haar haren kamde en controleerde of dat beetje make-up dat ze aangebracht had vanmorgen niet helemaal uitgelopen was. Even overwoog ze ook nog iets uitdagenders aan te trekken, maar ze wist niet wat ze moest zeggen als dat Kirk opviel.

Niet dat ze niet *wílde* dat het hem opviel. Dat was juist de opzet van haar zorgvuldig voorbereide avondje. De hele tijd had ze lopen denken aan wat haar moeder een paar dagen geleden gezegd had. Over hun liefdesleven.

Eerlijk gezegd hadden ze dat niet meer. Sinds de geboorte van Jack vreeën ze nog maar zelden. Meestal was ze zo gestrest dat ze het enthousiasme niet op kon brengen en de laatste maanden was Kirk er ook niet meer over begonnen. Vooral dat laatste baarde haar zorgen. In hoeverre kwam dat door zijn drukke nieuwe baan, en in hoeverre kwam het doordat Lucas steeds over zijn jongedames vertelde? Niet dat ze daarnaar wilde vragen. Nee, ze zou het probleem anders aanpakken.

In de woonkamer zat Kirk op de bank tv te kijken. Basketbal. Toch ging ze niet op haar vaste plekje aan de andere kant van de bank zitten, maar naast hem. Glimlachend keek hij op.

'Slaapt hij?'

‘Ja. Als ik het speeldoosje aanzet, valt hij meestal binnen een paar seconden in slaap.’

‘Beste cadeau ooit?’

Ze lachte. ‘Het staat in elk geval in de top tien.’

Zijn blik dwaalde weer af naar het scherm. De Lakers stonden zes punten voor. Jen ging verzitten zodat haar wijde T-shirt van haar schouder gleed. Daaronder had ze haar meest sexy beha aangetrokken, die met de zijden bandjes. Hopelijk riep dat beelden op van...

‘Is er iets?’ vroeg Kirk. ‘Je zit zo te draaien. Heb je last van je rug?’

‘Nee, hoor. Helemaal niet.’

Ze verbeet een zucht. Haar verleidelijk bedoelde beweging had niet het gewenste effect gehad. Net toen ze dichter tegen hem aan wilde kruipen, schoof Kirk naar het puntje van de bank. Ellebogen op zijn knieën, ogen op het scherm gefixeerd.

‘Kom op, kom op! Verknal het nou niet. Afspelen, man. Afspelen!’

Kirk ging op in het spel. Nu had ze een paar opties. Ze kon wat minder subtiel te werk gaan, hem zoenen of zo, of ze kon accepteren dat het er vanavond niet van zou komen. Het risico bij de eerste optie was dat hij haar aan zou kijken met die afwezige glimlach die verried dat hij geen belangstelling had. Niet dat ze die vaak gezien had, maar de dreiging lag altijd op de loer.

Haar verstand wist heel goed wat de beste aanpak zou zijn: gewoon tegen haar man zeggen wat ze dacht. Dat ze heel veel zin had. Gezien het feit dat het zo lang geleden was, zou hij waarschijnlijk de tv uitgezet hebben voor ze met haar ogen kon knipperen.

Maar die afloop stond niet vast. Haar verstand mocht er dan van overtuigd zijn dat het de beste aanpak was, de rest van Jen twijfelde nog. Stel dat hij geen belangstelling meer voor haar had? Stel dat hij alleen nog maar kon denken aan meisjes van tweeëntwintig? Stel dat...

'Ik ga de rekeningen doen,' zei ze, opstaand.

'Oké. Is er nog ijs voor straks?'

'Hm-m.'

Ze liep de studeerkamer in en ging achter het bureau zitten dat van haar vader geweest was. Volgens haar moeder waren haar ouders het enthousiast blijven doen, tot haar vaders dood. Ruim dertig jaar waren ze getrouwd geweest. Hoe hadden ze in hemelsnaam het vuurtje zo lang brandende gehouden?

Ze wist niet of het probleem tussen haar en Kirk tijdelijk was of niet. Misschien lag het niet aan de situatie, maar aan henzelf. Het waren vragen die ze zichzelf nauwelijks durfde te stellen.

Zondag aan het eind van de ochtend controleerde Zoe de kip die lag te marineren in de koelkast. Ze had besloten het menu voor de barbecue simpel te houden. Gegrilde kip, een paar salades, kievitsbonen uit de Crock-Pot (een recept van haar moeder) en toetjes van Let's Do Tea. De drankjes waren net zo simpel: in de zon getrokken thee, bier en margarita's van Saldivar tequila.

Haar vaders familie was vier generaties geleden uit Mexico geëmigreerd. In de loop der jaren waren er zoveel familieleden met niet-Hispanics getrouwd, dat de familie nu een familie was zoals er zoveel waren in het zuiden van Californië. Een beetje van dit, veel van dat, met een vleugje weet-ik-niet. Maar het familiebedrijf – Saldivar Tequila – bleef hun link met Mexico.

De agaves werden in Mexico gekweekt, maar het hoofdkantoor van het bedrijf stond in Californië. De drank werd over de hele wereld geëxporteerd. Pas op haar twaalfde of veertiende had ze begrepen dat 'drank' meer kon zijn dan alleen tequila.

Haar vader en zijn broer waren opgeleid om het bedrijf over te nemen. Zijn broer was directeur, haar vader was tot een paar jaar geleden woordvoerder geweest. Hoewel Zoe erg van margarita's hield, had ze geen zin om bij het familiebedrijf te gaan werken. Haar neven en nichten konden het prima af zonder haar.

Iets voor elf uur stond haar vader voor de deur.

'Ik ben een beetje vroeg gekomen om je te helpen,' zei hij, haar omhelzend met een zak limoenen in zijn hand. Mariposa, zijn vlinderhondje, trippelde achter hem aan naar binnen.

Miguel Saldivar was ongeveer een meter tachtig. Hij had dik, grijzend haar en een korte baard. Veel van haar vriendinnen konden er niet over uit hoe knap hij was, waar Zoe niets van begreep – voor haar was hij gewoon haar vader.

Ze bukte om Mariposa te aaien. Het kleine hondje liet zich gewillig optillen en gaf haar een hondenkusje. 'Hoe gaat het met mijn mooie meisje?' vroeg Zoe. 'Hou je mijn vader een beetje op het rechte pad?'

Mariposa kwispelde.

'Een vriendin van mij heeft ook zo'n klein hondje,' zei ze, denkend aan Pam. 'Misschien kunnen jullie eens afspreken, dan kunnen de hondjes samen spelen.'

'Mariposa gaat niet om met andere hondjes,' zei haar vader stellig. 'Ze is een mensenmens, geen hondenmens.'

Even vroeg Zoe zich af of ze haar vader moest vertellen dat Mariposa helemaal geen mens was, maar dat leek haar vergeefse moeite. 'Ben je alleen?' vroeg ze in plaats daarvan. 'Geen hele stoet jongedames achter je aan?'

'Een beetje respect, hè?' zei haar vader. 'Wat heb ik verkeerd gedaan?'

Ze gaf hem het hondje in ruil voor de limoenen en liep naar

de keuken. 'Weet je nog dat je me foto's liet zien van dat huis vol pin-ups?'

'Dat was honderd jaar geleden.'

'Ik was twintig. Die meiden op die foto hadden ongeveer mijn leeftijd. Dat was een beetje griezelig.'

Haar vader knipoogde. 'Je bent jaloers.'

'Op die bimbo's? Nee, je bent niet mijn type.'

'Er waren ook knappe mannen, hoor.'

'Mannen die op dat soort vrouwen vallen zijn ook niet mijn type. Een rare norm misschien, maar zo is het nu eenmaal.' Ze legde de limoenen op het aanrecht. 'Ik was van plan om wodka-tonic te serveren voor iedereen,' zei ze, wetend dat die uitspraak zou zorgen voor een abrupte verandering van gespreksonderwerp.

Inderdaad leek haar vader alle dames op slag vergeten. Hij sloeg zijn armen over elkaar en keek haar met half toegeknepen ogen aan. 'Zoe Elizabeth Saldivar, daar moet je geen grapjes over maken.'

'O, papa.' Ze ging op haar tenen staan en gaf hem een kus op zijn wang. 'Je moet iets doen aan je gevoel voor humor.'

'Ik heb een uitstekend gevoel voor humor. Hoe denk je dat jij aan het jouwe komt?'

'Van mama.'

Hij bromde iets en ging zijn handen wassen. Ondertussen pakte Zoe een paar kleine kommetjes. Een voor het limoensap. Het andere voor Mariposa. Want stel je voor dat zijn geliefde hondje uit een poezendrinkbakje moest drinken.

Over poezen gesproken...

Zoe liet haar vader de limoenen uitpersen en ging op zoek naar Mason. Die lag, gezellig met Mariposa, in een streep zonlicht in de woonkamer. Hoewel de rode kater zeker twee kilo zwaarder was dan het hondje en een stuk groter, waren ze dikke vrienden. Toen Zoe binnenkwam, legde Mason net zijn kop op de hondenborst zodat Mariposa zijn oren kon wassen.

'Jullie zijn gek,' constateerde Zoe, voor ze terugliep naar de keuken.

Daar was Miguel nog met de limoenen bezig. Terwijl hij doorging met snijden, schonk Zoe het sap in een grote maatbeker. Als de gasten er waren, zou Miguel elke keer een nieuwe kan margarita's klaarzetten.

'Hoe gaat het met je?' vroeg hij.

'Goed.'

'Heb je Chad nog gezien?'

'Het is toch uit.'

'Het is wel vaker uit geweest, en dan nam je hem weer terug.'

'Nu niet. Dit keer ben ik er echt klaar mee.'

'Mooi zo. Ik heb hem nooit gemogen.'

Haar vader had best goed met hem op kunnen schieten, tot ze het uitgemaakt had. Zoals het een goede vader betaamt, dacht ze glimlachend. Nu zou hij tot in lengte van dagen een hekel hebben aan Chad.

Zijdelings keek Miguel haar aan. 'Bevalt het leven, zo zonder hem?'

'Nou en of.'

'Als je eenzaam wordt, moet je aan de bel trekken, hoor. Dan zoek ik een leuke vent voor je.'

'Ik doe maar net of ik dat niet gehoord heb. Alsof ik erop zit te wachten dat mijn vader een vriendje voor me uitzoekt!'

'Waarom niet? Ik heb een uitstekende smaak. Per slot van rekening ben ik met je moeder getrouwd.'

'Ja, en vervolgens ben je bij haar weggegaan. Bemoei je niet met mijn leven, dan bemoei ik me niet met het jouwe.'

'Afgesproken. Nou, vertel eens wie er allemaal komen vanmiddag.'

Iets na enen reed Pam Zoe's straat in. Het huis van Zoe was klein maar sfeervol. In dit blok was er nog niet veel veranderd, dat kon Pams goedkeuring wel wegdragen. Veel andere straten waren veranderd in McMansions – te grote huizen op te kleine percelen. Hier stonden nog veel van de oorspronkelijke bungalows.

De oprit stond al vol met auto's, dus parkeerde Pam een stukje verderop. Toen ze terugliep, kwam ze langs Stevens SUV. Met een beetje geluk had haar plannetje al gewerkt. Ze verheugde zich er al op om die twee te bespioneren. Onopvallend, natuurlijk. Steven had een vrouw in zijn leven nodig, maar wel van de goede soort. Zoe leek Pam een lieve en zorgzame meid. Chad was een drama geweest, maar dat had ze op tijd ingezien en ze had hem verlaten voordat er echt iets naars gebeurd was.

De voordeur stond op een kier. Pam klopte aan en liep meteen door naar binnen. Door de ramen aan de achterkant zag ze de mensen in Zoe's achtertuin. Het was een leuke tuin, met een overdekt terras, een paar grote bomen en een stukje gazon. Ze wilde naar de schuifdeuren lopen, maar werd afgeleid door een klein hondje dat haar luid blaffend tegemoetkwam.

Meteen zette ze de schaal met brownies die ze meegenomen had op de tafel en ging op haar hurken zitten, haar hand al uitgestrekt naar een snuffelend neusje.

'Kijk nou toch,' zei ze met zachte stem. 'Jij bent een mooi meisje, zeg.'

Het hondje had grote bruine ogen en enorme oren. Het snoetje was bruin, zwart en wit gevlekt, terwijl de rest van het lijfje bijna helemaal wit was.

Het beestje rook aan Pams vingers en Pam had haar nog maar een paar keer achter haar oor gekriebeld of ze ging al op het tapijt liggen met haar pootjes in de lucht.

'Ach, Mariposa, ze moeten er wel een beetje hun best voor doen, hoor. Het is niet gratis.'

Benieuwd naar bij wie die sonore, melodieuze stem hoorde, keek Pam op. Voor haar stond een lange, breedgeschouderde man met een knappe kop.

'Jij bent zeker Zoe's vriendin Pamela. Ze heeft het over je gehad. Ik ben Miguel Saldivar, Zoe's vader.'

Pam knipperde. Wauw. Die stem, het gezicht, de man... Alles was even aantrekkelijk.

Miguel stak zijn hand uit. Het duurde even voordat Pam zich realiseerde dat hij haar overeind wilde helpen. Nou ja, zeg. Alsof ze zelf niet... O wacht, hij was beleefd. Beleefde mannen deden dat soort dingen. John ook. Hij was altijd zo hoffelijk en attent geweest.

De onverwachte herinnering aan haar man bracht haar van haar stuk. Pijn en verlangen schoten door haar heen, tot ze het er benauwd van kreeg. Haar reactie was even krachtig als onvoorzien.

Miguel hurkte naast haar. 'Gaat het wel, Pamela?'

Ze glimlachte geforceerd. 'Ja, prima. Is dit schatje van jou? Wat een schoonheid.'

Toen Miguel haar taxerend opnam, kreeg Pam het gevoel dat hij in tweestrijd stond of hij mee zou gaan in deze verandering van gespreksonderwerp of niet.

'Inderdaad,' zei hij toen. 'Ze heet Mariposa en zoals je ziet is ze schromelijk verwend.'

Weer reikte hij haar de hand, en dit keer legde ze haar vingers erin en ze stonden samen op.

Hij was nog langer dan ze gedacht had, had brede schouders

en een strak lichaam. Zo te zien kon hij niet veel ouder zijn dan zij. Ergens in haar achterhoofd vormde zich de gedachte dat er iets was met deze man, dat ze hem al eens eerder gezien had of zo. Bijna een herinnering. Alsof ze elkaar al eens eerder ontmoet hadden.

Voor ze daarnaar kon vragen, hoorde ze een bekende lach. Ze draaide zich om en zag de kleine Jack op haar af komen rennen. Met uitgestrekte armpjes stortte hij zich op haar. Ze ving hem op en tilde hem omhoog.

'Kijk eens wie we daar hebben,' zei ze blij. 'Zie ik jou ook weer eens.'

Jen en Kirk kwamen achter hun zoon aan. Pam begroette haar dochter en schoonzoon en wilde zich tot Miguel wenden, maar die was alweer de tuin in gelopen. 'Hoe gaat het?' vroeg ze aan Jen. De wallen onder haar dochters ogen ontgingen haar niet.

'Gaat wel,' zei Jen schouderophalend. 'Ik slaap alleen zo slecht de laatste tijd.'

Pam klemde haar kaken op elkaar om te voorkomen dat ze iets zei waar ze later spijt van zou krijgen. Het was goed dat Jen het ouderschap serieus nam, maar haar dochter maakte zich ziek met haar gepieker over dingen die waarschijnlijk nooit zouden gebeuren. De kans was klein, in elk geval. Ze maakte zich continu zorgen dat Kirk iets zou overkomen tijdens zijn werk. Natuurlijk, politiewerk was niet zonder gevaren, maar Kirk was nu rechercheur. Zijn partner was een ervaren politieman. En wat Jack betrof... Daar begon ze al helemaal niet over. Ze had geen zin om ruzie te maken met haar dochter, al maakte ze zich wel zorgen om haar. Jen maakte alles onnodig moeilijk. Pam vermoedde dat Jen, die haar best veel vertelde, ook heel veel niet vertelde. Jacks eerste jaren zouden een wonder moeten zijn, geen worsteling.

Met zijn allen liepen ze de tuin in. Zoe had tafeltjes neergezet in de schaduw. Er was een plek waar de kleintjes konden spelen en een geïmproviseerde bar.

Opgewekt kwam Zoe hen allemaal begroeten. Ze kietelde Jack en heette de anderen welkom.

'Heb ik je vader al eens eerder ontmoet?' vroeg Pam. 'Hij komt me zo bekend voor.'

Zoe grinnikte. 'Hij is jaren het gezicht geweest van Saldivar Tequila. Je zult hem wel gezien hebben in advertenties en op tv.'

'Natúúrlijk. Stom dat ik dat niet meteen zag.'

Jen nam Jack van haar over en zette hem op de grond. Het jongetje rende meteen naar twee andere kindjes en Jen ging achter hem aan. Kirk liep met haar mee.

Zoe leunde opzij naar Pam. 'Mijn vader is een echte charmeur. Daar kan hij niks aan doen. Je bent gewaarschuwd.'

'Maak je geen zorgen. Ik beloof je dat ik me niet omver zal laten blazen door zijn charmes.' Toch was ze blij met de informatie. Niet dat ze op zoek was of zo, maar die man was echt heel aantrekkelijk. Ze stak haar arm door die van Zoe. 'Kom, stel me eens voor aan je vrienden. Ik ben wel benieuwd naar jullie moderne taalgebruik. Mijn woordenschat is zo verouderd.'

Het was een zonnige en warme middag. Pam vond het gezellig om met iedereen een praatje te maken. Tijdens het eten nam zij Jack onder haar hoede, zodat Jen en Kirk hun handen even vrij hadden. Niet lang daarna belandde ze in een van de strandstoelen, naast Miguel.

Fronsend bekeek hij haar glas ijsthee. 'Hou je niet van margarita's?' vroeg hij. 'Ik heb ze zelf gemaakt.'

'Ik hou best van margarita's en ik heb er al een gehad, maar ik moet nog naar huis rijden.'

'Een verstandige vrouw. Interessant. Vertel eens, Pamela, wat doe jij zoal?'

Even overwoog ze hem te corrigeren – niemand noemde haar Pamela – maar het had wel wat, zoals hij haar officiële naam uitsprak. Leuk, vond ze. Grappig.

'Ik werk als vrijwilliger bij Moving Women Forward, een organisatie die vrouwelijke ondernemers begeleidt. Daar ben ik mentor. Verder pas ik af en toe op mijn kleinzoon en ga ik uit met vriendinnen. We gaan een paar keer per jaar op vakantie, dat soort dingen.' Het was geen leven dat de wereld zou veranderen, maar het was een goed leven en ze wist dat ze daar dankbaar voor mocht zijn. 'En jij?' vroeg ze. 'Zoe vertelde me dat je in het familiebedrijf gewerkt hebt, als woordvoerder.'

'O ja? Inmiddels ben ik met pensioen, hoor. Mijn neef is een stuk jonger. Dat heeft een zekere aantrekkingskracht, vermoed ik. Maar hij is niet veel knapper dan ik.'

Pam schoot in de lach. 'Dat zal wel niet.'

Miguel knipoogde naar haar. 'Je zult wel verhalen over me te horen krijgen.'

'O ja?'

'Ja. Dat ik charmant ben, en een rokkenjager.'

'En dat is niet waar?'

Hij legde zijn hand op zijn hart. 'Dat is gemeen. Natuurlijk ben ik charmant. Wat die vrouwen betreft: vroeger misschien. Na mijn scheiding. Ik genoot een bescheiden beroemdheid en daar heb ik misschien af en toe mijn voordeel mee gedaan.'

Pam begreep dat dat een understatement was. 'En tegenwoordig?'

'Ik heb andere dingen leren waarderen. Rijpheid en wijsheid hebben een heel eigen schoonheid.'

Pam moest zich inhouden om niet laatdunkend te snuiven. Wat een tegeltjeswijsheid. Wel waar, daar niet van. Maar toch. 'Miguel, ik beloof je dat ik alleen de aardige dingen die ze over je vertellen zal geloven.'

'Dat waardeer ik zeer.' Hij keek om zich heen. 'Dit doet me denken aan de tijd dat ik in Rio was, jaren geleden. Een van onze distributeurs had me uitgenodigd bij hem thuis, om de verjaardag van zijn jongste dochter te vieren. Die werd zeven, en de hele familie was er. Al die generaties door elkaar – ik ben bang dat we dat verliezen.'

'Ik weet wat je bedoelt. Ik vind het leuk dat ik in elk geval twee van mijn kinderen regelmatig zie, maar dat geldt niet voor iedereen.'

'Hoeveel kinderen heb je?'

'Drie.' Ze wees naar Jen en Steven. 'Brandon zit in San Francisco.' Ze glimlachte. 'Als ik zeg dat hij dokter is, vind je me dan een opschepper?'

'Helemaal niet.'

'Dan is hij dokter. Brandon was zo'n kind dat je af en toe achter het behang wilde pakken. Als er een makkelijke en een moeilijke manier was om iets te bereiken, dan vond hij een onmogelijke manier. Maar nu doet hij het geweldig.'

Aandachtig nam Miguel haar op. 'Je was een fantastische moeder.'

'Dat denk ik ook graag, maar je weet het nooit.'

'Ik voel dat soort dingen aan. Jij hebt een bepaalde vastberadenheid over je. Hoe groot het probleem ook was, jij gaf niet op.'

Dat is gewoon een gok, dacht ze bij zichzelf, een beetje verrast dat hij dat in haar zag.

'Je glas is leeg,' zei Miguel, opstaand en haar glas aannemend. 'Ik ben zo terug.'

Pam keek hem na. Een prettig uitzicht. Het was inderdaad een interessante man, die Miguel. Charmant en…

Steven liet zich in de lege stoel naast haar vallen. 'Mam,' viel hij met de deur in huis, 'je moet uitkijken met die man. Je zit nu al een tijdje met hem te praten. Zoe heeft me alles over hem verteld. Hij is een *player*. Ik weet wel dat hij charmant is en zo, maar dat is heel oppervlakkig.'

'Mijn god.' Verbijsterd staarde Pam hem aan. 'Eerst Zoe en nu jij? Hoe dom denken jullie dat ik ben?'

'Niet dom,' zei Steven haastig. 'Gewoon, je weet wel, onervaren. Je bent zo lang met papa getrouwd geweest en je bent het niet gewend om...'

Hij leek naar het juiste woord te zoeken.

'Met mannen om te gaan?' opperde Pam droog.

'Zoiets, ja.' Ongemakkelijk schoof hij in zijn stoel. 'Mam, ik hou van je en ik wil niet dat je gekwetst wordt. Je weet wel, als je denkt dat Miguel...'

Ze staarde hem aan. 'Dat Miguel wat?'

'Eh... laat maar.'

'Jij wilt niet dat ik denk dat Miguel oprecht belangstelling voor me heeft. Is dat het? Want dan wil ik je er wel even op wijzen dat hij zeven jaar ouder is dan ik, dus aan de leeftijd kan het niet liggen. Bedoel je dat ik niet aantrekkelijk genoeg ben? Vind je me soms lelijk?' Het was misschien niet aardig om hem zo te laten spartelen, maar ja, hij was zelf begonnen.

Steven kromp ineen. 'Mam, ik wil gewoon...'

'Ik weet wat je wilt en wat je denkt. Dat ik zo zielig ben dat ik zou denken dat Miguel belangstelling voor me heeft. Dat ik zo achterlijk en naïef ben dat ik in katzwijm val voor de eerste de beste man die naar me glimlacht. Ik zal jou eens wat vertellen, Steven Eiland. Jij en jouw generatiegenoten hebben seks niet uitgevonden. Ik deed het al toen jij nog niet eens geboren was. En ik mag dan dertig jaar gelukkig getrouwd zijn geweest, ik ben niet gek. Ik begrijp heel goed wie en wat Miguel is. Dus als jij niet wilt dat ik jou de les ga lezen over dingen die je niet wilt horen – over hoe het zit tussen mannen en vrouwen en dat soort zaken – dan stel ik voor dat jij je als de bliksem weer naar de andere kant van het feest begeeft.'

Steven slikte en stond op. 'Ja, mam.'

Hij verdween zo snel dat Pam tevreden constateerde dat haar boodschap duidelijk was overgekomen. Werkelijk, wat was dat met die jonge mensen tegenwoordig?

Miguel kwam terug met een nieuw glas ijsthee, dat hij op het tafeltje naast haar zette.

'Is alles goed?' vroeg hij.

'Alles is uitstekend, kan ik wel zeggen.'

Hoofdstuk 6

Het feest begon om een uur of zeven wat rustiger te worden. Tegen halfacht was bijna iedereen weg. Pam kwam binnen met een paar lege schalen, die ze op het aanrecht zette.

'Het was heel gezellig,' zei ze opgewekt. 'Bedankt dat ik ook mocht komen.'

'Graag gedaan.' Zoe keek naar de laatste gasten die stonden te praten in haar achtertuin. 'Dit zou ik vaker moeten doen. Ik vond het zo leuk.'

'Heb je Jen nog gesproken?' vroeg Pam, tegen het aanrecht leunend.

'Nauwelijks. Hoezo?'

'Ik weet het niet. Ik maak me zorgen over haar. Ze is zo geobsedeerd door Jack. Het is natuurlijk prima om een goede moeder te willen zijn, maar Jen heeft bijna geen eigen leven meer.'

Zoe wilde niemand op de tenen trappen, maar nu Pam erover begon...

'Ze is wel veranderd,' gaf ze toe. 'Sinds Jack er is. Ik hou van haar en zou dolgraag iets voor haar willen doen, maar soms vraag ik me af of hoe belangrijk onze vriendschap nog voor haar is.'

'Dat vind ik naar om te horen.' Pam beet op haar lip. 'Als ze nou gelukkig was, de hele tijd bij haar kindje, dan zou ik er nog vrede mee hebben. Maar ze is de hele tijd zo gestrest. Ik denk...' Ze keek Zoe aan. 'Misschien moeten wij eens met haar gaan praten. Met zijn tweeën. Haar zeggen dat we ons zorgen maken.'

Aarzelend deed Zoe een stapje achteruit. 'Dat lijkt me niet zo'n goed idee. Volgens mij valt dat niet in goede aarde bij Jen. Dan krijgt ze vast het gevoel dat wij tegen haar samenspannen.'

'Niet als we meteen zeggen dat we van haar houden. Iemand moet haar de waarheid vertellen. Liefst iemand die om haar geeft. Ik sms je wel een paar data om te kijken wanneer we allebei kunnen. Het is waarschijnlijk het handigst als Jack zijn middagdutje doet; ik wil niet dat ze afgeleid is.'

Pam omhelsde haar en stak haar hand nog een keer op toen ze de keuken uit liep. 'Je hoort van me. Dag.'

Zoe kreunde. Die confrontatie met Jen zat haar niet lekker. Op tv of in de film werkte zoiets soms, maar in de harde werkelijkheid verliep het vast niet zo soepel. Ze had al niet zoveel vrienden – die paar die ze nog had, wilde ze niet kwijt. Maar ze wilde Pam ook niet voor het hoofd stoten.

'Wat kijk je ernstig,' zei Steven, toen hij met een kan ijsthee de keuken binnenkwam. 'Alles goed?'

'Gewoon, in gedachten verzonken.' Mooi dat ze hem hier niet in mee zou slepen. Straks zat ze klem tussen moeder en zoon. Daar had ze al helemaal geen zin in.

'Dit was het laatste van buiten,' zei hij. 'Kan ik nog iets anders voor je doen?'

'Je hebt al genoeg gedaan.'

Niet alleen was hij attent en aardig tegen haar vrienden geweest, hij had de hele tijd in de gaten gehouden of er nog glazen of schalen bijgevuld moesten worden. Ze glimlachte. 'Je bent de ideale gast.'

'Mijn moeder heeft me geleerd de handen uit de mouwen te steken.' Hij wilde iets zeggen, maar leek van gedachten te veranderen. 'Heeft Mason Mariposa overleefd?'

'Ja, ze zijn zelfs dol op elkaar. Gelukkig maar, want ik zou het niet leuk vinden als mijn vaders hondje mijn kat ziet als levend speeltje.'

'Volgens mij is Mason een slimme kat, die bijt wel van zich af.' Hij pakte een halflege fles chardonnay. 'Nog een glaasje?'

'Lekker.'

Ze pakte twee schone glazen uit de kast en hij schonk in. Met hun drankjes liepen ze de woonkamer in en gingen op de bank zitten. Alleen de lamp in de hoek brandde, en Zoe vroeg zich af of ze meer licht aan moest doen. Nee, besloot ze. Het was veel te lang geleden dat ze met een knappe man op een bank had gezeten bij te weinig licht. Chad telde niet mee, want die was een totale mislukking gebleken. Dan was het echt jaren geleden. Hoog tijd voor een met-knappe-man-in-het-donkermoment.

'Aardige man, je vader,' zei Steven.

Zijn toon was neutraal, maar ze had het gevoel dat hij niet zo kalm was als hij zich voordeed. Eens kijken hoe hij reageerde op het volgende: 'Hij heeft veel met je moeder gekletst.'

'Dat zag ik. Ik hoop dat ze niet...' Met een zucht zette hij zijn glas op tafel. 'Ik heb er met haar over proberen te praten.'

Zoe voelde haar ogen groot worden. 'Wauw. Hoe ging dat?'

'Niet goed. Ze zei dat ik...' Hij schraapte zijn keel. 'Laat maar. Ik hoop dat hij haar gevoelens niet zal kwetsen.'

'Dan moeten ze toch eerst iets hebben, voor zoiets kan gebeuren?' zei ze glimlachend. 'Steven, het is lief dat je je zorgen maakt, maar er zitten nog duizenden stappen tussen dat en vanavond. Ja, mijn vader was een rokkenjager in zijn jonge jaren. Maar nu veel minder. En hij is niet onaardig. Toen mijn ouders uit elkaar gingen, was dat de meest hoffelijke, vriendschappelijke echtscheiding ooit. Hij en mijn moeder zijn altijd bevriend gebleven. Toen ze overleed, was hij er ook bij en hij was net zo verdrietig als ik.'

'Ik ben blij dat te horen. Niet van je moeder, natuurlijk, maar over je vader.' Hij aarzelde. 'Mijn moeder en vader zijn zo lang samen geweest; ik ben bang dat ze niet goed meer weet hoe ze zich zonder hem moet gedragen.'

'Dat is volgens mij helemaal niet nodig. Wacht maar tot er iets gebeurt voor je door het lint gaat. En dat je het weet: ik had haar ook al min of meer gewaarschuwd voor mijn vader.'

'Echt waar?'

'Hm-m. Maar ik vermoed dat ik het iets subtieler heb aangepakt dan jij.'

'Vast.' Hij trok een schouder op. 'Ik ben een man. Subtiel doen is moeilijk voor mij. Ik zeg gewoon wat ik denk.'

'Dat is geen verkeerde eigenschap,' zei ze. Sterker nog, het was een uitstekende eigenschap. Een man die zei wat hij dacht. Heerlijk. Een hele verademing na Chad.

'Mooi, want ik zou het leuk vinden om je vaker te zien. Wat denk je?'

Blijdschap stroomde van haar tenen naar haar kruin. Ze glimlachte. 'Dat zou ik ook heel leuk vinden.'

'Goed zo,' zei hij opstaand. 'Dan ga ik nu, voor ik iets doe wat niet verstandig is. Nou ja...' Hij trok haar overeind. '...één klein onverstandig dingetje misschien.'

Hij kuste haar. Zacht, teder. Lippen die lippen raakten, verder niet. Meer belofte dan hartstocht, dacht Zoe, even tegen hem aan leunend. En dat was precies wat ze wilde.

'Jen, je moet proberen te ontspannen.'

Tot dat moment had Jen dokter Miller altijd heel aardig gevonden. Jacks kinderarts was intelligent, zorgzaam en goed met ouders én kinderen. Haar medewerkers waren altijd zo vrolijk. In deze praktijk voelde Jen zich veilig en begrepen. Tenminste, zo hád ze zich altijd gevoeld.

Dokter Miller, een grijzende vrouw van in de vijftig, glimlachte begripvol. 'Er zijn geen andere tests. We kunnen niets meer doen. Jack is gezond, slim en aanhankelijk. Hij gaat wel praten als hij er klaar voor is.'

'Maar...'

'Medisch gesproken valt er niets meer te doen,' herhaalde dokter Miller stellig. 'Zoek een peuterspeelzaal waar hij heen kan gaan. Laat hem omgaan met andere kinderen. Als hij die hoort praten, krijgt hij er misschien ook zin in. Anders levert het jou in elk geval contacten op met andere ouders. Dat kan ook helpen.'

'Zegt u nu eigenlijk dat u denkt dat ik gek word?' Jen wist niet of ze boos of beledigd moest zijn.

'Je maakt je zorgen. Dat is begrijpelijk. Je houdt van je zoon en je bent een goede moeder.'

Het viel Jen op dat er geen duidelijke ontkenning op haar vraag tussen die woorden zat. Het liefst was ze ter plekke gaan gillen – iets wat haar zaak geen goed zou doen. Maar ze wist zeker dat het niet aan haar lag. Er was iets mis met haar zoon. Waarom zag niemand anders dat? Waarom was zij de enige?

'Ik wil niet dat hij naar een peuterspeelzaal gaat,' zei ze verdedigend. 'Ik heb gehoord dat kinderen daar vaak allerlei virussen oplopen.'

'Het is goed om hem bloot te stellen aan een paar virussen. Daar wordt zijn immuunsysteem sterker van.'

Of hij ging er dood aan. Maar dat zei Jen niet.

'Heb je overdag opvang?' vroeg de dokter.

'Mijn moeder past soms op. Zij is de enige die ik vertrouw. Als hij naar een kinderdagverblijf of naar een oppas zou gaan, zou ik bang zijn dat hem iets overkomt.'

'Begin dan met een peuterspeelzaal. Kijk het een tijdje aan. En denk erover na of je niet nog iemand anders kunt bedenken die je kan helpen met Jack. Je moet zelf meer ondernemen, Jen. Een kind krijgen is geweldig, maar het hoeft niet te betekenen dat je je eigen leven stilzet.'

Dat klonk allemaal leuk en aardig, dacht Jen verbitterd, maar ze had er niets aan. Ze trok Jack zijn jasje aan en liep de spreekkamer uit, toen de gang en de wachtkamer door en naar buiten. De frustratie laaide op. Waarom luisterde niemand naar haar? Een antwoord was er niet. Zelfs Jacks eigen dokter had hem opgegeven. Ze kon nergens meer terecht.

De bekende mengeling van paniek en tranen bekroop haar. Nog even en ze zou geen adem meer kunnen halen en als ze begon te huilen, zou ze voorlopig niet meer stoppen. Ze moest hier weg. Naar de veiligheid van de eenzaamheid.

Net op dat moment pingelde haar telefoon. Haar moeder had een berichtje gestuurd. Of ze langs kon komen.

Opluchting verdreef de paniek.

Ja. Graag.

Jen haalde diep adem. Het zou fijn zijn om haar moeder een paar uurtjes om zich heen te hebben, hield ze zichzelf voor. Ook al geloofde Pam niet dat er iets mis was met Jack, een vertrouwd gezicht was wel geruststellend. Pam zou naar haar luisteren en haar troosten en vasthouden. Precies waar ze vandaag behoefte aan had.

'Dit is geen goed idee.' Zoe onderdrukte de neiging om met haar handen tegen haar buik gedrukt heen en weer te gaan wiegen. Ze was een beetje misselijk en licht in haar hoofd. 'Jen wordt vast kwaad.'

'Helemaal niet,' zei Pam vastberaden. 'Ze stelt onze steun vast op prijs. Jij vindt toch ook dat het hoog tijd wordt dat ze ophoudt met die belachelijk verkrampte houding ten opzichte van het ouderschap en weer zichzelf moet worden?'

'Zo zou ik het niet zeggen,' mompelde Zoe, zich afvragend hoe erg ze gewond zou raken als ze uit de rijdende SUV sprong.

'We hadden afgesproken dat we het zo zouden aanpakken. We zijn gewoon eerlijk.'

Zoe begon te vrezen dat eerlijkheid in dit geval niet de beste aanpak was, maar voor ze dat kon zeggen, stonden ze al voor Jens huis.

Even overwoog ze gewoon nee te zeggen tegen Pam. Dat het geen goed idee was. Tegelijkertijd vroeg ze zich af of het misschien toch zou werken als ze het haar allebei vertelden. Zou het niet geweldig zijn om haar vriendin terug te krijgen?

Samen liepen ze naar de voordeur. Jen had haar handgeschilderde bordje met de melding dat haar kind sliep weer opgehangen. Na zachtjes geklopt te hebben, duwde Pam de deur open en zachtjes gingen ze naar binnen.

'We zijn er,' riep Pam op fluistertoon.

'Wie zijn we?' vroeg Jen, terwijl ze de keuken uit kwam. Verbaasd keek ze naar Zoe. 'O, hoi. Wist ik dat jij ook zou komen?'

'Niet echt,' gaf Zoe toe. Voor ze verder iets kon zeggen, nam Pam de regie over.

'Zoe en ik willen met je praten.'

Argwanend keek Jen van de een naar de ander. 'Sinds wanneer is er sprake van "Zoe en ik"? Wat is er aan de hand?'

Dat was geen goed begin, constateerde Zoe nerveus. Als dit verkeerd liep, was Pam nog steeds Jens moeder. Daar veranderde niets aan. Maar vriendschap was veel kwetsbaarder dan een familieband.

'We hebben gepraat,' zei Pam. 'Kom, laten we in de kamer gaan zitten.'

Het leek erop dat Jen haar hakken in het zand zou zetten. Geen vreemde reactie, vond Zoe. Het was niet alleen geen goed begin geweest, ze merkte dat Pam het voortouw zou nemen. Dat was misschien ook wel goed; tenslotte kende Pam haar dochter. Maar als het erop uitdraaide dat Zoe er niet tussenkwam, was dat minder. Want wie zwijgt, stemt toe. Dat betekende dat ze ook overal de schuld van zou krijgen. Ze moest snel haar mond opendoen.

'We houden van je, Jen,' begon ze, zodra ze zaten. 'Je bent mijn beste vriendin en je betekent heel veel voor me.'

Jen leek nog niet gerustgesteld. 'Waar gaat dit dan over?'

'Je obsessie met Jack,' viel Pam met de deur in huis. 'Je hebt te veel regeltjes. Je geeft hem helemaal geen ruimte. Ik begrijp dat je een goede moeder wilt zijn, maar je gaat te ver. Een schema is prima, maar je hoeft je huishouden niet met een soort militaire discipline te runnen. Kinderen kunnen tegen een stootje. Laat het los, Jen.'

Zoe verbeet een zucht. Dit was niet de juiste aanpak, dacht ze, zoekend naar een manier om Pams woorden te verzachten.

'Loslaten?' vroeg Jen, met lage, gespannen stem. 'Loslaten? Wat is je probleem, mam? Dat ik te veel om mijn kind geef? Dat ik me zorgen maak? Wat zou ik voor een moeder zijn als ik me geen zorgen maakte? Jij maakte je ook altijd zorgen, en dat was zeker niet erg?' Haar stem werd hoger en harder. 'Mijn zoon praat niet. Dat is niet normaal. En het enige wat jij kunt zeggen, is dat ik me te veel zorgen maak? Ik ben zijn moeder. Ik ken hem beter dan wie dan ook. Ik ben elke seconde van de dag bij hem.'

'Dat is juist het probleem,' zei Pam. 'Je moet het huis uit gaan, je eigen leven oppakken. Je kunt je leven niet laten bepalen door je kind. Jij maakt je zoveel zorgen dat je niet kunt genieten van al het moois dat zich pal onder je neus afspeelt.'

'Jij weet niet hoe het is,' zei Jen verwijtend.

'Ik heb drie kinderen gehad. Ik denk dat ik wel iets weet. Je verwaarloost je huwelijk. Dat is niet goed, Jen. Kirk blijft niet eeuwig zo begripvol.'

O, god! Het liefst had Zoe neuriënd haar handen tegen haar oren gedrukt om dit niet te hoeven horen. Hoe kon ze hier weg?

'Doe jij hieraan mee?' vroeg Jen haar. 'Vind jij ook dat ik mijn zoon schaad door mijn belachelijke bezorgdheid?'

'Dat heb ik niet gezegd,' protesteerde Zoe. 'Jen, jij bent mijn vriendin.'

'Niet echt. Niet op deze manier. Ongelooflijk dat je met mijn moeder tegen me samenspant. Met wie heb je het er verder over gehad? Ik dacht dat ik je kon vertrouwen.' De tranen sprongen in haar ogen. 'Gaan jullie maar weg.'

Zoe's maag draaide zich om. 'Het spijt me, Jen. Je begrijpt het niet. We wilden alleen –'

'Jullie wilden alleen dat ik me nog beroerder zou voelen? Nou, dat is gelukt. Gefeliciteerd.' Er rolde een traan over haar wang. 'Ga weg!'

Pam stond op. 'Je vergist je, Jen. We wilden je alleen maar helpen. Ik hoop dat je dat te zijner tijd zult begrijpen.'

Zwijgend wees Jen naar de voordeur.

Zoe en Pam liepen naar de auto. 'Ik voel me beroerd,' zei Zoe. 'Dat was verschrikkelijk. Ze was echt boos.'

'Ze komt er wel overheen.'

'Dat klinkt alsof het je niet veel kan schelen.'

Ze stapten in. 'Jen is altijd een beetje een dramaqueen geweest. Had je haar op de middelbare school moeten zien. Soms word ik daar een beetje ongeduldig van. Dat is niet goed, maar soms ergert het me zo,' zei ze, de motor startend. 'Ik meende wat ik zei, net. Ze mist de mooiste momenten. Elke dag wordt grauw en zwaar van de zorgen. Oké, er kan altijd wat gebeuren, maar stel dat er niets gebeurt? Dan is al dat lijden voor niets geweest.

Sterker nog, dan heeft ze veel gemist. Dat vind ik verdrietig. Ik gun haar zo dat ze meer van Jack kan genieten.' Pam glimlachte. 'Maak je niet druk. Ze trekt wel weer bij.'

'Dat hoop ik maar.'

'Nogmaals bedankt dat je me had uitgenodigd voor de barbecue. Ik heb zo'n leuke avond gehad.'

'Ik vond het leuk dat je er was.'

Van opzij keek Pam haar aan. 'Wat vind je van Steven?'

'Hij is aardig. Heel...' Ineens voelde Zoe haar ogen groot worden. 'Wil je ons koppelen? Had je daarom gevraagd of hij me wilde bellen over de zoldertrap?'

'Jij bent single. Hij is single. Ik wilde alleen maar een klein duwtje geven. Als het werkt, is het leuk. Anders is er ook geen man overboord.'

Zoals altijd glimlachte Pam allervriendelijkst, en Zoe kon ook niet zeggen dat ze iets onaardigs had gedaan, maar ze realiseerde zich plotseling dat er onder die vriendelijke buitenkant ook een andere Pam school. Een vastberaden Pam met een eigen kijk op de wereld. Wat zeiden ze ook alweer? Dat elk mens de ster in zijn eigen universum was?

Pam was een sterke, zelfverzekerde vrouw die in de meeste situaties de touwtjes in handen wilde hebben. Dat had Zoe niet verwacht. Nu zat ze midden in een Jen-drama dat misschien niet goed afliep. Ook moest ze bedenken dat ze, als het niet goed afliep met Steven, met Pam te maken zou krijgen.

Haar suffe, lege leventje had ineens een ingewikkelde wending genomen.

Met de telefoon in haar hand staarde Pam naar de zee, die nooit hetzelfde was. Ze zat aan de keukentafel te bellen met haar vriendin Olimpia. Lulu lag in een streepje zon.

‘Dat uitje naar Moskou wordt een lange dag,’ zei Olimpia. ‘We moeten zorgen dat we genoeg mueslirepen bij ons hebben.’

Pam schoot in de lach. ‘In Moskou hebben ze ook eten, hoor,’ zei ze plagend, voor ze de telefoon in haar andere hand nam. ‘Ik denk dat de Russen zelf ook eten, net als wij.’

‘Je weet hoe dat gaat met zo’n tour: altijd haasten, haasten, haasten.’

Pam grinnikte. Zo ging het altijd. Een week of zes voor hun reis werd Olimpia gek. Over een paar dagen was het weer voorbij en dan had ze er weer zin in, maar de zenuwen speelden haar altijd parten.

Pam had Olimpia, Laura en Eugenia twee jaar geleden ontmoet op een cruise door het Caribisch gebied. Pam, net weduwe geworden, was alleen geweest. Olimpia en haar vriendinnen hadden haar onder hun collectieve vleugels genomen en haar gesteund in een heel moeilijke tijd. Omdat zij ook alle drie weduwe waren, wisten ze precies hoe ze zich voelde.

De drie vriendinnen waren vier vriendinnen geworden. Nu gingen ze een paar keer per jaar op vakantie. Meestal een cruise, zoals de komende reis naar Noord-Europa in juni, of een weekendje dichterbij. Over een paar weken gingen ze naar Phoenix.

‘Ik zal zorgen dat ik die mueslirepen meeneem die jij zo lekker vindt,’ beloofde Pam.

‘Alleen die met chocola.’

‘Weet ik toch.’

‘Je bent te goed. Hoe gaat het verder met je?’

Pam zuchtte en vertelde wat er gebeurd was bij Jen. ‘We hebben elkaar nog steeds niet gesproken. Drie dagen radiostilte. Veel langer moet het niet duren.’

‘Jij moet de eerste stap zetten.’

'Ik wist dat je dat zou zeggen.' Haar vriendin had namelijk gelijk. 'Ik zal een sms'je sturen zodra wij hebben opgehangen.'

'Dat betekent waarschijnlijk ook dat ze Lulu niet in huis neemt als jij weg bent.'

Pam rolde met haar ogen. 'Sinds Jack er is, neemt ze Lulu nooit in huis. Stel je voor, al die bacteriën. Het is en blijft een hond, nietwaar? Nee, Lulu gaat naar mijn vriendin Shannon.'

Weliswaar zou Shannon heel goed voor Lulu zorgen, maar ze werkte wel hele dagen, dus moest Pam een hondenoppas regelen die elke dag een paar uur met Lulu door kon brengen. Ja, haar hond was verwend. Haar hond was ook gewend om de hele dag mensen om zich heen te hebben. Het was niet eerlijk om haar de hele dag alleen te laten omdat haar baasje zo nodig op vakantie moest.

'Ik vind het heel vervelend voor je, van Jen,' zei Olimpia.

'Ja, dat is het ook. Ik ben niet erg tactvol te werk gegaan. Ik had wat aardiger moeten zijn. Maar soms word ik gewoon gek van haar.'

'Volgens mij is het de bedoeling dat we gek worden van onze kinderen. Anders is het nog moeilijker om ze los te laten.'

'Wie weet. Gods wegen zijn ondoorgrondelijk. Heb je nog wel zin in de cruise?'

'Nee. Maar ik ken mezelf. Over een week of twee is de stress voorbij en dan heb ik zin om te gaan.'

'Toch neem ik die mueslirepen mee. Voor het geval de Russen van plan zijn ons uit te hongeren.'

Olimpia lachte. 'Je bent een schat. Dank je wel.'

'Graag gedaan. We spreken elkaar snel.'

Nadat ze opgehangen hadden, bleef Pam nog een paar minuten mokken voor ze een sms'je naar Jen stuurde.

Even vragen hoe het gaat. Ik hoop dat je weet dat ik alles uit liefde gezegd heb. XO

Een halve minuut later ging de telefoon. Pam glimlachte al voor ze zich realiseerde dat ze het nummer op het schermpje niet herkende.

'Hallo?'

'Pamela? Met Miguel.'

Bij het horen van de zware stem kreeg ze een onbestemd gevoel in haar buik, waar ze niets achter wilde zoeken. Die man kon er niets aan doen dat hij zo'n heerlijke stem had.

'Hallo, Miguel. Wat kan ik voor je doen? Is er iets met Zoe?'

'Nee. Voor zover ik weet niet.'

'O. Oké.' Waarom belde hij dan?

'Ik vond het erg leuk om met je te praten, bij mijn dochter in de tuin,' zei hij. 'Dus ik dacht: misschien kunnen we dat gesprek voortzetten bij een etentje.'

Knipperend met haar ogen liet ze zijn woorden tot zich doordringen. Ze meende te begrijpen dat hij haar mee uit vroeg, wat best raar was. Misschien had hij advies nodig over de inrichting van zijn huis of zo.

'Eh... ja. Dat kan wel. Waar en wanneer?'

Hij stelde een dag en tijdstip voor. Pam keek in haar agenda en zei dat ze kon.

'Dan zie ik je dan,' zei ze. 'Dag.'

Hoofdschuddend keek ze Lulu aan toen ze had opgehangen. 'Dat was heel raar. Misschien is Zoe bijna jarig en wil hij weten wat voor cadeautje hij moet kopen.' Daar leek Lulu geen mening over te hebben.

Het moest niet gekker worden, dacht Pam. Maar wat de reden ook was, het zou leuk zijn om uit eten te gaan met zo'n knappe man. Ze glimlachte. Als ze haar vriendinnen zag in Phoenix, had ze in elk geval een grappig verhaal te vertellen. Zou dat niet leuk zijn, voor de verandering?

Hoofdstuk 7

'Je vader zei dat hij mij aardiger vindt dan Chad.'

Zoe pakte haar wijnglas, zette het weer neer en zuchtte. 'Zeg alsjeblieft dat dat een grapje is,' zei ze, hoewel ze er vrijwel zeker van was dat het géén grapje was. Binnenkort moest ze eens een goed gesprek hebben met haar vader. Er waren grenzen, persoonlijke grenzen, waar hij niet overheen mocht gaan.

Glimlachend keek Steven haar over het tafeltje heen aan. Ze zaten te eten in Redondo Beach. Kincaid's was een gezellig restaurant met heerlijke biefstuk en vis.

'Jawel. Dat zei hij tijdens de barbecue.' Steven grinnikte. 'Nou ja, hij bromde iets van "in elk geval beter dan Chad".'

Typisch iets voor haar vader. 'Ik vermoord die man nog eens.'

'Dat lijkt me onwaarschijnlijk. Jullie kunnen goed met elkaar opschieten en hij is heel aardig. Maar, eh... Chad. Jullie zijn lang samen geweest.'

'Vijf jaar.'

'Wil je erover praten?'

Nee. Ze wilde die hele relatie het liefst vergeten. Helaas had hij wel deel uitgemaakt van haar leven en ze wist dat ze haar verleden moest begrijpen om te voorkomen dat ze dezelfde fouten zou maken.

'We hebben elkaar ontmoet toen ik met een lekke band langs de 405 stond.' Voor hij kon lachen, stak ze haar hand op. 'Echt waar. Zo is het gebeurd. Hij stopte om me te helpen. Hij zei dat hij mecanicien was, repareerde mijn band en vroeg of ik met hem uit eten wilde.'

'Hij maakte handig gebruik van de situatie. Dat moet je hem nageven.'

'Een interessante kijk op de gang van zaken.'

'Ik ben een interessante man. Dus jullie gingen samen uit.'

'Ja. Hij was het perfecte vriendje. Dacht ik. Hij was altijd druk met werk. Hij had een baan in een bekende garage, met luxe auto's en een veeleisende clientèle. Dus moest hij vaak op reis om op de meest exotische locaties aan auto's te sleutelen.'

Steven fronste. 'Daar hebben ze toch ook mecaniciens?'

'Klopt. Daar ben ik ook achter gekomen. Chad was helemaal niet op reis. Hij had een vrouw en twee kinderen.'

Ze herinnerde zich nog goed wat een schok het was geweest. Nee, meer dan dat. 'Ik was kapot. Ik voelde me zo vernederd. Al die tijd dacht ik dat ik het voor elkaar had. Dat we echt samen waren. Zo voelde het. Alsof hij de ware was.'

Medelijdend keek Steven haar aan. 'Verschrikkelijk.'

'Dat was het zeker. Ik maakte het meteen uit en dat duurde ongeveer een halfjaar. Toen stond hij ineens voor de deur. Hij zei dat hij van me hield en niet zonder me kon. Sterker nog, hij had de scheiding aangevraagd.'

'Echt waar?'

Ze knikte. 'Eerst geloofde ik hem ook niet. Maar hij liet me de papieren zien, nam me mee naar zijn advocaat en later, toen de scheiding uitgesproken zou worden, moest ik met de rechter praten. Hij meende het echt. Hij ging er helemaal voor.'

Ze vroeg zich af hoe dat verhaal klonk. Kwam ze er nog enigszins verstandig uit, of was ze gewoon dom geweest? Het antwoord wist zij natuurlijk al, maar hoe keek een buitenstaander er tegenaan?

'In die tijd overleed mijn moeder. Ik had de kracht niet meer om me te verzetten. Dat zeg ik niet als excuus, hoor. Ik had iemand nodig en hij bood zich aan. Dus werden we weer een stel. Ik kocht het huis in de idiote veronderstelling dat we daar samen zouden gaan wonen. We bespraken welke slaapkamer voor de kinderen zou zijn en hoe ons leven eruit zou zien. Een paar maanden later kreeg ik het aanbod om fulltime handleidingen te gaan schrijven. Dat bracht veel meer op dan lesgeven en omdat Chad en ik van plan waren te gaan trouwen en ons eigen gezin te stichten, leek dat een logische stap.'

Vragend keek Steven haar aan. 'Waren jullie verloofd?'

'Alleen in mijn hoofd. Op een dag realiseerde ik me ineens dat ik zijn kinderen maar twee keer had gezien. Hij zei dat hij ze wilde laten wennen aan de nieuwe situatie, met de scheiding en zo, en dat begreep ik ook wel, maar twee keer in al die tijd! Ik begon te duwen, hij duwde terug. Toen besefte ik dat we niet hetzelfde zochten in de relatie. Hij wilde niets veranderen. Hij vond het wel best zo. Dus maakte ik het weer uit en dat was dat.'

'Liet hij je zomaar gaan?'

Ze dacht aan hun laatste gesprekken. 'Hij heeft wel geprobeerd me terug te winnen, maar dat heeft geen zin. We willen allebei iets anders. Ik dacht dat ik van hem hield, maar nu betwijfel ik dat. Liefde moet iets positiefs zijn. Met hem werd mijn wereld alleen maar kleiner in plaats van groter. Ik heb zoveel verkeerde beslissingen genomen.'

'Het huis?'

'Dat niet. Ik ben heel blij met het huis. Nou ja, behalve als de zoldertrap me probeert te vermoorden,' besloot ze glimlachend.

'Die ga ik repareren.'

'Het was geen hint. Ik moet gewoon voorzichtiger zijn.' Ze nam een slok wijn. 'Ik vraag me wel eens af of het verstandig is geweest om uit het onderwijs te stappen. Soms ben ik dolblij dat ik er niets meer mee te maken heb, soms mis ik bepaalde aspecten ervan wel.'

'Je kunt weer terug.'

'Ik weet niet of ik dat wel wil. Dus ik denk er nog even over na.' Ze legde haar handen op tafel. 'Het is vooral zo stom om te bedenken dat ik zo'n soort meisje geweest ben. Een meisje dat haar leven opbouwt rond een man. Ik dacht van mezelf dat ik slimmer was.'

'Je geloofde hem. Hij is degene die tegen jou gelogen heeft, Zoe. Jij hoeft je nergens voor te schamen.'

'Het is lief om dat te zeggen. Dank je wel.'

'Het is niet lief, het is de waarheid. Jij hebt het in elk geval geprobeerd. Ik was meer van het snoepje van de maand. Niet iets om trots op te zijn.'

'Misschien niet. Maar je hebt wel lol gehad.'

Zijn mondhoeken trilden. 'Dat wel. Een beetje.'

De serveerster bracht hun salades en Zoe pakte haar vork. 'Nu je het zegt... Ik herinner me dat het meisje dat je mee had naar het diner om Jens bruiloft te oefenen een ander was dan het meisje dat bij de bruiloft zelf aanwezig was.'

'Ik zou het echt niet meer weten.'

'We kunnen het aan je moeder vragen. Die weet het vast nog wel,' stelde ze plagend voor.

'Ja, laten we dat vooral niet doen.' Onderzoekend keek hij haar aan. 'Dus Chad is echt verleden tijd?'

'Voltooid verleden tijd. Ik koester geen gevoelens meer voor hem. Geen wrok, niks. Gepasseerd station.'

'Dat is goed om te weten.'

Donderdagavond liep Jen, na Jack naar bed gebracht te hebben, de keuken in. Haar telefoon lag op het aanrecht en ze zag dat er weer een berichtje was van Zoe. Hoewel ze eigenlijk boos wilde blijven, miste ze haar vriendin ook wel. En misschien, héél misschien, was ze inderdaad wel erg op Jack gericht. Niet dat ze zich ineens geen zorgen meer zou maken, maar het was ook belangrijk dat ze haar vriendschappen onderhield. Al was het maar omdat ze alle steun kon gebruiken.

Ik begrijp wel wat je bedoelde. Laten we volgende week iets afspreken.

Ze verstuurde het bericht en voelde de altijd aanwezige spanning iets afnemen. Op haar moeder was ze nog steeds boos, maar dat was anders. Het was gemakkelijker om boos op haar te blijven.

Kirk kwam de keuken in. 'Gaat het?' vroeg hij.

'Ik heb besloten Zoe te vergeven.'

Emoties schoten over zijn gezicht, maar hij zei niets.

'Wat?' vroeg ze snibbig. 'Jij vindt toch niet dat ik boos op haar had moeten blijven?'

'Ik vind dat je helemaal niet boos op haar had moeten worden. Ze willen je alleen maar helpen.'

'Door mij te vertellen dat ik me geen zorgen moet maken over Jack? Door me te veroordelen? Wat héb ik daaraan?'

'Jen, ik wil geen ruzie.'

Ze zweeg; ze voelde dat er nog iets kwam.

'Je bent inderdaad een beetje geobsedeerd door Jack. Daar hebben we het al eerder over gehad.'

Die klap kwam hard aan. Het was zó oneerlijk. 'Helemaal niet. Ik maak me zorgen over een ontwikkelingsprobleem. Zou jij liever hebben dat ik me geen zorgen maakte? Dat ik nergens op lette? Moeten we hem maar gewoon met lucifers laten spelen en schoonmaakmiddel laten drinken? Vind je dat beter?'

'Niet meteen boos worden.'

'Hoe zie je dat voor je? Jij verwacht dat ik de hele dag voor hem zorg terwijl jij naar je werk bent, en dan krijg ik te horen dat ik het niet goed doe. Daar wordt toch niemand beter van?'

'Het spijt me dat ik erover begonnen ben.'

'Mij ook, maar je bent erover begonnen, dus maak het nu maar af ook. Want er is vast nog iets.' Er was altijd nog iets.

'Goed dan. Ik denk dat je moet proberen het een beetje los te laten.'

Daar had je dat woord weer. Hadden ze soms een memo rondgestuurd? 'Ik ben de enige die opkomt voor je zoon.'

'Dat hoeft niet. Wat hij nodig heeft, is een moeder die ook haar eigen leven heeft. Belangstelling voor andere dingen. Jij zit te veel binnen. Breng Jack naar een kinderdagverblijf en ga wat doen.'

'Wat?' Ze geloofde haar oren niet. 'Heb jij achter mijn rug om met dokter Miller gepraat?'

'Nee. Natuurlijk niet. Hoezo?' Hij schudde zijn hoofd. 'Verdomme, Jen. Je gaat me toch niet vertellen dat de dokter dat ook gezegd heeft? Dat heb je helemaal niet verteld.'

Ze sloeg haar armen over elkaar en prentte zichzelf in dat ze zich niet schuldig hoefde te voelen. Zij had niets fout gedaan. Er was niets nieuws te melden geweest na haar bezoek aan de kinderarts. 'Waarom zou ik iets vertellen? Je weet toch alles al.'

'Ik heb haar niet gesproken. Vraag maar aan Lucas.'

'Alsof ik die zou geloven.'

'Wat heeft dokter Miller gezegd?

Ze perste haar lippen op elkaar. Toen zei ze met tegenzin: 'Dat er niets mis is met Jack en dat ik hem naar een peuterspeelzaal of zo moet brengen, zodat hij met andere kinderen kan spelen.'

'En jij denkt dat ik zoiets niet wil weten?' vroeg hij, zijn ogen half dichtgeknepen.

'Jawel, maar...'

Hij wachtte zwijgend.

'Ik wist dat je me zou veroordelen,' flapte ze eruit. 'Jullie denken toch allemaal al dat ik gek aan het worden ben.'

'Dat denk ik helemaal niet. Ik denk alleen dat je te veel piekert. Dat je te veel tijd hebt om te piekeren. Weet je nog dat we het gehad hebben over wanneer jij weer zou gaan werken? Jij wilde dat uitstellen, maar ik weet niet of dat zo'n goed idee is geweest.'

Nog net kon ze een verontwaardigde kreet onderdrukken. 'Hij is pas anderhalf! Wil jij hem vijf dagen per week bij vreemden onderbrengen? Hoe weten we of we die kunnen vertrouwen? En wat denk je van de bacteriën daar, de ziektes? Hij is ons kind. We moeten hem beschermen.'

'We kunnen hem niet eeuwig binnenhouden. Op een gegeven moment zal hij toch zelfstandig de wereld in moeten.'

Kirk begreep het niet. Het leek alsof alles waar ze zo hard voor gewerkt had voor niets was geweest. 'Jij denkt dat hij in orde is,' zei ze, vechtend tegen de tranen. 'Maar stel dat dat niet zo is? Stel dat hij ons nodig heeft en wij stoppen hem gewoon in een kinderdagverblijf en merken het niet?'

'En stel dat hij wel in orde is?' Haar man schudde zijn hoofd. 'Ik weet het niet, Jen. Ontleen jij een bepaalde identiteit aan het idee dat je moeder bent van een kind met problemen? Of nee, laat ik het andersom vragen. Wie ben jij als onze zoon prima in orde blijkt te zijn?'

Ze had nog liever een klap in haar gezicht gehad, dacht ze. Haar hart brak. 'Hoe durf je zoiets te vragen!' Met een ruk draaide ze zich om. Ze rende naar het gastentoilet, deed de deur op slot en liet zich snikkend op de grond zakken. Gelukkig had ze Kirk niet verteld dat ze van de week met hem had willen vrijen. Want ze wilde nooit meer vrijen met iemand die zo gemeen deed. Waarom begreep hij haar niet?

Al huilend luisterde ze met een half oor of Kirk naar de deur kwam om zijn verontschuldigingen aan te bieden. Om haar te smeken hem te vergeven.

Dat deed hij niet.

Zoe aaide Lulu. De Chinese naakthond was op haar schoot komen zitten. Het fashionstatement van vandaag was een lila jurkje van sweaterstof dat bijna tot aan haar billen kwam. Het weer was omgeslagen en het was koud voor april. Er hing een mist die maar niet op wilde trekken. Door al dat vocht leek het kouder dan het was.

Pam schonk thee in en liep met hun bekers naar de bank in haar woonkamer. 'Heb je Jen al gesproken?' vroeg ze, de bekers neerzettend.

'Wat tekstberichtjes. We hebben voor volgende week afgesproken.'

'Fijn. Met mij heeft ze nog geen woord gewisseld. Dat rare kind van mij. Ze kan je het bloed onder de nagels vandaan halen. Ik maak me zorgen.' Pam trok een gezicht. 'Ik had naar jou moeten luisteren. Ons gesprek was een ramp. Terwijl ik haar echt niet boos wilde maken! Maar dat weigert ze te geloven natuurlijk.' Ze nam een slok thee. 'Het is niet makkelijk, het ouderschap.'

'Dat is mijn vader vast roerend met je eens.'

'Dat weet ik nog niet zo zeker.' Pam glimlachte. 'Jij bent volgens mij de perfecte dochter.'

Zoe was blij met het compliment, al wist ze niet of ze het wel verdiende. 'Ik heb ook zo mijn minpuntjes. Daar kan hij je alles over vertellen.'

'Dat zal ik vanavond dan wel te horen krijgen,' zei Pam plagend. 'We gaan samen uit eten.'

Het scheelde niet veel of Zoe's mond viel letterlijk open van verbazing. 'Wat? Ik bedoel... O, Wauw. Ik wist niet dat jullie elkaar vaker zagen.' Pam en haar vader? Pam was een leuke vrouw, daar niet van. Maar meestal viel Miguel voor jongere vrouwen. Hoewel, hij had laatst gezegd dat dat afgelopen was.

'Elkaar vaker zien?' Pam lachte. 'Niet op die manier, hoor. Nee. Daar doe ik niet aan. Hij zal me wel ergens over willen spreken.' Schalks lachend keek ze naar Zoe. 'Je bent niet toevallig bijna jarig of zo? Zijn er wensen die ik door kan spelen?'

'Nee, ik ben nog lang niet jarig.'

Miguel ging uit eten met Pam? Dat was een onverwachte wending. Misschien had hij behoefte aan vrouwenvriendschappen. Pam was aardig en grappig. Soms een beetje overrompelend, maar niet op een vervelende manier.

'Ik ben benieuwd. Laat maar weten hoe het was.'

'Doe ik. Zeg, over waarom je langskwam... Ik heb zitten denken.'

Een paar dagen geleden had Zoe Pam gebeld om te vragen of ze met haar wilde praten over haar toekomst. Zelf had ze het gevoel dat ze in drijfzand terecht was gekomen.

'Ik ook,' zei Zoe. 'Maar vertel jij maar eerst.'

'Door je huidige baan verdien je genoeg om rond te komen. Dus opzeggen is geen optie. Klopt dat?'

Zoe bleef Lulu aaien en knikte.

'Maar helemaal fulltime is het niet, dus je hebt tijd om andere opties te onderzoeken. Ik zou zeggen: begin eens met na te denken over wat je zou kunnen doen om je op de korte termijn beter te voelen, terwijl je ondertussen over de lange termijn nadenkt.'

'Zo heb ik het nog niet bekeken,' gaf Zoe toe. 'Ik ging ervan uit dat ik meteen moest weten wat mijn volgende stap zou zijn. Maar je hebt gelijk. Dat hoeft nog helemaal niet.'

Knikkend pakte Pam een vel papier van tafel. 'Ik heb al een beetje zitten brainstormen. Hopelijk vind je dat niet vervelend.'

'Natuurlijk niet.'

'Korte termijn. Sommige aspecten van het lesgeven vond je leuk, andere niet. Dus je weet niet of je dat weer wilt gaan doen. Klopt dat?'

Zoe knikte.

'Geef je op als invaller. Daar heb je zeker de papieren voor. Een of twee dagen per week, of zelfs per maand. Op die manier kun je ontdekken of je het inderdaad mist, of dat je het mooier hebt gemaakt in je herinnering.'

'Invalwerk... Daar heb ik nooit aan gedacht.' Het idee was aanlokkelijk. Ze hoefde zich niet meteen vast te leggen voor een jaar en ze kon verschillende klassen uitproberen. Dan bleek misschien wel dat ze meer feeling had met oudere of juist jongere kinderen. 'Goed idee.'

'Mooi. Dat was pas het begin. Hoe zit het met een master? Heb je bepaalde interesses? Je zou een paar vakken op bachelor-niveau kunnen volgen om te kijken welke richting je belangstelling heeft.' Ze wierp een blik op haar papier. 'Op internet kun je allerlei tests vinden waarmee je kunt uitzoeken waar je belangstelling ligt en wat de carrièremogelijkheden zijn. Kijk daar eens naar. Verder kun je nadenken over vrijwilligerswerk, of misschien heb je wel zin om een boek te schrijven of in het bedrijf van je vader te werken.'

Een uur lang praatten ze erover door. Zoe had Lulu op het kussen naast haar gezet, zodat ze aantekeningen kon maken. Hoewel ze wist dat Pam vrouwelijke ondernemers hielp bij het opzetten van hun bedrijf, had ze geen idee gehad dat je met Pam zo goed kon brainstormen. Tegen de tijd dat Pam haar lijst had afgewerkt, had Zoe een paar bladzijden vol geschreven met ideeën en dingen die ze uit kon zoeken.

'Echt heel erg bedankt,' zei ze ernstig. 'Je hebt me zoveel gegeven om over na te denken.'

'Fijn. Voor mij was het alleen maar leuk. Nu moet jij het echte werk gaan doen.'

'Dat vind ik ook leuk,' verzekerde Zoe haar. 'Ik heb echt zin om ermee aan de slag te gaan.' Er waren tientallen suggesties waar ze in haar eentje nooit opgekomen was. 'Bedankt voor je tijd.'

'Graag gedaan. Ik ben blij dat je het van de week vroeg, want komend weekend ben ik weg met mijn vriendinnen en ik wilde het graag daarvoor besproken hebben met je.'

'Waar ga je heen?'

'Phoenix. Met de vrouwen met wie ik ook op een cruise ga. Dit keer blijven we met beide benen op de grond.' Ze lachte. 'Ik ben benieuwd hoe dat bevalt.'

'Jij hebt het zo druk. Je werk bij Moving Women Forward, je reisvriendinnen, je leven hier...'

'Oppassen,' vulde Pam aan. 'Maar niet als Jen en ik ruzie hebben, helaas.' Ze zuchtte. 'Eigenlijk moet ik haar bellen. Ondanks alles mis ik haar, en ik wil mijn kleinzoon zien.'

Zoe legde haar opschrijfboekje neer. 'Denk jij dat er iets mis is met Jack?'

'Nee. Niets. Hij gaat wel praten als hij daar aan toe is.' Pam trok een rimpel in haar neus. 'Ik ben de enige die op Jack mag passen. Verder vertrouwt Jen niemand. Hij is een heel makkelijk joch, maar die regels van Jen maken het nog knap lastig. Ik moet me aan zijn strenge schema houden, en hij mag bijna niets eten. De vaatwasser mag alleen op bepaalde tijden draaien.'

'Hè? Dat snap ik niet.'

'Jen is bang dat er gevaarlijke stoffen vrijkomen uit de vaatwastabletten. Dus ik mag alleen de vaatwasser aanzetten als hij slaapt. Zeep is echt een obsessie voor haar. Ik had een keer het verkeerde wasmiddel in de wasmachine gedaan en toen ontplofte ze bijna.'

'Ik ben bang dat ik nog niet klaar ben voor het moederschap,' verzuchtte Zoe.

'O, neem maar van mij aan dat het niet zo ingewikkeld hoeft te zijn. Ik hou van mijn dochter, maar echt, ze moet nodig aan de kalmeringspillen.' Vragend keek Pam haar aan. 'Dat zegt niemand meer tegenwoordig, hè?'

'Niet echt, nee.'

'Ik word oud. Maar ik heb me erbij neergelegd.'

Glimlachend stond Zoe op. 'Nogmaals bedankt voor alles. Ik heb voorlopig genoeg om over na te denken.'

'Fijn dat je er iets aan hebt gehad. Laat maar weten wat het wordt.'

'Dat zal ik doen.'

Pam kon zich niet herinneren wanneer ze voor het laatst bij The Farm Table gegeten had. Het chique restaurant ging er prat op alleen lokale en biologische producten te gebruiken. Ze hielden zelfs een paar varkens, waar ze de restjes aan voerden. Hiermee kon ze indruk maken op Jen, dacht Pam, terwijl ze glimlachend haar autosleutels aan de portier overhandigde.

Met John was ze hier ook wel geweest, maar het was niet een restaurant waar ze regelmatig kwamen. Als zij uit eten gingen, hielden ze het liever simpel. Het was ook niet een restaurant waar ze met vriendinnen heen zou gaan, dus nu moest ze van de gelegenheid genieten.

Voor ze haar naam kon doorgeven aan de gastvrouw, zag ze Miguel al zitten. Die man had stijl, moest ze toegeven. Hij droeg een donker overhemd met een donker jasje op een zwarte spijkerbroek. Door de zon gebruinde wangen, keurig bijgehouden baard en kapsel. Elegant, dat was het juiste woord.

Nog steeds had ze geen idee waarover hij haar wilde spreken. Niet dat ze dat erg vond; ze ging gewoon lekker eten met een interessante man. Het zou een gezellige avond worden en daarna ging ze weer over tot de orde van de dag.

'Pamela,' hij kwam naar haar toe en nam haar hand in de zijne. 'Wat zie je er goed uit.'

'Jij ook.'

Uiteindelijk had ze gekozen voor een jurk en pumps, dingen die ze zelden droeg. Ze had extra aandacht besteed aan haar make-up en toen ze daarmee bezig was, had ze moeten constateren dat het weer botox-tijd was. De denkrimpels waren teruggekomen. Echt ijdel vond Pam zichzelf niet, maar de strijd tegen de tijd had ze nog niet opgegeven. Botox en een heel arsenaal aan andere anti-rimpelproducten waren haar wapens in die strijd.

'Onze tafel is klaar,' zei Miguel. Hij bood haar zijn arm. 'Zullen we?'

Pam legde haar hand in de holte van zijn elleboog en samen volgden ze hun gastvrouw naar een tafeltje in de hoek.

Hoewel het midden in de week was en geen hoogseizoen, was het best druk in het restaurant. Van eerdere bezoekjes wist Pam dat er elke avond een menu werd samengesteld en dat de keuken dat liever niet aanpaste. Voor haar was dat geen probleem – ze hield wel van een culinair avontuurtje.

Ze zaten nog maar net of de ober – een jongeman van in de twintig – bracht hun twee glazen champagne. In elk glas dreven een paar cranberries en een takje rozemarijn.

'Om uw smaakpapillen voor te bereiden op het menu van vanavond,' zei hij erbij. 'Welkom.'

'Dit wordt leuk,' zei Pam, haar glas heffend.

'Fijn dat je er zin in hebt.'

Ze klonken en namen een slok.

'Zoe vertelde me dat jij ook een hondje hebt,' zei hij.

'Klopt. Lulu is een Chinese naakthond. Ken je dat ras?'

Hij dacht even na. 'Is dat zo'n haarloos geval dat veel popsterren hebben?'

Pam schoot in de lach. 'Die, ja. Ze moet kleertjes aan om haar tegen de zon en de kou te beschermen, maar ik moet toegeven dat ik het soms een beetje overdrijf. Ze heeft een complete garderobe. Nu al mijn kinderen het huis uit zijn, is het leuk om weer van die kleine kleertjes te kopen.'

'Je hebt een kleinzoon. Is die niet klein genoeg?'

'Jawel, maar dat is toch anders. Het klinkt stom, maar jongenskleren zijn gewoon minder interessant. Op Lulu kan ik mijn Disney-prinsesneigingen botvieren.' Ze nam nog een slok champagne. 'En jij? Mariposa is lief, maar niet het soort hond dat ik me bij jou had voorgesteld.'

Nu moest hij lachen. Een diep, resonerend geluid. Het soort lach waardoor je vanzelf ook wilt lachen, vond Pam.

'Een paar jaar geleden, toen ik wat minder hoefde te reizen voor mijn werk, besloot ik een hond te nemen. Een middelmaatje. Ik ging naar een fokster voor een boxerpuppy. Zij bleek ook vlinderhondjes te hebben. Het was in de zomer en ik zat op het gras. De boxerpup toonde hoegenaamd geen belangstelling, maar Mariposa kwam meteen op mijn schoot zitten. Ze was heel vastberaden, zo klein als ze was.' Hij trok een schouder op. 'Het was liefde op het eerste gezicht. Ik heb haar dezelfde dag mee naar huis genomen.'

'Ze is ook schattig.'

'We moeten onze meisjes maar eens kennis laten maken.'

'Dat vindt Lulu vast enig.' Ze glimlachte. 'Heb jij altijd in Mischief Bay gewoond?'

'Ik ben hier komen wonen toen ik met Constance trouwde. Haar familie kwam hier uit de buurt.'

'Constance?'

'De moeder van Zoe. Mijn ex-vrouw.'

Pam wist dat Zoe's moeder niet lang na Johns dood was overleden, maar gescheiden was wat anders dan getrouwd, en ze vond het vreemd om hem nog te condoleren. 'Hoe oud was Zoe toen jullie uit elkaar gingen?' vroeg ze dus maar.

'Elf. Ik weet dat een scheiding altijd moeilijk is voor de kinderen, maar we hebben het zo makkelijk mogelijk gemaakt voor Zoe. We zijn vrienden gebleven.' Hij pakte zijn glas op. 'Constance was een heel lieve, aardige vrouw. We hadden gewoon niets met elkaar gemeen. Ik wilde de wereld in trekken, exotische avonturen beleven. Zij wilde blijven wonen waar ze altijd had gewoond, met dezelfde mensen blijven omgaan, dezelfde dingen blijven doen.'

'Bovendien zat jij altijd tussen de jonge meiden in bikini.' Het was eruit voor ze het wist. Nou ja, iedereen kende de reclames voor Saldivar-tequila. Dat was geen geheim.

Een van zijn mondhoeken krulde op. 'Die waren heel verleidelijk, dat geef ik toe. Maar ik ben haar nooit ontrouw geweest, als je dat bedoelt. Natuurlijk, toen ik eenmaal vrij man was heb ik wel gebruikgemaakt van het aanbod.'

Pam vroeg zich af hoe dat zou zijn. Seks hebben met tientallen mannen die ze nauwelijks kende. Echt, ze zag er de lol niet van in. Ze vroeg zich af in hoeverre dat kwam doordat ze een vrouw was, in hoeverre haar leeftijd meespeelde, en het feit dat ze haar hele leven maar met één man was geweest. John was haar grote liefde geweest. Het was geweldig met hem geweest. Sociaal, erotisch, op elk terrein. Ze was dankbaar voor de tijd die ze samen hadden gehad. Een aaneenschakeling van oppervlakkige relaties klonk daarbij vergeleken zo verschrikkelijk leeg.

'Ik vraag maar niet of je met die dames ook een diepgaand gesprek kon voeren,' zei ze lachend. 'Daar was je waarschijnlijk niet op uit.'

'Nee.' Taxerend nam hij haar op. 'Krijg ik nu een preek?'

'Van mij? Welnee, waarom zou ik? Het zijn mijn zaken niet. Bovendien is het een typisch mannen-ding. Mijn schoonzoon werkt bij de Los Angeles Police Department. Zijn partner is een man van in de vijftig en volgens Jen, mijn dochter, gaat die alleen maar uit met meisjes van onder de vijfentwintig. Dat is echt iets voor mannen. Vrouwen willen meer dan een knappe kop en een lekker lijf.'

'Zou jij niet uitgaan met iemand van vijfentwintig?'

Pam trok een gezicht. 'Zelfs mijn kinderen zijn ouder. Nee hoor, geen enkele belangstelling.'

'Ik ook niet. Niet meer,' gaf Miguel toe. 'De afgelopen jaren heb ik gemerkt dat mijn belangstelling aan het verschuiven is. Net wat je zegt, ik heb behoefte aan iemand met wie ik niet alleen kan vrijen, maar met wie ik ook een goed gesprek kan voeren.'

Daar was die stem weer, dacht ze. Er liep een rilling over haar rug. Wat een heerlijke avond! Een etentje en een show in één. Ze begreep wel dat Miguel vrouwen voor het uitkiezen had, en ook al had hij de categorie vijfentwintigjarigen achter zich gelaten, veel ouder zou hij ze niet willen hebben. Niet dat zij zelf belangstelling had. Maar ze moest toegeven, hij was een fascinerende man.

'Zoe zal wel opgelucht zijn,' zei ze plagend. 'Dan hoeft ze niet meer bang te zijn dat jouw vriendinnen haar kleren willen lenen.'

Hij grinnikte. 'Nee, dat zal ze fijn vinden. En over mannen en vrouwen gesproken, het viel me op dat Zoe veel met jouw zoon omgaat. Zit jij daarachter?'

'Misschien heb ik ze een zetje in de goede richting gegeven.'

'Hij leek me een aardige vent, Steven.' Miguels gezicht vertrok. 'In tegenstelling tot Zoe's vorige vriendje.'

Fluisterend boog Pam zich voorover. 'Ik weet het, van Chad. Wat een nachtmerrie. Ongelooflijk hoelang hij haar aan het lijntje heeft gehouden.'

'Wat mij betreft gebruiken we dat lijntje om hem op te knopen,' bromde Miguel. 'Ik mag me er natuurlijk niet mee bemoeien. Maar ja, ik ben wel haar vader.'

'Het is logisch dat je haar wilt beschermen. Stevens vader is twee jaar geleden overleden en hoewel Steven wel van plan was ooit het familiebedrijf over te nemen, dacht hij altijd dat dat nog wel een paar jaar zou duren.' Ze dacht terug aan die donkere tijden, dagen waarin ze zo kapot was geweest dat ze niets meer kon. 'Hij was er voor mij. Voor ons allemaal. De dood van John heeft Steven veranderd, volgens mij. Ik denk dat Zoe blij mag zijn met hem.'

'Zegt een trotse moeder.'

'Ik hoop dat ik er ook nog een onafhankelijke mening op na kan houden.'

'Vast.'

Zijn glimlach was adembenemend; charmant en vol beloftes. De manier waarop hij naar haar keek... Het leek wel alsof hij echt belangstelling voor haar had. Daar zou je als vrouw best aan kunnen wennen. Aan de andere kant wist ze heel goed dat hij gewoon was wie hij was. Een acteur, min of meer. Een man die gewend was om in het middelpunt van de belangstelling te staan. Voor zijn werk had hij een flinke dosis flair nodig gehad, en hij was behoorlijk populair geworden.

De ober kwam de eerste gang brengen. Heerlijke malse coquilles op sla met een gelei van bloedsinaasappel. De champagne werd vervangen door een sauvignon blanc.

'Mis je je man nog?' vroeg Miguel.

'Ja, maar anders dan in het begin. Ik doe van alles en daar geniet ik ook van. Ik heb mijn vrienden, mijn kinderen, mijn kleinzoon. Ik heb mijn werk bij MWF. Toen John net dood was, had ik al moeite met ademhalen.' Ze pakte haar vork. 'Dat klinkt heel dramatisch als ik het zo zeg, maar echt, zo voelde het destijds. Ik kon niets. Dertig jaar lang was ik Johns vrouw geweest. Wie was ik zonder hem?'

'Hoe ben je daar uit gekomen?'

'Een tijd lang heb ik gedacht dat ik er nooit uit zou komen. Ik kan niet beschrijven wat ik heb doorgemaakt. Gewoon leven, elke dag een nieuwe dag, de ene voet voor de andere, het lukte niet. Ik deed alsof ik nog leefde, voor mijn kinderen.'

Wat raar, dacht ze. Normaal hield ze haar verleden niet echt geheim, maar ze liep ook niet te koop met haar gevoelens. Zeker niet tegenover mensen die ze niet goed kende. Kennelijk vertrouwde ze Miguel om de een of andere reden. Misschien kwam het door de manier waarop hij naar haar keek, alsof hij elk woord dat ze zei heel belangrijk vond.

'Je bent een sterke vrouw,' mompelde hij.

'O nee, helemaal niet. Toen niet, in elk geval.' Aarzelend legde ze haar bestek neer. 'Vlak voor zijn dood hadden we een cruise geboekt,' zei ze zacht. 'Toen hij dood was, dacht ik daar helemaal niet meer aan, tot we de tickets gemaild kregen. Ik had geen idee wat ik ermee moest. Eerst dacht ik: ik ga de reis annuleren, maar toen besefte ik dat zo'n cruise de perfecte ontsnapping was.'

'Ontsnapping?'

'Aan het verdriet. De leegte. Als ik niet verder kon, zou ik niet verder gaan. Ik besloot zelfmoord te plegen. Overboord te springen. Mijn kinderen zouden denken dat het een ongeluk was geweest, die zouden er wel overheen komen.' Weemoedig schudde ze haar hoofd. 'Gek om mezelf dit nu te horen zeggen. Het klinkt absurd. Surrealistisch. Maar destijds meende ik het echt.'

'Kennelijk veranderde je van gedachten.'

'Ja. Op het schip ontmoette ik drie ontzettend leuke vrouwen, ook weduwes. We raakten bevriend. Ik zag mooie dingen en begon te begrijpen dat ik door kon leven, ook zonder John. Ironisch eigenlijk, dat het moment dat ik besloot zelfmoord te plegen ook het moment was waarop mijn genezing begon. Natuurlijk hou ik nog van John. Ik zal altijd Johns vrouw blijven, maar ik heb een manier gevonden om zonder hem verder te gaan.' Een beetje verbaasd hield ze haar hoofd scheef. 'O jee. Ik heb nooit iemand verteld wat mijn drijfveer was voor die cruise. Ik weet niet goed waarom ik het jou verteld heb.'

'Bij mij is je geheim veilig, Pamela.' Er lag geen spoor van ironie in zijn blik. 'Je bent een indrukwekkende vrouw.'

Ze schoot in de lach. 'Was dat maar waar. Ik ben hooguit heel gewoontjes.'

'Verre van. Dat zullen alle mannen wel zeggen met wie je uitgaat.'

Mannen? Meende hij dat nou? 'Er zijn geen mannen.'

'Waarom niet?'

'Daarom niet. Ik ben oma. Ik heb geen belangstelling voor dat soort dingen.'

'We hebben allemaal belangstelling voor dat soort dingen. Trouwens, je bent een jonge vrouw.'

'Ik ben tweeënvijftig.'

'Ik ben bijna zestig. We hebben nog heel wat jaartjes te gaan.' Ongelovig keek hij haar aan. 'Is er echt geen man in je leven?'

'Nee. Je bedoelt afspraakjes en zo?' Vastberaden schudde ze haar hoofd. 'Daar doe ik niet aan. Belachelijk.'

Peinzend keek Miguel haar aan, toen wees hij naar haar bord. 'Je moet die coquilles eens proberen. Ze zijn verrukkelijk.'

De rest van de avond vloog voorbij. Pam bedankte voor de laatste twee glazen wijn. Ze wilde zeker weten dat ze veilig naar huis kon rijden. Het eten was goed, het gezelschap nog beter. Miguel vertelde onderhoudend over zijn reizen. Ze praatten over hoe het was toen de kinderen klein waren. Tot haar verbijstering was het bijna middernacht toen ze het restaurant verlieten.

'Lulu zal wel verdrietig zijn dat ik haar zo lang alleen heb gelaten,' zei ze, toen ze stonden te wachten tot de portier haar auto kwam voorrijden. Het was koel en donker en ze waren de laatste gasten.

'Die restjes zullen wel veel goedmaken,' stelde hij haar gerust.

'Dat is waar,' zei ze lachend. 'Lulu is een lieverd, maar ze heeft weinig emotionele diepgang.'

'Ik heb een leuke avond gehad,' zei hij.

'Ik ook. Nogmaals bedankt.'

'En hoe vond je het?'

'Het eten?'

'Het afspraakje.'

Pam deed haar mond open en toen weer dicht. 'Het wát?'

'Als een man een vrouw mee uit eten vraagt omdat hij haar beter wil leren kennen, noemen we dat meestal een afspraakje.'

'Ik doe niet aan afspraakjes.'

'Dat zei je net ook al. Maar aangezien je vanavond een afspraakje met mij had, moet ik je toch echt vertellen dat dat niet waar is.'

'Ik... Je...'

Gelukkig kwam op dat moment de portier aan rijden in haar SUV, voordat ze onzin uit ging kramen. Een afspraakje? Ze was ervan uitgegaan dat hij haar iets wilde vragen over Zoe, over een cadeautje of zo. Maar nu ze erbij stilstond, besefte ze dat hij helemaal niet over zoiets was begonnen.

Hij liep met haar mee naar haar kant van de auto en gaf de portier een fooi. Voor ze had kunnen bedenken hoe het nu verder moest, drukte hij vluchtig zijn lippen op de hare. 'Welterusten, Pamela. Ik bel je over een paar dagen en ik hoop dat ik je dan kan overhalen om nog een keer met me uit te gaan.'

Omdat ze niet wist hoe ze daarop moest reageren, stapte ze in, trok het portier dicht, wuifde en reed weg. Pas toen ze veilig thuis was en een verongelijkte Lulu troostte met stukjes eend en coquille, durfde ze toe te geven dat de afgelopen avond verdacht veel geleken had op een afspraakje. Meteen voelde ze zich een beetje schuldig, en ongemakkelijk, en misschien een pietsie opgewonden bij het idee dat ze Miguel nog eens zou zien.

Hoofdstuk 8

Donderdag stond Zoe met een doosje scones en hooggespannen verwachtingen bij Jen voor de deur. Ze was een beetje nerveus, want het was de eerste keer dat ze Jen weer zag na de aanvaring met Pam. In de berichtjes van de laatste dagen had Jen wel weer vriendelijk geklonken, maar misschien was nog niet alles vergeven en vergeten.

Ze klopte zachtjes op de voordeur. Een paar seconden later deed Jen open. Even keken de twee vrouwen elkaar aan, toen sloeg Jen haar armen om Zoe heen.

'Het spijt me,' zei ze. 'Ik ben zo'n slechte vriendin geweest.'

'Het spijt mij ook,' zei Zoe. 'Ik had nooit met je moeder mee moeten gaan. Het was geen goed idee.'

Jen liet Zoe binnen en sloot de deur. 'Ik begrijp wel hoe het gekomen is. Ik ben zo gefocust op Jack de hele tijd. Iedereen zegt dat ik het los moet laten en ik begrijp wel wat ze bedoelen, maar die woorden veranderen niets aan mijn angst over zijn ontwikkeling.'

'Het was verkeerd van mij om dat te veroordelen,' zei Zoe, en dat meende ze. Ja, zij vond dat Jen overbezorgd was, maar het was niet aan haar om daarover te oordelen. Even overwoog ze te zeggen dat ze in de auto nog haar twijfels had uitgesproken over de hele interventie, maar ze besloot dat niet te doen. Wat had het voor zin? Niet alleen schoof ze daarmee alle schuld in Pams schoenen, ze was oud en wijs genoeg om haar eigen keuzes te maken en ze wás uiteindelijk meegegaan. Dat kon ze alleen zichzelf verwijten.

Ze gingen naar de keuken. Jen zette thee en Zoe pakte de scones uit.

'Vertel eens hoe het met jou gaat,' zei Jen. 'Hoe gaat het met je werk? En hoe bevalt het huis? De barbecue was super, trouwens. We vonden het allebei heel gezellig.'

'Fijn. Alles gaat wel aardig, eigenlijk.'

'Wel aardig?'

Met een zucht ging Zoe aan de keukentafel zitten. 'Ik weet niet wat ik met mijn leven aan moet.'

'O, is dat alles?'

Zoe glimlachte. 'Ja, klinkt dramatisch, hè? Tja…' Weer zuchtte ze. 'Ik weet niet of ik er goed aan gedaan heb om te stoppen met lesgeven. Niet dat ik per se terug wil, maar wat ik nu doe, vind ik ook niet geweldig. Het is zo saai. En ik voel me heel geïsoleerd.'

Ondertussen had Jen kokend water in de theepot geschonken, die ze bij de kopjes en schoteltjes op tafel zette. Een theezeefje lag er ook al. 'Bovendien had je je voorgesteld dat je rond deze tijd met Chad samen zou wonen, toch? Misschien wel zwanger zou zijn?'

Dat moest Zoe wel beamen, al begreep ze nu al niet meer hoe ze het zo lang met Chad uitgehouden had. 'Ik weet echt niet waarom ik dacht dat hij de ware was. Hij heeft me jaren aan het lijntje gehouden. Zo stom.'

'Al die tijd gunde je hem het voordeel van de twijfel. Nu niet meer? Geen spijt dat je hem gedumpt hebt?'

'Nee,' zei Zoe stellig. 'Het is over en uit. Echt. Ik verwijt hem niks. Ik mis hem niet. Ik hoop dat hij gelukkig wordt. Alleen niet met mij.'

'Gelukkig maar. Ik vond het van het begin af aan al niets.'

Goede vriendin als ze was, had ze dat al die tijd voor zich gehouden.

'Zoiets zei mijn vader ook al! Kennelijk was ik het enige lid van de Chad-fanclub.'

Jen pakte een scone met witte chocola en brak die in tweeën. 'Het viel me op dat je veel met Steven zat te kletsen bij de barbecue. Hebben jullie iets?'

'Misschien. Een beetje.' Zoe trok een gezicht. 'Vind je dat erg raar?'

'Omdat hij mijn broer is? Nee. Voor mijn vaders dood zou ik je voor hem gewaarschuwd hebben. Toen nam hij relaties absoluut niet serieus. Sindsdien is hij veranderd. Rustiger geworden. Volgens mij kunnen jullie wel een interessant stel worden.'

'Interessant?'

Jen grinnikte. 'Ja. En leuk. Iedereen wil "dat leuke stel" zijn, maar het is maar voor weinigen van ons weggelegd.'

Zoe lachte. Dit was de Jen met wie ze bevriend was geraakt. De grappige Jen, die belangstelling had voor de mensen om zich heen. De vrouw die meer was dan alleen de moeder van Jack.

'Hoe voel je je nu?' vroeg Zoe. 'Beter?'

Meteen verdween Jens glimlach weer. 'Nee,' zei ze. 'Kirk en ik hebben ruzie. Ik weet wel dat jij niet hebt verteld dat je hier met mijn moeder bent geweest, maar het lijkt wel alsof hij erbij was. Hij blijft maar aandringen dat ik Jack een paar dagen per week naar de kinderopvang moet brengen en weer aan het werk moet gaan.'

'En wat vind jij?'

'Ik mis het lesgeven wel, maar hoe zou ik Jack naar zo'n opvang kunnen brengen? Ik wil de hele tijd bij hem zijn.'

'Ik weet niet genoeg van kleine kinderen om daar een mening over te hebben,' begon Zoe voorzichtig. Het vernieuwde vertrouwen mocht niet meteen geschonden worden. 'Is het belangrijk voor peuters om om te gaan met andere kinderen?'

'Jawel.' Er school een boel frustratie in dat ene antwoord. 'Het is belangrijk voor hun ontwikkeling. Dus ik moet hem wel inschrijven bij een peuterspeelzaal of zo. Ik kan er alleen niet een vinden die ik echt goed vind. Mijn moeder past nu af en toe op – zij is de enige die ik vertrouw. Maar ik betwijfel of ze dat vaker zou willen doen. Ze heeft het zo druk.'

'Dus je zou wel weer willen gaan werken?'

'Ik mis het lesgeven. Ik mis de kinderen.'

Jen had zolang Zoe haar kende lesgegeven op een basisschool.

'En jij? Verlang jij terug naar de beginnende pubers die snakken naar meer kennis van de Engelse taal?'

'God, nee. Ik kan me niet voorstellen dat ik me daar ooit weer in zal storten. Maar sommige aspecten van het lesgeven mis ik wel. Misschien jongere kinderen, of juist oudere.' Ze nam een hap van haar scone. 'Ik zit erover te denken om me op te geven als invaller.'

'Je hebt er zeker de papieren voor. En dat geeft je de mogelijkheid om verschillende leeftijdsgroepen uit te proberen. Maar het is wel ondankbaar werk, hoor.'

'Ik weet het. Ik denk er nog over. En wat zou jij willen doen?'

'Geen idee.' Jen zuchtte. 'Ik maak me meer zorgen over Kirk en mij. En die stomme Lucas.'

'Die partner van Kirk? Hoezo?'

'Hij heeft altijd van die jonge grietjes. Wie weet wat voor verhalen hij ophangt tegen Kirk.' De tranen schoten Jen in de ogen. 'Straks heeft hij een verhouding.'

'Ben je gek. Kirk is dol op jou. Zo'n man is hij niet.' Zoe wilde best geloven dat Kirk ook zijn slechte kanten had – die had iedereen – maar ze wist hoe veel hij van zijn vrouw en zoon hield.

'Het is een heel drukke baan. Soms kan ik hem uren niet bereiken. Wie weet wat hij dan uitspookt.'

'Heb je daar met hem over gepraat?'

Jen veegde door haar ogen. 'Je bedoelt er echt voor gaan zitten en een redelijk gesprek voeren? Waarom zou ik dat in hemelsnaam doen?'

'Het valt niet mee, hè?' zei Zoe glimlachend. 'Volwassen zijn.'

'Vertel mij wat.' Snuffend pakte Jen een tweede scone. 'Ik ben blij dat ik jou nog heb.'

'Dat is wederzijds.'

Pam telde de minuten tot het eind van haar pilates-les. Al een dag of twee voelde ze zich niet helemaal zichzelf, en ze wist wel hoe dat kwam. Het probleem was alleen: met wie kon ze erover praten? Uiteindelijk had ze besloten dat het Shannon moest worden. Die kende ze al een paar jaar. Shannon was er voor haar geweest toen John dood ging en, belangrijker nog, ze wist dat Shannon goede raad zou geven en verder haar mond zou houden.

Nicole verloste hen uit hun planking-positie en in plaats van zich als een zoutzak op de grond te laten vallen, krabbelde Pam meteen overeind. Ja, haar spieren protesteerden, maar ze had nu andere zaken aan haar hoofd. Gelukkig was Zoe er niet, dus Pam hoefde niet bang te zijn dat die haar af zou luisteren of zou vragen of ze samen gingen lunchen. Niet dat ze het niet leuk vond om iets samen met Zoe te doen, maar Miguel was haar vader... Over ingewikkeld gesproken.

Shannon, een succesvolle vrouw van ergens in de veertig die anderhalf jaar geleden voor het eerst getrouwd was, kwam naar haar toe. 'Jij ging als een speer vandaag. Energie over?'

Pam schudde haar hoofd. 'Nee, ik wil ergens met je over praten. Heb je een momentje voor je naar je werk moet?'

'Natuurlijk. Ik kleed me even om, en dan kun jij me naar kantoor rijden. In de hal is een koffietentje.'

'Prima.'

Tien minuten later reden ze het kleine stukje naar Shannons kantoor. Pam had zich niet omgekleed, maar ze had een lang vest bij zich dat ze over haar sportkleren had aangetrokken, zodat ze niet heel erg uit de toon viel.

Ze bestelden twee lattes bij de koffiebar en zochten een paar vrije stoelen in de hal.

'Wat is er aan de hand?' vroeg Shannon, zodra ze tegenover elkaar zaten.

'Niets ernstigs,' zei Pam snel. 'Iedereen maakt het uitstekend. Alleen...' Ze haalde diep adem. 'Weet je nog dat Zoe een paar weken terug naar de les kwam?'

'Ja. Die vriendin van Jen, toch?'

'Precies. Sindsdien hebben we elkaar een paar keer gezien en ze nodigde me uit voor een feestje bij haar thuis. Haar vader was er ook.'

'Logisch, op die leeftijd.' Shannon grinnikte. 'Ik voel de bui al hangen.'

'Echt waar? Ik niet, namelijk.'

'Hoezo?'

'Miguel, haar vader, is een heel knappe man.' Pam legde uit welke rol hij gespeeld had bij Saldivar Tequila. 'Hij heeft de hele wereld afgereisd, hij is...' Ze keek naar haar kopje. 'Nou ja, het doet er niet toe wat hij allemaal is, want het gaat niet om hem.'

'Waar gaat het dan om?' vroeg Shannon geamuseerd.

'We zijn uit eten geweest. Ik dacht dat hij iets wilde vragen over Zoe of zoiets.'

'Geweldig,' zei Shannon. 'Je bent altijd zo grappig.'

'Hou op!' zei Pam. 'Het is helemaal niet grappig. Zet je maar schrap.'

'Oké. Ik zet me schrap.'

'Mooi zo. Na het eten zei hij dat het een afspraakje was geweest. En hij kuste me!'

'Wat een brutaliteit!'

Geërgerd keek Pam haar vriendin aan. 'Je neemt het niet serieus.'

'Daar zou je wel eens gelijk in kunnen hebben.'

'Maar je moet het wél serieus nemen. Dit is heel belangrijk. Ik ga namelijk nooit met mannen uit.'

'Het tegendeel lijkt me hierbij bewezen.'

Pam voelde dat ze echt kwaad begon te worden. 'Je luistert niet.'

'Heus wel. Ik hang aan je lippen.' Op wat vriendelijkere toon ging ze verder: 'Ik begrijp dat je in de war bent, maar wat is het probleem? Een knappe man vraagt je mee uit eten en dan kust hij je. Dat lijkt mij juist leuk. Jij bent alleenstaand. Hij is alleenstaand. Waarom zou je er niet van genieten?'

'Ik ben...' Pam perste haar lippen op elkaar en beheerste de neiging om te gaan gillen. 'Ik ben niet alleenstaand.'

Shannon legde haar hand op Pams arm. 'Je bent niet getrouwd. Je bent weduwe. Ja, John was een fantastische man en je hebt geluk gehad dat je met hem getrouwd hebt mogen zijn, maar hij is al een tijdje dood. Je moet...'

'Als je zegt "verder gaan met je leven" dan gooi ik deze koffie in je gezicht.'

'Dat doe je niet.'

'Nee, dat doe ik niet. Maar ik ben niet alleenstaand. En ik ga niet uit met mannen. Ik ga nooit hertrouwen. Dat kan ik John niet aandoen.'

'Oké. Prima. Maar er zit een wereld van verschil tussen een eerste afspraakje en een huwelijk.' Haar vriendin schoof wat dichterbij. 'Pam, je leeft misschien nog wel veertig jaar. Wil je niet eens denken aan de mogelijkheid dat je een paar van die jaren met iemand wilt delen?'

'Nee.'

Shannon ging door alsof ze niets gehoord had. 'Ik zeg niet dat Miguel "de ware" is.' Met een hand maakte ze aanhalingstekens in de lucht. 'Maar het klinkt alsof hij een leuk begin van een ontdekkingsreis kan zijn.'

Als Shannon ter plekke een Russisch lied was gaan zingen, had Pam niet verbaasder kunnen zijn. 'Maar John dan?'

'Denk je niet dat hij had gewild dat je gelukkig werd?'

'Niet met een andere man.'

Voor Shannon verder ging, nam ze bedachtzaam een slok koffie. 'Echt? Zou John willen dat je alleen bleef?'

Pams keel prikte. 'Ik kan hier niet over nadenken. Ik heb gewoon geen zin om met mannen uit te gaan.'

'Ben je niet eenzaam? Nooit? Mis je geen man in je leven?'

Ja, natuurlijk. Maar de man die ze wilde, was haar man. En als ze die niet hebben kon... Nou ja, misschien kon ze niet zeggen dat ze nooit voor een ander belangstelling zou hebben, maar nu was te vroeg. Jaren te vroeg om weer aan mannen te denken. 'Ik ben er niet klaar voor,' relativeerde ze. 'En als ik er wel klaar voor was, dan zou het zeker niet Miguel worden. Die is te...'

'Knap? Sexy? Ervaren?'

'Ja. Ik heb liever iemand die...'

'Op jou lijkt?'

'Misschien.'

'Ga die dan zoeken. Ondertussen oefen je op Miguel. Hij kan je nieuwe eerste vriendje zijn.'

Geschrokken schoot Pam overeind. 'Ik ben te oud voor vriendjes.'

'Dus niet,' zei Shannon grinnikend. 'Hoe was de kus?'

Pam dacht aan het korte, warme gebaar. 'Fijn,' gaf ze toe.

'Tong?'

'O!' Pam kreunde. 'Ik kan met jou ook nergens serieus over praten.'

'En toch hou je van me.'

'Ja, dat wel.'

De gedetailleerde handleiding van een MRI-scanner vergde Zoe's opperste concentratie. Iets na elf uur 's ochtends nam ze even pauze. Mason lag te genieten van het zonnetje, zoals altijd. Ze stapte over hem heen en liep naar de keuken om thee te zetten. Terwijl het water op stond, zou ze een rondje door de tuin maken, wat zou tellen als lichaamsbeweging. Sinds ze twee keer in de week naar pilates ging, had ze bedacht dat ze de rest van de week ook wel wat meer mocht bewegen.

Net toen ze de keuken in liep, werd er aan de voordeur gebeld. 'Is dat iemand van UPS?' riep ze naar haar kat. 'Heb je weer kattenspeeltjes besteld via internet?'

Ze keek haar werkkamer in. Mason bewoog zijn oren niet eens.

'Vroeger hing je aan mijn lippen,' mopperde ze, terwijl ze de voordeur opende.

Het was niet iemand van UPS. Het was Chad.

Chad, die ze niet meer gezien had sinds de stomme seks.

'Hoi, Zoe.'

Hij was ongeveer een meter tachtig, had roodblond haar en een innemende glimlach. Ze herinnerde zich nog hoe die glimlach haar overrompeld had toen ze hem voor het eerst zag, langs de kant van Highway 405. Nu zette ze zich schrap voor de lawine van emoties die ongetwijfeld zou komen.

Het enige wat ze echter voelde, was verbazing – wat logisch

was. Een vaag gevoel van 'waarom nu', gevolgd door... Niets. Ze haalde diep adem en wachtte af. Niets.

'Chad?' Ze leunde tegen de deurpost. 'Wat doe jij hier?'

Hij droeg een spijkerbroek met een wit T-shirt erboven. Dat had hij altijd aan als hij niet werkte. Voor zijn werk had hij een uniform. Ze had hem altijd heel sexy gevonden in een spijkerbroek en een T-shirt. Lekker simpel. Lekker mannelijk. Vandaag moest ze toegeven dat hij er goed uitzag, maar haar hart sloeg niet op hol en er tintelde niets in haar onderbuik. Heel onverwacht. Kennelijk was ze echt over hem heen.

'Ik wil met je praten,' zei hij. 'Zoe, mag ik niet binnenkomen?'

Hem buiten laten staan was inderdaad een beetje gek, dus liet ze hem binnen. Mason keek op, staarde Chad een paar seconden aan en deed zijn ogen weer dicht, alsof hij de man niet wilde zien. Uitstekende smaak, die kat.

Met opzet ging Zoe in de woonkamer op een van de stoelen zitten en niet op de bank. Ze wilde Chad niet te dichtbij hebben. 'Wat kan ik voor je doen?' vroeg ze.

'Dat klinkt koel,' zei hij met een frons. 'Word ik gestraft of zo?'

'Ik ben aan het werk. Jij komt onverwacht langs. We hebben niets meer en ik weet niet wat je hier komt doen, dus vraag ik wat er aan de hand is.'

'Je bent nog steeds boos.'

'Ik ben niet boos.' Helemaal niet zelfs. Ze was erg blij met haar eigen reactie. Of beter: het uitblijven daarvan.

Zijn ellebogen rustten op zijn knieën, zijn handen bungelden tussen zijn benen. 'Ik mis je. Ik mis ons. Ik wil dat we weer samen zijn. Als jij zegt wat ik daarvoor moet doen, dan doe ik het. Zeg het maar.'

Ze sloeg haar benen over elkaar. Deze had ze niet aan zien komen en ze wist niet wat ze met die informatie moest. Ze vond het niet leuk om te horen. Weer bespeurde ze geen enkel gevoel van opwinding of opluchting bij zichzelf. Weer een teken dat ze eroverheen was.

De tijd heelde dus echt alle wonden. Of misschien was het wel meer. Misschien was er niet zoveel geweest om overheen te komen. Want terugkijkend moest ze constateren dat die relatie tussen haar en Chad niet veel voorgesteld had.

'Ga je nog wat zeggen?' vroeg hij ongeduldig. 'Je laat me maar een beetje wachten hier.'

'Wat bedoel je precies met "weer samen zijn"?' vroeg ze, nieuwsgierig naar wat zijn aanbod inhield. 'Dat je een paar nachten per week hier bent, blijft slapen, en dan weer teruggaat naar je eigen huis?'

'Wat is daar mis mee?' vroeg hij argwanend, alsof hij voelde dat er een addertje onder het gras zat.

'Niks. Zo ging het altijd.' Die opmerking bleef hangen in haar hoofd. 'Ja, zo ging het altijd... We gingen eigenlijk nooit samen ergens heen. Naar de film of uit eten. We zijn nooit op reis geweest.'

'Het is voor mij moeilijk om weg te gaan. Ik heb mijn werk en de kinderen.'

'Ja, die eisen zeker al je vakantiedagen op. En ik kon ook niet met jullie mee; ik bedoel, ik kende ze nauwelijks.'

Boos keek hij haar aan. 'Begin je daar nou weer over? Je hebt ze gezien, toch? Waarom is dat niet genoeg? Ze moeten de scheiding nog steeds verwerken. Wennen aan de nieuwe situatie.'

Ze wees hem er niet op dat die situatie inmiddels bijna twee jaar oud was. Hoe de situatie ook was tussen hun ouders, daar waren ze inmiddels vast wel aan gewend. Het ging helemaal niet om de kinderen. Daar was het nooit om gegaan.

'We hadden helemaal geen relatie, Chad. Dat is net zo goed

mijn schuld als de jouwe. We deden niets samen. We hadden geen gezamenlijke vrienden. We hadden seks en aten af en toe samen en dat was het wel zo'n beetje. Ik begrijp niet waarom ik dat niet eerder gezien heb.'

'Gaat dit weer over trouwen?' vroeg hij hoofdschuddend. 'Je hebt echt een obsessie met trouwen.'

'Helemaal niet. Het ging me nooit om de ring, Chad. Het ging niet over trouwen maar over vértrouwen. Over deel uitmaken van elkaars leven.' Dit gesprek hadden ze al zo vaak gehad. Elke keer dat ze hun relatie naar een hoger plan wilde tillen, begon hij over iets anders. 'Kijk, nu doe je het weer. O, mijn god, dat heb je al die jaren gedaan.' Ze zei het hardop, maar meer tegen zichzelf dan tegen hem. 'Dan vroeg ik ergens naar en dan leidde jij me af met een argument dat nergens op sloeg. Meestal iets over dat ik zo nodig moest trouwen. Dan schrok ik zo dat ik mijn mond maar verder hield. Het gesprek verzandde en we gingen gewoon op dezelfde voet verder.'

Ongelooflijk dat ze dat niet eerder gezien had. 'Jij wilt helemaal geen relatie. Jij wilt een hoofdstuk Zoe in je leven. Een makkelijke wip en een warme maaltijd op de koop toe. Erger nog, ik stond dat allemaal toe. Ik vroeg niet om meer. Want ik zal je zeggen, Chad: het is niet mijn fout dat ik wil dat iemand echt deel uitmaakt van mijn leven. Het is misschien niet wat jij wilt, en dat is je goed recht, maar je hebt niet het recht om mij met een schuldgevoel op te zadelen over de dingen die voor mij belangrijk zijn in het leven.' Ze stond op. Een gevoel van macht maakte haar bijna licht in het hoofd.

Chads gezicht betrok. 'Dat slaat nergens op.'

Met enige verbazing keek Zoe hem aan. Een halfjaar geleden zou ze gezworen hebben dat ze van deze man hield. Maar hij had haar lui gemaakt. Te lang had ze genoegen met hem genomen.

Nou, dat was nu afgelopen. 'Ik wil je niet meer zien, Chad. Wij willen niet dezelfde dingen. Ik wens je veel geluk, maar dan wel zonder mij.'

Ook Chad stond op. 'Hier ga je spijt van krijgen,' zei hij schor. 'Ik ben altijd goed voor je geweest.'

Ze liep naar de voordeur en hield die open. 'Dag, Chad.'

Even leek het erop dat hij nog iets wilde zeggen, toen schudde hij zijn hoofd en hij liep de deur uit. Zoe deed de deur achter hem dicht en keek naar Mason.

'Best indrukwekkend, vind je niet?'

Het enige antwoord dat ze kreeg was een lichte trilling van zijn staart.

'Dat betekent ja, zullen we maar zeggen.'

Hoofdstuk 9

Jen draaide de parkeerplaats op van het Learning and Growing Day Care Center op Maness Avenue. Het grote gebouw was in vrolijke primaire kleuren geschilderd. Er stonden bomen omheen, er was een stukje gras en aan de zijkant was een speeltuin vol gillende kinderen.

Uit haar onderzoek was gebleken dat dit kinderdagverblijf hoge cijfers had gekregen van enkele ouders, dat ze aan alle wettelijke verplichtingen voldeden en dat geen van de personeelsleden een strafblad had. Dat was lang niet alle informatie die ze wilde hebben, maar ze moest toch ergens beginnen.

Het was drie minuten voor tien. Zij en Jack hadden om tien uur een afspraak met de directeur. Hoewel haar hele lijf schreeuwde dat ze haar zoon veilig thuis moest houden, zei een klein deel van haar hersenen dat het misschien wel goed voor hem zou zijn om leeftijdgenootjes te ontmoeten. Socialiseren was een belangrijk deel van zijn ontwikkeling, en uiteindelijk ging het om Jack.

Ze stapte uit en deed het achterportier van de SUV open. Jack lachte en klapte in zijn handjes toen ze hem losmaakte en uit zijn stoeltje tilde. Hij was een en al vrolijkheid en opwinding. Ze zette hem op de grond, pakte zijn hand vast en deed de auto op slot.

'Dit wordt superleuk,' zei ze, en ze hoopte dat het geen leugen zou blijken te zijn. 'Kijk maar, er zijn heel veel andere kindjes, heel veel nieuwe ervaringen. Je gaat het vast heel leuk vinden.'

Samen gingen ze door de hoofdingang naar binnen. In de hal

stond een klein bureau waar niemand achter zat. Een gang leidde naar verschillende grote ruimtes. Terwijl ze stonden te wachten, kwam er een jongetje van een jaar of vier de gang in. Niemand leek op hem te letten.

Jack keek het jongetje na. Jen tilde Jack op.

'We gaan hier even wachten op Angela,' zei ze opgewekt.

Twee minuten later had ze nog geen volwassene gezien, dus begon ze de lokalen te inspecteren. De eerste twee waren leeg. In de derde zaten ongeveer vijftien peuters met slechts twee volwassenen. Het lawaai was oorverdovend en het was er een grote chaos.

'Hallo!' riep ze. 'Ik ben op zoek naar Angela.'

Een van de vrouwen keek op. 'Die zit in het kantoor aan het eind van de gang. Nee, Aaron. Niet met die tractor gooien.'

'Bedankt.' Jen keek over haar schouder. 'Er loopt daar een jongetje in zijn eentje rond.'

De twee vrouwen wisselden een blik van verstandhouding. De ene sloeg haar ogen ten hemel en wilde het lokaal uit lopen, maar net op dat moment sloeg een van de kleine jongetjes een ander met een behoorlijk grote speelgoedtractor op zijn neus. De neus begon te bloeden en het jongetje begon te huilen.

'Aron, wat heb ik nou gezegd? Je mág niet slaan.'

Er begonnen meer kinderen te huilen, en Jen maakte dat ze weg kwam. Jack klampte zich angstig aan haar vast.

Mooi niet, dacht ze verbeten. Dit was geen kinderdagverblijf, dit was een ongeorganiseerde bende.

In de auto belde ze naar Angela. Er werd niet opgenomen. Op de voicemail sprak ze een bericht in. Dat ze de afspraak helaas af moest zeggen. Toen zocht ze het adres van het tweede kinderdagverblijf waar ze langs wilde gaan.

De Learning Academy of Mischief Bay voldeed ook aan alle

wettelijke eisen en ook daar waren veel enthousiaste ouders, maar het was een stuk kleiner. Jen was bang dat ze daardoor niet genoeg personeel zouden hebben, maar in die grote kinderopvang hadden ze ook niet bepaald veel leiders op de groep.

Het liefst was ze natuurlijk meteen naar huis gereden, terug naar Jacks vertrouwde, veilige wereld. Maar Kirks boze stem galmde nog na in haar hoofd, dus nam ze zich voor om vijf minuten bij die andere te gaan kijken en dan naar huis te gaan.

Het was nog geen tien minuten rijden van het ene naar het andere kinderdagverblijf. Ze belandde in een rustige woonwijk. Het huis met het bord ervoor stond tegenover de speeltuin van Founders Park. In de straat stonden veel bomen en er was veel groen. De huizen waren ouder, maar goed onderhouden.

Weer haalde ze Jack uit zijn stoeltje en weer liepen ze naar de voordeur. Toen ze aanbelde, hoorde ze tot haar verbijstering een hond blaffen. Wie haalde het in zijn hoofd om een hond te houden in een kinderdagverblijf? Stel dat een van de kinderen allergisch was? Stel dat de hond iemand beet?

Ze had zich bijna omgedraaid, maar de deur ging al open. Een vriendelijke vrouw van middelbare leeftijd keek haar glimlachend aan.

'Kan ik u helpen?'

'Ik ben Jen Beldon en dit is mijn zoon Jack. We hebben pas om elf uur een afspraak, dus we zijn een beetje vroeg.' Drie kwartier te vroeg, om precies te zijn.

'Natuurlijk. Kom verder. Ik ben Rose.'

Jen droeg Jack naar binnen.

Wat eens de voorkamer van een ruime woning was geweest, was nu een speelruimte. De grote, open ruimte had grote ramen en er lag een dik kleed op de vloer. De planken aan de muur stonden vol speelgoed, er stond een grote televisie en overal waren plekjes om te zitten. Kleine stoeltjes en lage banken, zitzakken en een paar mini-schommelstoelen.

'Dit is een van onze speelruimtes,' legde Rose uit. 'Op maandag en donderdag hebben we filmmiddag, verder mag de tv niet aan. Onze filosofie is die van een rekbaar schema.' Ze lachte. 'Het doel is om ons aan een schema te houden, maar met kinderen onder de vijf moet je een beetje flexibel zijn.'

Op dat moment kwam er een middelgrote Australische veedrijvershond binnen. Hij had een expressieve kop met twee donkere 'wenkbrauwen' en een blije hondengrijns. Ondanks zijn kwispelende staart deed Jen instinctief een stap achteruit. Rose wenkte, en de hond liep naar haar toe.

'Dit is Buddy.' Rose wendde zich tot de hond. 'Buddy, zeg eens gedag.'

Buddy tilde een voorpootje op en blafte zachtjes.

Onopvallend trok Jen haar zoon dichter tegen zich aan. 'Is het wel veilig, een hond tussen al die kleine kinderen? Stel dat hij iemand bijt?'

'Ik begrijp heel goed dat je dat een griezelig idee vindt,' zei Rose, beschermend een hand op Buddy's kop leggend. 'Buddy is jarenlang een hulphond geweest. Toen het meisje bij wie hij was overleed, was hij ziek van verdriet. De ouders van het meisje zijn vrienden van mij, dus ik bood aan om Buddy over te nemen. Hij is geweldig met de kleintjes hier.'

Dat klonk allemaal leuk en aardig, maar het viel Jen op dat ze geen antwoord had gegeven op haar vraag.

Rose nam haar mee naar de eetkamer, die gebruikt werd als lunchruimte voor de kinderen. Er stonden lage tafels en stoeltjes. De keuken zag er vrij schoon uit. Wat vroeger de achterkamer was geweest, was ook speelruimte geworden. Er waren een stuk of zes dreumesen met twee begeleidsters. Op de grond lagen puzzels. Buiten was een grote tuin met allerlei speeltoestellen, grote bomen, veel schaduw en een gazon. Ook daar waren twee begeleidsters aanwezig op vijf of zes peuters.

'Je hebt een groot deel van je huis ingeruimd voor de opvang,' merkte Jen op. Ze zette Jack op de grond zodat hij bij de puzzelende kindjes kon gaan zitten.

'Mijn eigen kinderen zijn al lang de deur uit en mijn man is overleden,' zei Rose. 'Boven heb ik een appartement laten maken. Daar woon ik en beneden gebruik ik voor mijn bedrijf.'

Inderdaad ging Jack nieuwsgierig bij de andere kinderen kijken. Al snel pakte hij ook een puzzelstukje. Een van de begeleidsters, een meisje van in de twintig, schatte Jen, glimlachte naar hem.

'Hallo. Ik ben Holly. Hoe heet jij?'

'Hij praat niet,' zei Jen snel. 'Nog niet.'

Holly knikte. 'Dat geeft niets. Je gaat wel praten als je er klaar voor bent. Hou je van puzzelen? Ik wel. Kijk. Dit is een rood stukje.'

'Iedereen die voor mij werkt, heeft een achtergrond in de pedagogiek of de ontwikkelingspsychologie.' Rose wees naar een van de vrouwen buiten. 'Mary werkt hier al tien jaar. Ze heeft zelf acht kinderen opgevoed en daarna een paar jaar op andere kinderdagverblijven gewerkt. Holly is bezig met haar master Vroege ontwikkelingspsychologie. Zij werkt hier parttime.'

Terwijl Rose verder vertelde hoe de dagen eruitzagen, keek Jen om zich heen. Drie ochtenden in de week kwam er een dame de kinderen Mandarijn leren. Een oudere heer die verschillende muziekinstrumenten bespeelde, kwam elke maandag en donderdag langs. Maar Jen luisterde maar half. Het viel haar op dat de verf hier en daar bladderde en dat de ramen nodig gelapt moesten worden. Het liefst was ze nog even teruggelopen naar de keuken. Was die echt wel schoon? Herinnerde ze zich goed dat ze een pot pindakaas had zien staan? Iedereen wist toch dat jonge kinderen allergisch konden zijn voor pinda's? En dan die hond. Wat Buddy vroeger ook geweest was, hij was en bleef een beest. Als een kind aan zijn staart trok, zou hij reageren.

Het jongetje naast Jack nieste. Snel liep Jen naar haar zoon en tilde hem op. Er waren vast een heleboel nuttige vragen die ze moest stellen. Op het eerste gezicht was dit een prima plek – afgezien van de hond, de bladderende verf en het niesende joch.

Ze voelde de bekende benauwdheid opkomen. Het werd moeilijker om adem te halen.

Nee, zei ze tegen zichzelf. Niet hier. Ze mocht hier geen paniekaanval krijgen. Straks, als ze thuis was. Veilig thuis. De wanhoop sloeg toe. Ze kon het niet. Ze kon haar kind niet ergens achterlaten.

'Ik moet gaan,' zei ze, vechtend tegen de paniek.

'Wil je geen aanmeldingsformulier invullen?' vroeg Rose verbaasd. 'Over een paar weken komt er een plek vrij. Normaal heb ik een wachtlijst, maar op dit moment niet.'

Jen drukte Jack tegen zich aan. 'Ik, eh... moet het er met mijn man over hebben. En erover nadenken. Ik weet het nog niet.'

Ze stoof naar de deur.

Rose kwam achter haar aan. 'Gaat het wel?' vroeg ze bezorgd.

De autosleutels uit haar zak vissend, knikte Jen. Op een holletje rende ze naar haar auto. Ze maakte Jack vast in zijn stoeltje, ging zitten en reed weg. In blinde paniek drukte ze op de knopjes van de cd-speler tot ze de opgewekte kinderliedjes vond waar Jack zo vrolijk van werd. Volume omhoog. Toen hapte ze pas naar adem.

Haar keel zal dicht. Haar hele lichaam deed pijn. Tranen prikten in haar ogen.

Ze hield zichzelf voor dat ze het kon. Rustig blijven en ademhalen. Niets aan de hand. Maar ze wist dat dat een leugen was. Er was wel iets aan de hand – en niemand wilde haar geloven.

Wat doe je?

Pam staarde naar haar telefoon. Het was absoluut geen ongepast bericht, maar toch voelde ze zich een beetje schuldig en stout toen ze antwoordde. Lezen.

Kun je daar gezelschap bij gebruiken?

Ze liet de telefoon op de bank vallen, pakte hem weer op, legde hem weer neer, drukte een kussen tegen haar gezicht en smoorde een kreet. Lulu sprong op en keek haar geschrokken aan.

'Alles goed, hoor,' verzekerde ze het hondje. 'Ik ben gewoon... Nou ja, laat maar.'

Niet helemaal overtuigd ging Lulu weer liggen.

Sinds het etentje hadden Pam en Miguel elkaar elke dag wel een berichtje gestuurd. Het etentje, ja. Een afspraakje weigerde ze het nog steeds te noemen, ondanks alles wat Shannon had gezegd. Eten en kletsen met, eh... de vader van een vriendin. Meer niet.

Toch trilden haar vingers bij het typen. Leuk.

Ik ben er over een kwartiertje. Ik neem de limoenen mee.

Limoenen? Wat betekende dat? Was dat codetaal voor... Ze kreunde. Natuurlijk. Het was helemaal geen code. Die man kwam uit een tequila-familie. Waarschijnlijk had hij altijd limoenen bij zich.

Ze stond op en keek Lulu doordringend aan. 'We krijgen bezoek.'

Verwachtingsvol krabbelde het hondje weer overeind, alsof ze begreep dat er iets belangrijks stond te gebeuren – al kon ze niet weten wat.

Pam liet haar blik door de kamer gaan. Het appartement was niet groot: twee slaapkamers, een woonkamer en een open keuken annex eetkamer. Ze was veel grotere huizen gewend en het kostte haar geen enkele moeite om het huis aan kant te houden. De dag ervoor had ze nog gestoft en gestofzuigd. Het gastentoilet was schoon, de keuken opgeruimd. Er hoefde niets meer te gebeuren.

Toen keek ze naar Lulu. De Chinese naakthond had een zilverkleurig T-shirt aan met het woord PRINCESS op de rug, in glimletters. Misschien niet helemaal Miguels stijl, maar hij hoefde het niet te dragen. En zijzelf...

Ze keek omlaag, slaakte weer een kreet en spurtte naar de slaapkamer. Een afgedragen T-shirt en een korte broek. Haar benen waren goed gevormd, maar ze waren wel wit en hier en daar schemerde een adertje. In het dagelijks leven stoorde ze zich daar helemaal niet aan, maar om een of andere reden wilde ze die benen plotseling bedekt hebben.

Snel trok ze een enkelbroek aan en een strak hemdje, met daar overheen een bijpassend getailleerd bloesje met korte mouwen. Haar blote voeten liet ze zo, maar ze werkte wel even haar make-up bij voor ze naar de keuken ging, zich afvragend of ze een hapje of zo moest voorbereiden.

Hoeveel tijd had het omkleden haar gekost? Was het kwartier al voorbij? Ze zou het vast niet redden om achteloos een hapje klaar te zetten. Bovendien leek het dan net alsof ze hem verwacht had. Hij kon het haar niet kwalijk nemen dat ze niets voorbereid had als hij onaangekondigd langskwam.

Net toen ze zichzelf gerustgesteld had, werd er geklopt. Lulu blafte en dribbelde toen kwispelend naar de deur. Pam haalde diep adem, zei tegen zichzelf dat het allemaal goed zou komen, en deed open.

‘Pamela.’

Miguel zo voor haar deur te zien staan, in een verschoten spijkerbroek en een relatief bescheiden hawaii-shirt, te horen hoe verrukt hij haar naam uitsprak – het joeg een blos naar haar wangen. Of misschien had ze een opvlieger, dat kon ook. Ze moest haar keel schrapen voor ze een woord uit kon brengen.

‘Ha, Miguel. Kom binnen.’

Hij glimlachte naar haar, ging toen op zijn hurken zitten en liet Lulu aan zijn hand snuffelen. ‘Eerst deze mooie dame even begroeten. Hoe heet ze?’

‘Lulu.’

Miguel aaide de zijkant van haar kopje. Het hondje sloot even haar ogen en gaf hem toen een hondenkusje. Pam werd er bijna jaloers van. Die man had echt iets met vrouwen, dacht ze. Niet dat ze op die manier belangstelling voor hem had, natuurlijk. Het was gewoon… Nou ja. Wat het dan ook was, ze zou het negeren.

Eenmaal binnen liep Miguel meteen door naar de grote openslaande deuren. Het balkon keek uit over de boulevard, daarachter was het strand en dan tot zover het oog reikte de oceaan.

‘Schitterend,’ zei hij. ‘Wat moet het heerlijk zijn om hier elke dag naar te kunnen kijken. Elke dag een ander uitzicht.’

‘Zeker. Ik heb jaren in een huis gewoond en wist niet hoe een appartement me zou bevallen. Soms vind ik het wel een beetje klein, maar het uitzicht maakt alles goed.’

Toen hij zich omdraaide, zag ze dat er een leren rugzakje over zijn schouder hing.

Glimlachend deed hij het af. ‘Ik kom niet met lege handen.’ Hij wees naar de keuken. ‘Mag ik?’

Ze knikte, al wist ze niet precies wat hij van plan was.

In haar keuken zette hij de rugzak op het kookeiland en ritste hem open. Er kwam een fles van zijn eigen familietequila uit, een paar limoenen, een fles Cointreau en een martinishaker.

'Heb je dat altijd bij je?' vroeg ze lachend.

'Niet altijd, maar wel vaak. Ik heb alleen nog een snijplank nodig en wat ijs. Het is bijna vijf uur.'

Dat pakte ze. Toen ze het ijs uit de vriezer haalde, zag ze dat ze nog een paar mini-quiches had. Die haalde ze eruit. Als ze aan de drank gingen, moesten ze ook wat eten.

Terwijl de oven stond voor te verwarmen, tilde Miguel Lulu op. Hij hield haar goed vast – logisch, hij had zelf ook een klein hondje en was gewend aan de kwetsbare botjes. Hij aaide haar, ondersteunde haar koppie en wiegde haar, allemaal tegelijk. Lulu genoot van al die aandacht.

Een man nam meer ruimte in beslag dan Pam gewend was. Afgezien van haar zoons had ze nooit mannen over de vloer, en ze wist niet goed wat ze met zichzelf aan moest. Aan de ene kant wilde ze afstand bewaren, aan de andere kant wilde ze dichter bij hem gaan staan. Het idee dat ze te dichtbij zou komen, was juist weer ongemakkelijk, dus ze vond het allemaal heel verwarrend.

'Heb je nog over ons etentje nagedacht?' vroeg hij.

'Een beetje.'

Hij trok zijn wenkbrauwen op, alsof hij haar oprechtheid in twijfel trok.

'Oké,' gaf ze met een zucht toe. 'Ja, ik heb er best vaak aan gedacht.'

'Fijn. Ik ook, namelijk. Je bent een mooie, interessante vrouw, Pamela.'

'Alsjeblieft, zeg,' zei ze lachend. 'Laat dat charmeoffensief maar achterwege.'

'Denk je dat ik niet meen wat ik zeg? Hoe zie jij jezelf dan?'

Een vraag die haar totaal overviel. Hoe zag zij zichzelf? Als moeder, als vriendin, als echtgenote – al was die rol nu wel veranderd. Miguels omschrijving was nieuw voor haar, en ze wist echt niet wat ze daarvan moest denken. 'Ik weet niet wat ik hiermee moet,' gaf ze toe. 'Ik weet ook helemaal niet óf ik er wel wat mee moet. Je bent erg charmant en dat is leuk, maar ik weet niet wat je van me verwacht.'

Het kwam haar voor dat het een beetje te vroeg was voor dit gesprek, zelfs al zou ze in Miguel meer zien dan de vader van een vriendin – wat dus niet het geval was. Toch leek ze haar mond niet te kunnen houden.

'Ik ben meer dan dertig jaar getrouwd geweest. Samen met John – dat is het enige leven dat ik ken. Ik ben zijn vrouw en dat zal nooit veranderen.'

'Ik wil ook helemaal niet dat je verandert,' zei Miguel, die nog steeds Lulu in zijn armen had. 'De persoon die jij nu bent, vind ik juist zo intrigerend. Waar ben je bang voor? Om je verleden kwijt te raken? Dat kan niet. John zal altijd bij je zijn. Hij is een deel van jou.'

Dat had ze al helemaal niet verwacht. 'Als je dat weet, waarom ben je hier dan?'

'Omdat je ook nog een toekomst hebt, Pamela. Er liggen nog vele jaren voor je. Ik zou het leuk vinden om je beter te leren kennen. Kijken waar het toe leidt. Nu ik weet dat je eerder geen relaties wilde, zal ik het rustiger aan doen.' Met een schalkse glimlach keek hij haar aan. 'Inmiddels ben ik oud genoeg om te kunnen genieten van de verwachtingen.'

Verwacht maar niets, ik heb geen belangstelling op die manier. Dat wilde zeggen. Dat moest ze zeggen. Want het was waar. Andere mannen pasten niet in haar leven. Ze was niet op zoek naar iets; ze was tevreden met haar leven.

Toch leek ze de woorden niet uit te kunnen spreken. Ze was in de war, een beetje verdrietig ook, en tegelijkertijd moest ze zich verzetten tegen een sprankje… misschien kon ze het geen hoop noemen, maar verwachting. Miguel deed haar denken aan de beste kant van haar huwelijk. De verbinding. Deel uitmaken van iets. Iemand echt kennen. Ze had nooit gedacht dat ze zich daar ooit nog eens aan zou wagen, en misschien kwam dat er ook niet van, maar het leek niet meer realistisch om haar ogen te sluiten voor die mogelijkheid.

De oven tingelde. Ze zette het blad met mini-quiches erin.

Na Lulu op de grond gezet te hebben, ging Miguel zijn handen wassen. 'Zal ik jou eens leren hoe je een margarita maakt,' zei hij, haar aankijkend.

'Dat kan ik al.'

Weer die glimlach. 'Dat denk je. Geloof mij maar, ik ben een professional. Het gaat om de fijne kneepjes van het vak. Je zult versteld staan.'

'Dat betwijfel ik, maar doe je best.'

Hij schoot in de lach. 'Jij bent wel eigenwijs, hè?'

'Ja. En ik ben ook een beetje in de war en op mijn hoede. Dat je het weet.'

Zijn lach verdween. Hij kwam bij haar staan en keek haar aan. 'Het is niet erg om nee te zeggen, Pamela. En het is ook niet erg om ja te zeggen. Soms geeft het leven ons een onverwachte kans. Het zou zonde zijn om die voorbij te laten gaan zonder uit te zoeken wat het op kan leveren.'

Voor ze iets terug kon zeggen, boog hij zich voorover en kuste haar. Een kus maar, lichter dan licht. Toen liep hij naar het aanrecht.

'De perfecte margarita begint met de beste tequila. Die heb ik meegenomen.'

‘Misschien ben je een beetje bevooroordeeld.’

‘Nee, hoor. Ik heb alle tequila’s geproefd en deze is veruit het lekkerst. Welnu, het geheim van een perfecte margarita is de juiste verhouding, en heel zoete limoenen. Weet je hoe je kunt zien of een limoen zoet is?’

Glimlachend leunde ze tegen het aanrecht. ‘Nog niet. Maar ik heb het idee dat ik dat zo te horen krijg.’

‘Je krijgt het te zien. Veel interessanter.’

Bij haar onstuitbare zoektocht naar de oorzaak van Jacks probleem, was Jen de naam tegengekomen van iemand die haar hopelijk kon helpen. Dus bracht ze donderdagochtend Jack naar haar moeder en stond een uur later voor de deur van een medische praktijk in Orange County. Van buiten zag het er een beetje vervallen uit, maar Jen maakte zich meer zorgen over de vrouw die binnen op haar wachtte.

Het kantoor was op de derde etage. Deirdre McCallan was een natuurgeneeskundige met een achtergrond in de verpleging, die op enkele websites voor en door ouders de hemel in geprezen werd. Deirdres specialisatie was het behandelen van autistische kinderen met kruidenextracten en andere alternatieve therapieën.

Jen had zich goed voorbereid. Ze had kopieën bij zich van Jacks medische dossiers, inclusief de meest recente bloedtesten en de resultaten van verschillende tests. Verder had ze thuis af en toe opnames gemaakt, zodat Deirdre kon zien hoe hij zich gedroeg.

De ontvangstruimte was klein. Er stond één enkele houten stoel en een versleten bankje. Het rook er naar wierook en sandelhout. Aan de muur hing primitieve kunst. Jen ging op het puntje van de houten stoel zitten en probeerde zichzelf gerust te stellen. Ooit kwam het goed. Als deze vrouw haar niet kon helpen, dan vond ze wel weer een ander. Ze gaf niet op, omwille van haar zoon.

Stipt om elf uur ging de deur naar de spreekkamer open. Een lange, magere vrouw van een jaar of veertig stond in de deuropening.

'Jij bent zeker Jennifer,' zei ze, haar hand uitstekend. 'Ik ben Deirdre. Kom verder.'

De spreekkamer was zeker drie keer zo groot als de wachtruimte. Boekenplanken besloegen twee van de vier muren. De andere waren behangen met exotische lappen stof. Een groot raam gaf uitzicht op de parkeerplaats en daarachter de snelweg.

Ook het meubilair verried een hang naar het Aziatische. Er stonden twee lage, bewerkte houten tafels, wat poefs en twee lage banken. De geur van wierook was hier nog sterker. In de hoek bromde een koelkast. Daarnaast stond een kast met een groot slot om de handgreep.

'Ga lekker zitten.' Deirdre wees naar een van de banken.

Toen ze zich geïnstalleerd hadden, leunde Deirdre belangstellend naar voren. 'Vertel eens, waarom ben je hier.'

'Het gaat over mijn zoon. Jack. Hij is negentien maanden.' Jen vertelde hoe hij zich ontwikkeld had in zijn eerste levensjaar. Een gezond en vrolijk ventje dat alles deed wat hij moest doen, op het juiste moment. Tot voor kort. Ze liet Deirdre de dossiers zien, gaf er wat tekst en uitleg bij en besloot met: 'Ik weet dat er iets mis is. Ik maak hem elke dag mee en ik vóél het gewoon. Maar niemand wil naar me luisteren. Niemand gelooft me.'

Deirdre zuchtte. 'Ik voel je frustratie. De westerse gezondheidszorg is uitstekend als het gaat om mechanische dingen. Een gebroken been kun je niet weg mediteren. Maar wat de subtielere dingen betreft, met name dingen die met onze hersenen te maken hebben, zijn ze niet verder gekomen dan de middeleeuwen. Als het niet in hun naslagwerk staat, dan bestaat het niet.' Begripvol knikte ze Jen toe. 'Jij bent zijn moeder. Natuurlijk voel jij het als er iets mis is met je eigen kind.' Ze nam de papieren van Jen aan. 'Het menselijk lichaam is een complex organisme,' ging ze verder. 'Er zijn zoveel systemen die op elkaar inwerken, soms op een heel bijzondere, heel onverwachte manier. Kijk alleen maar eens naar het immuunsysteem. Ongelooflijk. Wat is de oorzaak van kanker? Van MS? Van dementie? We staan nog maar aan het begin.'

Jen luisterde beleefd, maar had eigenlijk geen idee waar de vrouw heen wilde. 'Ik wil alleen maar dat Jack gaat praten.'

'Natuurlijk. Praten, zich gedragen zoals andere kinderen. Dat wil elke ouder.'

'Kun jij mij helpen?'

Deirdre bleef glimlachen. 'Ik zal mijn best doen.' De dossiers lagen ongeopend op haar schoot. Ze legde haar handen erbovenop. 'Ik zal je vertellen wat mijn aanpak is. Ik bekijk zijn testresultaten en stel dan zelf een aantal tests samen. Zijn haar zal geanalyseerd moeten worden op toxines, en hij zal een speekseltest moeten doen. Dat zal lastig zijn, omdat hij nog zo jong is, maar dat lukt vast wel.'

'Is dat met zo'n wattenstaafje?'

'Nee.' Deirdre schudde haar hoofd. 'Op verschillende momenten gedurende de dag moet hij in een reageerbuisje spugen.'

Dat riep hele vieze beelden op. Jens maag kwam in opstand. 'Oké,' zei ze langzaam.

Deirdre legde Jacks papieren op het tafeltje, stond op en liep naar haar bureau. Daar pakte ze een dun foldertje, dat ze aan Jen gaf. 'Hierin staat wat de standaard peuterbehandeling inhoudt. Daar wilde ik maar mee beginnen. Verder wil ik dat hij meteen begint met voedingssupplementen.'

Jen verstijfde. Het foldertje gleed uit haar vingers en dwarrelde op de grond. 'Voedingssupplementen? Hoe bedoel je?'

'Hij heeft een tekort aan essentiële voedingsstoffen.'

'Je hebt hem nog nooit gezien. Hoe weet je dat dan?'

Deirdres glimlach was geduldig en wijs. 'Omdat ik weet waar hij woont en wat hij eet. Alles wat gezond was aan onze voeding, is eruit gehaald. Je zoon heeft een gebrek aan aminozuren. Dat heeft iedereen. Bij Jack uit het zich in de onwil om te praten.'

'En wat zit er dan in die voedingssupplementen?'

'Ik heb mijn eigen samenstelling ontwikkeld. Ik neem aan dat je begrijpt dat ik die niet zomaar prijsgeef.'

Jen voelde haar laatste hoop verdampen. Haar zoon mocht geen tv-kijken en geen suiker eten. Mooi dat ze hem niet een of ander supplement ging geven als ze niet wist wat erin zat.

Nog steeds keek Deirdre haar uiterst vriendelijk aan. 'Ik weet dat het moeilijk is. Je bent bang en in de war. Wat ik aanbied, is niet de traditionele medicatie, en wat we niet kennen kan angst oproepen. Neem de folder mee en lees alles thuis rustig door. Als je er klaar voor bent, kom je terug, met Jack. Dan kunnen we beginnen. Ondertussen is het misschien handig als jij je hormoonspiegel laat controleren. Volgens mij is die nog uit balans door de zwangerschap.'

'Ik wil alleen maar dat mijn zoon gaat praten,' herhaalde ze. Ergens moest de oplossing te vinden zijn. Maar niet hier, dacht ze toen ze opstond. Ze pakte Jacks dossier van tafel. 'Hoeveel krijg je voor het consult?'

'Het eerste gesprek is altijd kosteloos.' Ook Deirdre stond op. 'Ik voel je pijn, Jennifer. Ik kan je helpen. Als jij er klaar voor bent, sta ik klaar voor jou.'

Nou, daar had ze niet veel aan gehad, dacht Jen toen ze terugliep naar haarauto. Eenmaal achter het stuur gezeten, liet ze haar hoofd tegen de hoofdsteun rusten en sloot haar ogen. Haaranalyse en speekseltesten? Jack was nog geen twee. Dat kon ze hem en zichzelf niet aandoen. Wat de oplossing van haar probleem ook was, dit was het niet. Wat inhield dat ze verder moest zoeken. Het maakte haar niet uit hoelang het zou duren. Ze gaf het niet op, voor haar zoon. Ze zou alleen willen dat ze niet zo alleen stond in haar strijd.

Hoofdstuk 10

Zoe draaide Stevens oprit op. Zijn huis was iets groter dan dat van haar, en iets ouder. Het dak was pas vernieuwd, zag ze, en de voortuin lag er mooi bij. Gezien zijn achtergrond als aannemer lag het voor de hand om aan te nemen dat hij een handige klusser was, dacht ze, toen ze om de auto heen liep om de tassen van de passagiersstoel te halen.

Op dat moment kwam Steven naar buiten. Meteen kwam hij helpen dragen. Ze genoot even van de aanblik – man in spijkerbroek, half open overhemd over een groen T-shirt – voor ze lachend naar haar auto gebaarde. ‘Schrik niet, ik trek niet meteen bij je in, hoor. Ik heb me een beetje laten meeslepen.’

Met opgetrokken wenkbrauwen bestudeerde hij de kleine Crock-Pot en de twee boodschappentassen. ‘Ik ben een sterke vent. Dit kan ik wel aan.’

Voordat hij de tassen aanpakte, sloeg hij een arm om haar heen.

Het ging vanzelf, zo’n omhelzing. Zijn kus was heerlijk en vol overtuiging. Er was geen gevoel van haast, of dwang, of valse verwachtingen. Niet het idee dat ze een tussenstop was op weg naar iets beters. Toen hij haar losliet, betrapte ze zichzelf erop dat ze nog lang niet genoeg had van zijn kus. Haar lichaam gloeide, haar hart was blij.

Zo is het goed, dacht ze. Bij hem zijn, hem beter leren kennen. Vooralsnog waren er geen complicaties, geen spelletjes en geen geheimen. Dat was fijn.

‘Wat heb je allemaal meegenomen?’ vroeg hij, terwijl hij met een hand de Crock-Pot pakte en met zijn andere de boodschappentassen. Zij pakte alleen haar handtas en liep achter hem aan het huis in.

'Een dip van Asiago-kaas,' zei ze. 'Pittig, maar een van mijn lievelingsdips. Crackers voor erbij, tortellini-salade, voorgesneden rauwe groenten en koekjes.'

Steven duwde de voordeur open. 'Ik zou toch voor jou koken?'

'Klopt. Dit zijn alleen de bijgerechten.'

Het huis uit het midden van de vorige eeuw had een grote woonkamer met een stenen haard die doorliep tot het plafond. Grote ramen boden uitzicht op de voortuin. Achterin zag ze een eetkamer.

'Dat is typisch voor meisjes,' zei ze, terwijl ze door de korte gang naar de keuken liepen. 'Wij willen altijd iets te eten meenemen.'

'Mij hoor je niet klagen.' Hij zette alles op het aanrecht. 'Ik heb alleen vlees, een groene salade en rode wijn.'

'Dat komt dan goed uit, toch?'

'Dat is waar.'

Hij legde zijn hand op haar heup en trok haar dichterbij. Gewillig leunde ze tegen hem aan. Ondanks hun verschil in lengte, pasten ze goed bij elkaar. Hij was slank maar wel gespierd, en hij rook lekker.

Maar dit keer kuste hij haar niet. Hij keek haar alleen maar aan. 'Je bent zo mooi.'

Ze bloosde. Ze had extra aandacht besteed aan wat ze aan zou trekken. Uiteindelijk was het een nonchalant jurkje geworden met sandaaltjes eronder. Haar haren waren los, met een beetje krul erin en ze had net genoeg make-up op gedaan om er leuk uit te zien zonder dat het leek alsof ze heel erg haar best had gedaan. Leuk dat het hem opviel.

Voor hij haar losliet, streek hij even met zijn vingers over haar wang en kuste haar vluchtig op de mond. 'Moet er iets in de koelkast?'

'De salade. De dip moet opwarmen.'

Na dat geregeld te hebben, schonk hij twee glazen wijn in. Met hun glas in de hand maakten ze snel een rondje door het huis. De badkamer in de gang was helemaal gestript. Op de muur stond een tekeningetje van hoe het moest worden.

'Doe je alles zelf?'

'Dat zou ik wel kunnen, maar ik heb er geen tijd voor. En eerlijk gezegd weet ik wel hoe ik moet tegelen, maar ik ben er niet zo goed in. Dus dat ruil ik. Een maat van mij komt hier tegelen, en als hij een ander klusje heeft, doe ik dat voor hem. Zo heb ik nog een stel vrienden. Dat werkt prima.'

Met zijn arm om haar heen leidde hij haar verder door de gang. In een van de logeerkamers zag ze gereedschap liggen. Bij het raam lagen een paar wastafels.

'De slaapkamers schilder ik allemaal in een keer,' zei hij. Toen wees hij naar achteren. 'De grote slaapkamer is daar. Maar daar gaan we maar niet heen.'

'Te rommelig?'

'Te verleidelijk.'

Haar maag maakte een salto. Het was leuk dat hij net niet helemaal een echte heer was.

Aan de achterkant van het huis waren nog twee logeerkamers waar nog niets aan gedaan was en een grote badkamer die al klaar was. De marmeren bladen glommen. Er was een grote inloopdouche en een bad, plus een linnenkast. Steven had koele tinten uitgekozen, wit en verschillende tinten grijs, maar samen was het wel chic.

'Mooi. Heb je de kleuren zelf uitgekozen?'

'Was het maar waar. Mijn moeder heeft geholpen. Die heeft

daar echt oog voor. Ik wilde een beetje neutrale tinten. Ooit zal ik wel willen gaan samenwonen. Tegen die tijd willen de dame in kwestie en ik, vermoed ik, samen iets zoeken waar we ook samen iets van kunnen maken. Dan wil ik dit verhuren.'

Ze kwamen in de woonkamer, die ook al helemaal opgeknapt was. Aan de ene kant stond een grote tv met daarvoor een lekker grote leren bank en leren fauteuils.

'Met ingebouwd surround-soundsysteem,' vermeldde hij erbij.

'Dat geloof ik graag,' zei ze lachend.

Een grote schuifdeur gaf toegang tot de achtertuin. Die bestond uit een groot gazon, een paar droevige planten en een overdekt terras met een grote barbecue.

'Hier heb ik nog niet veel gedaan,' bekende hij. 'De voortuin heb ik vorige herfst gedaan, en daarna heb ik me op het huis gestort. De achtertuin komt hopelijk in het voorjaar.'

'Ik heb altijd van die verhoogde moestuinbakken willen hebben. Dat zou nu in mijn tuin wel kunnen. Ik heb alleen geen idee hoe dat moet.'

'O, dat is makkelijk. Ik wil je wel helpen.'

'Graag.'

Ze gingen via de keuken weer naar binnen, en toen de hoek om.

'En, wat vind je hiervan?' Hij deed een stap achteruit zodat zij het gastentoilet kon bekijken.

Het leek alsof ze een halve eeuw terugging in de tijd. De vloer en het fonteintje waren betegeld met licht- en donkerblauwe jarenvijftig-tegeltjes. Die rond het fonteintje waren vierkant, die op de vloer zeshoekig, met de donkere tegels in het midden en de lichtere er in een rand omheen. De muren waren nog lichter blauw. De spiegel was rond en het toilet middenblauw.

Zoe schoot in de lach.

'Is die lach positief of negatief?' vroeg Steven.

'Ik vind het prachtig.'

'Echt waar? Eerlijk gezegd was mijn eerste reactie: alles eruit slopen en opnieuw beginnen. Maar hoe langer ik ermee leef, hoe meer ik eraan gehecht raak.'

'Tja, als het nou om de keuken ging of de grote badkamer, dan zou ik zeggen: renoveren. Maar het is maar een toilet. Waarom hou je het niet zo? Het past bij de bouwperiode van het huis en eigenlijk vind ik het best leuk.'

Ze gingen terug naar de keuken, waar Zoe de hapjes verder voorbereidde. Als laatste schepte ze de warme dip in een schaaltje en bracht alles naar de woonkamer. Ze gingen op de grond voor de bank zitten, bij de lage tafel. Uit de verborgen speakers kwam zachte jazzmuziek.

'Ik vind dat je het leuk hebt ingericht. Is dit je eerste eigen huis?'

'Ja.'

'Goed gedaan.'

Hij grinnikte. 'Voor een man. Geef toe, dat dacht je erachteraan.'

'Misschien. Maar je bent natuurlijk flink in het voordeel. Je zit al een tijdje in de bouwwereld. Je zult wel veel verschillende types huizen tegenkomen.'

'En toch vind ik beige nog steeds een prima kleur.'

Ze schoot in de lach. 'Oké, dat is wel echt iets voor mannen. Maar je denkt in elk geval niet meer dat het de énige kleur is.'

'Dat is waar.'

Ineens schoot haar iets te binnen. Ze keek om zich heen. 'Is Lulu niet hier? Ik weet dat je moeder niet thuis is.'

'Lulu is een speciale dame, maar ik geloof niet dat ik al zover ben dat ik op haar wil passen. Ze is bij Shannon, een vriendin van mijn moeder.'

'Je durft haar zeker niet uit te laten?'

Daar dacht Steven even over na. 'Nu je het zegt... Ik heb geen problemen met mijn mannelijkheid, maar ik moet toegeven dat Lulu een beetje te veel van het goede is voor mij.'

'Misschien zou je haar iets in camouflagekleuren kunnen aantrekken?'

Hij grinnikte. 'Misschien zou ik haar niets kunnen aantrekken? Het is een hónd!'

'Niet in haar hart.'

'Mason zou nooit kleren aantrekken,' zei Steven.

'Mason is een kat. Dat is anders. Ik vind Lulu er altijd schattig uitzien.'

'Als ik dan een keer op haar moet passen, mag jij haar uitlaten.'

'Zou ik zo doen.'

'Hoe is het aan het werkfront?' vroeg hij. 'Nog opwindende handleidingen gehad, de laatste tijd?'

Er verscheen een rimpel boven haar neus. 'Nee. Dat is een van de redenen dat ik erover loop te denken om iets anders te gaan doen. Ik weet alleen nog steeds niet wat.'

'Helemaal geen idee? Is lesgeven afgevallen?'

'Ook daar ben ik nog niet uit. Ik denk erover om als invaller te gaan werken. Dan kan ik kijken of ik het nog leuk vind, zonder meteen een grote verplichting aan te gaan.'

'Welke leeftijd?'

'Ik heb gezocht naar wat de vereisten zijn, en volgens mij kan ik overal wel terecht. Ik heb een lesbevoegdheid voor Engels, en daarmee kan ik best veel lessen geven op de laagste niveaus. Geen biologie of scheikunde of zo natuurlijk, maar er blijven best veel vakken over.'

Hij knipoogde. 'Dan word jij die sexy nieuwe juf waar alle jongens op vallen.'

Lachend stak ze haar handen in de lucht. 'Bedankt, maar ik ben bang van niet. Dan word ik die nieuwe stuntelige juf die geen orde kan houden.' Ze deed een beetje dip op een toastje. 'Je moeder heeft me verteld over haar vrijwilligerswerk. Dat klinkt interessant, maar ik heb geen bedrijfskundige ervaring. Aan de andere kant: er is ook nog ander vrijwilligerswerk. Daar wil ik wel achteraan gaan. Verder denk ik eraan om eventueel door te studeren. Ik heb al een afspraak met een decaan van Cal State Dominguez Hills.'

Die school zat dichtbij en had een paar interessante opties.

'Daar heb ik ook op gezeten,' zei Steven. 'Er zitten daar veel forensen, maar ik heb het er wel naar mijn zin gehad.'

'Ja, ik ken je reputatie. Elke avond een ander meisje. Leuke herinneringen?'

'Herinneringen genoeg, maar geen reden om het over te doen. Dat deel van mijn leven is voorbij. Ik ben toe aan de volgende fase.'

Dat klonk goed, dacht Zoe, maar ze probeerde er niet te veel achter te zoeken. Ze zaten gewoon te kletsen, geen gezamenlijke toekomstplannen te maken. Toch was het leuk om een man te horen praten over de toekomst. Dat had Chad nooit gedaan. Eigenlijk had hij nooit concrete plannen gehad. Geen beloftes, geen hoop. Destijds was ze ervan overtuigd geweest dat ze van hem hield. Terugkijkend zag ze nu dat hun relatie heel oppervlakkig was geweest.

'Waar denk je aan?' vroeg Steven.

Zoe pijnigde haar hersens maar kon zo snel geen leugentje verzinnen, dus zei ze naar waarheid: 'Mijn ex.'

Steven pakte een stukje rode paprika. 'Leuke gedachten of niet?'

'Ik vroeg me gewoon af waarom ik zo lang bij hem ben gebleven.'

'Je had toch gezegd dat je moeder nog niet zo lang geleden is overleden?'

'Ja.'

Een schouder werd een stukje opgetrokken. 'Daar zal het wel mee te maken hebben. Zelfs al wist je dat hij niet de ware was, hoe kon je dan beslissingen nemen over je liefdesleven als je bezig was het verlies van je moeder nog te verwerken? Hij had lange tijd deel uitgemaakt van je leven.' Het was even stil. Toen ging hij verder: 'Ik weet wel wat ik heb doorgemaakt na het overlijden van mijn vader. Alles leek anders. Ik durfde er niet meer op te vertrouwen dat er ook dingen hetzelfde zouden blijven. Het leven leek zo kwetsbaar. Zoiets zul jij ook wel gehad hebben. Als je ook maar iets van troost bij Chad kon vinden, dan is het logisch dat je je aan hem vastklampte. Dat moet je jezelf niet kwalijk nemen.'

De combinatie van steun en inzicht verbaasde haar. Hoewel hij rond dezelfde tijd een ouder verloren had, had ze niet zoveel begrip en medeleven verwacht. Maar misschien was dat ook een gevolg van het Chad-tijdperk.

'Dank je. Je hebt gelijk. Wat zeggen ze ook alweer? Ik had beter moeten weten, maar als ik het beter had geweten, had ik het dan beter gedaan?'

Hij knikte. 'Nu doe je het beter.'

'Veel beter.'

Grijnzend keek hij haar aan. 'Ik weet niet of dat op mij slaat, maar daar ga ik maar even van uit. Is goed voor mijn zelfbeeld.'

'Het slaat zeker ook op jou. Je bent een lot uit de loterij.'

'Helemaal niet.'

Helemaal wel, maar ze had het gevoel dat hij dat al wist, dus dat ging ze niet ook nog eens hardop zeggen.

Tot haar verbazing schoof hij ineens een stukje dichterbij en legde zijn hand tegen haar wang.

'Bovendien,' mompelde hij, 'als iemand van ons geluk heeft, dan ben ik het wel.'

Zijn lippen streken langs de hare, en meteen beantwoordde ze zijn kus. Ze zaten een beetje onhandig naast elkaar op de grond; hun knieën botsten. Zoe ging verzitten en sloeg haar armen om zijn nek, leunde ontspannen tegen hem aan en voor ze het wist, lagen ze op de grond.

Hij kuste haar weer. Bij de eerste streling van zijn tong voelde ze de warmte vanuit haar buik omhoogborrelen, tot ze helemaal warm was vanbinnen. Haar handen gleden over zijn sterke rug.

Alles aan Steven was goed, concludeerde haar mistige hoofd. Hij was aardig en grappig en succesvol. Hij sleepte geen vervelende bagage uit zijn verleden met zich mee. Als hij nare, duistere geheimen had gehad, dan had Jen haar dat wel verteld. Hij was een leuke man van wie ze warme kriebels in haar buik kreeg.

Waar was het addertje onder het gras?

Geen van beiden leek van plan een einde aan de kus te maken. Steven was naast haar gaan liggen. Zijn hand rustte op haar middel, en bleef daar liggen. Kroop niet zoekend omhoog of omlaag. Want hij was echt een lieverd, dacht ze – hoewel ze een beetje ondeugendheid ook niet erg had gevonden.

Toen hij zijn hoofd ophief en haar aankeek, was zijn blik intens en hartstochtelijk. 'Volgens mij kan het twee kanten op gaan nu,' zei hij zacht. 'Of we verhuizen naar de keuken om te gaan koken, of we verhuizen naar een plek waar we meer ruimte hebben. In beide gevallen blijf je bij me, dat is wat mij betreft het belangrijkste.'

Nee, hij zou niet aandringen. Ze wist zeker dat hij haar kon verleiden als hij dat wilde, maar dat deed hij niet. Voor hem geen spelletjes, chantage of andere druk. Als ze zijn slaapkamer in liep, moest dat zijn omdat ze het honderd procent zelf wilde, niet om hem een plezier te doen.

De verstandige keuze, wist ze, was aan het eten beginnen. Het was onverstandig om in een vlaag van hartstocht een stap verder te gaan. Per slot van rekening kenden ze elkaar nog niet zo lang.

Ze ging rechtop zitten en haalde diep adem. 'Koken,' zei ze, en meteen had ze er spijt van.

Maar Steven stond al op en stak zijn hand uit om haar overeind te helpen. 'Hoe wil je je biefstuk? Ik ben goed in rare en medium. Als je hem doorbakken wilt, ben ik bang dat je er een paar aangebrande randjes af zal moeten schrapen.'

Zo gemakkelijk kon het dus ook, dacht ze. Zonder mokken, zonder aandringen, zonder haar een schuldgevoel aan te praten. Waar bleef zijn verongelijkte blik?

'Medium is prima.'

Tevreden grijnsde hij. 'Daar ben ik het beste in.'

Hij begon de schaaltjes op te ruimen, maar Zoe legde haar hand op zijn arm. 'Steven?'

Vragend keek hij op.

Ze nam zijn hand in de hare. 'Die ene kamer die te verleidelijk was, die wil ik eigenlijk toch wel graag zien.'

Twee volle seconden lang wachtte ze met bonzend hart op zijn reactie.

Zijn uitdrukking veranderde niet. 'Zeker weten?'

'Heel zeker,' antwoordde ze glimlachend.

Hij kuste haar, pakte haar hand en trok haar mee de gang in.

Zaterdagavond zat Pam met haar vriendinnen op het terras van het hotel. Het weer was in Phoenix niet veel beter dan in Mischief Bay, maar het was lekker om er een paar dagen tussenuit te zijn.

Niet dat haar leven zo vermoeiend was, dacht ze, een slok van haar cocktail nemend. Het was vooral leuk dat ze een paar dagen met haar vriendinnen door kon brengen en haar leven vanuit een ander perspectief kon beschouwen.

Vanmorgen waren ze nog voor het ontbijt vijf kilometer gaan wandelen. Na een middag winkelen waren ze teruggegaan naar het hotel, voor het avondeten, maar vooralsnog maakte niemand aanstalten om hun plekje op het terras in te ruilen voor een tafeltje in het restaurant.

'Pam, we hebben het over iedereen gehad, behalve over jou,' begon Eugenia met haar Texaanse accent. 'Hoe gaat het aan jouw kant van het land?'

Pam wilde al zeggen 'zijn gangetje', toen ze zich realiseerde dat er de afgelopen weken best het een en ander gebeurd was. 'Jen maakt zich nog steeds zorgen over Jack. Met een vriendin van haar ben ik bij haar langs geweest om erover te praten, maar dat viel helemaal verkeerd. Twee weken hebben we elkaar niet gesproken. De enige reden waarom ze daarna contact met me opnam, was dat ze oppas voor Jack nodig had omdat zij naar de dokter moest.'

Het was een kort telefoontje geweest, en ook toen Jen haar zoon bij Pam afleverde, had ze niet veel gezegd. 'Ik weet niet goed wat ik met haar aan moet,' bekende ze. 'Die jongen is drie uur bij mij geweest en er is niets met hem aan de hand. Ik zou durven zweren dat hij gaat praten als hij daar klaar voor is.' Ze zweeg even. 'Maar stel dat Jen toch gelijk heeft?'

'Komt tijd, komt raad,' zei Olimpia, een tengere vrouw van eind vijftig met rood haar. 'Je hebt drie kinderen grootgebracht. Jij hebt ervaring. Er is iets met die nieuwe generatie moeders; ze denken dat ze de eerste ter wereld zijn die kinderen op moeten voeden.'

Laura, een lange, gezette vrouw, kreunde. 'Vertel mij wat. Bij mijn dochters moet alles biologisch zijn. Ik heb ze er letterlijk een keer op betrapt dat ze mijn keukenkastjes aan het doorzoeken waren. Wat dachten ze daar te vinden? Een pak koekjes met in grote letters "giftig maar o zo lekker" erop?' Ze schudde haar hoofd. 'Ik ben toch niet gek? Ik weet heus wel wat ik doe. Maar weten zij dat ook? Volgens mij niet.'

'Jen moet vaker de deur uit gaan,' zei Olimpia stellig. 'Ze is nog niet aan het werk, toch?'

'Nee.' Pam dacht terug aan hun korte gesprek. 'Ze zei dat ze bij een paar kinderdagverblijven heeft gekeken, maar dat ze er nog geen een heeft gevonden die ze goed genoeg vindt.'

'Bestaat er wel een die in haar ogen goed genoeg is?' vroeg Eugenia. 'Ik bedoel het niet gemeen, maar zij is toch degene die erop stond dat al het beddengoed van biologisch katoen moest zijn, zonder kleurstoffen?'

Schuldbewust knikte Pam. Inderdaad was Jens wensenlijstje voor de babyshower idioot streng geweest. 'Klopt. Wist ik maar wat ik kon doen. Hoe ik haar kan helpen.'

'Door er te zijn,' zei Laura meteen. 'Je bent er toch voor haar? Ze hoeft het maar te vragen.'

Dat was waar, dacht Pam. Ze zou er altijd voor Jen zijn, wat er ook gebeurde. 'Het is al heel wat dat ze Jack bij mij durft te laten, denk ik. Daar moet ik al blij mee zijn. Niet dat ze veel keus heeft, overigens. Als ze mij niet vertrouwde, wie dan wel?'

'Wat hebben we toch fout gedaan met onze kinderen?' vroeg Eugenia. 'Echt hoor, we zouden ze alsnog eens flink de oren moeten wassen.'

Iedereen lachte. De serveerster kwam vragen of ze nog iets wilden drinken.

'Deze zijn echt heerlijk.' Laura hield haar glas op. 'Doe nog maar een rondje. Ik spreek maar even voor ons allemaal; we hoeven toch niet te rijden.'

Op elk reisje probeerden ze een nieuwe cocktail uit. Soms ging dat goed en werd het hun vaste drankje tijdens die reis. Soms stapten ze snel over op iets anders. Voor dit weekend hadden ze gekozen voor een French 75. Daar had Pam nooit eerder van gehoord, maar de mix van gin, limoen en champagne beviel haar wel. Je dronk het weg als limonade, wat leuk én gevaarlijk was.

Even vroeg ze zich af wat Miguel van haar vriendinnen zou vinden. Waarschijnlijk vond hij het wel leuke vrouwen. En dan zou hij natuurlijk meteen de charmeur uit gaan hangen.

Het was een leuke avond geweest met Miguel. Na de margarita's bij haar thuis, waren ze uit eten gegaan in McGrath's Pub, een restaurantje aan het strand. Het gesprek was vanzelf goed gelopen. Alles met hem ging heel gemakkelijk. Misschien wel te gemakkelijk. Ze wist niet of ze eraan toe was om Miguel echt aardig te gaan vinden. Stel dat ze hem vaker wilde zien? Stel dat ze echt om hem ging geven? Dat zou zo verwarrend zijn.

Ze keek haar vriendinnen een voor een aan en vroeg plompverloren: 'Spreken jullie wel eens af met een man?'

De tafel viel stil.

'Die zag ik niet aankomen,' gaf Eugenia toe.

'Ik niet,' beantwoordde Laura Pams vraag ongegeneerd. 'Ik zoek geen vervanging voor mijn man. Natuurlijk mis ik hem, maar ik moet zeggen dat het alleen zijn me ook wel bevalt. Ik kan doen en laten wat en wanneer ik wil. Ik heb mijn handen vol aan mijn kinderen en kleinkinderen. Ik zou niet weten waar ik de tijd vandaan zou moeten halen voor een man.' Ze knikte naar Olimpia. 'Volgende.'

Olimpia glimlachte. 'Ik ga wel eens met mannen uit, ja. Er is niet een speciale man in mijn leven, als je dat bedoelt, maar zo af en toe ga ik met iemand uit eten.'

'Ben je op zoek?' drong Pam aan. 'Ben je verliefd?'

'O grote goden, nee. Als de vonk oversloeg zou ik waarschijnlijk geen nee zeggen, maar gewone vriendschappen zijn genoeg.' Ze glimlachte. 'Trouwens, er zijn een heleboel alleenstaande mannen in de juiste leeftijdscategorie, maar die gaan toch liever uit met een jongere vrouw.'

Vervolgens keken ze allemaal naar Eugenia, die zuchtte.

'Ik heb wel iets met iemand, ja. Een heel aardige man. We kennen elkaar nu een jaar ongeveer.'

Pam voelde dat haar ogen groot werden. 'Daar heb je nooit iets over gezegd!'

'Ik weet het. Ik dacht dat jullie allemaal zouden denken dat ik dan niet meer bevriend met jullie wilde blijven en ik vind het juist zo gezellig met jullie. Ik moet er niet aan denken dat jullie zonder mij op reis zouden gaan.'

'Hier hebben we het nooit eerder over gehad,' mompelde Olimpia. 'Hoe zou dat komen?'

'We zijn bang veroordeeld te worden.' Pam had het gezegd zonder erbij na te denken, maar ze realiseerde zich meteen dat dat waar was. 'Hoe oud we ook zijn, we zijn nog steeds bang dat we er niet bij horen. We zijn allemaal weduwen. Als een van ons een man krijgt, verandert dat dan onze vriendschap?'

Laura trok haar wenkbrauwen op. 'Ik mag hopen van niet. Ik zou blij voor jullie zijn, als jullie weer verliefd worden. Alleen hoef ik het zelf niet zo nodig. Een rijke vrouw of een huishoudster. Dat zoeken mannen van onze leeftijd.'

'Dat is wel erg zwart-wit,' vond Olimpia.

'Dat kun je wel zeggen, maar ik zie het om me heen gebeuren.' Ze wendde zich tot Pam. 'En jij? Jij begon erover.'

Pam dacht aan Miguel. 'Ik had een tijdje geleden per ongeluk een afspraakje met een man.'

Er werd gelachen. 'Hoe kan dat nou per ongeluk gebeuren?' vroeg Eugenia.

Daarop begon Pam te vertellen. Over de barbecue bij Zoe. Over Miguel, de man van de Saldivar tequila. 'Hij is zo knap en charmant. Toen hij me belde en vroeg of ik met hem uit eten wilde gaan, dacht ik dat hij iets wilde vragen over zijn dochter.'

'Maar dat was niet zo?' vroeg Laura.

'Nee. Geen woord over Zoe. Een paar dagen later vroeg hij of hij langs mocht komen. Toen zijn we weer uit eten gegaan. Het was heel gezellig.'

'En?' Olimpia stelde vraag zonder cynisme of bemoeizucht.

'Ik ben vooral in de war. Over het idee weer met mannen om te gaan op die manier. Daar was ik helemaal niet mee bezig. John maakt nog steeds zo'n wezenlijk deel uit van mijn leven.' Snel stak ze haar hand op. 'Ja, ja, ik weet dat ik puur theoretisch gesproken niet getrouwd ben, maar ik voel me absoluut geen alleenstaande vrouw. Als ik kon kiezen, zou ik honderd keer liever bij John zijn dan bij iemand anders. Maar ja, die keuze heb ik niet.'

De serveerster kwam hun drankjes brengen. Het gesprek ging verder over hun plannen voor de volgende dag en de op handen zijnde cruise naar Noord-Europa.

Later, na nog meer drankjes en hun diner, liepen ze naar hun kamers. Eugenia en Pam hadden een kamer op een andere verdieping dan de andere twee. Samen liepen ze naar de lift.

'Over Miguel...' begon Eugenia. 'Ik weet hoe vreemd het voelt in het begin. Tenminste, zo was het bij mij. Net alsof ik vreemdging, of alsof ik niet genoeg van Roger had gehouden. Maar dat gevoel verdwijnt op den duur.'

'Ik weet niet of ik dat wel wil.'

Haar vriendin glimlachte. 'Dat was precies wat ik dacht, toen. Het zal nooit hetzelfde worden, maar dat betekent niet dat het niet heel fijn kan zijn. Je verdient het om gelukkig te zijn. Om iemand te vinden die om je geeft. Dat houdt niet in dat je minder van John houdt. Je moet gewoon openstaan voor de mogelijkheden.'

'Ik weet niet zeker of ik er klaar voor ben.'

'Misschien nog niet, dat is ook helemaal niet erg. Als je maar weet dat die angst normaal is. Je kunt het negeren of het een plek geven, maar je moet er niet te veel waarde aan hechten.'

'Goed dat je het zegt. Ik ben inderdaad bang. Het voelt zo ongemakkelijk allemaal. Miguel is zo allesoverheersend, ik ben helemaal de kluts kwijt.'

'Dat klinkt goed,' zei Eugenia lachend.

Daar was Pam nog niet van overtuigd. 'Misschien,' zei ze zuinigjes. Maar ze voelde zich een stuk beter dan eerst. Ze hoefde niet op stel en sprong een beslissing te nemen. Als ze nog eens met Miguel af wilde spreken, dan was dat haar keuze. Wilde ze niets meer met hem te maken hebben, dan had ze nog steeds een ontzettend leuk leven in haar eentje.

Voor de deur van Pams kamer omhelsde Eugenia haar. 'Slaap lekker. Tegen de tijd dat je behoefte hebt aan een praatje over seks, dan hoor ik het wel. Het is wel bijzonder om het met iemand anders te doen,' besloot ze grinnikend.

Pams mond viel open. 'Seks? Dat zou ik nooit doen!'

Eugenia lachte. 'Wacht jij maar. Als Miguel zo leuk is als jij zegt, dan is het toch leuk om hem in zijn nakie te zien?'

'Je hebt te veel gedronken.'

'Misschien. Maar ik zou het ook zeggen als ik nuchter was.' Ze zwaaide en liep door naar haar eigen kamer.

Pam ging haar kamer in. Seks met Miguel? Geen denken aan.

Daar was ze te oud voor. Het idee alleen al om haar kleren uit te trekken in het bijzijn van iemand anders. Trouwens, de enige met wie ze seks had gehad was John. Dat was iets van hen en van hen alleen. Zoiets deed ze niet met een andere man. Dat zou fout zijn.

Maar hoe stellig ze het idee ook afwees, de herinnering aan Miguels kus bleef door haar hoofd spoken. Nou ja, kussen was geen seks. Mooi dat ze het niet zover zou laten komen. Nooit.

Hoofdstuk 11

Zondagochtend liepen Zoe en Steven naar de Latte Da voor koffie. Elk moment van hun nacht samen was magisch geweest. Steven was een lieve, hartstochtelijke minnaar. Ze hadden laat gegeten en hij had gevraagd of ze bleef slapen. Logistiek was dat niet zo handig – ze had niets bij zich en Mason moest ook eten – dus waren ze naar haar huis gegaan, waar ze weer hadden gevreeën, dit keer in haar bed, en hij was bij haar blijven slapen.

Chad was bijna nooit blijven slapen. Toen ze erachter gekomen was dat hij getrouwd was, had ze begrepen waarom. Het appartement waarin hij zei te wonen, bleek van een vriend te zijn. Later, na zijn scheiding, bleef hij die gewoonte volhouden en ging hij nog steeds naar huis.

Een groot deel van de nacht had ze liggen luisteren naar Stevens ademhaling, genietend van het idee dat er een man in haar bed lag voor iets anders dan seks.

Meer dan eens had hij zich omgedraaid in zijn slaap, een arm over haar heen geslagen en haar naar zich toe getrokken.

’s Ochtends waren ze samen onder de douche gegaan en vervolgens hadden ze besloten om ergens koffie te gaan drinken. Nu, wandelend naar Latte Da, moest ze constateren dat alles weliswaar snel ging, maar dat dat haar wel beviel. En hij beviel haar trouwens ook.

Ze gingen met hun bestelling in de zon zitten. Het was koel maar onbewolkt en het beloofde een mooie dag te worden.

‘Heb je een beetje geslapen?’ vroeg hij, haar een van de croissants gevend die ze gekocht hadden.

'Niet zoveel, maar dat geeft niet.' Het was het waard geweest. 'Je snurkt niet.'

'Dat is goed om te horen. Heb ik het me verbeeld, of stond Mason midden in de nacht op mijn buik naar me te blazen?'

Ze giechelde. 'Je bevond je op zijn territorium. Hij is het niet gewend om het kussen te delen.'

'De ex bleef niet slapen?' vroeg Steven, met opgetrokken wenkbrauwen.

'Meestal niet.'

'Dan is hij nog dommer dan ik dacht.'

Ze glimlachte.

'Wat zijn je plannen voor vandaag?' vroeg hij.

'Niet veel. Straks ga ik nog even langs mijn vader. En jij? Heb je...' Ze zweeg toen ze een spiertje in Stevens kaak zag trekken. 'Wat is er?'

'Niets.'

In haar hoofd spoelde ze haar laatste zinnen terug. 'Mag je mijn vader niet?' Die ene keer dat ze elkaar ontmoet hadden, op de barbecue, leken ze elkaar wel te mogen.

'Dat is het niet.'

Zijn toon verried echter dat het daar wel mee te maken had.

Afwachtend keek ze hem aan.

'Afgelopen vrijdag sprak ik mijn moeder, voor ze naar Phoenix ging. Ze vertelde dat je vader de avond ervoor langs was gekomen.'

Dat was verrassend nieuws, dacht Zoe, maar niet echt iets om boos over te zijn. 'Ik begrijp het niet.'

'Volgens mij zijn ze aan het daten.'

Dat was onmogelijk. Dat zou Pam haar verteld hebben. Toch? Ze waren vrienden. Of in elk geval bevriend. Oké, Miguel was haar vader, maar dan nog. Zij was aan het daten met Steven, de zoon van Pam, en daar hadden ze het ook over gehad. Als Pam weer thuis was, moesten ze het toch eens bespreken.

'Waarom vind je dat vervelend?' vroeg ze.

'Door wat je over hem vertelde. Dat hij een player was die met heel jonge vrouwen uitging en na je moeder nooit een serieuze relatie heeft gehad.'

Zoe kon zich niet herinneren dat ze zo in detail was getreden, maar dat zou kunnen. 'Hij is echt een aardige man. En dat gedoe met die jonge vrouwen is al een tijdje geleden.' Het voelde raar om het liefdesleven van haar vader te bespreken, maar ze wilde ook niet dat Steven een slechte indruk van hem kreeg. 'Ik weet zeker dat hij…' Ze dacht even na. 'Oké. Ik heb geen idee hoe hij is, als partner, en eerlijk gezegd is dat ook niet iets waar ik lang over na wil denken.'

'Het is ook niet mijn favoriete gespreksonderwerp. Ik bedoel, we hebben het wel over mijn moeder. Het punt is, ze is volgens mij sinds de dood van mijn vader niet met een man uit geweest. En dan met je vader… Miguel is een man van de wereld. Veel te hoog gegrepen voor haar.' Hij kreunde. 'Bah. Stom om dat over haar te zeggen. Maar je weet wat ik bedoel, toch? Ik heb er met mijn moeder over proberen te praten, maar ze wilde niet luisteren. Nu maak ik me zorgen. Kijk, als het nou met een accountant was die hiervoor honderd jaar getrouwd was geweest, dan was het wat anders.'

'Ja, dan was hij te oud voor haar geweest.'

'Ha, ha. Je begrijp wel wat ik bedoel.'

Dat begreep ze, en ze voelde zich verscheurd. Aan de ene kant vond ze het lief van Steven dat hij zich zorgen maakte over zijn moeder, aan de andere kant vond ze het niet leuk dat hij zo over haar vader sprak. 'Mijn vader is geen slecht mens. Sterker nog, hij is heel aardig en zorgzaam. Ondanks de scheiding zijn hij en mijn moeder altijd vrienden gebleven. We gingen samen op vakantie.'

'Het spijt me, Zoe. Zo bedoel ik het niet. Ik wil je niet kwetsen. Ik ben alleen bezorgd over mijn moeder. Mag dat?'

Ze knikte. Ze vond Steven leuk en ze wilde geen roet in het eten gooien door kinderachtig te gaan doen. Per slot van rekening had haar vader een bepaalde reputatie. Ze moest bedenken wat ze met deze informatie moest. Eerst met haar vader praten, of eerst met Pam? Of zich helemaal niet met hun zaken bemoeien? 'Dat mag,' zei ze. 'Echt.'

Het was nooit Jens bedoeling geweest om van Pasen iets groots te maken, maar op een of andere manier was dat de afgelopen jaren wel gebeurd. 's Ochtends hadden ze het nog rustig gehouden; ze hadden voor Jack wat eieren verstopt in de achtertuin. Omdat hij nog zo klein was, begreep hij niet precies wat hij zoeken moest, laat staan waarom, maar elke keer dat hij een plastic eitje in het gras vond, begon hij te stralen.

Daarna waren ze met zijn drieën naar de kerk gegaan. Jen ging niet zo vaak als ze wilde, maar de paasdienst vond ze altijd het fijnst. Er sprak zoveel hoop uit die boodschap. Een belofte voor een mooie toekomst. De altijd aanwezige spanning op haar borst leek een klein beetje af te nemen.

Maar eenmaal thuis was het weer mis. Op een of andere manier was het paasdiner uitgegroeid tot kerstachtige proporties. Behalve zij drieën kwamen Kirks partner Lucas, die natuurlijk zijn laatste verovering meenam, Steven en Zoe, en haar moeder. Alleen had Pam een paar dagen geleden gebeld om te vragen of het goed was dat Miguel ook kwam.

Jen wist nog niet zo goed wat ze daarmee moest. Het kon zijn dat die twee gewoon bevriend waren geraakt, maar misschien was het wel meer.

'Kan ik iets voor je doen?' vroeg Kirk, toen hij de keuken binnenkwam.

'Denk je dat mijn moeder iets heeft met Miguel?'

Hij deed meteen weer een stap achteruit. 'O, nee. Daar ga ik mijn vingers niet aan branden. Als je het wilt weten, moet je het haar zelf vragen. Van speculeren komt alleen maar ellende.'

Jen moest lachen om zijn felle reactie en de lichte paniek in zijn ogen. 'Waarom wind je je zo op?'

'Straks zit ik midden in een familieruzie. Daar pas ik voor.'

'Zit wat in. Wat je voor me kunt doen, is Jack bezighouden. Dan kan ik gaan koken.' Ze wees naar de tafel, waar hun zoon zijn lunch al bijna op had; hij zat te spelen met de laatste plakjes komkommer.

Voor het eten had ze de hele middag nog wel nodig. Vooraf hadden ze allerlei hapjes, dan een maïsstoofpot uit de Crock-Pot. De ham hoefde alleen nog maar de oven in. Haar moeder zou gegratineerde aardappels meenemen. Verder een paar salades en als toetje de paaskwarktaart die ze via internet besteld had.

Om vijf uur wilde ze gaan eten. De gasten zouden om halfvier komen. Ze wist al wat ze in welke schaal wilde opdienen – hoofdzakelijk schalen die haar moeder ook altijd bij feestelijke gelegenheden gebruikte – maar de tafel moest nog gedekt worden, de wijn moest nog op kamertemperatuur, al met al moest ze ook nog wel wat aan het eten doen en ondertussen moest ze zien te vermijden dat ze een paniekaanval kreeg. Dat was het wel zo'n beetje.

'Verder nog iets?' vroeg Kirk.

'Nee, als jij op Jack wil passen, dat is het belangrijkst. Alles gaat sneller als hij niet in de weg loopt.'

'Lucas en Caitlyn komen om een uur of twee. Misschien kan zij je nog een handje helpen.'

Jen moest zich inhouden om niet te gaan gillen. Het had echter geen zin om te klagen dat Lucas en zijn vriendinnetje anderhalf uur eerder kwamen. Dan zou Kirk alleen maar beteuterd kijken en zeggen dat niemand last had van Lucas. Was het maar waar.

'Ik denk niet dat die Kaylee zin heeft om op zo'n dag in de keuken te staan,' bromde ze.

'Caitlyn.'

'Hoe dan ook.'

Ze zag er het nut niet van in om hun namen te onthouden. De vrouwen in Lucas' leven wisselden elkaar in rap tempo af. Voor hetzelfde geld had hij volgende week weer een ander.

Haar man kwam bij haar staan en sloeg zijn armen om haar heen. 'Gaat het?'

'Ja, hoor.'

Ze was blij dat hij het vroeg en ze genoot van zijn omhelzing. Hoewel het nog niet perfect was tussen hen, ging het langzaamaan beter. Kirk was blij dat ze bij kinderdagverblijven was gaan kijken. Zij was blij dat hij Jack bezig wilde houden als zij in de keuken stond. Het voelde weer een beetje als een team. Gevreeën hadden ze nog niet, maar daar kon ze zich op een moment als dit niet druk over maken.

Ze stuurde haar twee mannen de keuken uit en ging aan het werk. Terwijl dunne sneetjes brood, die als basis zouden dienen voor verschillende soorten crostini, stonden te roosteren in het broodrooster, dekte zij de tafel. Ze maakte een dressing, die ze pas vlak voor het eten door de groene sla zou doen. Zoe zou een waldorfsalade meenemen. Ze zette de ham in de oven en was net begonnen met het fijnsnijden van tomaten voor haar versie van een Caprese-topping voor op de crostini, toen Kirk haar riep. Kennelijk kwam Lucas eraan. Een snelle blik op de klok leerde haar dat het vroeg was, zelfs voor Lucas.

Inderdaad stopte de Mercedes-cabriolet net op de oprit toen Jen naar buiten kwam. 'Waar betaalt hij dat van?' vroeg ze zich hardop af. 'Die auto moet hem ruim een jaarsalaris gekost hebben.' Dat wist ze omdat Steven een klein kapitaal neer had moeten tellen voor zijn Mercedes SUV, en zo'n snelle auto met open dak zou nog wel duurder zijn.

Kirk nam Jack op de arm. 'Steven komt uit een rijke familie. Ik dacht dat je dat wel wist. Hij hoeft helemaal niet te werken. Als hij wil, kan hij zo stoppen.'

'Echt?'

Voor een antwoord was het te laat. Lucas stapte al uit.

Zoals altijd droeg hij een spijkerbroek, een T-shirt met lange mouwen en cowboylaarzen. Hij liep om de auto heen en deed het portier aan de passagierskant open. Zijn vriendin stapte uit. Kaylee, o nee, Caitlyn droeg een jurk die niet veel groter was dan een flinke zakdoek en schoenen met stilettohakken. Ze was knap – natuurlijk was ze knap, al Lucas' vriendinnen waren knap – en had een boeket lelies bij zich.

Met een geforceerde glimlach riep Jen: 'Hallo! Gezellig dat jullie er zijn.'

Lucas knipoogde naar haar. 'Fijn dat we mochten komen. Ik kan me niet herinneren wanneer ik voor het laatst echt een paasdiner heb gehad. Op mijn twaalfde, denk ik. En jij, Caitlyn?'

De twintigplusser glimlachte. 'O, wij doen niet aan Pasen. Ik kom uit een Joodse familie. Maar ik heb het opgezocht op internet, dus ik kan overal over meepraten.' Ze gaf Jen de lelies. 'Jij bent Jen, toch? Hallo.'

Jen knikte en schudde handen, ondertussen haar lachen inhoudend. Dit wicht wilde zich voor laten staan op haar joodse afkomst? Het lachen verging haar toen ze besefte dat er ham op het menu stond.

'Heb jij bepaalde eetwensen?' vroeg ze, zich afvragend of ze Kirk nog naar de winkel kon sturen voor kip.

'Ik eet varkensvlees, hoor,' zei Caitlyn. 'Ik las dat dat traditie is met Pasen. Geen probleem.' Ze begroette Kirk en zwaaide naar Jack.

Lucas nam de wiebelende peuter over en zwaaide hem in het rond. 'Vrolijk Pasen, Jack. Heeft de paashaas iets moois voor je meegenomen?'

Lachend liet Jack zich rondzwieren. Met lichte afgunst vroeg Jen zich af hoe het kon dat een man die zo'n beroerde smaak had wat vriendinnen betrof, zo goed met haar zoon om kon gaan.

Lucas zette de jongen op de grond. 'Oké. Wat hebben we nog meer?' Hij gaf Kirk het standaard sixpack bierblikjes en opende de achterklep van zijn belachelijke auto. 'Voor jou heb ik ook nog iets, kerel.'

Jen slikte haar protest weg. Wat het ook was, het zou vast weer iets zijn waar zij gek van werd. Net als die gitaar. Die maakte enorme herrie en Jack was er dol op. Argwanend wachtte ze af wat er nu weer uit de achterbak zou komen.

Het was een auto. Een kleuterauto. En niet zomaar een auto: het was een trapauto die zwart en wit geschilderd was, net als een politieauto.

'Daar is hij nog lang niet aan toe!' riep ze, maar niemand lette op haar. Iedereen lette op Jack, die meteen naar de auto holde.

Kirk tilde hem erin. Lucas ging ernaast zitten, op zijn hurken. 'Kijk, daar moeten je voeten op. En dan trappen. Kun je dat?' Half opzij gebogen liet Lucas zien hoe de pedalen werkten. Het kostte Jack wat moeite, maar na een paar pogingen kwam de auto in beweging. Schaterend reed het ventje over de oprit.

Ongelooflijk. Jen zag al voor zich wat voor ongelukken dat op zou leveren. Verdomme, waarom wist Lucas altijd net die cadeautjes te bedenken waar Jack dol op was en waar zij gek van werd? Daar had die man echt talent voor, en zij was er de dupe van.

'Dat kan ook heel goed in de tuin, Jack,' zei Kirk. 'Dan hoeven we niet bang te zijn dat je de weg op gaat.'

Precies, dacht Jen geërgerd. In de achtertuin hoefde ze er alleen maar op te letten dat hij niet door de glazen tuindeuren heen reed.

Glimlachend keek Caitlyn haar aan. 'Wat een schat is Lucas, hè? Hij had die auto vorige week besteld en hij stond echt te popelen om hem aan je zoon te geven.' Ze slaakte een bewonderende zucht.

Even overwoog Jen haar te wijzen op het feit dat Lucas gemakkelijk haar vader kon zijn. Een niet al te jonge vader. Maar waarom zou ze? 'Hij is geweldig,' wist ze uit te brengen. Toen knikte ze naar de bloemen. 'Even deze in een vaas zetten.'

Kennelijk had niemand Jens mail gelezen over de aanvangstijd, want om kwart voor drie was iedereen er al. Het kwam goed uit dat ze zich nogal uitgesloofd had met de crostini, want haar gasten hadden honger en die ham was nooit voor vijf uur gaar.

Tot Jens verrassing waakte Lucas over Jack, zodat Kirk iedereen van een drankje kon voorzien. Jen liep de keuken in en uit. Zoe kwam haar bijstaan en nam een fles champagne mee.

'Je moeder had het over een drankje dat ze gedronken heeft in Phoenix. Een French 75. Het bestaat kennelijk al eeuwen, maar ik had er nog nooit van gehoord. Het schijnt lekker weg te drinken.'

'Het lijkt me niet handig dat ik dronken in de keuken sta,' zei Jen. 'Al moet ik toegeven dat het aanlokkelijk klinkt.'

'Wie kan het je kwalijk nemen? Of mij?' Zoe trok de folie van de fles en begon aan het ijzerdraad rond de kurk te pulken. 'Ik hou mezelf steeds maar voor dat het niet aan mij is om te oordelen. Ik bedoel, ik ben aan het daten met de broer van mijn beste vriendin. Waarom zou mijn vader dan niet daten met jouw moeder?'

Tersluiks wierp Jen een blik in de woonkamer, waar Pam en Miguel met Jack op de grond zaten te puzzelen. 'Denk je echt dat ze daten?'

'Ze komen samen naar jouw paasdiner. Hoe zou jij dat noemen?'

'Twee oude mensen die behoefte hebben aan gezelschap?'

Zoe rolde met haar ogen. 'Denk je dat Lucas dat ook zoekt bij Caitlyn? Gezelschap?'

'Dat is wat anders. Die is niet zo oud als...' Jen begon te rekenen en vloekte. 'O mijn god! Lucas is maar een paar jaar ouder dan mijn moeder en hij heeft de hele tijd seks! Als zij echt daten...' Ze sloeg haar handen voor haar gezicht. 'Je denkt toch niet dat ze...'

Zoe trok de kurk uit de fles champagne. 'Heb je nu behoefte aan een French 75?'

'Ja. Doe maar een grote. Je hebt mijn vraag niet beantwoord.'

'Pam is jouw moeder en ze is een vriendin van mij. Mijn vader is mijn vader. Daar wil ik niet aan denken. Eerlijk gezegd denk ik dat ze elkaar nog wat beter willen leren kennen, maar wie weet wat er gaat gebeuren?' Ze zette een fles gin op het aanrecht. 'Steven vindt het maar niks.'

'Van mama en Miguel?'

Zoe knikte. 'Hij vindt mijn vader een player en is bang dat hij je moeder verdriet zal doen. Ik weet wel dat hij vroeger zo was, maar hij is nu anders. Het is lastig, hoor. Als we erover praten, voel ik me schuldig. Alsof ik mijn vader moet gaan verdedigen of zo.'

'Praat er dan niet over.'

'Goed idee.' Zoe haalde een martinishaker uit de kast. 'Vind je het vervelend dat ik met Steven ga?'

'Nee. Jij bent mijn beste vriendin, en Steven is een aardige jongen. Als het wat wordt tussen jullie, hoef ik niet alle details te horen, maar ik vind het leuk voor jullie.' In de woonkamer, zag ze, streek Miguel haar moeder even over haar wang. 'Met ouders is het heel anders.'

Toen Zoe hun drankjes gemixt had, moest Jen toegeven dat ze verrukkelijk waren. De gegratineerde aardappeltjes gingen in de oven en Jen vroeg Zoe of ze tegen Kirk wilde zeggen dat het tijd was voor Jacks hapje. Maar in plaats van haar man, kwam even later haar broer binnen met zijn neefje op zijn arm.

'Hé, zus. Dit kereltje liep een beetje verdwaald rond. Wil jij hem?'

Glimlachend nam Jen haar zoon over van haar broer. Ze liet Jack zijn handjes wassen en zette hem aan zijn kleine tafeltje. Nadat ze zijn hapje daarop gezet had, ging ze op een klein stoeltje erbij zitten en ze gebaarde dat Steven dat ook moest doen.

'Ben je gek?' vroeg hij. 'Die stoel houdt mij nooit.'

'Jawel. En anders ga je op de grond zitten. Zolang we er maar bij zitten. Hij hoeft niet in zijn eentje te eten. Hij hoort ook bij de familie.'

Steven ging op de keukenvloer zitten en keek naar de kleine stukjes appel en kaas op het bordje. 'Dat ziet er goed uit, Jack.'

De peuter hield Steven een stukje appel voor, dat hij aannam. 'Dank je wel, kerel. Lekker.'

Lucas noemde Jack ook 'kerel', maar als Steven het deed vond Jen het minder storend. Jen zuchtte. Ze moest echt eens ophouden met alles wat Kirks partner deed te veroordelen. Als hij nou eerst eens begon met niet steeds van die jonge grietjes mee te nemen... 'Heb je Caitlyn gesproken?' vroeg ze.

'Ja. Lief meisje, lijkt me.' Toen Jen haar wenkbrauwen optrok, schoot hij in de lach. 'Ze vertelde dat ze had opgezocht wat Pasen eigenlijk inhoudt en of ik erover wilde praten, als ik daar behoefte aan had.'

'En?'

'Daar heb ik voor bedankt.' Hij keek over zijn schouder, en ging zachter verder: 'Mam heeft de vader van Zoe meegenomen.'

'Dat weet ik.'

'Ik maak me zorgen. Hij is zo'n charmeur.'

'Hij is bijna zestig.'

'Ja, wat leeftijd betreft, scheelt hij niet veel met Lucas.'

Wat min of meer bevestigde wat Zoe en Jen hadden bedacht. 'Vind je het echt vervelend?'

'Ja. Mama is niet meer met mannen uitgegaan sinds haar zeventiende of zo. Voor haar was papa de enige. Ze heeft geen idee hoe dat gaat. Stel dat ze verliefd op hem wordt en hij haar ongelukkig maakt?'

'Dan sla je hem tot moes?'

Steven trok een gezicht. 'Even serieus.'

'Ik ben serieus. Kirk kan wel helpen; met zijn tweeën kunnen jullie hem wel aan.'

'Kun je niet iets beters verzinnen?'

'Nee. Steven, luister. Mama is een volwassen vrouw. Jij hoeft haar leven niet te sturen. Laat haar haar eigen fouten maken.'

'Dus jij vindt het geen probleem dat ze met Miguel omgaat?'

'Ik weet het niet. Ik mis papa. Het is vreemd om haar met een andere man te zien, maar dat is mijn probleem, niet het hare. Bekijk het eens van haar kant. Ze is altijd een liefhebbende, zorgzame moeder geweest. Misschien wordt het tijd dat we meer worden zoals zij en gewoon accepteren wat er gebeurt.'

'Wat gebeurt er dan?'

'Ze gaat verder met haar leven.'

Twee dagen na Pasen ging Zoe bij haar vader langs. Mariposa kwam haar bij de voordeur tegemoet. Blaffend en kwispelend danste het hondje om haar benen om haar welkom te heten. Zoe ging op haar knieën zitten. 'Hé, meisje. Hoe gaat het?' Ze pakte het hondje op. Mariposa rook een beetje zoetig. 'Ben je net in bad geweest? Je ruikt zo lekker.'

Dat compliment leverde haar een hondenkusje op. Met het vlinderhondje in haar armen liep ze de keuken in, waar haar vader koffie aan het zetten was.

'Hoi, pap.'

Haar vader zette twee mokken op tafel. 'Heb je geld nodig?'

'Wat? Nee. Waarom vraag je dat? Ik heb je sinds mijn studietijd niet meer om geld gevraagd.'

'Je zei in je berichtje dat je me wilde spreken. Wat moest ik dan denken?'

'Dat ik heel veel van je hou en zin had om je te zien?'

'We hebben elkaar zondag nog gezien, bij Jen en Kirk.'

Het paasdiner was interessant geweest. Lekker eten en aardige mensen, maar wel een rare mengelmoes. Plus de verwarrende ervaring om haar vader te zien met Pam. Niet dat ze heel erg klef waren, maar er broeide duidelijk iets. Dat had Steven geërgerd, en daar was Zoe weer nerveus van geworden. Ze vond het lief dat hij zich zorgen maakte over zijn moeder, maar de reden van zijn bezorgdheid was wel háár vader. Over ongemakkelijk gesproken.

'Het eten was goed,' zei ze, koffie inschenkend.

'Absoluut.'

'En Pam is aardig.'

Haar vader schudde zijn hoofd. 'Begin daar nou niet over. Dat loopt niet goed af.'

Zoe voelde dat ze bloosde. 'Hoezo? Ik begrijp niet wat je bedoelt.'

Miguel keek haar aan. 'Je wilde een opmerking maken over het feit dat ik met Pam omga. Ik hou van je, Zoe. Ik zou met liefde voor je sterven, maar je moet geen kritiek hebben op met wie ik omga. Pam is een geweldige vrouw. Ik vind haar erg aardig. Jij komt niet tussen ons.'

'Dat wil ik ook helemaal niet.'

Hij trok een wenkbrauw op.

'Niet doen, pap. Het is waar, Pam is een geweldige vrouw en jij bent een charmante man en ik ben gewoon...' Ze haalde diep adem. 'Ze heeft niet veel vriendjes gehad. Ik wil niet dat je haar ongelukkig maakt.'

'Misschien maakt zij mij wel ongelukkig.'

'Dat lijkt mij niet erg waarschijnlijk, maar goed. Ik wil van jullie allebei niet dat jullie ongelukkig worden.'

'We zijn volwassen mensen, Zoe. We kunnen hiermee omgaan. Daar hebben we jouw hulp niet bij nodig.' Hij pakte zijn koffie. 'Lieverd, ik heb vijf jaar toe moeten zien hoe jij aan het worstelen was met Chad. Alles in die relatie was een ramp. Jij hebt je dromen voor hem opzijgezet en uiteindelijk bleef je met lege handen achter. Dat zagen we allemaal aankomen, maar jij hield van hem, dus hield ik mijn mond. Ik respecteerde jouw keuze, ook al was ik het er niet mee eens. Ik vraag je om mij diezelfde dienst te bewijzen.'

Zijn woorden kwamen hard aan. Beschaamd boog ze haar hoofd. 'Oké. Ik zeg niets meer.'

'Fijn. In hoeverre komt dit van Steven en in hoeverre komt het van jou?'

Blozend keek ze hem aan. 'Hoe bedoel je?'

'Ik weet dat Pam een vriendin van jou is, maar je hebt je nooit druk gemaakt over met wie ik omging. Zit Steven achter dit gesprek?'

'Eh... misschien.'

Zuchtend schudde hij zijn hoofd. 'Misschien wordt het tijd dat je voor jezelf gaat denken, Zoe.'

Hoofdstuk 12

'We gaan als een speer vandaag,' zei Jen opgewekt, toen ze een parkeerplaatsje zag vlak bij de stomerij. 'Moet je zien hoeveel klusjes we al gedaan hebben, en het is nog niet eens lunchtijd. Applausje voor onszelf.'

Toen ze stilstond, keek ze naar Jack in de achteruitkijkspiegel. Hij lachte naar haar.

'Het is echt indrukwekkend,' zei ze. 'Straks gaan we het vieren. Heb je zin om in je nieuwe auto een stukje door de buurt te gaan rijden?'

Jack gilde van opwinding. Ze schoot in de lach. Ze moest toegeven dat ze eerst boos geweest was over de trapauto, maar Jack genoot er enorm van. Hij had het snel onder de knie gekregen en in een artikel dat ze gelezen had, stond dat het gelijktijdig trappen met zijn voeten en sturen met zijn handen goed was voor zijn motorische ontwikkeling. Bovendien was het een leuke manier om samen te bewegen. Zo kwam zij ook nog eens aan een wandelingetje toe.

Ze maakte haar riem los, maar voor ze uit kon stappen, ging haar telefoon. Het was Kirk.

'Het is papa,' zei ze, de telefoon pakkend. 'Hoi. Wat is er?'

'Jen, we zijn beschoten.'

Het duurde een paar seconden voor Kirks woorden tot haar doordrongen. Haar hart stond stil en ze kon niet meer nadenken. Ze had het gevoel alsof ze verdronk, de controle verloor. Angst. Ze moest haar keel schrapen voor ze iets kon zeggen. 'Ben je gewond?'

'Ik niet,' zei hij. 'Ik niet. Maar Lucas...' Zijn stem sloeg over.

'Jen, hij heeft de kogel voor me opgevangen. Hij is er slecht aan toe. Echt heel erg. Kun je hierheen komen? Ik heb je nodig.'

'Natuurlijk. Ik kom eraan.' Ze viste een pen uit haar tas en schreef het adres op. 'Ik moet iemand vinden die op Jack kan passen,' zei ze. 'Dan kom ik eraan.'

'Fijn.'

Ze hing op en probeerde op adem te komen. Lucas was neergeschoten. Lucas had Kirk willen beschermen. Met Kirk was alles in orde, maar Lucas was er erg aan toe.

Haar vingers trilden zo dat ze de telefoon niet kon gebruiken. Ze startte de motor en belde via Bluetooth haar moeder. Pam zou zo snel mogelijk naar haar huis gaan.

Twintig minuten later was Jen op weg naar het UCLA Medical Centre in Westwood. Nog steeds trillend en vechtend tegen de paniek. Later, hield ze zichzelf voor. Later mocht ze instorten. Nu had Kirk haar nodig.

Het kostte ruim tien minuten om een parkeerplaats te vinden. Toen rende ze naar de Spoedeisende Hulp en vroeg naar Lucas. De man bij de receptie wilde niets zeggen, dus belde ze Kirk, die zei dat hij haar kwam halen. Terwijl ze stond te wachten, zag ze heel veel politiemensen het ziekenhuis binnenkomen. Die waren bang dat een van hun collega's het niet zou halen.

'Jen!'

Ze draaide zich om en zag Kirk op een drafje aankomen. Hij was bleek. Er zat bloed op zijn overhemd. Haar maag kwam omhoog en de randen van de hal leken naar elkaar toe te komen. Happend naar adem wierp ze zich in zijn armen.

Zijn warmte was een grote troost. Hij leefde nog. Met hem was alles goed. Haar man ging niet dood, zei ze keer op keer tegen zichzelf.

'Wat is er gebeurd?' vroeg ze, zodra ze weer kon praten.

Met een arm om haar schouders leidde hij haar door het labyrint van de Spoedeisende Hulp. 'We waren een tip aan het natrekken toen we over de radio hoorden dat er collega's in gevaar waren. Daar gingen we meteen heen, om versterking te bieden. Eerst was het doodstil en toen ineens leek de hel los te barsten. De kogels vlogen ons om de oren. Ik werd bijna geraakt. Lucas duwde me op de grond. We schoten allebei terug. Pas na een paar seconden realiseerde ik me dat hij geraakt was.'

Het trillen was in volle hevigheid terug. Het lukte haar nauwelijks om hem bij te houden. Het had Kirk kunnen zijn, dacht ze, terwijl ze probeerde de ziekenhuislucht niet in te ademen.

'Ik belde een ambulance. Ze kwamen snel, maar er was zoveel bloed.'

Voor de liften bleef Kirk staan. 'Hij is net naar de operatiezaal gereden. We moeten wachten.' Haar man had tranen in zijn ogen. 'Ze vroegen naar zijn familie, weet je wel. Dat doen ze altijd. Maar Lucas heeft niemand. Zijn ouders zijn overleden en hij is enig kind. Ze kunnen niemand bellen.'

Jen dacht aan al haar verwijten en vooroordelen. Dat ze Lucas een playboy had gevonden, een cowboy die het gevaar opzocht. Maar hij had haar man het leven gered, en zijn eigen leven op het spel gezet.

'Hij heeft ons,' zei ze tegen Kirk, terwijl ze de lift in stapten. 'Wij zullen er voor hem zijn.'

Toen ze uit de lift kwamen, liepen ze naar een wachtruimte waar een paar politiemensen in uniform zaten te wachten met een paar andere mannen en vrouwen. Rechercheurs, nam Jen aan. Een paar gezichten kende ze wel, maar Kirk was nog niet zo lang bij de dienst dat ze iedereen had ontmoet. Een van de mannen schudde Kirk de hand. 'Hij wordt geopereerd,' zei de man. 'Een paar schotwonden, niet levensbedreigend, maar één kogel is dwars door zijn schouder gegaan. Het zal wel even duren voordat dat hersteld is.'

Met gedempte stemmen bleven ze praten. Kirk kneep zo hard in Jens hand dat het pijn deed, maar ze gaf geen krimp. Ze wist dat hij zo weggeroepen zou worden om een verklaring af te leggen. Dat hij nu in het ziekenhuis mocht blijven omdat Lucas zijn partner was, maar dat er daarna een hoop papierwerk verricht moest worden. Ze wist dat het, als hij weggeroepen werd, uren kon duren voor hij terugkwam.

Ze nam hem even apart. 'Kirk, ik blijf wel hier,' zei ze. 'Als jij weg moet om... nou ja, te doen wat je moet doen, dan blijf ik hier tot hij bijkomt.'

Zijn dankbaarheid sprak duidelijk uit zijn ogen. 'Bedankt, Jen.'

'Ik wil er zijn. En als hij naar huis mag, dan moet hij maar bij ons komen voor een tijdje.'

'Weet je het zeker?'

Ze trok een gezicht. 'Als zijn snoepje van de maand maar wegblijft. Het is voor jou prettig als je weet dat hij in goede handen is. En Jack is dol op hem. Dat komt wel goed.' Het was het minste wat ze kon doen, dacht ze beschaamd. Want ze had hem verkeerd ingeschat en bovendien was ze hem het een en ander verschuldigd.

'Vrouwen die terugkeren zijn de meest succesvolle groep binnen de universiteit,' zei Janice. 'Ik zeg wel eens dat dat komt omdat zij de angst hebben gevoeld en bereid zijn hun leven om te gooien.' Ze glimlachte. 'Jij voldoet niet helemaal aan dat profiel, omdat je al een succesvolle carrière hebt opgebouwd, maar toch denk ik dat je het hier heel goed zult doen.'

'Fijn dat je daar zo'n vertrouwen in hebt,' zei Zoe. Haar hoofd tolde. Ze had een afspraak gemaakt met een van de decanen van de faculteit en was weggeblazen door alle mogelijkheden die haar geboden werden. Er was zoveel keuze.

Janice niette haar visitekaartje aan de folder waar ze al het materiaal in verzameld had. 'Dit is alleen een overzicht. Op de website staat nog veel meer. Het belangrijkste is ons schema, met alle inschrijfdata erop. Als je nog vragen hebt: mijn e-mailadres staat op mijn kaartje.'

'Bedankt. Ik ben bang dat er nog heel veel vragen komen als ik eenmaal een richting heb bepaald.' Zoe nam afscheid van Janice en liep het kleine, overvolle kantoortje uit.

Op de gang bleef ze even staan om bij te komen. Ze was hierheen gekomen om inspiratie op te doen, maar ze had zich niet gerealiseerd dat haar opleiding toegang gaf tot zoveel verschillende vervolgtrajecten. Ze kon zich verder specialiseren in het onderwijs, als ze kinderen tot zestien jaar wilde blijven lesgeven. Ze kon haar master halen in een bepaald vak als ze ook in de bovenbouw les wilde geven. Er waren zelfs een paar programma's die een master combineerden met een promotieplaats, zodat ze kon promoveren als ze heel erg ambitieus was.

Onderweg naar haar auto nam ze de universiteitsgebouwen met andere ogen op. Behalve de oude, lage gebouwen, was er nieuwere hoogbouw. Er was parkeerruimte genoeg. De campus was gebouwd in de tijd dat grond goedkoop was. Na verloop van tijd zouden er waarschijnlijk wel parkeergarages komen, maar voorlopig was de campus van Cal State Dominguez Hills wat je noemt een plek in transitie.

Ze voelde zich meteen al beter nu ze actie ondernomen had. Alleen maar nadenken over wat ze met haar leven moest, was niet heel erg bevredigend. Nog erger was wel dat het nota bene haar vader was geweest die haar tot daden aangezet had. Zijn opmerking dat ze voor Chad haar dromen opzij had gezet, had haar geraakt. Omdat hij gelijk had, waarschijnlijk.

Ja, ze had haar eigen wensen opzijgezet in de hoop dat Chad haar eindelijk de vraag aller vragen zou stellen. Ze was er zo van overtuigd geweest dat ze haar leven met hem wilde delen, altijd bij hem wilde zijn. Dat hij de man van haar dromen was. Nu hij geen deel meer uitmaakte van haar leven, had het haar verbaasd hoe gemakkelijk het was geweest om verder te gaan zonder hem. Had dat niet moeilijker moeten zijn? Meer tijd moeten kosten? Oké, ze hadden die ene middag stomme seks gehad, maar daar had ze meteen al spijt van gehad als haren op haar hoofd en ze was daarna niet meer in de verleiding gekomen.

Nadat ze hem een paar weken geleden had gezien, was ze er helemaal van overtuigd geweest dat het voorbij was. Ze wilde niets meer met hem te maken hebben. Maar ze mocht er dan emotioneel overheen zijn, ze moest nog steeds leven met de consequenties van hun relatie.

Ze had haar baan opgegeven voor een man. Dat was de harde waarheid. Het was beschamend maar waar. Ze kon het mooier maken door te zeggen dat er ander werk voor in de plaats was gekomen en dat ze niet zeker wist of lesgeven wel haar ideale baan was geweest, maar het bleef een feit dat ze voor Chad een carrièreswitch had gemaakt. Omdat ze ervan uitgegaan was dat ze zouden gaan trouwen en dan wilde ze thuis zijn voor zijn kinderen. Hoe had ze zo stom kunnen zijn?

Terugkijkend zag ze alle waarschuwingen die ze zo opgewekt genegeerd had. Dat hij nooit bij haar bleef slapen. Dat hij liever niet had dat ze bij hem thuis kwam. Dat ze nooit over hun toekomstplannen hadden gesproken, nooit samen op vakantie waren gegaan of tijd met zijn kinderen hadden doorgebracht. Wat was ze stom geweest! Erger nog, ze had vijf jaar van haar leven verloren door die stommiteit. En dat terwijl ze zichzelf altijd zo slim had gevonden.

Vastberaden liep ze het parkeerterrein op. Het was zonnig en warm. Perfect aprilweer. Een veel te mooie dag om te blijven hangen in het verleden. Ze moest zichzelf niet langer straffen voor de verkeerde keuzes uit het verleden. Nee, ze ging vooruitkijken, betere beslissingen nemen. Het formulier om als invaller te gaan werken had ze al ingevuld. Het zou nog wel even duren voor dat verwerkt was, maar ze keek ernaar uit om weer met kinderen te werken. Dan zou ze meteen merken of het inderdaad zo was dat ze niet meer in het onderwijs wilde werken.

Ze was bijna bij haar auto toen haar telefoon ging. Op het schermpje stond Stevens naam, zag ze, en er verscheen een brede grijns op haar gezicht.

'Hoi.'

'Hoe ging het? Heb je alle informatie gekregen van die decaan die je nodig hebt?'

'Dat kun je wel zeggen. Ik ben helemaal omvergeblazen door alles wat ze me verteld heeft. Nu moet ik weer gaan nadenken over alle mogelijkheden die ik blijk te hebben.'

'Kun je daar gezelschap bij gebruiken, bij dat nadenken?'

Van die vraag werd ze helemaal warm. Zij en Steven zagen elkaar vaak. Vanaf het moment dat ze 'een stap verder waren gegaan', zogezegd, zochten ze elkaars gezelschap steeds vaker op. Het was fijn om bij hem te zijn.

'Jazeker.'

'Mooi. Want ik moet nog steeds die trap van jou repareren.' Hij grinnikte. 'Dat heb ik aldoor uitgesteld om een smoesje achter de hand te hebben om langs te komen. Kennelijk voel ik me nu zo zeker van onze relatie dat ik geen smoesjes meer nodig heb.'

Ze bleef stokstijf staan en staarde naar haar telefoon. Had hij dat echt gezegd? Had hij toegegeven dat hij in het begin onzeker was geweest? 'Gelukkig maar,' zei ze. 'Dat mag ook wel. Zeker zijn.'

'Jij ook. Zie je om een uur of vijf.'

'Tot zo.'

Ze hingen op. Zoe gunde zichzelf twee seconden puur geluk en deed een dansje voor ze achter het stuur ging zitten. Het ging nog niet over liefde, maar ze gingen vooruit. Soepel. Normaal. Zonder geheimen, zonder bijbedoelingen. Gewoon, twee mensen die ontdekken dat ze elkaar aardig vonden. Echt heel erg aardig.

Tegen vieren keek Pam op omdat Steven Jens huis binnenkwam. Hij kwam naar haar toe en trok haar van de bank voor hij haar omhelsde.

'Ik kreeg net je berichtje over Lucas. Weet je al meer?'

'Nee.' Pam ging weer op de bank zitten, naast Jack. 'Hij wordt al uren geopereerd. Ze hebben gehoord dat het goed gaat. Zijn schouder is het grootste probleem. Ze zullen er wel een pin in moeten doen of zo. En dan moet hij lang revalideren. Jen zal zo wel thuiskomen. Ze wil zelf met Jack eten en hem in bed leggen, dan gaat ze daarna weer naar het ziekenhuis om te wachten tot Lucas bijkomt.'

Steven ging tegenover zijn neefje op de grond zitten. 'Hé, grote jongen. Hoe gaat het?'

Stralend keek Jack hem aan. Toen wees hij naar de puzzelstukjes op de grond.

'Oei, die is moeilijk,' zei Steven. 'Moet je zien hoe groen die poes is. Wat een gekke poes. Waar moet dit stukje, denk jij?'

Jack probeerde het stukje op verschillende plaatsen tot het paste.

'Goed zo,' zei Steven. 'Wat ben je toch een knappe jongen.'

Pam verborg een glimlach. Steven was goed met Jack. Als het iets werd met Zoe, konden zij ook een paar kinderen krijgen. Zou dat niet leuk zijn? Ze wilde meer kleinkinderen – iets wat ze niet onder stoelen of banken stak. Ze wilde niet aandringen, maar de kinderen mochten best weten dat zij ook behoeften had.

'Hoe houdt Jen zich?' vroeg Steven.

'Ze is heel erg geschrokken. Het had net zo goed Kirk kunnen zijn.'

Daar zou elke vrouw van schrikken, dacht Pam, al leek Jen zich meer zorgen te maken dan de gemiddelde echtgenote. Dat was begonnen toen ze Jack kreeg. Maar daar zou Pam voorlopig niet over beginnen.

'Je zei dat ze terug wil gaan naar het ziekenhuis als Jack in bed ligt. Dan kan ik wel komen oppassen?' bood Steven aan.

Pam trok haar wenkbrauwen op. 'Heb je al eerder opgepast?'

'Nee. Maar hij sláápt. Dat moet toch wel lukken? En als hij wakker wordt, bel ik Jen.'

'Je bent een schat.'

'Af en toe.'

Terwijl Jack een nieuw puzzelstukje pakte, nam Pam haar zoon op. 'Vindt Zoe dat ook?'

'Zou kunnen.'

'Heb je daar niets meer over te zeggen?'

'Niet echt, nee. Ze is aardig. Ik vind het leuk om haar te zien. Straks ga ik nog even langs om die zoldertrap te repareren.'

Wat moest ze daaruit opmaken? Dat ze gewoon vrienden waren? Dat ze verliefd aan het worden waren? Ze had het dolgraag gevraagd, maar wist dat het riskant was om zich er te veel mee te bemoeien. Zij had het balletje aan het rollen gebracht en nu moest ze rustig afwachten. Eerlijk was het niet, maar er zat niets anders op.

Steven gaf Jack een ander stukje. 'Over relaties gesproken, hoe gaat het met Miguel?'

'Dat gaat jou niets aan.' Ze perste haar lippen op elkaar.

'O, dus jij mag naar mijn liefdesleven informeren maar ik niet naar het jouwe?'

Zijn stem klonk plagend, maar ze wist niet zeker hoe serieus hij het bedoelde. Tenslotte had hij haar al eens eerder voor Miguel gewaarschuwd. 'Ik ben je moeder. Het lijkt me beter als we mijn relaties met andere mannen niet bespreken.'

'Relaties? Zijn er meer mannen?' De plagende toon was verdwenen.

'Zo bedoelde ik het niet.'

'Hoe bedoelde je het dan wel?' Hij draaide zich half om zodat hij haar aan kon kijken. 'Mam, dit is een serieuze zaak. Ik maak me zorgen om jou. Je bent je hele leven alleen met papa geweest. Het gaat tegenwoordig anders dan vroeger.'

Meende die jongen dat nou? 'Wat denk je dat er veranderd is, Steven?'

'Ik heb wat onderzoek gedaan. Weet je dat het aantal mensen dat een geslachtsziekte oploopt in de groep vijfenvijftigplussers het hoogst is? Dat komt doordat jullie niet opgegroeid zijn met de boodschap altijd een condoom te gebruiken. Vroeger hoefde je je alleen maar druk te maken over het voorkomen van een zwangerschap. Dat is iets heel anders. Nu zijn er allemaal ziektes waar je rekening mee moet houden.'

Even wist ze niet of ze hem zou knuffelen om zijn bezorgdheid of hem een draai om zijn oren zou geven om zijn brutaliteit. 'Probeer je me de les te lezen?'

Met een bedrukt gezicht haalde hij zijn schouders op. 'Ik probeer je te behoeden voor de problemen die je tegen kunt komen.'

'Besmette mannen?'

'Bijvoorbeeld. Miguel heeft met veel vrouwen gescharreld. Anders dan jij. Maar als je met hem naar bed gaat, dan deel je hem met al die vrouwen.'

Ze zag dat hij bloosde. Hij had het ook moeilijk met dit gesprek. Eigenlijk zou ze medelijden met hem moeten hebben, maar dat had ze absoluut niet.

'Ik heb me altijd al afgevraagd hoe een triootje zou zijn,' mompelde ze.

Steven vloekte binnensmonds. 'Mam, ik meen het.'

'Misschien ik ook wel.' Toen ze zag dat hij in elkaar kromp van ellende, besloot ze alsnog medelijden met hem te krijgen. 'Goed dan. Bedankt voor deze vreemde en viezige informatie. Mocht het ooit zover komen, dan zal ik het in mijn achterhoofd houden. En hoewel ik vond dat het jouw zaken niet zijn, zal ik je ter geruststelling mededelen dat het nog lang niet zo ver is als jij vreest.'

'Dat weet je niet, mam,' zei hij, haar doordringend aankijkend. 'Het kan zomaar gebeuren. In een opwelling doe je soms onverstandige dingen.'

Jens thuiskomst behoedde Pam voor een nieuwe discussie. Jack sprong op en rende met uitgestrekte armpjes op zijn moeder af. 'Hé, lieverdje. Hoe gaat het hier?' vroeg ze, voor ze glimlachend naar haar moeder keek. 'Superbedankt dat je meteen kon komen.'

Pam stond op. 'Het was gezellig. Hoe gaat het met Lucas?'

'De operatie ging veel sneller dan ze gedacht hadden, dus dat is goed nieuws. Over een paar uur gaat hij naar de uitslaapkamer, daarna mag hij naar zaal. De chirurg zei dat er geen complicaties waren. De revalidatie zal wel lang gaan duren, maar uiteindelijk kan hij weer helemaal de oude worden.'

'Mama zei dat je weer terug wilt naar het ziekenhuis als Jack in bed ligt,' mengde Steven zich in het gesprek. 'Zal ik dan komen oppassen?'

'Wil je dat? Zeker weten?'

'Hij ligt dan toch te slapen. Dat kan ik wel aan.'

Ze knikte, duidelijk aan het eind van haar Latijn. 'Heel graag.' Ze zette Jack op de grond en wierp een blik op de klok. 'Kun je om een uur of negen terug zijn?'

'Geen probleem.'

Even genoot Pam, vervuld van trots, van het gesprekje tussen haar kinderen. Hier zou John ook van genoten hebben. Aan Stevens goedbedoelde advies zou hij zich daarentegen verschrikkelijk geërgerd hebben, waarschijnlijk. Natuurlijk, als hij er nog was geweest om het gesprek te horen, was dat hele advies niet nodig geweest. Dat zou nog eens fijn geweest zijn.

'Gaat het wel, mam?' vroeg Jen.

'Jawel. Ik peinsde nog een beetje over het advies dat je broer me dacht te moeten geven, over mijn omgang met andere mannen.'

Pam verwachtte een schaterende uithaal, maar Jen zette Jack in zijn kleine keukenstoeltje en begon voorbereidingen te treffen voor het eten.

'Zo gek is dat niet. Jij bent je hele leven alleen met papa geweest. De wereld is veranderd.'

Dat leek irritant veel op wat Steven gezegd had. 'Ik red me heus wel.'

'Mam,' zei Jen, kip uit de koelkast halend, 'als de situatie andersom was geweest, dan had jij ons ook goede raad willen geven. We willen gewoon niet dat jou iets naars overkomt.'

Hier kon ze duizend dingen op antwoorden. Ze kon boos worden, rationeel reageren of zorgen dat ze er niet meer over begonnen. Die laatste optie leek haar het beste. 'Ik heb jullie allebei gebaard. Pas als jullie datzelfde over mij kunnen zeggen, dan zal ik naar jullie luisteren.'

Dat gezegd hebbende, pakte ze haar tas en verliet glimlachend het huis.

Steven kwam precies op tijd, maar op het moment dat Zoe de deur voor hem opendeed, zag ze dat er iets mis was. Hij maakte een gespannen en ongelukkige indruk.

'Wat is er?'

Steven zette zijn gereedschapskist op de grond en leunde tegen de muur van de gang. 'Mijn moeder. Ik kan het niet meer opbrengen. Ik moet stoppen met mijn goedbedoelde advies, want hoe ik het ook aanpak, uiteindelijk hou ik er een rotgevoel aan over. Hoe ze het doet, weet ik niet, maar ze wint altijd.'

Een grijns verbijtend ging Zoe voor hem staan. 'Heeft ze je gemarteld?'

'Ik wil er niet over praten. Ik zweer het: als ik hardop moet herhalen wat ze gezegd heeft, dan krijg ik hem nooit meer overeind.'

'Oei, dat zou zonde zijn.' Ze legde haar hand op zijn arm. 'Het is misschien een schrale troost, maar ik heb geprobeerd er met mijn vader over te praten en dat ging ook niet al te best. Hij zei dat ik me met mijn eigen zaken moest bemoeien.'

'Klinkt verstandig.' Vragend keek hij haar aan. 'Zullen we ons er verder maar buiten houden dan? Kun je daarmee leven?'

Ze tekende een kruisje over haar hart. 'Dat gaat lukken. Ik zweer het.'

Glimlachend boog hij zich voorover. 'Fijn. Want ik wil nog heel vaak de liefde met je bedrijven.'

Dat waren woorden waar een meisjeshart warm van werd. En niet alleen haar hart.

‘Kom,’ zei hij, zijn gereedschapskist oppakkend. ‘Eerst die trap.’

In het kleine gangetje bewoog Steven voorzichtig de trap een paar keer omlaag en omhoog. Hij vroeg of ze een oud laken had om op de vloer te leggen en begon de zijkanten te schuren.

‘Eigenlijk moet ik natuurlijk vragen of je kunt uitleggen wat je doet, zodat ik het de volgende keer zelf kan,’ zei Zoe, die van een afstandje toekeek.

‘Doe dat maar niet. Dan voel ik me niet meer onmisbaar. Ik bedoel, waar heb je me dan nog voor nodig?’

Ze schoot in de lach. ‘Aangenomen dat je moeder geen onherstelbare schade heeft aangericht, heb ik daar nog wel een paar ideetjes over.’

‘Die hoor ik graag. Een andere keer.’ Grijnzend schuurde hij verder.

Het was leuk om te zien hoe geconcentreerd hij bezig was. Hoe goed hij was met zijn handen. Haar vader had altijd gezegd dat ze een man moest vinden die niet alleen sexy of interessant of grappig was. Dan moet jij de rest van je leven koken en schoonmaken, had hij gezegd. Zoek een man die thuis ook de handen uit de mouwen steekt. Chad had dat best gekund, maar hij had het nooit gedaan.

‘Waar denk je aan?’ vroeg Steven onverwacht.

‘Dat mijn ex meer vorm dan inhoud was.’

‘Moet ik me zorgen maken dat je alweer aan je ex denkt?’

‘Helemaal niet. Ik bedacht namelijk juist dat hij zo’n minkukel was. Hij was mecanicien, maar hij hielp me nooit ergens mee, zoals jij nu. Dus ik bedacht wat een mazzel ik heb dat ik jou heb leren kennen.’

‘Mooi. Blijf dat denken.’ Hij knipoogde.

‘Als dank kan ik wel voor je koken.’

'Kan. Graag.' Zijn glimlach verdween ineens. 'Heb je Jen vandaag nog gesproken?'

'Nee. Ik zag dat ze gebeld had, maar ik wilde niet rond Jacks etenstijd terugbellen. Is er iets?'

'Lucas is neergeschoten.'

'O, mijn god! Wanneer? Wat is er gebeurd? En Kirk?'

Steven vertelde haar alles wat hij wist over de schietpartij.

'Wat zal ze bang zijn geweest,' mompelde Zoe.

'Toen ik haar net zag leek ze wel oké,' zei Steven. 'Maar inderdaad, het is wel beangstigend. Vanavond wilde ze graag terug naar het ziekenhuis en ik heb aangeboden om op Jack te passen als hij slaapt.'

'Vind je het gezellig als ik meega?' stelde Zoe voor. 'Dan zie ik Jen ook meteen even.'

'Leuk. Als jij erbij bent, hoef ik me geen zorgen te maken over wat ik moet doen als Jack wakker wordt.'

Zoe wist niet of zij meer met zo'n peuter kon dan hij, maar in elk geval waren ze dan met zijn tweeën.

Ze stelde zich voor hoe doodsbang haar vriendin geweest moest zijn bij het idee dat haar man op een haar na aan de dood ontsnapt was. Gered door zijn partner. Wat was de wereld toch wreed. Er kon van alles gebeuren. Misschien was het toch niet zo gek dat Jen zo'n controlfreak geworden was – dat was de enige manier waarop ze zich nog een beetje veilig kon voelen.

Hoofdstuk 13

'Ben je er klaar voor?' vroeg Pam, terwijl ze de auto parkeerde voor het in Spaanse stijl opgetrokken huis, nog geen drie kilometer bij haar eigen appartement vandaan. Ze keek naar het hondje op haar schoot. 'We gaan op bezoek bij een nieuw vriendinnetje. Ze is een vlinderhondje en ze heet Mariposa. Ze is heel knap, maar niet zo knap als jij. Dat daar geen onduidelijkheid over ontstaat.'

Met gespitste oortjes keek Lulu op, alsof ze alles begreep.

'Ben je nerveus? Ik wel.' Ze keek naar het huis. De voorkant werd deels aan het zicht onttrokken door de weelderige begroeiing. De ramen waren groot en het huis had een prachtig pannendak. Het was een oudere, maar chique buurt, waar families generaties lang bleven wonen.

'Je hebt gelijk,' zei ze met een zucht tegen Lulu. 'Dit is alleen maar tijdrekken. Niet verstandig. Kom op, we gaan.'

Ze pakte haar kleine hondje op en stapte uit. Haar tas stond op de passagiersstoel. Even zette ze Lulu op de grond en zei dat ze een plasje moest doen. Beter hier dan in alle opwinding per ongeluk binnen.

Lulu deed haar behoefte, snuffelde wat aan de plantjes voor ze terugkwam naar Pam en ging toen in de klassieke til-me-op-positie staan, kontje naar achteren. Pam tilde haar op. Het voordeel van Lulu meenemen was dat ze zich ergens anders op kon concentreren als de zenuwen haar te veel dreigden te worden.

'Het is maar een lunch,' hield ze zichzelf voor. Dat overleefde ze wel. Miguel was gewoon een goede vriend.

Toen ze de grote, betegelde veranda op liep, ging de voordeur al open. Glimlachend nam Miguel haar op. 'Daar ben je dan.'

Hij was zo knap als ze zich herinnerde. Minstens zo aantrekkelijk was de manier waarop hij Mariposa in zijn grote handen hield. Zodra de twee hondjes elkaar in de gaten kregen, begonnen ze onrustig te wiebelen. Ze wilden snuffelen.

'Durven we?' vroeg Miguel.

'Het gaat vast goed.'

Ze zetten ieder hun hondje op de vloer van de gang. Lulu bleef dapper staan toen Mariposa haar kwam inspecteren. Een paar seconden keken ze elkaar aan, toen werd er aan elkaar geroken. Al snel nam Mariposa de speelhouding aan: voorkant op de grond, achterwerk in de lucht, en kwispelstaarten maar. Lulu keek op naar Pam, alsof ze vroeg of het mocht.

'Toe maar, ga maar spelen,' zei Pam. Lulu blafte een keer en weg waren ze.

'Dat gaat goed samen,' zei Miguel. 'Leuk truitje heeft ze aan.'

Pam had Lulu een gebreid truitje aan getrokken dat niet in de weg zou zitten bij het spelen maar dat haar wel warm zou houden én dat haar tegen de zon zou beschermen. 'Kleurt goed bij haar ogen,' grapte ze.

'Jij ziet er ook goed uit.'

Het was een simpel compliment, maar uitgesproken door die lage, fluweelzachte stem, bezorgde het Pam bijna een appelflauwte.

'Het is warm genoeg om op het terras te eten,' zei Miguel. 'Deze kant op.'

Ze volgde hem door een grote woonkamer naar de enorme keuken. De Spaanse invloed was overal zichtbaar, van de houten plafondbalken tot de vloertegels. Waarschijnlijk was het huis rond 1920 gebouwd. De vensterbanken waren diep en sommige deuren hadden een ronde bovenkant. De keuken was een combinatie van moderne elementen – roestvrijstalen apparatuur en aanrechtbladen van kwarts – met de charme van vervlogen tijden. Er waren kastjes en open planken van donker, ruw afgewerkt hout. De tegeltjes tegen de muur bij het aanrecht leken haar handbeschilderd.

Wat had Laura zo beschuldigend gezegd? Dat mannen alleen maar uit waren op geld en verzorging? Zo te zien had Miguel geen cent van haar nodig en hij leek haar ook in goede gezondheid.

Hij ging haar voor naar een overdekt terras met glazen wanden en een glazen dak. Het effect was een soort halfopen serre. Er was een ronde tafel gedekt voor twee. Ze glimlachte toen ze de twee hondenmanden bij de deur zag staan: een veelgebruikte en een nieuwe. Het was, moest ze toegeven, een ongelooflijk attent gebaar dat veel ontwapenender werkte dan welk compliment dan ook.

Ze nam plaats op een stoel die uitkeek over de grote tuin. Hij had zeker tweeduizend vierkante meter grond, allemaal goed verzorgd. De muur aan de achterkant was begroeid met bougainville.

'Prachtig,' zei ze ademloos. 'Je woont hier schitterend.'

Hij ging tegenover haar zitten en schonk hen iets in uit een karaf. Sinaasappelsap met schijfjes limoen en ijs, zo te zien.

'Ja, jouw zicht op zee is geweldig, maar mijn tuin heeft ook zo zijn charme.'

'Zeker.' Ze nam een slok en verslikte zich bijna. 'Dit is een margarita!'

Hij haalde een schouder op. 'Had je iets anders verwacht?'

'Iets heel anders. De ochtend is nog maar net voorbij!'

Zijn mondhoeken trilden. 'Als je niet meer naar huis durft te rijden, bellen we een taxi. Dan breng ik je auto later terug.'

Dat was een correcte reactie, moest ze constateren. Een veilige rit naar huis in plaats van voorstellen dat ze bij hem bleef tot ze weer nuchter was. Ze voelde zich verscheurd tussen het idee dat ze hem verkeerd had ingeschat en het besef dat hij hierin veel meer ervaring had dan zij. Het liefst had ze alle belachelijke informatie waar Steven haar mee had opgezadeld weggelachen, maar ze moest bekennen dat ze onder de indruk was van de cijfers over geslachtsziekten in haar leeftijdscategorie.

Niet dat ze van plan was ooit met Miguel naar bed te gaan, maar toch. Het was geen hoopgevend nieuws.

Lulu en Mariposa kwamen de hoek om gestoven en renden het gras op.

'Ze kunnen het goed met elkaar vinden,' zei Pam.

'Gelukkig maar. Momentje, ik ga de eerste gang halen.'

De eerste gang? Hoeveel gangen zouden er zijn?

Miguel liep naar de keuken en kwam een paar tellen later terug met een prachtige salade van voorjaarsgroenten en tropisch fruit. De dressing was zoet en pittig tegelijk en ze moest toegeven dat de margarita alles nog heerlijker maakte.

'Zalig, zeg. Dus jij houdt van kokerellen?'

Hij wachtte net te lang voor hij antwoord gaf, en Pam schoot in de lach. 'Laat maar. Ik weet genoeg.'

'Ik heb nooit leren koken,' gaf hij toe. 'Het ontbreekt mij aan belangstelling en talent. Een paar keer per week komt er iemand voor het huishouden, en zij kookt ook voor me.'

'Ach ja, waarom niet?' zei Pam grinnikend. 'Jij hebt het hier goed voor elkaar.'

'Ik doe mijn best.'

'Ik weet dat je lang geleden gescheiden bent. Nooit hertrouwd?'

'Ik had het druk met mijn werk en mijn reizen.'

Ze spieste een stukje papaya aan haar vork. 'En je vriendinnen.'

'Een of twee.'

'Ik hoorde wat anders. Mijn zoon maakt zich grote zorgen over jouw levenswijze. Ik wist niet of ik naar hem moest luisteren of niet, maar ik begin me af te vragen of hij gelijk heeft.' Ze was hem deels aan het plagen en deels zogezegd een beetje aan het vissen.

Miguel legde zijn vork neer. 'Wat wil je weten?'

'Eerlijk gezegd weet ik dat niet precies.'

'Dan vertel ik je iets, en dan moet je zelf maar bepalen of je er meer over wilt horen.'

Dat was een aardig uitgangspunt.

'Constance en ik pasten niet bij elkaar. Ik genoot van mijn werk en mijn reizen en zij bleef liever thuis. In het begin ging ze wel mee, maar ze was verlegen en bescheiden en had het zwaar tijdens zo'n reis. Toen Zoe geboren werd, zei ze dat ze niet meer wilde reizen, niet met een baby. Ik zei dat we een kindermeisje konden nemen, maar dat wilde ze niet, dus gingen we ieder ons weegs. Tegen de tijd dat we gingen scheiden, waren we al een tijdje vrijgezel, als je begrijpt wat ik bedoel.'

'Dat begrijp ik.'

'Ze was een leuke vrouw. Een goed mens en een goede vriendin. Ik denk dat ik meer van haar hield toen we niet meer getrouwd waren. Het lukte ons om onze dochter samen op te voeden, om contact te houden. Zonder ruzies of valse hoop.' Over tafel pakte hij haar hand. 'Wat denk je?'

'Dat ik de woorden wel begrijp maar me er niets bij voor kan stellen,' zei ze glimlachend. 'Maar het is fijn dat jij en Constance vrienden konden blijven.'

'Absoluut. Op een bepaalde manier bleef ze mijn anker. Zij en Zoe. Ik wist altijd wanneer het tijd werd om naar huis te gaan voor mijn meiden.'

De liefde waarmee hij over zijn vrouw en dochter sprak, nam haar nog meer voor hem in. Het was goed om te weten dat hij en zijn ex geen hekel aan elkaar hadden gekregen. Dat pleitte voor hen allebei. Dat een huwelijk mislukte, daar kon ze zich nog wel iets bij voorstellen, maar ze begreep nooit waarom dat bij stellen zo vaak leidde tot woede en afgunst. Dat bepaalde een groot deel van hun leven – en dat van hun kinderen.

'Jij daarentegen…' pikte hij de draad van het gesprek weer op, '…bent hoelang getrouwd geweest met dezelfde man?'

'Eenendertig jaar. Ik ontmoette John toen ik een tiener was. We kregen drie kinderen samen.' Ze trok haar hand uit de zijne en legde die op haar schoot. 'Ik was ervan uitgegaan dat we samen oud zouden worden. Zijn dood kwam als een donderslag bij heldere hemel.'

Miguel knikte. 'Ik kan me voorstellen dat je er kapot van was. Bij Constance wisten we dat het einde eraan zat te komen, en toch was het nog heel moeilijk. Iemand verliezen van wie je houdt blijft moeilijk, in elke situatie. Ik mis haar nog steeds.'

'Ik John ook. Alles is nu zo anders, en toch blijft hij er deel van uitmaken.' Ze nam haar vork weer ter hand. 'Ik heb de kinderen en mijn kleinzoon, mijn vriendinnen. Mijn leven is vol.'

'John is altijd bij je.'

'Dat weet ik. Dat is een grote troost.'

Haar vriendinnen zouden vast vinden dat dit een idioot gespreksonderwerp was voor tijdens een date, maar dat kon haar niet schelen. Als ze niets wisten van elkaars verleden, konden ze ook niet werken aan een toekomst samen. Ze was geworden wie ze was door haar jaren met John.

'Je bent een sterke vrouw,' zei hij.

'Dat denk ik ook. Ik wist altijd wel dat ik mezelf kon redden, maar sterk had ik mezelf niet durven noemen. Nu heb ik geleerd dat ik dat wel moet zijn. Ik heb mijn appartement gekocht en ben verdergegaan met mijn leven.'

'Heb je er spijt van dat je het huis verkocht hebt?'

'Ik heb het niet verkocht. Ik heb het aan Jen gegeven. Zij woont er met haar man en zoon, weet je wel? Dus ik kom er nog regelmatig.' Ze schoot in de lach. 'Soms heb ik de neiging om te klagen over de dingen die zij veranderd hebben; dan moet ik er echt aan denken dat het niet meer mijn huis is. Dus als zij de muren wil schilderen of de vloerbedekking wil vervangen, dan hou ik mijn mond.'

Lachend stond hij op om de saladebordjes weg te brengen. Pam keek naar Lulu en Mariposa, die lui in de zon lagen alsof ze elkaar uitgeput hadden met hun spel.

'Het hoofdgerecht: gegrilde kip met polentakoekjes,' kondigde Miguel aan toen hij terugkwam. Hij schonk hun glazen bij.

Het lag al op het puntje van Pams tong om te bedanken, maar ze bedacht zich. Inderdaad, ze kon altijd nog een taxi nemen.

'Ben je nooit in de verleiding gekomen om te hertrouwen, na Constance?'

'Nee. Ik had geen zin om me te binden.'

'Te veel mooie vrouwen om je heen?' vroeg ze plagend.

'Ja. Onder andere. Bovendien wilde ik nergens spijt van krijgen. Ik weet dat ik Constance en Zoe verdriet heb gedaan toen ik wegging. We zijn erbovenop gekomen, maar het heeft zeker ook littekens achtergelaten. Opnieuw verliefd worden was een risico dat ik niet wilde nemen.'

'Dat herken ik wel. Ik kan me niet voorstellen ooit nog zoveel van iemand te houden als ik van John gehouden heb. Hij was mijn hele wereld. Ik geloof niet dat ik dat nog eens zou riskeren.' De tequila begon kennelijk te werken. Dat was de enige verklaring voor haar openhartigheid.

Haar woorden bleven een tijdje in de lucht hangen. Ze voelde dat ze bloosde, maar was niet van plan haar woorden terug te nemen. Hoewel ze begreep dat een paar afspraakjes niet betekenden dat Miguel en zij hun relatie naar een hoger plan hadden getild, wilde ze voor alle zekerheid de dingen duidelijk gezegd hebben. Voor hem en voor zichzelf.

Zijn donkere blik rustte in de hare. 'Ja,' zei hij langzaam. 'Dat begrijp ik wel.' Hij wees naar haar bord. 'Proef die polenta eens. Die vind je vast lekker. Luisa heeft er erg haar best op gedaan.'

Ze nam een hap. 'Heerlijk.' Ze liet een stilte vallen voor het geval hij terug wilde komen op wat ze gezegd had, maar toen dat niet het geval bleek te zijn, zei ze: 'Vertel eens wat je de mooiste reisbestemming vond.'

'Als het maar tropisch was.' Meteen verscheen er weer een glimlach op zijn gezicht. 'En niet alleen vanwege de jongedames in bikini.'

'Ik zei niets.'

'Maar je dacht het wel. Dat zag ik.'

Ze spraken over zijn reizen en de hare. Ze vertelde dat ze over een paar weken met haar vriendinnen op een cruise zou gaan. Constance en John kwamen niet meer ter sprake, maar Pam had het gevoel dat ze haar gevoelens wel duidelijk had gemaakt. Kennelijk vond hij dat geen probleem. Misschien was dat daten toch niet zo moeilijk als ze gedacht had.

Zoe wachtte onder aan de kleine glijbaan in het parkje terwijl Jen Jack hielp om erop te klimmen.

'Klaar?' vroeg ze vrolijk, toen Jack goed zat. 'Dan laat ik je los.'

Jack zwaaide met zijn armen en gleed gillend van de pret omlaag, waar Zoe hem opving en hem overeind hielp. Lachend wees hij omhoog voor hij naar het trapje rende.

Inderdaad, hij praat niet, constateerde Zoe. Dat beeldde Jen zich niet in. Maar hij kon duidelijk maken wat hij wilde, dus dat was goed. Ze zorgde er wel voor daar niets over te zeggen, want Jen was al zo gespannen. Elke vrije minuut zat ze bij Kirks partner in het ziekenhuis. Zoe had al twee keer op Jack gepast en ook Jens familie hielp als het moest.

'Ga je vanavond weer naar het ziekenhuis?' vroeg Zoe.

Jen schudde haar hoofd. 'Kirk wil dat ik thuisblijf en eens vroeg naar bed ga.' Ze geeuwde achter haar hand. 'Daar zeg ik geen nee tegen. Ik ben helemaal op. Maar het gaat een stuk beter met Lucas en daar gaat het om.' Ze liet Jack los, die giechelend omlaaggleed. 'Ik heb een ziekenhuisbed en zo'n roltafeltje voor hem besteld. De wond in zijn been heelt heel snel, dus hij zal binnenkort wel een beetje rond kunnen lopen.' Er verscheen een rimpel boven haar neus. 'Gelukkig maar. Ik help hem graag, maar ik denk dat we er allebei niet blij van worden als ik hem zou moeten helpen als hij naar de wc moet.'

'O, dat zou gênant zijn! Wanneer wordt hij ontslagen?'

'Morgen ergens. Kirk en een collega brengen hem thuis. Hij zal minstens drie weken bij ons moeten blijven. Misschien nog langer.'

'Laat maar weten als ik iets kan doen.'

'Je hebt al zoveel gedaan.' Jen trok een gezicht. 'Dit is echt zwaar voor mij geweest, hoor. Eerst vond ik Lucas maar niks, omdat ik bang was dat hij Kirk op het slechte pad zou brengen. En nu maak ik me zorgen omdat Kirk met een ander moet werken, die misschien niet zo dapper is om een kogel voor hem op te vangen. Nou ja.' Ze zuchtte. 'Dit is een goede les voor mij om dankbaar te zijn voor wat ik heb.'

Inmiddels was Jack weer naar het trapje gerend.

'Genoeg over mij,' zei Jen vastberaden. 'Hoe gaat het met jou? Hoe is het met Steven?'

'Goed. Ik doe mijn best om het rustig aan te doen en verstandig te zijn. Ik wil geen Chad-achtige vergissingen maken.'

'Dat zal niet zo gauw gebeuren. Steven is geen Chad. Steven is echt een degelijke jongen. En hij kan geen geheimen bewaren.'

'Prima eigenschappen in een man.'

Jen zette Jack goed op de glijbaan en liet hem los. Hij gleed recht in Zoe's armen.

'Hebben jullie het al gedaan?'

Zoe schoot in de lach. 'Wil je dat echt weten? Hij is tenslotte je broer.'

'Daar heb je een punt. Maar het is dus ja.' Ze trok een verongelijkt gezicht. 'Anders kreeg ik altijd de sappige details te horen, en dat kan nu niet. Dat is gemeen. Als beste vriendin heb ik bepaalde voorrechten.'

'Je zegt het maar. Als je het weten wil, vertel ik je alles.'

Jen knikte. 'Ben je gelukkig?'

Daar dacht Zoe over na. Er gebeurde een hoop op het moment. Ze wilde meer mensen leren kennen, ze wilde weten welke kant haar carrière op ging en ze stond aan het begin van een relatie met een geweldige jongen. 'Ja,' zei ze toen. 'Ik heb een paar goede stappen gezet en daar ben ik blij om.'

Later, toen Jack de glijbaan en de schommels moe was, zette Jen hem in zijn autostoeltje en omhelsde Zoe.

'Denk eraan, hè?' zei Zoe. 'Je weet me te vinden als je iemand nodig hebt.'

'Bedankt. Als dit achter de rug is, heb ik zin om te gaan lunchen of zo. Wij met zijn tweeën.'

'Superleuk.'

Zoe liep naar haar eigen auto. Toen ze er bijna was, ging haar telefoon. Het nummer kwam haar vaag bekend voor, maar ze kon het niet plaatsen.

'Hallo?'

'Spreek ik met Zoe Saldivar?'

'Ja.'

'Hallo, met Amanda van de praktijk van dokter Herron. Kan ik u even spreken?'

Zoe had geen idee waarover de assistente van haar gynaecoloog kon bellen. Een paar maanden geleden had ze het jaarlijkse uitstrijkje laten maken en dat was helemaal in orde. Elke drie maanden kwam ze de prikpil halen, en ze had al een nieuwe afspraak staan. 'Natuurlijk. Wat is er?'

'Het spijt me dat ik u lastig moet vallen, maar we hebben een bericht gekregen van de leverancier van onze anticonceptie-injecties. Een deel van de laatste levering was niet in orde. Helaas bent u een van de vrouwen die daarmee behandeld is. U moet zo snel mogelijk langskomen. Dan nemen we een zwangerschapstest af en krijgt u, aangenomen dat u niet zwanger bent, een nieuwe injectie.'

Tegen haar auto geleund liet Zoe de woorden op zich inwerken. Verwarring, gevolgd door ongeloof. En toen paniek.

'Dus wat ik gekregen heb, werkt niet?'

'Nee. Het spijt me.'

Het spijt me? Wat had ze daaraan? 'Maar ik heb wel seks gehad.'

'Als ik een afspraak met u kan maken, kunnen we nagaan welke stappen ondernomen moeten worden.'

Stappen ondernemen? Haar hart bonsde in haar keel. O god, ze had een paar dagen geleden nog met Steven gevreeën. Weliswaar hadden ze een condoom gebruikt maar dat was niet altijd...

Haar adem stokte. Nee, dacht ze vol afgrijzen. Steven was het probleem niet. Bijna twee maanden geleden had ze seks gehad met Chad en toen hadden ze niets gebruikt. Want ze hadden zich allebei in het begin van hun relatie laten testen en ze sliepen niet met een ander en zij was ervan uitgegaan dat ze niet zwanger kon worden door de prikpil.

'Nee,' fluisterde ze. 'Nee.'

'Het spijt me echt. Kunt u overmorgen langskomen?'

Zoe knikte, realiseerde zich toen dat de vrouw haar niet kon zien en zei: 'Ja. Hoe laat?'

'Kwart over elf?'

'Is goed.'

Ze hing op en sloot haar ogen. Nee. Dit ging niet over haar. En als het wel over haar ging, dan was ze in elk geval niet zwanger. Ze hadden het maar één keer gedaan, hield ze zichzelf voor. Alleen die ene keer. Hoe groot was de kans dan?

Ze stapte in en startte de auto, maar reed nog niet weg. In plaats daarvan legde ze haar hoofd op het stuur en probeerde tot rust te komen. Alles kwam goed. Ze was niet zwanger. Dat kon gewoon niet. Want ze piekerde er niet over om een gezin te gaan stichten met Chad.

Hoofdstuk 14

Voor de laatste keer controleerde Jen de logeerkamer. Het gewone bed stond in de garage en het gehuurde ziekenhuisbed was ervoor in de plaats gekomen. Er lagen schone handdoeken in de aangrenzende badkamer en er stonden verse bloemen op het nachtkastje. Van vrienden had Jen een walkietalkie geleend zodat Lucas haar kon roepen als hij haar nodig had.

Het was niet het extra werk dat de komst van Lucas met zich meebracht waar ze tegenop zag. Wat haar wel nerveus maakte, was het vooruitzicht dag in, dag uit met hem opgescheept te zitten. Waar moesten ze het in hemelsnaam over hebben? Ze kende die man nauwelijks, en wat ze van hem wist, beviel haar helemaal niet. Maar hij had Kirk gered, en dit was wel het minste wat ze voor hem terug kon doen. Dus zou ze hem verplegen tot hij hersteld was en haar tong afbijten als ze iets onaardigs wilde zeggen.

Het goede nieuws was dat Jack dol op hem was, en dat er dagelijks een verpleegster langs zou komen zodat Jen de intieme verzorging niet op zich hoefde te nemen. Godzijdank.

Iets na tweeën kwam Kirks auto het pad op rijden. Zijn vriend Matt was er ook, en samen hielpen ze Lucas uit de auto.

Langzaam schuifelde het drietal naar het huis. Matt en Kirk ondersteunden Lucas ieder aan een kant. Lucas' linkerarm zat in een mitella, waarschijnlijk om de schouder te ontzien, en zijn rechterbeen zat van knie tot kruis in het gips. Hij was bleek en transpireerde hevig. Tegen de tijd dat ze bij de voordeur kwamen, was Jen ervan overtuigd dat hij flauw zou vallen.

'Kunnen jullie hem niet dragen?' vroeg ze bezorgd, toen ze de hal in stapten.

'Het gaat prima,' zei Lucas verbeten. 'Dit is nog niets. Moet je me de dag na oud en nieuw zien, dan heb ik pas een kater.'

'Je ziet grijs en je ogen draaien steeds weg. Een held ben je toch al.' Ze knikte naar haar man. 'Draag hem verder maar.'

Na een korte aarzeling haalde Matt zijn schouders op en sloeg zijn arm om Lucas' middel. Kirk volgde zijn voorbeeld. Lucas schold hun de huid vol – Jen was blij dat Jack een paar uurtjes bij haar moeder was. Ze tilden hem op en binnen een minuut waren ze in de logeerkamer.

Daar sloeg Jen het dekbed terug, maar ze wendde haar blik af toen de mannen Lucas in bed legden. Daarbij kermde Lucas van pijn.

'Hoe zit het met de pijnbestrijding?' vroeg ze aan Kirk.

'Hij heeft een injectie gekregen vlak voor we weggingen,' zei Kirk, haar een zak met medicijnen overhandigend. 'Deze moet hij volgens een bepaald schema innemen. Kan jij dat regelen of moet ik –'

'Ik kan verdomme zelf mijn pillen wel innemen,' bromde Lucas. 'Ik weet niet wat ik hier doe. Thuis zou ik me ook best redden.'

'Alsjeblieft, zeg.' Jen schudde met de tas. 'Je zou het geen dag uithouden, dat weet iedereen. Ik maak wel een schemaatje,' ging ze verder tegen Kirk, 'zodat we allemaal weten wanneer hij welke medicijnen heeft gekregen. Voor zijn nachtmedicatie stel ik gewoon een alarm in op mijn mobiel.'

'Ik kan zelf mijn pillen wel innemen,' herhaalde Lucas, net voor zijn ogen dichtvielen.

Jen wierp een blik op zijn grauwe gezicht en hoopte weer dat hij niet het bewustzijn zou verliezen. Ze wist wel iets van eerste hulp, maar niet veel.

Voorlopig liet ze de mannen maar even alleen met hun vriend.

In de keuken startte ze de computer op, maakte een Excelbestand voor de medicatie van de komende week en printte dat drie keer. Daar was ze net klaar mee toen Matt en Kirk de keuken binnenkwamen.

'Hij zegt dat hij wil slapen,' zei Kirk. 'Ik breng Matt even terug naar het bureau.'

Meteen kreeg Jen een knoop in haar maag. Ze wilde niet dat haar man wegging. Ze wilde hem vasthouden en hem smeken haar niet alleen te laten met Lucas. Maar dit was haar idee geweest en uiteindelijk moest ze er toch aan geloven.

'Ik weet dat je nog een hele papierwinkel af moet ronden daar,' zei ze opgewekt. 'Doe dat maar. Dan zie ik je met eten weer.'

'Zeker weten?'

'We redden ons wel. Als hij vervelend wordt, geef ik hem gewoon een mep op zijn schouder.'

Kirk kuste haar. 'Wat ben je toch een zachtmoedig type.'

Toen de mannen weg waren, vulde Jen een kan met water en bracht die met een glas naar de logeerkamer. Lucas deed zijn ogen open maar zei niets.

Jen zette het water op tafel en liet hem de walkietalkie zien. 'Als je op dit knopje drukte, kun je spreken. Dan hoor ik je vanzelf.' Omdat hij nog steeds niets zei, liet ze hem het medicijnschema zien voor ze dat ook op tafel legde. 'Het lijkt me verstandig als ik de eerste dagen zorg voor de toediening van de medicijnen.'

'Wat ben jij bazig, zeg.'

'Jij bent niet in de positie om te klagen,' zei ze, haar handen in haar zij zettend. 'Kun je je al een beetje concentreren? Want ik wil even een paar regels met je doornemen.'

Lucas glimlachte bleekjes. 'Dat vermoedde ik al, dat die er zouden zijn. Laat horen.'

'Niet drinken, niet roken, geen vrouwen. Ik wil best koken wat jij wilt eten, maar er zijn grenzen. Zeg maar gewoon waar je trek in hebt. Als Jack in de buurt is, wordt er niet gevloekt of gescholden. Jack mag geen suiker, geen ongezonde snacks en hij mag geen tv-kijken.'

'Jezus, die jongen moet voor de rest van zijn leven in therapie.'

Woedend keek Jen hem aan. 'Jij weet niet waar je het over hebt. Onderzoek heeft uitgewezen dat...'

Hij wuifde de rest van haar woorden weg. 'Dat geloof ik zo. Ik weet dat je een goede moeder wilt zijn, Jen, maar probeer er een beetje ontspannen mee om te gaan. Als je zo doorgaat, ben je binnen de kortste keren overspannen.'

Hoewel ze zichzelf inprentte dat het haar niets kon schelen hoe Lucas over haar dacht, raakten zijn woorden haar toch. 'Je weet helemaal niks van mij.'

'Ik weet genoeg. Waar ben je zo bang voor?'

'Ik ben niet bang.'

'Jawel. Ik begrijp het niet. Je hebt alles wat je hartje begeert. Een geweldige echtgenoot, een mooi huis en Jack. Waarom zie je altijd beren op de weg?'

Haar keel werd dichtgesnoerd en haar ogen brandden. 'Hoe haal je het in je hoofd om zo tegen mij te praten,' wist ze uit te brengen.

'Schat, ik ben helemaal high van al die medicijnen. Ik zeg wat ik wil. Jij bent bang, elke minuut van de dag, en ik vraag me af waarom. Dat vraag je jezelf ook af, waarschijnlijk. Maar dat is niet het grootste probleem. Het grootste probleem is dat Jack het voelt. En Kirk ook. Hij maakt zich zorgen.'

Ze slikte moeizaam. 'Hoe bedoel je?'

Lucas' ogen vielen dicht. 'Jij denkt dat ik je man op het slechte pad probeer te brengen, maar dat is niet zo,' zei hij, hoofdschuddend. 'Ik vecht voor je huwelijk, maar mijn god, het is vechten tegen de bierkaai. Je maakt het me niet makkelijk, weet je dat? Jack is een leuk joch. Met hem komt heus alles in orde. Jij bent degene over wie ik me zorgen maak. Ik zweer je, als je zo doorgaat, eindigt dit in een scheiding of een opname in het gekkenhuis. Maar ach, wat weet ik ervan? Ik ben ook maar een…'

Hij maakte zijn zin niet af.

Het duurde even voor het tot Jen doordrong dat hij in slaap gevallen was. Zomaar.

'Niet bang zijn,' zei de verpleegster glimlachend. 'Dit doet helemaal geen pijn.'

Zoe knikte. Alsof fysieke pijn van een echo haar grootste zorg was. Niet dus. De reden waarom ze de echo kreeg, was veel erger.

Het was allemaal zo oneerlijk, dacht ze. Begon ze net haar leven een beetje op orde te krijgen, kreeg ze dit. Net nu ze een plan had – in grote lijnen tenminste. Ze zou beginnen met invalwerk, zich verder oriënteren op een master en misschien stoppen met haar huidige werk. En Steven? Steven was leuk. Echt leuk. Hoe moest ze hem in hemelsnaam vertellen dat ze zwanger was?

Straks kreeg ze een baby, en die baby zou alles verpesten. Haar leven zou nooit meer hetzelfde zijn. Steven zou er geen begrip voor kunnen opbrengen. Hoe kon hij ook? Ze begreep het zelf nauwelijks. Hun relatie bevond zich nog in de spannende fase, de spetterende fase, waarin ze alle mogelijkheden nog aan het verkennen waren. En nu zou ze hem voorgoed kwijtraken.

Ze lag op de onderzoeksbank en voelde de warme gel op haar buik. Warme tranen vulden haar ogen en rolden over haar wangen in haar haren. Dit mocht niet gebeuren, dacht ze wanhopig. Het was niet eerlijk. Ze wilde niet zwanger zijn. Maar vier thuistesten hadden bevestigd dat hun vrijpartij consequenties had gehad. De echo moest vaststellen hoe ver ze was.

Ergens hoopte ze tegen beter weten in dat het kind van Steven zou zijn. Natuurlijk, ook dat zou een nachtmerrie zijn, maar alles beter dan een kind van Chad. Met Chad wilde ze niets meer te maken hebben. Ze wilde geen kind met hem. Maar met Steven had ze condooms gebruikt, dus de kans was...

'Kijk eens aan,' zei de verpleegster blij. 'Je baby ziet er goed uit. Kijk, hier zie je het hartje kloppen.'

Zoe draaide haar hoofd en keek naar de monitor. Het enige wat zij zag, waren onherkenbare vormen, de een wat lichter dan de andere. Er zaten...

Daar klopte inderdaad iets. Een piepklein hartje.

De emoties vlogen haar naar de keel. Angst, hoop, woede, opwinding en verontwaardiging. Er was een baby. Een echte baby. En het feit dat ze een hartje zag kloppen, betekende dat ze veel langer dan twee weken zwanger was. De baby was van Chad. De tranen bleven in haar haren druppen. Handenwringend vroeg ze zich af wat ze nu in godsnaam moest doen.

Veertig minuten later zat ze aangekleed in de spreekkamer van de dokter.

'Het spijt me,' zei dokter Herron met een zucht. 'Dit probleem heeft verschillende van onze patiënten getroffen, en drie van hen zijn zwanger.' Ze keek Zoe vriendelijk aan. 'Ik begrijp dat je dit niet verwacht had. Het is nog vroeg. We kunnen de zwangerschap zonder problemen beëindigen. Dat zou ik vanmiddag al kunnen doen.'

Zoe knipperde met haar ogen. Een abortus. Natuurlijk. Omdat dit niet gepland was. Sterker nog, ze had stappen ondernomen om niet zwanger te worden. Ze was een fervent voorstander van de vrije keuze voor vrouwen. Dit was haar recht.

'Ik hou de baby,' zei ze. De woorden leken uit zichzelf naar buiten te komen, maar ze herriep ze niet. 'Ik had dit niet verwacht en ik ben niet meer bij de vader en het is een zootje, maar ik wil hem of haar ter wereld brengen.' Over hoe het daarna moest, was ze minder zeker. Adoptie was een optie. Of ze kon de baby zelf opvoeden. Alleen hield dat in dat ze contact moest houden met Chad en daar had ze helemaal geen zin in. Aan de andere kant, hij was een goede vader, al stelde hij als vriend niet veel voor. Maar jeetje… Chad?

De dokter knikte. 'Dat is helemaal jouw keuze. Uitgaande van de data die jij ons hebt gegeven, in combinatie met de echo, kun je ervan uitgaan dat je nog een paar weken de tijd hebt om hierop terug te komen. Ondertussen kunnen wij het er alvast over hebben hoe jij gezond en tevreden de zwangerschap doorkomt.'

Zoe kreeg een hele stapel folders mee. Ze moest haar dieet aanpassen, mocht geen alcohol en cafeïne meer drinken, meer rusten, meer bewegen, kortom: de komende maanden fungeerde ze voornamelijk als kraamkamer voor de baby. Ze begon hoofdpijn te krijgen en haar maag dreigde ook op te gaan spelen.

Het was niet eerlijk, dacht ze voor de zoveelste keer. Het klopte gewoon niet. Zij had niets verkeerd gedaan. Toegegeven, het was stom geweest om seks te hebben met haar ex, maar moest ze daar nu haar hele leven voor boeten?

Thuis lag Mason op haar bed te slapen, in een streep zonlicht. Ze tilde hem op en hield hem tegen zich aan. Dit keer begon hij niet meteen te wurmen om los te komen. Ze snoof de geur van zijn vacht op en luisterde naar zijn geruststellende gespin. 'Ik ben zwanger,' fluisterde ze.

De blik in zijn groene ogen was verre van veroordelend.

Nog steeds vechtend tegen de tranen startte ze haar computer op. Als zoekterm tikte ze in: ik wil mijn kind opgeven ter adoptie. Twintig minuten later wist ze zo ongeveer wat daarbij kwam kijken en ze wist meteen dat ze dat niet wilde. Oké, ze had dit niet gepland, maar ze was prima in staat om zelf een kind op te voeden. Ze had een goede baan en kon rekenen op de steun van vrienden en familie. En wat Chad betreft... Nou ja, daar wilde ze nu nog niet over nadenken.

Haar mobiel ging. Een onbekend nummer. 'Hallo?'

'Spreek ik met Zoe Saldivar?'

'Ja.'

'Ik bel om te vragen of u morgen in kunt vallen. Het gaat om een vijfde klas.'

De vraag leek uit een andere wereld te komen. Lesgeven? Ze had nu wel wat anders aan haar hoofd.

Maar net toen ze nee wilde zeggen, realiseerde ze zich dat haar zwangerschap niet het einde van de wereld betekende. Haar leven ging door. Anders dan ze zich had voorgesteld misschien, maar als ze haar plannen nu niet doorzette, dan zou ze weer vastlopen.

'Ja, natuurlijk. Graag.'

'Geweldig. Dan stuur ik u alle informatie per mail.'

Filia's dochter Marta was bijna tien en nu al net zo knap als haar moeder. Ze glimlachte verlegen naar Pam en ging toen met haar boek op een stoel in de hoek zitten.

'Het spijt me,' zei Filia voor de derde keer. 'Normaal past mijn zus op haar, maar die is ziek.'

'Het is echt geen probleem,' verzekerde Pam haar. 'Dit hoeft niet lang te duren.'

Filia had een bedrijfsplan opgesteld voor de uitbreiding van haar salon. Het was een gedetailleerd en realistisch plan, had Pam geconstateerd toen ze het gelezen had. Filia had een goed beeld van het startkapitaal dat ze nodig had en van de tijd die ze nodig zou hebben om een vaste klantenkring op te bouwen.

Ze bespraken het plan en Filia liet Pam de cijfers zien waarop ze haar schattingen gebaseerd had.

'Wanneer wil de verhuurder het zeker weten?' vroeg Pam.

'Over zes weken. Hij heeft nog niets gehoord van de huidige huurder, maar ik weet zeker dat die plannen heeft om te vertrekken.' Vastberaden legde Filia haar handen op tafel. 'Het gaat lukken. Ik weet zeker dat ik het kan. Dat voel ik gewoon. Ik zal hard werken. Elke dag. Dit is mijn droom en die wil ik waarmaken.'

Dat wilde Pam ook, voor haar. 'Dan gaan we ervoor. Ik heb een paar opmerkingen bij je plan. Hier en daar kun je iets meer informatie geven. Verder heb ik bankaanvragen meegenomen. Deze twee zijn voor banken waar ik ervaring mee heb. Die dragen de lokale middenstand een warm hart toe. Als je een afspraak wilt maken, zeg je het maar. Dan wil ik graag mee.' Pam schoof twee visitekaartjes naar haar toe. 'Met deze mensen heb ik allebei eerder gewerkt. Lukt het daar niet, dan kunnen we de Mischief Bay Credit Union proberen. Het bedrag dat jij nodig hebt, is hun absolute maximum, vandaar dat het me beter lijkt eerst die andere twee te proberen.'

Daarna zou ze met Bea overleggen over de mogelijkheid aanspraak te maken op een lening uit een van de particuliere fondsen, die leenden tegen een lage of zelfs geen rente en die ook een soort beurzen voor opstartende bedrijven hadden. Technologie was het nu helemaal, daar ging veruit het meeste geld naartoe, maar Pam vond dat ze best kon proberen een beetje geld voor Filia los te peuteren als dat nodig was.

'Die formulieren vul ik deze week nog in,' beloofde Filia. 'Dan bel ik je om een afspraak te maken bij een van de banken voordat jij op reis gaat.'

'Uitstekend. Ik heb er zin in.'

Tevreden keek Pam Filia en haar dochter na. Met haar vrijwilligerswerk redde ze misschien niet de hele wereld, maar ze hoopte dat ze op kleine schaal een verschil kon maken. En elke handeling kon grote gevolgen hebben, hield ze zichzelf voor, als rimpels op het wateroppervlak. Als de kleine Jack nou ging praten en het iets werd tussen Steven en Zoe, dan was haar leven volmaakt.

Zoe parkeerde haar auto op de parkeerplaats van de lagere school van Mischief Bay en stelde zichzelf gerust. Het zou allemaal goed gaan. Dat ze geen oog dicht had gedaan vannacht, was helemaal niet erg. Puur op wilskracht zou ze de dag doorkomen. Na een paar koppen koffie zou ze zich vast een stuk beter voelen, maar dat mocht dus kennelijk niet van haar arts. Jammer. Gelukkig was de hoofdpijn van gisteren na een dag zonder cafeïne wel weggetrokken.

Ze pakte haar tas, met daarin haar portemonnee, haar lunch en een paar ideetjes over wat ze met de klas kon doen, zei tegen haar maag dat hij een beetje mee moest werken en liep haar eerste dag als invaller tegemoet.

Hoe opgewekt ze ook probeerde te kijken, de zenuwen bleven haar parten spelen. Haar benen bibberden en ze was een beetje misselijk. De misselijkheid kon ze nog wel negeren, maar of ze de hele dag haar tranen in bedwang kon houden, was een andere vraag. Ze wist niet of dat ook van de zenuwen was of dat de hormonen een rol speelden. Later, als ze haar gevoel voor humor terug had, kon ze vast lachen om de slechte timing: dat ze haar eerste klus als invaller letterlijk gekregen had na de dag waarop ze hoorde dat ze zwanger was van haar ex. Maar vandaag niet.

Uiteindelijk vond ze het kantoor, meldde zich aan en werd naar haar klas begeleid. Onderweg vertelde de secretaresse over de lunch, waar de koffiekamer en het toilet waren voor de leerkrachten en nog heel veel meer wat Zoe niet meekreeg.

'Sandy Russel zit aan de andere kant van de gang. Zij heeft ook een vijfde klas. Voor vragen kun je bij haar terecht.'

Voor een openstaande deur bleven ze staan. Dit was het dan, dacht Zoe geschrokken. Ze had het echt gedaan. Ze werd geacht een hele dag invaller te spelen. Voor een klas vol met vijfdeklassers die ze nog nooit gezien had.

Hoe had ze het in haar hoofd gehaald? Ze wist niets van lagereschoolkinderen, dat was meer Jens afdeling. Zoe had altijd les gegeven in de onderbouw van de middelbare school. Een gehaaide dertienjarige, daar draaide ze haar hand niet voor om. Hoe anders waren deze leerlingen als ze tien waren? Zelf was ze al heel lang geen tien meer. Er was ongetwijfeld veel veranderd. De meisjes in deze klas hadden waarschijnlijk geen poster van de Spice Girls aan de muur hangen.

De secretaresse was nog steeds aan het woord. Even deed Zoe nog haar best om op te letten, toen gaf ze het op en glimlachte alleen nog maar beleefd tot het stil werd.

'Dat is een boel informatie in één keer,' mompelde ze, in de hoop dat dat een beetje een toepasselijke reactie was.

De vrouw schoot in de lach. 'Het gaat vast wel lukken. Mocht het uit de hand lopen: ik zit in het kantoor. Veel plezier.'

Plezier? Mwah.

Zoe ging het lokaal binnen. Het was een grote ruimte met ramen aan een kant. Er stonden – even tellen – achtentwintig tafeltjes. Dat moest te doen zijn. Ze had een namenlijst, een schema met de pauzetijden en ergens in een kast moest de mythische invalkrat staan. De krat waarin ze materiaal kon vinden om de kinderen bezig te houden, lessuggesties, verwachtingen en tips over orde houden.

De krat stond in een van de kasten achterin, maar daar bleken slechts drie dvd's in te zitten. Sky High, Escape to Witch Mountain en Mulan.

De schrik sloeg Zoe om het hart. Nee, er moest meer zijn. Op internet had ze gelezen dat elke leerkracht zo'n krat bij moest houden, met informatie en lesmateriaal en...

Ze keek nog eens in de kast maar er stond geen tweede krat. Of doos. Of map. Niks. Ze doorzocht het bureau dat voor de klas stond. Bijna leeg. Ze moest die kinderen een hele dag bezig zien te houden met drie films? Kinderfilms, nota bene, die duurden nog geen twee uur.

Net toen ze in opstand wilde komen, kwamen de eerste leerlingen binnen. Drie jongens, die een blik op haar wierpen en begonnen te lachen – en niet op een vriendelijke manier. Meer op een uitdagende manier. Ze slikte.

'Hallo. Ik ben Miss Saldivar.'

'Stomme naam,' zei een van de jongens. Zijn vriendjes lachten.

Zoe voelde dat ze bloosde. Om dat te verbergen, wendde ze haar gezicht af. Dit was niet erg. Ze testten haar gewoon uit. En ze was gezakt voor de test.

Ze begroette de andere kinderen die binnen kwamen druppelen, schreef haar naam op het bord en nam de namenlijst door. Meer dan eens struikelde ze over de uitspraak. Toen ze er eindelijk doorheen was, keek ze op de klok. Het was tien over halfnegen. Ze had die kinderen tot drie uur. Zelfs als ze daar de lunch en twee keer buitenspelen vanaf trok, hield ze nog bijna zes uur over.

'Ik heb geen lesplan gekregen,' begon ze, met naar ze hoopte een vriendelijke glimlach. 'Wie van jullie kan me vertellen waar jullie mee bezig zijn? En als je meteen je naam erbij zegt, kan ik die vast oefenen.'

Een van de drie jongens die als eerste gearriveerd waren, stak zijn hand op. Helaas was hij de enige, dus kon ze niet anders dan hem de beurt geven.

'Sommen,' zei hij met een schalks lachje. 'En ik heet Cameron.'

Daar schoot ze niet veel mee op. 'Wat voor sommen?'

'Die met cijfers.'

Sommige kinderen lachten. Een paar meisjes rolden met hun ogen. Een van de meisjes stak haar hand op.

'Ik ben Megan, en we zijn met breuken bezig. Optellen en aftrekken van breuken met ongelijke noemers.'

'Helemaal niet!' riep Cameron. 'Dat hoeft toch niemand te weten.'

'We moeten het toch een keer leren. Ze gaan heus niet zeggen dat we die niet hoeven te kennen om over te gaan, alleen maar omdat er een invaller is.'

'Dat weet je niet,' zei Cameron.

'Dat weet ik wel. Dat weet iedereen.'

Camerons vriendjes begonnen te joelen. Megans vriendinnen gilden terug en in een mum van tijd was de hele klas door elkaar aan het schreeuwen of je breuken wel of niet moest kennen voor je naar de zesde mocht.

Zoe verzocht om stilte – een verzoek dat door iedereen genegeerd werd. Toen ging ze voor het bord staan en begon te tellen. Bij twintig vroeg iemand wat ze aan het doen was.

'Ik tel hoelang jullie na moeten blijven als straks de bel voor de pauze gaat,' zei ze met een zoetsappige glimlach. 'Als jullie zo blijven schreeuwen, komt er tijd bij. Zijn jullie stil dan gaat er misschien wel tijd af.'

Het werd stil in de klas.

Zoe vroeg naar andere vakken en kreeg wel een beetje een indruk van wat ze behandeld hadden. Maar ze had helemaal geen materiaal om mee te werken. Nu kon ze zich best door een aantal vakken heen bluffen, maar breuken waren niet haar sterkste kant. Iets na negenen zocht ze haar toevlucht tot de film Sky High.

Toen de bel voor de pauze ging, verrasten de kinderen haar door netjes de vijftien tellen te blijven zitten die op het bord stonden voor ze het lokaal uit renden.

Zoe staarde naar de lege tafeltjes en hield zichzelf voor dat je geen mislukkeling hoefde te zijn om je een mislukkeling te voelen, al ontging het verschil haar op dat moment even.

'Hoi, ik ben Sandy Russell.' Er stond een tengere vrouw van in de veertig met rossig haar in de deuropening. 'Hoe gaat het?'

'Niet geweldig. Ik heb geen lesplan, niks.'

Sandy knikte begripvol.

'Je valt in voor een nieuwe. Ik zei nog dat ze haar invalkrat in orde moest maken, maar ze is nog druk bezig met overleven. Dus, eh... film gekeken?'

'Sky High.'

'Wil je straks graag iets anders te doen?'

'Ik wil straks dolgraag alles anders doen.'

Sandy lachte. 'Dat heb ik niet helemaal in de hand, maar wacht... Ben zo terug.'

Zoals beloofd, was Sandy binnen een paar minuten terug, met een grote plastic krat die ze op het bureau zette.

'Hier zitten heel veel leuke spelletjes in. Momenteel proberen we extra aandacht te besteden aan de woordenschat, dus als ik jou was zou ik me daarop concentreren.' Ze haalde een paar A4'tjes, dozen en doosjes uit de krat. 'Zo.'

Zoe zag een plastic zak met pittenzakjes erin en tekstkaarten. Op de ene kant van het kaartje stond een woord, op de achterkant de betekenis. 'Pittenzakjes gooien en dan het woord uitleggen waar het zakje op gevallen is? Leuk idee.'

Samen met Sandy keek ze wat ze nog meer met het materiaal kon doen. Ze hield een paar A4'tjes met uitleg en spelregels apart. 'Echt ontzettend bedankt,' zei ze uit de grond van haar hart. 'Ik was al bang dat ik het niet zou overleven.'

Grinnikend schudde Sandy haar hoofd. 'Maak je geen zorgen. Ik weet hoe moeilijk het is om in te vallen, zeker zo ver in het schooljaar. Dan is er een bepaalde routine ontstaan, en de kinderen zeggen dan wel dat ze het leuk vinden om een dag niets te hoeven doen, maar eigenlijk missen ze hun dagelijkse schema.'

'Je krijgt alles aan het eind van de dag terug,' beloofde Zoe.

Tegen de tijd dat de kinderen terugkwamen, had ze alle tafels en stoelen aan de kant geschoven en de kaartjes met woorden op de grond gelegd. Sommige kaartjes met het woord naar boven, andere met de definitie. Ze verdeelde de klas in twee teams en liet ze om beurten gooien en woorden uitleggen. Toen alle kaarten op waren, legde ze nieuwe neer voor een tweede ronde.

De tijd ging snel en voor ze het wist, was het middagpauze. Die tijd gebruikte ze om een paar sommen met breuken op het bord te schrijven, die ze met grote vellen papier afdekte. Daarna had ze nog een paar minuten om haar boterhammen naar binnen te proppen en een slok water te nemen voor de klas weer volstroomde.

Dit keer liet ze de kinderen hun eigen teams samenstellen. Om en om moesten ze een som oplossen. Toen dat klaar was, telde ze alle punten bij elkaar op. De kinderen uit het winnende team kregen kleine prijsjes, uit Sandy's krat: stickers met smileys en grappige tekstjes erop. Ten slotte liet ze de kinderen een briefje trekken uit een schaal. Op de briefjes stonden onderwerpen waarover ze drie minuten moesten praten, variërend van 'Mijn lievelingsdier' tot 'Heb je liever een jonger broertje of een jonger zusje?'. Er werd veel gelachen en regelmatig moest iemand opnieuw beginnen, maar iedereen had plezier en de middag vloog om.

Toen de laatste bel ging, kende Zoe de helft van de namen en had Cameron al een paar uur geen flauwe opmerking gemaakt. Een hele prestatie, vond ze zelf. Bij de deur bedankte ze de vertrekkende kinderen omdat ze haar zo goed geholpen hadden.

Cameron bleef staan. 'Sorry dat ik zo'n zeikerd was in het begin. U bent een leuke juf. Ik hoop dat u nog een keer komt.'

'Dank je wel, Cameron. En ik doe maar net of ik dat ene woord niet gehoord heb.'

Hij grijnsde. 'Ik moet wel mijn reputatie hoog houden, juf.'

Lachend keek ze hem na, zich afvragend of hij later de criminaliteit in zou gaan of juist in de politiek zou belanden. Het kon allebei.

Om kwart over drie bracht ze Sandy haar krat terug en bedankte haar nog veertien keer. Tegen halfvier was haar lokaal opgeruimd en meldde ze zich af in het kantoor. Pas toen ze in de auto zat, voelde ze hoe ongelooflijk moe ze was. Alles deed pijn. Haar voeten, haar rug, haar ogen.

Het eerste wat ze morgenochtend ging doen, was Sandy Russell bloemen sturen als bedankje. Daarna ging ze meteen op internet zoeken naar dingen die ze kon doen met kinderen van verschillende leeftijden, om iets achter de hand te hebben voor het geval er geen reddende engel als Sandy in de buurt was. Ze moest haar eigen invalkrat samenstellen.

Mason begroette haar met een paar korte mauwtjes, alsof hij zich beklaagde dat ze de hele dag weg was geweest. Dat was hij niet gewend en hij vond het maar niks. Ze ging op de grond zitten en knuffelde hem. Zijn zachte gespin werkte ontspannend.

Nu had ze wel een glas wijn verdiend, vond ze. Zou ze kijken wat ze in de kelder had staan? Of misschien een margarita. Had ze limoenen in huis?

Net toen ze moed had gevat om op te staan, realiseerde ze zich dat ze helemaal niet mocht drinken. Ze was zwanger! Van Chad! Zij!

De werkelijkheid viel haar zwaar. Ze lag op haar rug naar het plafond te staren terwijl Mason spinnend op haar buik trappelde.

'Ik ben zwanger,' zei ze hardop. 'Ik word een alleenstaande moeder. Er zit niets anders op.'

Ze wilde niet zwanger zijn, wat iets anders was dan dat ze het kind niet wilde houden. Hoopte ze tenminste. Op een of andere manier moest ze grip zien te krijgen op waar ze mee bezig was. Dat alleenstaand ouderschap baarde haar zorgen. Ze stond er echt helemaal alleen voor. Ja, ze kon hulp vragen en ze had mensen om zich heen, maar ze was niet bepaald dolverliefd op de vader van het kind.

Op dat moment schoot haar te binnen dat ze Chad op een gegeven moment wel moest inlichten. En haar vader. En…

Ze schoot overeind, Mason tegen zich aan klemmend. 'Ik moet het tegen Steven zeggen!'

Haar kat knipoogde.

Kreunend zette ze hem op de grond. 'Dat wil ik niet. Wat moet ik hem vertellen?' De waarheid, dat lag voor de hand. Maar dat ging ze echt niet doen. 'Hoi Steven, ik bel even om te zeggen dat ik zwanger ben van Chad. Hoe was jouw dag?' Toch moest ze het hem vertellen. En dat betekende dat ze hem kwijt zou raken. Dat ze hén kwijt zou raken.

Ze sloeg haar handen voor haar gezicht en verzette zich niet langer tegen de tranen. Het geluidloos huilen ging over in een wanhopig snikken toen ze zich realiseerde wat ze op het punt stond te verliezen. Steven was alles wat ze in een man zocht. Hij was geweldig. Misschien waren ze wel...

Mason gaf haar een kopje, luid spinnend. Snuffend aaide ze hem.

'Het is allemaal weg,' fluisterde ze. 'Allemaal voorbij. Hij gaat bij me weg en dat kan ik hem niet kwalijk nemen. Er komt een baby, Mason.'

Hij mauwde, wat ze interpreteerde als een paar troostrijke kattenwoorden. Toen veegde ze haar tranen weg. Hoewel ze het liefst nog even had gewacht met Steven het nieuws vertellen, wist ze dat dat niet goed zou zijn. Hoe eerder hij het wist, hoe beter. Dan was ze er maar vanaf. Snel, in een keer, net als het wegtrekken van een pleister. Deze pijn zou wel wat langer duren, maar daar was niets tegen te doen.

Ze pakte haar telefoon en belde Steven. Hij nam meteen op.

'Hé, ik dacht net aan je. Hoe ging je eerste invaldag?'

Opnieuw vulden haar ogen zich met tranen van spijt. Hij had het onthouden! Natuurlijk onthield hij zoiets. Hij was een lieverd. Lief en grappig en slim. Aardig tegen zijn moeder, handig in huis en verdomd goed in bed. Waar vond ze in hemelsnaam weer zo'n man?

'Het ging wel goed,' antwoordde ze, hopend dat hij niet aan haar stem hoorde dat ze gehuild had. 'Maar weet je, Steven, ik moet je iets vertellen. Dat wat wij hebben, hè... Dat gaat niets worden. Het spijt me.' Voor ze verder kon praten, moest ze iets wegslikken. 'Het ligt niet aan jou. Dat is een cliché, dat weet ik, maar dit keer is het e-echt zo.' Ze haalde diep adem. 'Jij bent geweldig. Echt. Het is een superleuke tijd geweest. Maar nu gaat het gewoon niet meer. Het spijt me echt heel erg.'

Vechtend tegen haar tranen wachtte op zijn reactie. Maar die bleef uit. Aan de andere kant van de lijn hing een verbijsterde stilte.

'Oké, nou, het beste dan maar. Dag.' Ze hing op en keek naar Mason. 'Ik haat mijn leven.'

Mason mauwde klaaglijk en gaf nog maar een kopje tegen haar benen. Verslagen strompelde Zoe naar de bank, waar ze zich snikkend op liet vallen.

Na wat een eeuwigheid leek te duren dwong ze zichzelf haar gezicht te gaan wassen en water op te zetten voor een kop kruidenthee. Het was zo oneerlijk, dacht ze voor de zoveelste keer. Zij had niets verkeerd gedaan. Misschien moest ze een advocaat in de arm nemen en een proces aanspannen tegen het farmaceutische bedrijf dat zo had zitten klungelen. Niet dat ze daar iets aan had, op dit moment.

Wat moest ze doen? Hoe kwam ze hier doorheen?

Ze moest een lijstje maken, besloot ze. Een lijstje van de mensen die het moesten weten en wanneer ze het hun zou vertellen. Daarop zou Chad niet bovenaan staan, want dat werd vast een ramp. Zwanger!

Tevergeefs probeerde ze wat enthousiasme op te brengen voor het avondeten. De hoofdpijn was gelukkig weg, maar ze voelde zich nog steeds beroerd. Ze was het gewoon niet gewend om de hele dag te staan en ze miste Steven. Ze wilde met hem praten, hem vasthouden, zijn glimlach zien. Hoelang zou die pijn duren?

Na Masons etensbakje gevuld te hebben, ging ze met haar thee op de bank zitten. Maak een plan, beval ze zichzelf. Wat moest ze doen, en in welke volgorde? Als ze dat op een rijtje had, zou ze een salade maken met veel kip, voor de proteïnen, en dan vroeg naar bed gaan. Morgen voelde ze zich vast beter. Tot het zover was, mocht ze best een beetje medelijden met zichzelf hebben. Ze mocht zwelgen in haar verdriet om het verlies van een geweldige man. Hun relatie was zo veelbelovend begonnen, dacht ze treurig. Zo...

Er werd aan de voordeur gebeld.

Fronsend veegde Zoe de tranen van haar wangen. Ze verwachtte niemand. Misschien was het iemand die kwam vertellen dat ze twintig miljoen dollar had gewonnen. Geld zou niet al haar problemen oplossen, maar het zou wel van pas komen.

Ze haalde haar neus op en liep de gang in.

Steven stond voor de deur.

Hoofdstuk 15

Zoe's hart sloeg een slag over. Haar adem stokte in haar keel en even dacht ze dat ze het zich verbeelde. Maar hij stond er echt.

'Wat doe jij hier?' vroeg ze, zich afvragend hoe boos hij zou zijn en of hij zou gaan schreeuwen. Al zag hij er helemaal niet boos uit, eerder knap, sexy en misschien een beetje verbaasd, maar niet boos.

'Ik doe niet aan uitmaken via de telefoon,' zei hij, haar huis binnenlopend. 'Ik wil dat je het me persoonlijk vertelt en ik wil weten waarom.'

Ze had kunnen zweren dat ze geen tranen meer over had. Toch begonnen ze weer te stromen.

'Ik wilde het niet uitmaken,' snikte ze. 'Het moest.'

Hij keek om zich heen. 'Heeft iemand je gegijzeld en zouden ze je laten gaan als je het met mij uitmaakte? Zoiets?' Zijn stem klonk niet vrolijk. 'Kom op, Zoe. Ik verdien meer dan dit. Er is hier niemand die je ergens toe gedwongen heeft. Wat is er gebeurd? Ik dacht dat het juist zo goed ging tussen ons. Dat het echt iets kon worden. Zat ik er zo ver naast?'

Hij was heel rationeel, constateerde Zoe. Niet boos, gelukkig, maar hij probeerde haar ook niet met andere emoties te manipuleren. In plaats daarvan stelde hij heel logische vragen. Zoals een volwassene dat zou doen.

Na de deur achter hem dichtgedaan te hebben, ging ze hem voor naar de woonkamer. Ze plofte weer op de bank, en hij ging tegenover haar zitten. Het was een vernederende toestand, maar ze moest even door de zure appel heen bijten. Ooit zou hij er toch achter komen.

'Ik gebruik de prikpil,' begon ze. 'Elke drie maanden krijg ik een injectie.'

'Oké...' Hij trok zijn wenkbrauwen op. 'Wat heeft dat ermee te maken?'

Even doorzetten nu. Ze moest het gewoon allemaal vertellen. En dan zorgen dat ze niet tussen hem en de deur in stond als hij het huis uit stoof.

'Twee maanden geleden heb ik gevreeën met Chad. Nadat we het uitgemaakt hadden. Het was niet de bedoeling en het was stom. Maar het is nu eenmaal gebeurd. Een paar dagen geleden werd ik gebeld door mijn gynaecoloog. Er was iets mis met mijn laatste prikpil-injectie. Een hele partij was niet goed of zo. Waar het op neerkomt, is dat ik de afgelopen tijd niet beschermd was, terwijl ik dat wel dacht.' Ze stak haar kin vooruit. 'Ik ben zwanger. Van Chad.'

Dat was het. Meer hoefde ze niet te zeggen, want er zou toch niemand meer zijn die het hoorde.

Hoewel... De stilte duurde voort, en Steven leek geen aanstalten te maken om weg te gaan.

'En dus?' vroeg hij tenslotte.

'Wat dus?'

'Waarom moest je het dan met mij uitmaken?'

Haar handen gebaarden hulpeloos voor ze ze in haar schoot liet vallen. 'Ik ben zwanger van Chad! Het was niet zo gepland en ik wil ook absoluut geen kind met hem, maar ik doe het wel. Dus.'

'Ga je naar hem terug?'

'Wat? Nee! Absoluut niet. Dat nooit. Maar ik zal het hem wel moeten vertellen. En dan zit ik voor de rest van mijn leven aan hem vast.' In haar maag gebeurden rare dingen. Straks moest ze nog overgeven ook.

'Je hebt dus besloten de baby te houden,' zei Steven.

Ze knikte. 'De dokter zei dat het vroeg genoeg was voor abortus, maar dat wil ik niet. En adoptie wordt het ook niet. Ik krijg gewoon een kind.' Woorden die ze begreep, maar die ze nog niet kon bevatten. 'Sorry.'

Nee, ze ging niet weer huilen. Ze kon dit aan. Ze rondde het gesprek netjes af en dan ging ze een salade maken. Met kip.

Steven kwam naast haar zitten en keek haar aan. 'Dat is heel wat.'

Ze haalde haar neus op.

'Gaat het wel?'

'Nee. Het gaat helemaal niet. Ik ben bang en ik weet niet wat ik moet doen en ik wilde dit allemaal niet. Het was juist zo leuk met jou. Ik dacht...' Nou, ze kon niet hardop zeggen wat ze had gedacht, omdat ze niet wist of het waar was, maar er was toch echt iets speciaals geweest tussen hen. 'Ik had gehoopt dat het iets zou worden tussen ons.' Ze rechtte haar schouders. Als ze maar eerlijk en sterk zou zijn, zou dat vast beloond worden. Ooit. 'Je hoeft niet te blijven, hoor.'

'Die laatste opmerking heb ik niet gehoord,' zei hij. 'Even dat ik het goed begrijp: je bent erachter gekomen dat je zwanger bent van Chad. Je weet zeker dat het kind van Chad is, hè?'

'Ik heb een echo gehad. Ik ben nu twee maanden zwanger.'

'Oké. En je hebt één keer seks gehad met je ex.'

Vol overtuiging knikte ze, met haar hand in de lucht. 'Ik zweer het. Het was zo'n stomme actie. Je hebt er geen idee van hoeveel spijt ik daarvan heb. Wat er ook gebeurt, Chad en ik komen niet meer bij elkaar.'

'Ik geloof je. Dus je houdt de baby en wilt met Chad tot een of ander gedeelde-ouderschapsconstructie komen.'

'Ja, ik hou de baby, en voor de rest heb ik nog geen idee.'

'Je hebt het met mij uitgemaakt omdat je dacht dat ik nu geen relatie meer met je wilde hebben.'

Opnieuw knipperde ze de tranen weg. 'Ja.'

Hij stond op en drentelde de kamer door. 'Waarom vertelde je me niet gewoon wat er gebeurd was?' vroeg hij na een tijdje.

'Ik heb het nog aan niemand verteld. Ik weet niet wat ik moet zeggen. Ik schaam me en ik ben in de war.'

'Dat begrijp ik. Nu wil ik je een gunst vragen.'

Afwachtend keek ze hem aan.

'Laat mij ook iets stoms doen voor je het uitmaakt.'

'Hè?'

'Jij nam aan dat ik ervandoor zou gaan als ik hoorde dat je zwanger was van een ander. Jij nam die beslissing voor mij. Wacht nou eerst eens af wat ik ervan denk. Niet dat ik weet wat ik ervan moet denken, maar ik weet dit wel: ik ga er niet meteen vandoor. Ik moet alles op een rijtje zetten en nadenken. Geef me de tijd.'

Werkelijk waar, dit had ze niet aan zien komen. 'Ga je niet bij me weg?'

'Nog niet.'

'Denk je dat de kans bestaat dat je blijft?'

Hij glimlachte. 'Ik denk dat ik het misschien wel kan hebben, dit. Ik weet het nog niet zeker. Het is niet niks. Maar ik zeg niet bij voorbaat nee.'

Ze prentte zichzelf in dat ze geen hoop mocht koesteren. Als ze erin geloofde, zou het extra pijn doen als hij besloot dit avontuur niet met haar aan te gaan. Toch voelde ze zich al een klein beetje beter. 'Je krijgt alle tijd die je nodig hebt.'

Peinzend ging hij weer naast haar zitten. 'Wie ga je het nog meer vertellen?'

'Jen. Mijn vader, denk ik.' Ze dacht aan Pam en had het gevoel dat Stevens moeder niet zoveel begrip voor haar op zou kunnen brengen als haar zoon.

'Ik zeg het wel tegen mijn moeder,' zei Steven, alsof hij haar gedachten gelezen had. 'Maar laten we daar nog een paar dagen mee wachten.'

'Fijn. Ik zal het Chad ook moeten vertellen, maar daar zie ik echt als een berg tegenop.'

'Als je wilt, kan ik wel meegaan,' bood hij aan.

'Bedankt voor het aanbod, maar het lijkt me beter als ik dat alleen doe.'

Hij pakte haar hand. 'Wat ben je toch een stoere meid.'

'Zo voel ik me niet. Ik voel me een hoopje ellende. Ik kan niet ophouden met huilen en dat ik geen koffie en alcohol mag, is helemaal een ramp.'

'Heb je zin om ergens iets te gaan eten?'

'Ja. Dat lijkt me leuk.'

Hij glimlachte. 'Mij ook.'

De eerste drie dagen van Lucas' verblijf wist Jen door te komen door zo veel mogelijk bij hem uit de buurt te blijven. Dat was logistiek gezien een hele uitdaging, omdat hij in hun huis logeerde en zij degene was die hem het meest verzorgde. Bovendien worstelde ze nog met de analyse van haar en haar leven die hij in zijn half gedrogeerde toestand had gegeven. Het liefst had ze alles weerlegd, maar hoe langer ze erover nadacht, hoe meer ze tot de conclusie kwam dat hij wel eens gelijk kon hebben.

Aan het eind van de eerste week hadden ze een soort routine ontwikkeld. Het lukte Lucas om samen met haar en Jack aan tafel te ontbijten. Over een mogelijke slechte invloed van Lucas op haar zoon had ze zich geen zorgen hoeven maken; Lucas was altijd heel lief en geduldig met Jack. Hij praatte tegen de jongen, speelde met hem, las hem voor, en Jack was dol op hem. Meer dan eens had Jack erop gestaan dat zijn lieve Poeh bij Lucas in bed mocht slapen.

Tussen de bedrijven door had Jen op internet gezocht naar angststoornissen en depressie. Ze vroeg zich af of zij last had van een van beide, of allebei. In een tijdsbestek van twee jaar was ze zwanger geraakt, had ze haar vader verloren en een kind gekregen. Bovendien had ze zich moeten aanpassen aan de nieuwe baan van haar man. Dat was veel – het zou voor iedereen veel zijn. Op goede dagen zei ze tegen zichzelf dat ze er vanzelf wel overheen zou komen. Op slechte dagen dacht ze dat ze gek werd.

Een van de voordelen van Lucas' aanwezigheid was dat ze minder vaak een paniekaanval kreeg. Misschien kwam dat gewoon door het idee dat er nog iemand anders in huis was. Misschien kwam het doordat hij voor afleiding zorgde. Hoe dan ook, ze was blij dat ze steeds minder vaak het gevoel had dat ze de dag niet zou overleven.

'S Ochtends zaten ze zo veel mogelijk buiten. Het was eind april en het was heerlijk weer: warm en zonnig met af en toe een verkoelend briesje. Jack reed op het terras met zijn politieauto, of speelde op het gras. Lucas zat in de schaduw een beetje te kijken en te praten. Hij had wat meer kleur gekregen en sliep overdag nog maar een keer. Min of meer volgens het schema van Jack. Dat vond Jen wel een grappig idee.

Ze zat in het gras tegenover Jack, die zat te spelen met een paar vrachtautootjes en een paar blokken. Hij legde de blokken op de vrachtauto, reed om haar heen en kieperde achter haar rug de blokken eraf.

'Jij bent een geboren bouwer, knul,' zei Lucas. 'Net als je oom en je opa.'

'Hoe weet je dat, van mijn vader?' vroeg Jen.

Lucas knipoogde. 'Ik heb zo mijn bronnen.'

Dat betekende dat Kirk het hem verteld had. Ze vroeg zich af wat haar man nog meer verteld had, maar durfde er niet naar te vragen. Lucas kennende, zou hij niet schromen haar de waarheid te vertellen, en ze wist vrijwel zeker dat ze daar niet op zat te wachten.

Zijn mobiele telefoon ging. Hij haalde hem uit de zak van zijn joggingbroek en keek op het schermpje.

Dat zou de verpleegster zijn, dacht ze, om haar komst te bevestigen. Maar toen hij niet opnam, begreep ze dat het iemand anders was. 'Caitlyn?'

'Bemoei je met je eigen zaken.'

'Misschien wil ze langskomen.'

'Geen vrouwen, had je gezegd.'

O ja, dat was waar. 'Ze mag wel langskomen. Maar niet...' Ze keek naar Jack. 'Geen vreemde geluiden in huis.'

'Dus we mogen het wel doen, als we maar stil zijn?'

'Ik wil niet dat Jack er een trauma aan overhoudt,' zei ze blozend.

'Ik was niet van plan om het te doen met hem erbij,' bromde Lucas. 'Trouwens, voorlopig is daar nog geen sprake van. Ik ben er nog niet aan toe. Ik spreek haar later wel. Of niet.'

'Mis je haar niet? Ze is je vriendin.'

'Ze is iemand met wie ik aan het daten ben. Dat is iets anders.'

Daar zat wat in. Juist het feit dat hij geen serieuze relatie had, was voor haar de reden geweest om hem in huis te nemen. 'Wat mij betreft, mag ze langskomen, hoor. Er zijn meer redenen om af te spreken met een vrouw dan dat ene.'

'Minder leuke redenen.' Hij hield zijn hoofd scheef. 'Maar dat geldt niet voor jou.'

Ze schoot in de lach. 'Dat zal wel. Omdat ik zulk onderhoudend gezelschap ben, zeker.'

'Je bent best grappig, eigenlijk. Als je je niet hysterisch zit af te vragen wat er allemaal mis kan gaan tenminste.'

In eerste instantie wilde ze boos worden, tot ze zich realiseerde dat dat precies was wat hij wilde. Die voldoening gunde ze hem niet. 'Ik heb online het een en ander uitgezocht. Misschien heb ik een angststoornis.'

'Zou je denken?'

Zijn sarcasme stuitte haar tegen de borst.

Maar voor ze iets kon zeggen, zei hij tot haar verbazing: 'Sorry. Dat was bot. Dat is een reflex, en geen goede.'

Lucas die zijn verontschuldigingen aanbood? Aan haar? 'Eh... Geeft niet.'

'Het geeft wel. Ik kan wel doen alsof ik zielig ben, maar dat is geen excuus.' Hij keek haar aan. 'Er is iets aan de hand, Jen. Je zult ook best wel psychische problemen hebben, maar het is volgens mij ook fysiek. Misschien een gebrek aan het een of ander. Daar moet je eens met iemand over gaan praten.'

Het gemak waarmee hij haar psychische problemen toeschreef, stak haar enorm. 'O, en jij kent zeker zo iemand?'

'Inderdaad.'

Ze deed haar mond open, en toen weer dicht. 'Echt?'

'Bij de politie zitten een paar mensen die daar gespecialiseerd in zijn. Ze helpen politiemensen en hun naasten als er problemen zijn. Het is een combinatie van medicijnen en voedingssupplementen.'

'Ik ben al bij een klettergek mens geweest dat in voedingssupplementen deed. Daar heb ik geen zin in. Ik heb geen behoefte aan een haaranalyse.'

'Dat komt dan goed uit, want dat doen zij niet. Ze doen een

paar bloedonderzoeken, voeren gesprekken met je en stellen dan een programma op.' Met een ruk van zijn hoofd wees hij naar binnen. 'In mijn portefeuille zit hun kaartje. Op het nachtkastje. Bel ze op. Zij kunnen je helpen. Ze zijn gewend om om te gaan met politiemensen die het een en ander meegemaakt hebben, en hun familie.'

'Dat is heel aardig van je. Dank je wel.'

'Graag gedaan. Ga ze nou maar bellen. Ik let wel op die kleine.'

Na een korte aarzeling stond ze op. 'Ik ben zo terug.'

'Als je een afspraak hebt gemaakt, kun je meteen sigaren voor me gaan kopen.'

Ze rolde met haar ogen. 'Dacht het niet.'

'Je moet leren dat je ook lol kunt maken in het leven.'

'Jij moet leren dat je niet alles kunt krijgen zoals je het hebben wilt. Een paar dagen geleden lag je nog op de operatietafel. Je zit nog onder de medicijnen. Geniet daar maar van, nu mag het. Sigaren! Hoe verzin je het?'

'Spelbreker.'

'Je zult het voorlopig toch met me moeten doen.' Te laat realiseerde ze zich de dubbelzinnigheid van haar opmerking. 'O, nee,' zei ze er snel achteraan. 'Ik ben te oud voor je.'

Hij schoot in de lach. 'Misschien zou ik voor jou een uitzondering maken.'

'Leugenaar.'

Zijn telefoon ging weer.

'Neem op,' zei Jen, wijzend. 'En vraag of ze langs wil komen. Ik heb liever haar in huis dan een sigaar.'

'Mogen we dan wel geluid maken?' vroeg hij grijnzend.

'Dat heb ik niet gehoord. Ik negeer je volledig.'

De koude, grijze dag paste precies bij Zoe's humeur. Het was droog, maar de hemel was niet blij. Met deze temperatuur moest je een vestje of jasje aan. In haar geval was dat een roze Minnie Mouse-sweater, in de hoop dat het schattige Disneyfiguurtje haar een beetje op zou vrolijken. Maar sommige problemen bleken ook niet opgelost te kunnen worden door een muis op hoge hakken.

Zoe ging op een bankje bij de draaimolen zitten. Ondanks het feit dat het woensdag midden op de dag was, waren er vrij veel mensen in het Pacific Ocean Park. Vooral moeders met jonge kinderen. Heel veel moeders met nog veel meer jonge kinderen.

Eerder had Zoe daar nooit zo op gelet. Ze hoorden bij het landschap. Sinds Jen Jack had, kwam ze hier vaker. Eerst met Jack in de kinderwagen, later met hem in de buggy. De laatste maanden was hij groot genoeg voor de paarden in de draaimolen. Jen maakte hem zorgvuldig vast en bleef ernaast staan als de molen draaide. Dat had Zoe altijd een beetje overbezorgd gevonden. Nu vroeg ze zich af hoe zij zich zou voelen als ze voor het eerst met haar kindje in het park zou komen en hij of zij op een houten paard wilde zitten.

Ze wachtte even of dat een bepaalde emotie teweegbracht. Er gebeurde echter niets. Ze had zich net zo goed af kunnen vragen hoe ze zich zou voelen als ze in een Afrikaans dorp woonde waar voor het eerst een drinkwaterput geslagen werd. Ze kon zich er iets bij voorstellen, ze kon doen alsof, maar echt weten kon ze het niet. Omdat het niet echt gebeurd was. Nog niet.

Heimelijk legde ze haar hand op haar buik. Voor zover zij kon zien, veranderde er niet veel aan haar lichaam. Misschien waren haar borsten iets gevoeliger en was haar gezicht wat meer opgeblazen dan normaal, maar verder was ze gewoon dezelfde. Aan de buitenkant tenminste. Binnenin haar zat iets ter grootte van een tuinboon wat haar hele leven op zijn kop zou zetten.

Met haar armen om zich heen geslagen probeerde ze een beetje troost te vinden bij Minnie, tot ze Jen aan zag komen lopen. Ze had haar vriendin een berichtje gestuurd met de vraag of ze tijd had om af te spreken. Tot haar verbazing had Jen zelf dit tijdstip voorgesteld, het moment waarop ze altijd thuis wilde zijn voor Jacks middagslaapje. Tot haar nog grotere verbazing had ze Jack niet eens bij zich.

'Hoi,' zei Jen, haar omhelzend. 'Alles goed? Wat is er aan de hand? Je zei dat je me iets moest vertellen?'

'Waar is Jack?' De tegenvraag was meer uitstel van executie dan een verzoek om informatie.

Met opgetrokken neus ging Jen naast haar zitten. 'Dit ga je niet geloven. Ik geloof het zelf nauwelijks.' Ze zweeg even voor een dramatisch effect. 'Ik heb hem thuis gelaten, bij Lucas.'

'Wat?'

'Ik weet het, het is onvoorstelbaar. Maar hij slaapt, en ze zijn dol op elkaar. Lucas blijft in de buurt en die heeft me verzekerd dat hij Jack op kan vangen als hij wakker wordt. Ik heb het van tevoren tegen Jack gezegd, zodat hij niet schrikt straks en hij leek het wel prima te vinden.'

'Lucas? Dezelfde Lucas als de Lucas die alleen met meiden van twintig uitgaat en pas neergeschoten is?'

'Die, ja.' Haar uitdrukking werd zachter. 'Hou je vast, hier komt nog meer ongelooflijk nieuws: ik begin hem steeds aardiger te vinden. Onder die stoere façade zit echt een aardige man. Hij heeft twee kogels voor Kirk opgevangen. Ik sta voor altijd bij hem in het krijt.'

Even leek het of Jen nog iets wilde zeggen, toen haalde ze haar schouders op. 'Genoeg over mij. Wat is er aan de hand?'

Zoe draaide zich naar haar vriendin toe en trok een knie op tot onder haar kin. Er was geen goede manier om dit te vertellen. 'Iets meer dan twee maanden geleden heb ik seks gehad met Chad.' Afwerend stak ze haar hand op. 'Ja, ik weet het, dat was stom en het is mijn eigen schuld. Het was uit, ik voelde me eenzaam en toen heb ik me laten verleiden. Dat is op zich niet zo erg, ware het niet dat ik van de week van mijn gynaecoloog te horen kreeg dat er iets mis was met een partij van de anticonceptie die ik gebruik.' Ze haalde diep adem en keek Jen recht aan. 'Ik ben zwanger.'

'O mijn god.' Met grote ogen staarde haar vriendin terug.

'Zeg dat wel. Ik heb al een echo gehad. Ik ben twee maanden zwanger.'

Jen verbleekte. 'Jezus, zwánger! Van Chad. Wie weet het? Heb je het Steven al verteld? Hoe voel je je?'

'Ja en ik weet niet.' Toen ze zag dat Jen haar niet begreep, verduidelijkte ze: 'Ja, ik heb het Steven verteld en ik weet niet hoe ik me voel. Steven is er niet meteen vandoor gegaan, wat ik in zijn geval waarschijnlijk wel gedaan zou hebben. Dat komt misschien nog, maar eerst wil hij erover nadenken.'

Daar was ze dankbaar voor, maar ze werd er ook nerveus van. Want elke keer dat de telefoon ging, dacht ze dat hij het was, om het uit te maken. Tot nog toe was dat niet gebeurd. Of het een goed of een slecht teken was dat het zo lang duurde, wist ze niet. Misschien stelde hij het onvermijdelijke gewoon uit.

'Weet mijn moeder het?'

Zoe schudde haar hoofd. 'Steven gaat het haar vertellen.'

Jen trok een grimas. 'Als dat maar goed gaat.'

Daar was Zoe ook niet gerust op. Ze zag Pam als een vriendin, maar nu Steven erbij betrokken was, kon het nog alle kanten op gaan.

'Zwanger,' herhaalde Jen vertwijfeld. 'Ga je het kind houden?'

'Ik moet wel. Nou ja, ik weet dat ik nog abortus zou kunnen laten plegen, maar dat voelt niet goed. Ik kan geen reden bedenken waarom ik niet in mijn eentje een kind op zou kunnen voeden.'

'En Chad?'

'Die weet het nog niet. Ik weet dat ik het hem moet vertellen, maar hij kan toch niets doen tot na de geboorte. Eigenlijk wil ik hem er het liefst helemaal buiten laten. In een perfecte wereld zou hij gewoon verdwijnen.'

'Denk je dat dat gaat gebeuren?'

Zoe liet haar hoofd hangen. 'Zoveel mazzel zal ik wel niet hebben. Was het maar waar. Ik heb er nog even over gedacht om de baby ter adoptie af te staan, maar ik denk niet dat hij daar achter zou staan. Dus... Hier zit ik dan, onverwacht in verwachting.' Ze keek weer op. 'Wat denk jij? Ben je boos?'

Meteen sloeg Jen een arm om haar heen. 'Ik hou van je. Waarom zou ik boos zijn?' Lachend schoof ze weer achteruit. 'Ik weet dat het niet om mij gaat, maar ik vind het superleuk dat je in verwachting bent. Verder heeft niemand van mijn vrienden een kind. Het lijkt me zo leuk om dat te delen. Ik kan je alles vertellen over de zwangerschap. Ik zal je helpen zoveel ik maar kan.'

Op concrete informatie zat Zoe nog even niet te wachten, maar het idee dat Jen achter haar stond was een hele troost.

'En nu?' vroeg Jen.

'Ik ga zo naar mijn vader. Dan moet ik even doorbijten en naar Chad toe gaan. Daar heb ik echt geen zin in.'

'Denk je dat hij betrokken wil worden bij de opvoeding?'

Zoe's blik dwaalde even af naar de draaimolen, toen keek ze weer naar Jen. 'Ik weet het wel zeker. Hij heeft veel slechte eigenschappen, maar hij is dol op zijn kinderen. Het kan natuurlijk zo zijn dat hij alleen van die twee houdt en niks met de mijne te maken wil hebben. Dat zou prima zijn.' Het zou het zoveel gemakkelijker maken. 'Ik moet op internet nog kijken hoe het zit met zijn rechten en plichten. Of hij zijn rechten op een of andere manier op kan geven.'

'Als hij dat niet wil doen, moet hij alimentatie betalen,' zei Jen. 'Misschien dat dat hem afschrikt. Als dat tenminste echt is wat jij wilt.'

Verontwaardigd stak Zoe haar hand op. 'Ik ben echt helemaal klaar met hem. Ik zweer het. Het zou het beste zijn als hij zich nooit meer laat zien.' Liever een kind in haar eentje opvoeden dan alles met Chad te moeten bespreken.

'Ik zal voor je duimen,' zei Jen. 'Hou me op de hoogte. En geef een gil als ik iets voor je kan doen. Misschien dat Lucas een goede advocaat weet, als het zover komt. Of mijn moeder. Die kent heel veel mensen.' Jen omhelsde haar weer. 'Arme jij. Wat een ellende. Maar vergeet niet: als de baby er eenmaal is, dan voel je dat het allemaal de moeite waard was.'

Zoe omhelsde haar vriendin en hoopte dat ze gelijk had.

Nadat Zoe het park had verlaten, reed ze naar het oudere gedeelte van Mischief Bay. Voor haar vaders huis bleef ze staan. Ze pakte haar mobiel en belde hem.

'Zoe! Ik zat net aan je te denken. Hoe is het?'

Goed, had ze willen zeggen. Natuurlijk ging het goed. Ze was…

Onverwachte tranen brandden in haar ogen en haar keel deed pijn. 'P-papa…' was alles wat ze uit kon brengen.

'Wat is er? Waar ben je, Zoe? Heb je een ongeluk gehad?'

Ze schudde haar hoofd, al kon hij dat niet zien. 'Alles is goed. Alleen… Kan ik met je komen praten?'

'Natuurlijk, ik ben thuis. Waar ben je? Dan kom ik je halen.'

'Ik sta voor je deur.'

Ze wilde nog wat zeggen, maar ze hoorde een klik en begreep dat hij opgehangen had. Een paar tellen later ging de voordeur open en kwam haar vader naar buiten gestormd, met Mariposa in zijn kielzog. Hij rende naar haar auto en deed haar portier open.

'Wat is er?' vroeg hij, haar haast achter het stuur vandaan trekkend. 'Ben je gewond?'

Ze gaf toe aan de tranen en stortte zich in zijn armen. Haar vader was groot en sterk en had altijd voor haar klaargestaan. Ze vertrouwde erop dat hij dat nu ook zou doen, al vond ze het doodeng om hem te vertellen wat er was gebeurd. Stel dat hij boos werd? Stel dat hij haar niet meer wilde zien?

Haar hart fluisterde dat dat niet zou gebeuren, maar irrationele angst was sterker dan liefde en nuchter verstand.

Naast hen stond Mariposa ongeduldig te springen en te keffen, alsof ze zich ook zorgen maakte. Het duurde lang voor Zoe zich uit haar vaders armen losmaakte en het hondje oppakte. *'Group hug,'* zei ze door haar tranen heen, terwijl ze haar vader weer omarmde, met het hondje tussen hen in.

Toen ze eindelijk een beetje op adem was gekomen, haalde ze haar neus op en veegde de tranen van haar wangen. Mariposa likte haar wangen – hondentroost.

'Het gaat wel, hoor,' zei Zoe.

'Kom, we gaan naar binnen.'

Zodra Zoe in de woonkamer op de bank ging zitten, sprong Mariposa op haar schoot. Miguel schoof een fauteuil bij de bank, leunde voorover met zijn onderarmen op zijn knieën en keek haar bezorgd aan. 'Vertel op.'

Voor de derde keer vertelde ze het verhaal over de stomme seks en de nog stommere fout van de prikpilfabrikant.

'Het spijt me, papa. Ik ben zwanger,' besloot ze fluisterend.

Haar vader kreunde. 'Is dat alles? Ik dacht dat je doodging.'

'Nee, ik ben helemaal gezond, maar ik krijg een baby.'

Miguel kwam naast haar zitten. 'Een baby is best leuk. Moet je kijken wat er van jou geworden is!'

Daar moest ze om lachen. Ze gaf hem een kus en liet zich achterovervallen in de kussens. 'Ik ben bang, pap. En in de war. Het liefst zou ik er helemaal niet aan denken, maar dat kan niet.'

'Hoe voel je je?'

'Prima. Geen ochtendmisselijkheid, niets. Ik voel me stom, maar daar kan de baby niets aan doen.'

'Jij hebt niets verkeerd gedaan.'

'Jawel, ik heb seks gehad met Chad. Dat was stom. Ik wist dat het voorbij was, maar ik liet me overhalen. Nu betaal ik een hoge prijs voor dat moment van zwakte.'

'Het komt wel goed. Wie weet het nog meer?'

'Jen en Steven. Ik heb het Chad nog niet verteld.'

'Dat moet je wel doen.'

'Weet ik. Kon ik er maar onderuit komen. Dat ik een kind van hem krijg is tot daar aan toe, maar dat ik nu aan hem vastzit...' Voor de rest van mijn leven, dacht ze er vol afgrijzen achteraan. Wat er ook gebeurde, zo lang ze leefden, zouden ze samen verantwoordelijk zijn voor dit kind. Een rampscenario.

'Je zou met hem moeten trouwen.'

'Wat?' Perplex staarde Zoe haar vader aan.

'Hij heeft je zwanger gemaakt. Dan is dat de juiste stap.'

'Geen denken aan. Jij hebt een hekel aan hem. Je zei zelf dat hij helemaal niet goed voor mij was en dat je blij was dat het uitging.'

'Dat is waar, maar nu ben je zwanger. Dat verandert de zaak.'

'We leven niet in 1880, pap. Ik ga niet met Chad trouwen.' Ze rilde. 'Hij was een verschrikkelijk vriendje; hij zou een nog ergere echtgenoot zijn.' Met half toegeknepen ogen keek ze hem aan. 'En nu niet zeggen dat ik daar eerder aan had moeten denken.'

'Ik zou niet durven. Ik wil alleen dat je gelukkig wordt, Zoe. Het is niet makkelijk om in je eentje een kind op te voeden.'

'Dat is mama ook gelukt.'

'Jij was geen baby meer en ik was altijd in de buurt.'

'Ik heb ook mensen in de buurt. Ik red het wel.' Met Chad trouwen. Werkelijk, hoe haalde hij het in zijn hoofd. 'Ik vond het leuker toen je dacht dat ik doodging.'

'Sorry, dat had ik niet moeten zeggen. Is er iets wat ik voor je kan doen?'

'Ja, niet meer zeggen dat ik met Chad moet trouwen. Ik schrok me een hartverzakking. Verder... gewoon mijn vader zijn. Ik ben in de war en ik ben bang en ik krijg een kind. Dat is niet niks.'

'Zeker niet.' Hij zuchtte. 'En ik kan je niet eens een margarita aanbieden.'

'Vertel mij wat. Ik mag ook geen koffie meer. Verschrikkelijk.'

Hij lachte even, keek haar toen hoofdschuddend aan. 'Een baby. Ik word opa.'

'Ja, dan kan je die jonge vrouwen wel vergeten,' zei ze grinnikend.

Gespeeld verontwaardigd wuifde hij haar woorden weg. 'Daar ben ik al jaren geleden mee opgehouden. Maar toch, opa...' Er verscheen een brede grijns op zijn gezicht. 'Ik vind het wel leuk.'

Hoofdstuk 16

Pam liet haar mobiel op de bank vallen. Al drie dagen geen bericht van Miguel. De laatste tijd stuurden ze elkaar regelmatig een sms'je, maar nu al drie dagen niets. Ze wist niet goed wat ze daarvan moest denken. Zou hij ziek zijn? Had hij iemand anders ontmoet? Niet dat ze echt iets hadden natuurlijk, dus dat zou haar niets moeten kunnen schelen, maar ze moest toegeven dat ze het leuk vond om hem te zien. Leuker dan ze gedacht had.

Erger nog, ze voelde zich een beetje raar. In de war. Onrustig. Zo had ze zich niet meer gevoeld sinds ze op haar zestiende stapelverliefd was geweest op een jongen die haar niet eens zag staan. Ze was veel te oud om dat soort gevoelens te hebben. Misschien kreeg ze wel griep.

Ze stond op en liep naar de keuken om naar de spinaziedip te kijken die in de oven stond op te warmen. Steven had gebeld om te zeggen dat hij langs kwam. Om over de zaak te praten, dacht ze, terwijl ze tortillachips in een schaaltje deed. Ze had gevraagd of hij bleef eten, maar hij had gezegd dat hij niet lang kon blijven. Dus had ze alleen maar een paar hapjes gemaakt.

Tortillachips met spinaziedip en fruitsalade. Dat Steven regelmatig naar de sportschool ging geloofde ze wel, en ook dat hij zijn best deed om gezond te eten. Maar fruit schoot er waarschijnlijk een beetje bij in.

Iets voor vijven drukte ze op het knopje waarmee de buitendeur opengging. Ze ging bij haar voordeur staan om hem op te wachten.

'Hé,' zei ze verbaasd, toen ze zag dat hij geen koffertje bij zich had. 'Hoef ik geen papieren te tekenen?'

'Wat? Nee, het gaat niet over de zaak.'

Ze trok haar wenkbrauwen op. 'Waarom niet?'

Glimlachend kuste hij haar op haar wang. 'Omdat alles prima loopt op kantoor.'

'O.' Wat deed hij hier dan?

Haar zoon tilde een blaffende, rondspringende Lulu op en aaide haar koppie. 'Hoe gaat het met mijn rockchick?' vroeg hij. 'Alles goed? Leuk shirtje.'

Het was een lila shirtje waarop stond dat Lulu een Hot Babe was. Niet helemaal politiek correct misschien, dacht Pam, maar het stond zo leuk.

In de keuken haalde Pam een biertje voor Steven uit de koelkast. Voor zichzelf schonk ze een glas witte wijn in. Ze wees naar de tafel. 'Je zult wel honger hebben?'

'Dat had je niet hoeven doen.'

'Ik vind het leuk. Het is fijn om weer eens voor iemand anders te koken.'

Haar zoon aarzelde even voor hij ging zitten. Toen ze tegenover hem zat en haar eerste slok wijn genomen had, vroeg ze: 'Zo, wat is er aan de hand?'

Tijd en ervaring hadden haar geleerd het humeur van haar kinderen behoorlijk goed in te schatten. Steven kwam ergens over praten. Niet iets rampzaligs, maar wel iets waar hij nerveus over was. En als het niet over werk ging, dan...

Zoe, dacht ze, een glimlach onderdrukkend. Natuurlijk. Ze waren verliefd. Het was serieus en dat wilde hij haar laten weten.

Hoewel het een beetje snel was, verbaasde het haar niet. Die twee waren geknipt voor elkaar. Dat had ze al meteen gedacht. Nu Zoe van die verschrikkelijke Chad af was, kon ze iets met Steven beginnen. Misschien gingen ze zich wel verloven! Dat zou leuk zijn, weer een bruiloft in de familie. En aangezien er geen moeder van de bruid was, kon zij haar helpen. Het meedenken over Jens bruiloft had ze ook zo leuk gevonden.

'Het gaat over Zoe,' begon Steven.

'O?' zei Pam zo neutraal mogelijk.

'Ik mag haar heel graag.'

'Fijn. Het is een aardige, slimme meid. Zij en Jen zijn al jaren vriendinnen.'

'Dat weet ik.' Hij keek haar aan.

Even werd ze afgeleid, omdat hij zoveel op John leek op die leeftijd. Was haar man nog maar bij haar. Een combinatie van liefde en verdriet overviel haar. Dit zou hem zo gelukkig gemaakt hebben.

'Ik denk dat het echt wat zou kunnen worden tussen ons. Iets serieus,' ging hij verder. 'Misschien is zij wel de ware voor mij.'

'Is het niet een beetje vroeg om dat te zeggen?' Het was eruit voor ze het wist. 'Hoe goed ken je haar nu helemaal? Ik vind haar aardig en ze is sinds mensenheugenis bevriend met Jen, maar je moet geen overhaaste dingen doen.'

'O, mama,' zei hij lachend. 'Het is goed om te weten dat sommige dingen nooit veranderen.'

'Ik weet niet waar je het over hebt.'

'Dat weet je heel goed. Dat je altijd overal meteen het ergste in ziet. Dan weten we meteen hoe Jen zo gek komt.'

'Ik ben niet gek.'

'Ik weet het, ik weet het.' Sussend hield hij zijn handen op. 'Ik zeg alleen maar dat jij altijd van het ergste uitgaat. Maar weet je? Soms gaan dingen ook wel eens goed, vanzelf.'

Pam haalde haar schouders op en zei niets.

Stevens glimlach verdween. 'Voor alle duidelijkheid: ik zal het rustig aan doen met Zoe. Ik wil alleen dat je weet dat ze belangrijk voor me is.'

Wat hij zei beviel haar wel, maar er was nog iets wat hij niet zei. 'Wat vertel je me niet?'

Het was even stil. Toen zei hij: 'Ze is zwanger.'

'Wat?' Pam vloog bijna uit haar stoel. Lulu, in haar mand in de hoek, keek verstoord op. 'Dat kan niet! Hebben jullie het meteen de eerste dag gedaan? Hoe... Hebben jullie geen condoom gebruikt?'

'Hou op, mam. Luister nou.'

'Zwanger? Weet je het zeker?' Pam voelde de moed in haar schoenen zakken. Nee. Dat mocht niet. Zo snel zwanger – dat zou alles verpesten.

'Het kind is niet van mij.'

Pam knipperde. Niet van hem? Nee... 'Is het van Chad? Heeft ze met hem geslapen? Wanneer dan? Het was toch uit? Is ze vreemdgegaan?'

'Hou je mond nou eens, mam. Luister nou naar wat ik te zeggen heb voor je je van alles in je hoofd haalt.'

'Mijn mond houden? Jij zegt dat Zoe... Oké, dan zeg ik wel niks meer.' Ostentatief klemde ze haar lippen op elkaar. 'Ik luister,' mummelde ze.

'Een paar maanden geleden hebben Chad en Zoe gevreeën. Het was al uit. Het was eenmalig.'

Hij praatte verder, legde uit dat er iets mis was met haar anticonceptie en dat ze onverwacht zwanger was geworden. Pam luisterde zoals hij haar opgedragen had, maar elke nieuwe zin voelde als een klap in haar gezicht.

Ja, Zoe had verteld dat ze toen met Chad naar bed was geweest. Een vergissing, had ze het genoemd. Destijds had Pam daar niet zwaar aan getild. Maar nu was het anders. Zoe ging met haar zoon. En ze was zwanger van een ander. Dat was absoluut onacceptabel.

'Houdt ze de baby?' Stomme vraag, dacht ze meteen. Kennelijk hield ze de baby, anders hoefde niemand het te weten.

'Ja.'

Van alle dingen die... Pam onderbrak haar eigen gedachten toen een nieuwe, nog afschuwelijkere gedachte zich aandiende. 'Waarom begon je met te vertellen dat je haar leuk vindt? Je blijft toch niet bij haar, hè? Je kunt niet met haar blijven omgaan.'

'Mam,' begon hij.

'Nee, nou moet jij even naar mij luisteren. Op dit soort ellende zit jij niet te wachten. Je hebt geen zin om andermans kind op te voeden. Heb je enig idee hoe lastig dat zal worden? Chad krijgt ook zeggenschap over zijn kind en dan moet jij naar zijn pijpen dansen. Bovendien, ze is al een keer met hem naar bed geweest. Hoe weet je dat dat niet nog een keer gebeurt?'

'Mama!'

'Ik bedoel gewoon dat ze niet helemaal over hem heen is, zoals ze beweert. Wie zegt dat ze niet naar hem teruggaat?'

'Dat doet ze niet.'

'Dat zegt ze nu. Ik vind het maar niks, Steven. Het is niet goed. Jij verdient beter.' Er kleefden zoveel risico's aan, dacht ze in paniek. Waarom zag hij dat niet? Hij kon gekwetst worden, diep gekwetst. Zoe en Chad kregen alle macht en hij kreeg niets.

Niet-begrijpend staarde hij haar aan. 'Ik dacht dat je Zoe aardig vond.'

'Dat is ook zo. Maar dit is anders. Jij bent mijn zoon.' Ze voelde dat hij niet luisterde. Of misschien wel luisterde, maar haar niet begreep. 'Ik meen het. Op dit soort gedoe zit je niet te wachten. Daar zit niemand op te wachten. Ga weg nu het nog kan. Laat haar los. Je vindt wel een ander. Er zijn genoeg leuke, knappe vrouwen die dolblij zouden zijn met jou.'

Zijn gezicht verhardde. 'Hou op, mam. Echt, hoor. Ik waardeer het dat je me wilt beschermen, maar je moet nu echt je mond houden voor je iets zegt waar we allebei spijt van krijgen.'

'Wat bedoel je daarmee?'

'Ik geef Zoe niet op. Ik meende wat ik zei, in het begin. Ik denk dat er iets speciaals is tussen ons en dat wil ik verder onderzoeken.'

'Terwijl ze zwanger is van een ander? Terwijl jij nooit echt de baby's vader kunt zijn? Terwijl Chad haar ex is en ze nog met hem geslapen heeft?'

'Ja.'

'Je begaat een grote vergissing. Onvoorstelbaar dat je dat niet wilt zien. Luister, Steven, ik ken genoeg mensen die gescheiden zijn en die hertrouwd zijn. Dat is nooit makkelijk. Er zijn altijd aanpassingsproblemen. Waarom zou je die opzoeken? Denk er nog een keer over na.'

'Hoeft niet.' Hij stond op. 'Ik wist dat je er niet blij mee zou zijn, mam. Ik hoopte dat ik ernaast zat, maar nee dus. Ik hoopte op iets van steun en begrip. Dat had ik kennelijk verkeerd ingeschat.'

'Steven!'

Hij zette zijn bier neer en liep de keuken uit. Voor ze hem achterna kon gaan, hoorde ze de voordeur al dichtvallen en was hij weg.

Jen schudde de tabletten op haar hand en wachtte even. Toen haalde ze haar schouders op en slikte alles met een grote slok water door.

Ze was bij de afdeling geweest die Lucas aangeraden had. Daar had ze Alana ontmoet, die begripvol naar haar geluisterd had en bloed had afgenomen. Terwijl dat bloed onderzocht werd, moest

Jen alvast lichte antidepressiva slikken en een paar standaard voedingssupplementen. Niets griezeligs. Gewoon, vriendelijk klinkende vitamines en wat andere dingen die ze gewoon bij de drogist op de hoek kon krijgen – slechts één recept had ze meegekregen.

Veder had ze erop aangedrongen dat Jen minstens twee liter water per dag probeerde te drinken, elke dag vijf dingen op moest schrijven waar ze dankbaar voor was en een kwartier in een stille ruimte moest zitten. Niet om te mediteren, had Alana gezegd toen Jen haar ogen ten hemel had geslagen. Gewoon, rustig zitten. Zodat ze zich weer zou herinneren hoe het was om naar zichzelf te luisteren.

Dat waren geen tijdrovende of bijzondere opdrachten maar toch, al na een paar dagen begon Jen zich anders te voelen. Meer alsof ze de zaak onder controle had, minder paniekerig. Het zou een paar weken duren voor de medicatie de beoogde buffer in haar lichaam had opgebouwd, wist ze, maar ze was ook al blij met het placebo-effect. Als het maar werkte.

Ze zette het pak sinaasappelsap terug in de koelkast en begon de tafel af te ruimen. Het ontbijt was een groter gebeuren geworden. Hoewel Lucas als het aan hem lag overdag nog wel eens een maaltijd over wilde slaan, at hij wel graag een fiks ontbijt. Kirk vond alles best zolang er maar ei in zat, en Jack bloeide op met die extra mannelijke aandacht.

Sinds Lucas er was, gaf Jen haar zoon niet langer apart aan zijn kleine tafeltje te eten tijdens het ontbijt en de lunch. Jack zat nu altijd in zijn kinderstoel aan de keukentafel.

Lucas vond het nooit een probleem om even op Jack te letten. Zoals nu. Met zijn tweeën zaten ze in de serre. Lucas las de krant terwijl Jack met een van zijn speelgoedauto's speelde. Vanuit de keuken kon Jen ze allebei in de gaten houden.

Kirk kwam binnen, klaar om naar zijn werk te gaan. 'Ik moet gaan,' zei hij. 'Eerst naar de rechtbank, vanmiddag ben ik op het bureau.'

Glimlachend streek ze zijn overhemd glad – naar de rechtbank moest hij altijd een overhemd aan. 'Veel plezier.'

Na haar een kus gegeven te hebben, trok hij haar vlug de grote voorraadkast in. 'Hoe gaat het?' vroeg hij. 'Lucas is hier nu een paar weken. Volgens hem gaat het prima, maar red jij het nog wel?'

Haar glimlach werd breder. 'Het gaat inderdaad prima. Ik moet toegeven dat ik in het begin een beetje zenuwachtig was, maar hij is heel relaxed. Nu hij zelf een beetje mobieler is, helpt hij me enorm met Jack. En ik vind het wel gezellig dat hij er is.'

Soms was Lucas pijnlijk eerlijk; dat was niet altijd leuk om te horen, maar vaak moest ze bekennen dat er een kern van waarheid in zijn opmerkingen school. En zijn verwijzing naar Alana was een goede zet geweest.

Kirk kuste haar weer. 'Moet ik me zorgen gaan maken over jullie twee? Als jullie het zo goed met elkaar kunnen vinden...'

Ze schoot in de lach. 'Hij is niet mijn type, dat weet je best. Trouwens, ook al zou ik het willen, ik ben veel te oud voor hem.'

'Nou...' zei haar man grinnikend, '...volgens mij zou hij voor jou wel een uitzondering willen maken.'

'Dacht het niet.' Ze legde haar handen op zijn schouders. 'Echt, daar hoef je je geen zorgen over te maken. Ik voel me weer beter, daar heb ik meer dan genoeg aan.'

'Mooi zo. Tot vanavond.'

Toen hij weg was, ruimde Jen de keuken verder op. Na ook de drie bedden opgemaakt te hebben, liep ze naar de serre.

Op de tegelvloer lag een vierkant kleed. De grote ramen konden opengezet worden om het huis te luchten, en in de zomer konden ze er ook helemaal uit. Rotan meubels met kleurrijke kussens zorgden voor een tropische sfeer. Jack zat op het kleed en Lucas op de bank.

'Je hebt vandaag een afspraak bij de dokter,' hielp ze Lucas herinneren.

Lucas kreunde. 'Ik heb geen zin.'

'Goh, dat klinkt volwassen. We moeten over een uur weg.' Ze knikte naar de joggingbroek die hij in huis altijd droeg omdat dat gemakkelijk was met aan- en uitkleden. 'Wil je nog iets anders aan? Moet ik je helpen?'

'Ik ben geen klein kind. Ik kan me zelf wel aankleden,' bromde hij.

'O, wat zijn we humeurig vandaag.' Meestal was Lucas' humeur vrij gelijkmatig. Zelfs als hij pijn had, of als hij haar ronduit vertelde wat er volgens hem aan de hand was, verhief hij nooit zijn stem. Hij snauwde nooit. 'Als je bang bent dat hij gaat zeggen dat je naar fysiotherapie moet: ik vind het geen probleem om je te halen en brengen, hoor.'

Met zijn koele, groene ogen nam hij haar op. 'Ik ben uitstekend zelf in staat om te rijden.'

'Hm-m.' Daar had Jen zo haar twijfels over. Lucas' been was nog aan het genezen. Geen denken aan dat hij in die idiote auto van hem zou stappen. Als hij dacht dat hij zelf kon rijden, dacht hij dan ook dat hij terug kon naar zijn eigen huis?

Ze dacht aan alles wat hij inmiddels zelf deed. De verpleegkundige kwam niet meer elke dag langs en hij kon zonder Kirks hulp onder de douche. Hij gebruikte alleen nog maar normale pijnstillers, behalve 's nachts. Dus wat was het probleem?

'Wil je graag weg, of ben je bang dat ik je eruit gooi?' vroeg ze, omdat ze net zo direct wilde zijn als hij.

'Allebei.'

Grappig dat ze voor het eerst het gevoel had dat hij tegen haar loog. Waarom? Ze wist dat Lucas, als hij naar huis wilde, zo vertrokken zou zijn. Dan bleef er maar één optie over.

Ze stond op en ging op het puntje van de bank zitten. 'Lucas, ik vind het gezellig dat je er bent. Oké, aanvankelijk had ik je alleen uitgenodigd omdat ik je dankbaar was voor wat je gedaan had, maar nu is het anders. Je bent zo goed met Jack en je advies is misschien niet altijd even subtiel gebracht, maar wel raak. Dus blijf zo lang je wilt. Dat meen ik.'

Zijn mond vertrok. 'Zonder sigaren en zonder vrouwen? Ik dacht het niet.'

Ze schoot in de lach. 'Zolang je nog zonder kan, zou ik me daar geen zorgen over maken. Je aanwezigheid hier is goed voor Jack en goed voor mij.'

'Dank je.' Hij schraapte zijn keel. 'Waarom ben jij nog niet aan het werk? Je bevallingsverlof is allang voorbij. Waar wacht je nog op? Er is niets mis met je zoon.'

Op slag waren haar warme gevoelens verdwenen. 'Je mag wel wat aan je manieren doen.'

'Ik ben neergeschoten, jij niet.'

'Die troef heb je nu vaak genoeg gespeeld.'

'Geef antwoord op mijn vraag.'

Het lag op haar lippen om te zeggen dat ze dat niet hoefde te doen, maar tegelijkertijd realiseerde ze zich dat ze over dit soort dingen met niemand zo gemakkelijk kon praten als met hem.

'Ik maak me nog steeds zorgen over Jack.'

Hij kreunde. 'Hou toch op.'

'Dat kan ik niet. Hij is mijn zoon.'

'Je zit er bovenop. Dat kind praat niet, omdat jij al precies weet wat zijn volgende zet zal zijn. En verder?'

Hoe erg was het als ze die man een klap voor zijn kop gaf?

'Ik wil hem niet naar een kinderdagverblijf brengen. Ik ben bij een paar wezen kijken en ik vind ze echt verschrikkelijk. In het begin heeft mijn moeder op hem gepast, maar dat ging niet zo goed.'

'Dat verbaast me niets. Je bedoelt dat ze niet van plan was haar leven op te geven om op jouw kind te passen? Schandalig. Onterven die hap. Wat heb je aan een moeder als ze dat niet eens voor je over heeft?'

'Van sarcasme word je geen leuker mens.'

'Onzin. Van een beetje sarcasme wordt iedereen een leuker mens. Het is hoog tijd, Jen,' ging hij vriendelijker verder. 'Word weer normaal. Dat zal je bevallen.'

Zo snel als haar ergernis gewekt was, zo snel verdween die ook weer. Vooral doordat Lucas haar op dat moment zo sterk aan haar vader deed denken, dat ze zich bijna in zijn armen had geworpen voor een omhelzing zoals alleen een vader die kon geven. Maar dat zou Lucas niet begrijpen en hij was haar vader niet, dus onderdrukte ze die neiging en stond op. 'Zeg maar als je hulp nodig hebt bij het omkleden,' zei ze.

'Absoluut niet.'

'En zorg dat je over een uur klaar bent.'

'Want anders?'

'Dat wil je niet weten,' antwoordde ze grijnzend.

'Daar maak je mij niet bang mee,' zei Lucas. 'Vergeet niet dat ik je door en door ken. Grote woorden, weinig daden.'

Peinzend liep ze het huis weer in. Het was niet Lucas' bedoeling geweest haar te kwetsen, dat wist ze, maar zijn laatste woorden hadden haar geraakt. Had hij gelijk? Was het allemaal grootspraak? En zo ja, moest ze daar dan niet snel iets aan doen?

Zoe begon te denken dat ze net zo goed een kaartje kon laten drukken waarop stond dat ze zwanger was van haar ex. Iets van Vistaprint of zo. Tekstje uploaden, plaatje erbij. Dan hoefde ze niet steeds opnieuw dat verschrikkelijke verhaal te vertellen.

Dat werkte misschien bij veel mensen in haar omgeving, maar niet bij Chad, helaas. Hij moest het hele onsmakelijke verhaal uit haar eigen mond horen. Daarom had ze gevraagd of hij na zijn werk langs kon komen.

De hele middag liep ze al te piekeren hoe ze het hem zou vertellen. Wát ze hem moest vertellen was wel duidelijk, maar de volgorde was van cruciaal belang. In een probleemloze wereld zou hij gewoon afstand doen van zijn rechten en hoefde ze nooit meer iets met hem te maken te hebben. Maar omdat ze wist hoe dol Chad op zijn eigen kinderen was, durfde ze daar niet op te hopen. Aan de andere kant: misschien vond hij twee wel genoeg, en dan was hij ook van de alimentatie af. Misschien vond hij het wel prima om er niets mee te maken te hebben.

De advocaat met wie ze gesproken had, had haar gewaarschuwd dat die kans erg klein was. In Californië was afstand doen van je ouderlijke rechten en plichten niet zo gemakkelijk als in een film. In de regel waren vaders die onder hun verantwoordelijkheden uit kwamen minderjarige jongens, echt een stuk onder de achttien. Volwassen mannen die hun verantwoordelijkheden niet wilden dragen – daar was de staat minder soepel mee.

Vanaf halfvijf keek Zoe, nerveus door de kamer drentelend, om de vijftien seconden op haar horloge. Chad had gezegd dat hij er rond kwart over vijf zou zijn. Eerst had ze een paar hapjes willen maken, maar dat idee had ze laten varen. Als iemand net te horen had gekregen dat hij vader werd maar dat hij zich niet met de opvoeding mocht bemoeien, had hij waarschijnlijk geen zin om na te keuvelen onder het genot van tortillachips met dipjes.

Toen hij binnenkwam, gebaarde ze dat hij op de bank moest gaan zitten.

'Wat is er?' vroeg hij, nog voordat hij goed en wel zat.

Zoe ging zo ver mogelijk bij hem vandaan zitten. Ze was misselijk – van de zenuwen of van de zwangerschap. Waar had ze dit aan verdiend?

'Ik kom niet bij je terug,' begon ze, zich meteen afvragend of ze niet beter anders had kunnen beginnen.

Chad maakte direct aanstalten om weer op te staan. 'Hier zit ik niet op te wachten,' zei hij. 'Dat had ik al begrepen, Zoe. Jij wilt een of andere romantische sprookjesrelatie. Nou, niet met mij. Wat we hadden was prima, maar dat weiger jij in te zien.'

'Nee, wacht. Dat had ik niet moeten zeggen. Blijf alsjeblieft zitten. Het is belangrijk.'

Met tegenzin ging hij weer zitten.

Ze haalde diep adem en begon opnieuw. 'Ik ben zwanger.'

Chad staarde haar aan. Zijn gezicht verried geen enkele emotie. Zijn kaak bewoog even, verder bleef hij roerloos zitten. Ze wachtte tot hij eindelijk vroeg: 'Weet je het zeker?'

'Ja. Ik heb een echo gehad.' Ze vertelde over de medicijnen die niet gewerkt hadden.

'En is het van mij?'

Ze probeerde niet boos te worden. Per slot van rekening was het al uit geweest. Het was een logische vraag. 'Ja. Ik begrijp dat je dat bevestigd wil zien. Daar wil ik graag mee wachten tot na de bevalling, dan kunnen ze wangslijm afnemen. Nu vind ik een test een te groot risico.'

Zijn blik was afgedwaald, maar nu schoten zijn ogen terug naar haar gezicht. 'Je wilt de baby houden?'

Ze knikte en wachtte weer af. Hij zweeg en ze kon aan zijn gezicht niet zien wat hij dacht. In elk geval was hij niet boos, tot haar verbazing. Geen verwijten, geen harde woorden.

'Dit hebben we allebei niet gewild,' begon ze, met opzet rustig sprekend. 'Het is even schrikken. Je hebt tijd nodig om het te verwerken. Dat begrijp ik. Zoals ik al zei, ben ik van plan de baby te houden. Een andere optie is er wat mij betreft niet. Maar jij hebt al twee kinderen van wie je heel veel houdt. Als je afstand wilt doen van dit kind, begrijp ik dat. Mijn advocaat zei –'

'Nee.' Hij stond op en veegde zijn handen af aan zijn spijkerbroek. 'Nee, ik doe geen afstand. Ik moet er verder wel over nadenken. Dit had ik helemaal niet...' Hij liep naar haar keuken en terug. 'Jezus, Zoe. Zwanger...'

Ze haalde haar schouders op.

'Ik moet er even over nadenken,' zei hij. 'Ik bel je nog.'

Ze stond op. 'Prima. Er is nog tijd genoeg. Ik ben tweeëneenhalve maand zwanger. We hoeven nu nog niets te doen.'

'Oké. Ik bel je.' Bij de deur draaide hij zich om. 'Hoe voel je je?'

'Goed, hoor.'

Hij knikte en vertrok. Een paar seconden bleef ze bij de deur staan, voor het geval hij terug zou komen. Toen ze zijn auto weg hoorde rijden, liep ze de keuken in, waar Mason op de vensterbank op haar zat te wachten. Hij kneep zijn ogen even dicht, alsof hij wilde vragen hoe het gegaan was.

'Ik weet het niet,' gaf ze toe. 'Hij begon niet te schreeuwen, dat is altijd fijn. Ik geloof niet dat hij afstand gaat doen van de baby, dus we blijven nog wel even met hem opgescheept zitten.'

Mason sprong van de vensterbank en gaf haar een kopje. Ze aaide hem en tilde hem op. Zijn zachte gespin was altijd een troost. 'Ik ook van jou,' fluisterde ze.

Hoofdstuk 17

Hoe vaak Pam zichzelf ook voorhield dat Zoe niet met opzet zwanger was geworden, haar woede nam nauwelijks af. Hoe had die meid het in haar hoofd gehaald? Het ergste was nog wel dat Pam wist dat het deels haar eigen schuld was. Niet dat Zoe zwanger was, natuurlijk. Dat was puur de schuld van Chad en Zoe en misschien een beetje van dat slome farmaceutische bedrijf dat zijn werk niet goed gedaan had. Nee, haar schuld lag in het feit dat ze zo overtuigd was geweest van haar eigen gelijk. Zij had zo zeker geweten dat Steven en Zoe een perfect koppel zouden zijn, dat ze hen in elkaars armen had gedreven. En zie, het had gewerkt! Veel te goed zelfs. Nu hadden ze iets samen en nu wilde Steven ondanks de zwangerschap bij Zoe blijven!

Pam had haar zoon een paar lange, goed geformuleerde e-mails gestuurd waarin ze hem uitlegde waarom het een grote vergissing zou zijn om bij Zoe te blijven. Alle redenen waarom hij er later spijt van zou krijgen, had ze voor hem op een rijtje gezet. Vooralsnog had hij niet gereageerd, afgezien van een kort sms'je waarin hij zei dat hij van haar hield, maar of ze zich er niet mee wilde bemoeien. Daar zat ze dan, met een overdosis aan woede die ze nergens kwijt kon.

Bij Jen wilde ze niet aankomen met haar verhaal, want ze was bang dat die de kant van haar vriendin zou kiezen. En het zou niet verstandig zijn om met Zoe zelf contact op te nemen; dan zou ze alleen maar gaan schreeuwen en dat kon niet goed aflopen.

Na haar appartement opgeruimd te hebben en gewerkt te hebben aan een paar projecten voor MWF, ging ze Lulu uitlaten.

Net toen ze buiten liepen, kwam er een sms'je van Miguel. Of hij langs kon komen. Over twintig minuten, spraken ze af.

Pam maakte geen haast om thuis te komen. Het was niet nodig om zich op te maken of hapjes klaar te zetten – zo'n soort bezoekje was het niet. Dat was voorbij. Ze nam aan dat hij over Zoe en Steven wilde praten, van ouder tot ouder. Het probleem was dat ze daar waarschijnlijk niet bepaald hetzelfde over dachten.

Toen ze terugkwam met Lulu, stond Miguel al in de hal van het gebouw te wachten. Hij glimlachte zijn charmante glimlach. In haar eigenwijze buik begonnen vlinders te fladderen, die ze probeerde te negeren. Dit was geen moment om te flirten, hield ze zichzelf voor. Dit was oorlog. Of op zijn minst een dreigend meningsverschil.

'Hoe gaat het met je?' vroeg hij, in de lift naar haar verdieping.

'Prima. En met jou?'

'Uitstekend.'

Boven aangekomen ging Pam hem voor naar haar appartement. Ze deed de balkondeur open maar bleef in de woonkamer. Na water uit haar bakje gedronken te hebben, installeerde Lulu zich in haar mand, alsof ze zich verheugde op de show.

Miguel was verdikkeme charmant en knap als altijd. Hij wachtte tot ze zat voor hij zelf ging zitten. Toen glimlachte hij weer.

'Volgens mij moeten wij ergens over praten,' begon hij. 'Heb je het gehoord van Zoe?'

'Dat ze zwanger is, bedoel je? Ja.'

'Mooi. Dat dacht ik al.' Hij bestudeerde naar even. 'Vind je het niet leuk?'

'Jij wel dan?'

'Ik wel.' De brede glimlach was terug. 'Ik word opa. Welke man wil dat nou niet? Ik hoop dat het een meisje wordt. En dat ze op haar moeder lijkt. Hoewel, een jongen is ook leuk. Leuker speelgoed.' Grijnzend haalde hij een schouder op. 'Ik ben zo makkelijk.'

Plotseling realiseerde Pam zich dat ze er nog helemaal niet bij stil had gestaan dat Zoe een kind kreeg. Ja, de zwangerschap speelde nu al dagen door haar hoofd, maar aan de baby zelf had ze helemaal niet gedacht. De geur van een pasgeboren baby, het zachte huidje, de kleine vingertjes... Haar zelfverzekerde afkeurende houding begon scheurtjes te vertonen, maar toen ze dacht aan de gevolgen die het zou hebben voor Steven kwam haar verontwaardiging in volle hevigheid terug.

'En Chad dan?'

'Ik vind dat ze moeten trouwen.'

'Wat?' Pams stem sloeg over. 'Dat Zoe met Chad moet trouwen?'

'Natuurlijk. Hij is de vader.'

'Hij is een eikel. Dat kun je niet menen. Hij heeft zijn eerste vrouw jarenlang bedrogen. Hij heeft gelogen tegen Zoe, verzwegen dat hij getrouwd was. Hij wilde niet dat Zoe zijn kinderen leerde kennen. Vijf jaar heeft hij haar aan het lijntje gehouden! Waarom zou je in hemelsnaam willen dat je dochter met zo'n man gaat trouwen?'

Miguel keek haar aan alsof ze twee hoofden had gekregen. Of misschien wel drie. Te laat realiseerde ze zich dat Zoe dit misschien niet allemaal aan haar vader verteld had. 'Laat maar. Ik heb niets gezegd,' mompelde ze blozend.

'Dat wist ik niet,' gaf Miguel tandenknarsend toe.

'Het spijt me. Ik dacht er niet bij na. Het zit me allemaal nogal hoog. Ik had niets moeten zeggen.' Ze vond het verschrikkelijk dat ze het vertrouwen van een vriendin geschonden had. Dat was haar nooit eerder overkomen. Dat Zoe in verwachting was, was geen excuus.

'Ik heb Chad nooit zo gemogen, maar nu liggen de zaken anders. Ik dacht...' Miguel bromde iets onverstaanbaars. 'Dat maakt het een stuk ingewikkelder.'

'Ben ik met je eens. Zoe heeft tijd nodig om te bedenken wat het beste voor haar is.'

Verontwaardigd keek hij haar aan. 'Hoe bedoel je?'

'Gewoon, dat het geen eenvoudige beslissing is.'

'Jij maakt je zorgen om Steven.'

'Logisch, hij is mijn zoon.'

'Zoe is mijn dochter.'

'Zo lang kennen ze elkaar nog niet. Het is helemaal niet logisch om bij elkaar te blijven, nu de omstandigheden veranderd zijn.'

'Zou je het beter vinden als hij haar in de steek laat?' Miguels stem was verraderlijk kalm.

'Waarom noem je het meteen "in de steek laten"? Ze kunnen het toch gewoon uitmaken? Het is niet eens officieel aan! Of je wilt of niet, Chad blijft tot haar dood deel uitmaken van haar leven. Het kind is van Chad, niet van Steven. Het is niet makkelijk om een stiefouder te zijn. Waarom zou Steven daaraan beginnen? Hij heeft haar niet zwanger gemaakt.'

Oeps, niet slim om dat zo te zeggen.

'Geef je mijn dochter de schuld?'

'Zij heeft seks gehad met haar ex.'

'Het was een vergissing! Maak jij die nooit?'

'Niet zulke grote vergissingen.' Ze voelde dat ze kwaad werd en probeerde rustig te blijven. 'Moet je horen. Ik vind Zoe een schat van een meid. Maar ik maak me ook zorgen om Steven. Hij staat hier heel idealistisch in en heeft geen idee wat hem te wachten staat. Oké, wij mogen Chad allebei niet zo, maar hij is en blijft de vader. Zijn rechten komen altijd op de eerste plaats. Hij heeft het laatste woord. Steven en Zoe kennen elkaar nauwelijks. Volgens mij is het beter als ze allebei de tijd nemen om te bedenken wie ze zijn en wat ze willen.'

'Je beschermt je zoon.'

'Ja.'

'En ik bescherm mijn dochter,' zei hij. 'Wat betekent dat voor ons?'

'Je bedoelt of we dit naast ons neer kunnen leggen en vrienden kunnen blijven?'

Hij knikte.

O. Daar had ze niet aan gedacht. 'Zou je dat willen?'

'Weet ik niet.'

Een eerlijk antwoord dat hard aankwam. Zelf wist ze niet goed wat ze voor Miguel voelde. Hij was knap en interessant en als ze bij hem was, voelde ze dat het leven nog vol mogelijkheden zat. Niet dat ze een relatie hadden, in die zin, hield ze zichzelf snel voor. Maar het was fijn om bij hem te zijn en daar hoefde, wat haar betrof, geen einde aan te komen.

'Per slot van rekening kennen we elkaar nog niet zo lang,' zei hij. 'Het is helemaal niet logisch om bij elkaar te blijven, nu de omstandigheden veranderd zijn.'

Hij gebruikte haar eigen woorden tegen haar. Voor ze bedacht had wat ze daarop kon zeggen, stond hij op.

'Dag, Pamela.'

Een moment later was hij weg en bleef zij weer alleen achter.

Hoewel Steven haar gewaarschuwd had dat Pam niet blij was met de zwangerschap, wilde Zoe haar per se spreken. Wat Steven ook besloot, zij en Pam waren nog steeds vriendinnen. Tenminste, dat hoopte ze. Dus trok ze haar sportkleren aan voor de les van Nicole en ging naar Mischief in Motion. Misschien dat ze na een uur samen zweten de moed op kon brengen om erover te beginnen.

Toen ze bij de studio kwam, zag ze dat Pam er al was. Het leek haar te verbazen dat Zoe binnen kwam lopen – ze verstrakte. Na een stijf knikje wendde ze haar blik af. Niet bepaald het warme welkom waar Zoe op gehoopt had, maar ze rende in elk geval niet gillend weg.

Vijftig minuten en veel trillende spieren later, raapte Zoe haar moed bij elkaar en liep op Pam af.

'Hoi,' zei ze, hopend dat ze sterker klonk dan ze zich voelde. 'Ik weet dat dit een beetje ongemakkelijk is, maar ik vind het echt jammer dat we elkaar niet meer zien. Ik dacht: misschien moeten we er eens over praten.'

Pam stopte haar spullen in haar tas. Zoe deed hetzelfde en samen liepen ze de studio uit.

'Ik weet niet of dat zin heeft,' zei Pam, zodra de deur achter hen dichtviel. 'Mijn grootste zorg is Steven.'

Dat was best pijnlijk om te horen, maar wel logisch. 'Natuurlijk. Dat begrijp ik. Je weet wel dat ik dit niet gepland heb, toch? Het was niet de bedoeling.'

'Je bent hoe dan ook met Chad naar bed geweest. Je hebt geen condoom gebruikt en dat had je wel kunnen doen. Ik dacht dat alleen mijn generatie zo onverantwoordelijk was.'

De onterechte beschuldiging stak. Haar ogen brandden. 'Denk je er zo over?'

'Ik weet niet wat ik ervan moet denken,' antwoordde Pam. 'Ga je met Chad trouwen? Dat wil je vader.'

'Waarom doe je zo tegen me? Waarom kunnen we geen vrienden meer zijn?'

'Omdat Steven nu eenmaal familie is en jij niet. Ik moet voor hem zorgen. Ik moet hem beschermen. Ik wil dat hij gelukkig wordt, en dat wordt hij niet met jou. Sorry, Zoe. Het was geen goed idee van mij om jullie te koppelen. Als ik het ongedaan kon maken, zou ik dat zo doen.'

Verwoed slikkend hield Zoe zich voor dat het de hormonen waren waardoor ze zo van streek was, en niet Pams woorden. Wat kon het haar schelen hoe Pam over haar dacht? Oké, ze waren vriendinnen geweest, maar hoelang nu helemaal? Vijf minuten? Ze had andere vriendinnen. Ze had Pam niet nodig.

Alleen was Zoe Pam ook een beetje gaan beschouwen als surrogaatmoeder. Jen was Zoe's beste vriendin. Zou Pam ook tussen hen komen? Want Pam had meer dan duidelijk gemaakt dat ze van plan was tussen haar en Steven te komen. Dat hij bij Zoe wilde blijven, was in haar ogen de grootste fout van zijn leven.

'Dit was niet de bedoeling,' herhaalde Zoe. 'Ik heb het niet expres gedaan.'

'Dat zegt ook niemand. Het probleem is dat ik weet hoe het is om een kind te hebben, Zoe. Ik weet hoe dat alles verandert. Dit kan echt niet goed zijn voor Steven. Het spijt me dat je dit alleen moet doormaken, maar zo is het nu eenmaal.'

Net op dat moment stak Lulu haar kopje uit de tas en kefte. Zoe wist niet of het een welkomstblaf was of een waarschuwing. Gezien het verloop van het gesprek met haar baasje, ging ze uit van het laatste.

'Alsjeblieft, Pam,' smeekte ze. 'Ik heb je nodig. Kunnen we echt niet bevriend blijven?'

Pams gezicht werd harder. 'Het is beter van niet. Sorry, Zoe. Tot ziens.'

Als Jen een manier kon bedenken om haar man tot seks te verleiden, dan zou haar leven perfect zijn. Of nee, als ze weer seks had met haar man én als Jack ging praten, dán zou haar leven perfect zijn. Echt. Maar dat gebeurde allebei niet en eerlijk gezegd begon de seks haar meer zorgen te baren dan Jacks ontwikkeling.

Ze kon zich de laatste keer niet meer herinneren. En als zij het zich niet kon herinneren, dan Kirk ook niet. Tenzij hij het ergens anders deed.

'Zo moet je niet denken,' sprak ze zichzelf bestraffend toe, terwijl ze het gezichtsmasker los pulkte dat ze twintig minuten eerder aangebracht had. Daar zou Lucas vast iets over gezegd hebben. Laat dat maar aan hem over.

Maar goed, aangenomen dat Kirk het niet met een of ander grietje buiten de deur deed, dan moest het haar lukken hem terug te winnen.

Nee, dacht ze, terwijl ze de resten van het masker in masseerde, terugwinnen was niet het goede woord. Ze kon de vonk weer laten oplaaien.

Vandaar dit ochtendritueel. Kirk en Lucas waren met Jack naar het park zodat zij een paar uur voor zichzelf had. Die tijd had ze nuttig besteed. Ze had haar benen geschoren, dat maskertje gedaan en nu ging ze zich insmeren met de bodylotion die Kirk zo lekker vond ruiken. Ze hadden de hele dag samen. Het voornemen was om vrolijk en flirterig te zijn, zodat hij aan het eind van de dag hijgend achter haar aan zou lopen. Nou ja, hijgend hoefde niet. Als hij maar in de stemming was gekomen. Dat was het doel van de dag. De dag moest de opmaat worden van een mooie nacht.

Tijdens het opmaken dacht ze aan alle andere dingen die ze wilde veranderen in haar leven. Eerlijk gezegd begon ze een beetje de kriebels te krijgen van dat thuisblijven met een peuter. Een paar maanden geleden had de gedachte om weer aan het werk te gaan haar beangstigd, nu betrapte ze zichzelf erop dat ze het lesgeven af en toe miste. Misschien kwam dat door Zoe's verhalen over het invallen. Ze had het altijd leuk gevonden om met kinderen te werken, en ze had genoten van de uitdaging om soms saai materiaal toch aantrekkelijk voor haar leerlingen te maken. Natuurlijk was ze elke zomer ook weer blij dat het vakantie was. Maar weer gaan lesgeven betekende dat Jack naar een kinderdagverblijf moest en daar had ze nog geen oplossing voor gevonden.

In gedachten verzonken kleedde ze zich aan. Het was begin mei; niet snikheet, maar al beduidend warmer dan een paar weken geleden. Ze koos een enkellange lichtblauwe broek met een bijpassend topje. Daaroverheen een fris, wit bloesje met korte mouwen dat ze open liet hangen. Toen ze aangekleed was, haalde ze de krullers uit haar haar.

'Klaar,' fluisterde ze tegen haar spiegelbeeld.

Ze zag er goed uit, al zei ze het zelf. Niet heel bijzonder, maar leuk en uitgerust. Het masker had wonderen verricht met haar huid. Haar uitstraling was meer gezond dan sexy, maar Kirk was een nuchtere man voor wie gewoon meestal gek genoeg was, dus dit was wel goed. Later kon ze hem laten zien wat ze aan ondeugends in huis had.

In de keuken dronk ze zoveel water als ze binnen kon houden zonder te gaan kokhalzen. Ze gaf het niet graag toe, maar de simpele tips die Alana had gegeven leken te werken. Inmiddels was ze eraan gewend geraakt om haar kwartiertje 'stilte' te nemen als Jack zijn middagslaapje deed. Gewoon zitten en nergens aan denken bleek veel meer rust op te leveren dan haar fanatieke pogingen om lijstjes te maken en die af te werken. De uitslag van haar bloedonderzoek had aangetoond dat ze tekort had aan ijzer en vitamine D en nog een paar andere vitaminen, waardoor ze snel moe en angstig was.

Het beviel haar wel, wat meer aandacht voor zichzelf. Ze merkte dat het goed voor haar was. Ze was zo lang alleen maar op Jack gefixeerd geweest, dat ze zichzelf ergens onderweg kwijtgeraakt was. Er moest een evenwicht te vinden zijn tussen jezelf volledig wegcijferen en je kind verwaarlozen, en dat hoopte ze gevonden te hebben.

Ze maakte de marinade voor het vlees dat ze die avond wilden barbecueën en keek op de klok. 'De mannen' zouden rond half-twaalf terug zijn. Voor tussen de middag had ze al een kipsalade gemaakt. Waarschijnlijk was Lucas doodmoe na het uitstapje en zou hij na de lunch in slaap vallen. Hm, dat was tegelijk met Jacks middagdutje. Misschien hoefde haar verleidingspoging niet tot vanavond te wachten.

Toen ze de SUV de garage in hoorde rijden, kreeg ze een warm gevoel in haar onderbuik. Grinnikend legde ze haar hand op haar buik. Dat was lang geleden. Goed om te weten dat ze nog steeds dat soort gevoelens voor haar man had.

In de bijkeuken begroette ze de thuiskomers. Voorop liep Kirk, met Jack op de arm. Een blik op Kirks gelukzalige gezicht was genoeg om haar in de lach te doen schieten. 'Zo,' zei ze lachend. 'Jij bent blij. Wat is er gebeurd?'

Lucas liep langs hen heen. 'Ga nooit pokeren, man. Je hebt echt geen pokerface. Ik ga naar mijn kamer.'

Jen wist niet waarom Lucas zich afzijdig wilde houden, maar ze vroeg er niet naar. Ze nam haar zoon, die zijn armpjes naar haar uitgestrekt hield, van Kirk over en gaf hem een knuffel.

'Nou?'

Kirk trok haar de kamer in en duwde haar op de bank. 'Kijk!' Hij pakte zijn telefoon om haar een filmpje te laten zien.

Jack wurmde zich los en rende naar zijn doos met speelgoed-autootjes, waar hij meteen een paar vrachtwagens uit haalde. Kennelijk was hij absoluut niet onder de indruk van wat Kirk wilde laten zien.

'Hier.' Kirk wees naar het schermpje.

Op het filmpje rende Jack over het gras in het park. Niet bij de speeltuin, een beetje verderop. Er kwam een vrouw aan met twee honden. Labradors, zo te zien. Jack klapte en wees.

'Hond. Grote hond. Zie je, papa?'

Haar hart stond stil. Letterlijk, het hield even op met slaan. Alles om haar heen werd zwart, toen wit, en het duurde even voor de kantelende muren weer rechtop stonden en haar hart weer begon te slaan. Warm en blij van opluchting keek ze naar Kirks stralende gezicht. 'Heeft hij gepraat?' Met tranen in haar ogen keek ze naar haar zoon, en toen weer naar Kirk. 'Heeft hij echt gepraat?'

'Ja.'

Lachend ging ze naast Jack op de grond zitten en sloeg haar armen om hem heen. 'Je kunt praten! Ik wist het wel! O, Jack!' Ze gaf hem een dikke knuffel, kietelde hem toen onder zijn voeten. Giechelend trok hij zijn voetjes terug. 'Geef me een kus.'

Jack duwde zijn zachte peuterlipjes op haar mond en draaide zich om om verder te spelen.

'Wat is dat, Jack?' vroeg Jen, wijzend naar de vrachtwagen. 'Kun jij tegen mama zeggen wat dat is?'

Glimlachend keek hij haar aan en wees met zijn vinger naar zijn mond. Eten, betekende dat.

'Heb je trek? Oké, we gaan zo lunchen. Maar kun je eerst zeggen wat dat is? Hoe heet dat?' drong ze aan, wijzend naar de vrachtwagen.

Weer glimlachte hij alleen maar.

Verwilderd keek ze op naar Kirk. 'Ik snap er niets van. Waarom zegt hij niets?'

'Wat maakt het uit? In het park praatte hij honderduit. Het staat allemaal op video. Hij kán praten, Jen. Daar gaat het om.'

Ze wist dat hij gelijk had, maar waarom zei hij dan niets tegen haar?

'Hij gaat wel meer praten als hij daar klaar voor is,' verzekerde Kirk haar. 'Dat zal niet lang meer duren.'

Aarzelend knikte ze. Jack was toch haar kind? Zou hij dan niet juist het meest tegen haar moeten praten?

Ze zette de lunch op tafel en riep Lucas. Tijdens het eten probeerde ze steeds Jack aan het praten te krijgen, maar hij glimlachte en gebaarde alleen maar. Ze begreep uitstekend wat hij bedoelde, maar ze wilde woorden horen.

Na Jacks slaapje stuurde ze Kirk de kinderkamer in om hun zoon uit bed te halen. Zelf bleef ze in de gang staan, waar Jack haar niet kon zien.

'Heb je lekker geslapen?' vroeg Kirk.

'Ja!'

Jens hart maakte een sprongetje. Nonchalant liep ze ook de kamer in. 'Dag, lieverd.'

Jack lachte en zwaaide, maar zei niets.

Die avond tegen achten had ze zich erbij neergelegd. Haar zoon praatte, maar niet tegen haar. Tegen haar gebruikte hij hun speciale gebarentaal.

'Ik begrijp het niet,' zei ze tegen Kirk, toen ze later die avond naar bed gingen. 'Wat doe ik fout?'

'Je doet niets fout. Maar hij hoeft tegen jou niet te praten, Jen. Je weet toch altijd al precies wat hij wil. In elk geval weten we nu dat hij kán praten. Geweldig, toch?'

Waarom begreep hij niet dat daar niets geweldigs aan was? 'Dus je vindt dat ik er te veel bovenop zit. Dat ik hem belet te praten.'

'Zo bedoel ik het niet. Je bent een geweldige moeder.'

'Dat ben ik niet. Een geweldige moeder zou niet een zoon hebben die niet tegen haar wil praten. Een geweldige moeder zou dit al weken geleden hebben doorzien. Ik ben een slechte moeder. Ik doe nooit iets goed.'

Hoewel ze wist dat ze overdreef en dat ze dingen zou zeggen waar ze later spijt van zou krijgen, kon ze zich niet meer inhouden.

'Het komt allemaal door mij,' ging ze verder. 'Ik ben het probleem. Jij en Lucas zijn twintig minuten met hem weg en hij begint te praten. Ik ben de hele dag bij hem en mij lukt het niet. Het is stom. Het is niet eerlijk. Niet goed. Wat is er mis met mij?'

Ze rende de slaapkamer uit. Maar ze kon nergens heen, dacht ze nog voordat ze de deur achter zich dichtgeslagen had. Boos veegde ze de tranen van haar wangen. Bij haar familie ging ze niet uithuilen. Ze had zelf een gezin. Een man en een zoon. Een zoon die tegen iedereen praatte behalve tegen haar.

Hoofdstuk 18

Zoe nam zich voor het leven van dag tot dag te bekijken. Geen valse hoop te koesteren. Geen vragen te stellen als ze niet wist of ze het antwoord wel wilde horen. Maar ja, toen er een knappe man met een fles bubbels – zonder alcohol – langskwam en zich gedroeg alsof hij van plan was de hele avond te blijven, toen was het moeilijk om nergens op te hopen.

Ze zaten naast elkaar in ligstoelen op haar kleine terras. Over ongeveer een uur zou de zon ondergaan en de hemel was die perfecte kleur blauw die aan het oranje voorafging. Mason lag in het laatste streepje zon. Het puntje van zijn staart krulde af en toe vragend op, alsof hij ook wel eens wilde weten hoe het zat.

Van opzij keek Zoe Steven aan. 'Ik vind het gezellig dat je er bent, hoor, maar waarom ben je hier?'

Grinnikend nam Steven een slok cider. 'Ik vroeg me al af wanneer je dat zou vragen.'

'Dat is geen antwoord.'

Hij pakte haar hand. 'Ik hoorde dat je mijn moeder gesproken had.'

'Nou...' Ze trok een gezicht. 'Een gesprek zou ik het niet willen noemen.' De herinnering deed nog pijn. Ze had oprecht gedacht dat zij en Pam vriendinnen waren, maar wat had ze zich daarin vergist. 'Ik probeer het echt vanuit haar perspectief te zien,' zei ze met een zucht. 'Jij bent haar zoon en ze houdt van je. Maar jeetje, ze neemt geen blad voor haar mond. Ze mag me echt niet.'

Voor hij haar hand losliet, gaf hij er even een kneepje in. 'Jawel, ze mag je wel. Maar ze maakt zich zorgen om mij.'

'Die vrouw is echt een Mama Beer. Ik zou niet graag tussen haar en een van jullie in willen staan.'

'Betekent dat dat je gaat doen wat zij wil? Ga je het uitmaken met mij?'

Om tijd te winnen en om haar gedachten te ordenen zette ze haar glas neer en draaide zich om tot ze hem recht aan kon kijken. Haar voeten zette ze stevig naast elkaar op de grond. Dat gaf houvast, en bovendien was het handig als ze moest vluchten. Soms moest een meisje weten wanneer ze zich uit de voeten moest maken. En dat ze zwanger was, was alleen maar handig. Ze kon altijd zeggen dat ze moest overgeven. Kwam dat even goed uit?

'Dat is niet aan mij om te beslissen,' begon ze behoedzaam. 'Jij zei dat je tijd nodig hebt. Hoeveel tijd, dat kun jij alleen zelf bepalen, daar ga ik me niet mee bemoeien.'

'En als ik je wil blijven zien?'

Haar hart klopte hoopvol. 'Dat zou leuk zijn.'

Hij glimlachte. 'Ik had gehoopt op iets meer dan leuk.' De glimlach verdween toen hij zich ook naar haar toe draaide. 'Zoe, ik wil je blijven zien. Ik heb nagedacht over wat je me verteld hebt. Het zal niet makkelijk worden. Jij hebt veel te verwerken. De zwangerschap maakt het ingewikkeld maar niet onmogelijk. Ik vind je aardig. Ik denk echt dat er iets bijzonders tussen ons is en dat wil ik niet opgeven.'

Waar had ze in hemelsnaam zo'n fantastische man aan verdiend? Misschien dat ze in haar vorige leven jonge katjes had gered of zo. 'Weet je het zeker? Want ik weet nog niet hoe het gaat lopen met Chad en iedereen. Je moeder zal wel heel kwaad zijn. Ik wil niet dat ze een hekel aan me krijgt. Of aan jou. Maar ze zal niet zo lang een hekel aan jou houden. Jij bent haar zoon. En ik ben zwanger. Is dat wel goed tot je doorgedrongen, Steven?

Ik word dik en krijg opgezette enkels en we kunnen een hele tijd niet vrijen en als het dan achter de rug is, dan is er een baby en ik zou het hartstikke fijn vinden als je daarbij betrokken wilt zijn, maar ik weet niet hóé betrokken en je bent niet de biologische vader en ik weet niet of dat uitmaakt.'

Ze zweeg even om op adem te komen, maar voordat ze verder kon gaan kuste hij haar.

'Dat is veel,' fluisterde hij.

'Ja. Ik wil dat je goed voorbereid bent.'

'Op zoiets kun je je niet voorbereiden.' Hij kuste haar weer. 'Ik stort me er gewoon in.'

Hij zakte onderuit in zijn stoel. 'Die plantenbakken waar je het over had, hè? Daar moeten we snel mee beginnen. Dan krijg je verse spullen van eigen kweek voor jou en later voor de baby. Heb je een meetlint? Laat maar zien waar je ze precies wilt hebben. Volgens mij kunnen we alles wat je nodig hebt gewoon bij het tuincentrum krijgen. Hoewel, dan moeten we wel goed opletten dat we aarde nemen die geschikt is voor groente en fruit.' Ineens keek hij op. 'Of was het voor bloemen en planten bedoeld?'

'Nee, ik dacht aan groenten en misschien een paar bessenstruiken of zo.'

'Dacht ik ook.'

Ze schoof net zo lang tot ze weer lekker lag en probeerde niet nog een keer te vragen of hij het wel zeker wist. Kennelijk had Steven zijn besluit genomen. Om voor haar ondoorgrondelijke redenen wilde hij bij haar blijven. Dat moest ze maar gewoon accepteren en ervan genieten. Toch kon ze één vraag niet onderdrukken: 'Wat ga je tegen je moeder zeggen?'

'Ik denk niet dat die een mening heeft over jouw groentetuin.'

'Steven!'

Hij haalde zijn schouders op. 'Ik zal met haar gaan praten. Ze zal me niet tot een keuze dwingen, Zoe. Mijn moeder is niet gek. Ze trekt wel bij.'

'En anders?'

'Laten we ons daar pas zorgen over maken als het zover is, oké?'

'Klinkt logisch.'

'Durf de dingen eens op hun beloop te laten.'

'Ha, dat heb ik een keer gedaan en nu ben ik zwanger!'

Steven schoot in de lach. 'Nu je het zegt... Wanneer ga je weer naar de dokter?'

'Mijn eerste officiële afspraak is maandag. De vorige keer was meer een besluitvormend gesprek dan een joepie-je-krijgt-een-babygesprek.'

'Mag ik dan mee?'

Verbaasd keek ze hem aan. 'Naar de dokter?'

'Eh... ja. Ik wil overal bij zijn.'

'Waarom?'

Weer pakte hij haar hand. 'Omdat ik om je geef, Zoe. Heb je dat nou nog steeds niet begrepen? Jij bent zwanger. Ik ga doen wat ik kan om je te helpen.' Hij vloekte. 'Moeten we tot na dat doktersbezoek wachten met vrijen?'

Zoe's mond zakte open en ze deed hem snel dicht, zich afvragend of ze hem af zou schrikken als ze in tranen uit zou barsten. Die stomme hormonen. Maar hoe moest ze anders reageren op een man die haar niet alleen wilde blijven zien, maar ook bij de zwangerschap betrokken wilde blijven én seks met haar wilde hebben? 'We mogen het doen,' zei ze. 'Dat is geen probleem.'

'Het doen?' herhaalde hij met opgetrokken wenkbrauwen. 'Weet je geen betere omschrijving voor onze emotionele en fysieke samensmelting? Onze eenwording? Ben ik niets meer voor je dan een seksspeeltje? Een ding? Doet mijn persoonlijkheid er helemaal niet toe?'

Ze giechelde. 'Een lustobject, zul je bedoelen. Een seksspeeltje heeft in het algemeen een batterij.'

Met een zucht liet hij haar hand los. 'Je gebruikt me voor seks. Wat een teleurstelling.'

'Ben je zo teleurgesteld dat je hem niet meer overeind krijgt?'

'Dat nooit.' Strijdvaardig sprong hij op. 'Moet ik het je bewijzen?'

Ze zette haar glas op het tafeltje en stak haar armen naar hem uit. 'Ja, graag.'

Pam besloot dat iedereen gek geworden was. Anders kon ze het niet verklaren. Tegen beter weten in had Steven haar nog steeds niet gebeld om zich te verontschuldigen voor wat hij gezegd had. Van Miguel had ze ook al niets meer gehoord en Zoe... nou, aan Zoe wilde ze helemaal niet denken voorlopig. Zoe was de oorzaak van alle ellende.

Na een paar dagen met haar ziel onder haar arm rondgelopen te hebben, bedacht Pam dat het haar vast op zou vrolijken als ze haar kleinzoon weer eens zag. Ze reed naar het huis van Jen.

'Hé,' zei Jen, toen ze de deur opendeed. 'Had ik moeten weten dat je langs zou komen?'

'Nee. Ik had even moeten bellen. Komt het gelegen?'

Jen liet haar en Lulu binnen. 'Ja, hoor. Jack slaapt en Lucas kijkt naar een of ander verschrikkelijk programma op de televisie. Hij is helemaal verslaafd geraakt aan die rare talkshows waarin iedereen ongegeneerd zijn vuile was buiten hangt.'

In de woonkamer deed Pam meteen de deur naar de tuin open om Lulu naar buiten te laten. Voor ze wegging, had ze haar kleine meisje een plasje laten doen, maar ze wilde geen enkel risico lopen. Jen was altijd zo krampachtig bezig om het huis spic en span te houden.

Ze gingen in de serre zitten. Afgelopen zomer had Jen de kussens opnieuw laten overtrekken. Met best leuke stof, moest Pam toegeven. Niet iets wat ze zelf uitgekozen zou hebben, maar het stond toch wel mooi.

Met afgemeten bewegingen raapte Jen wat speelgoed van Jack op en stopte het in zijn speelgoedkrat. Pam kende haar kinderen goed en wist meteen dat ze ergens over piekerde. Waarschijnlijk weer over Jack. Snel begon ze over iets anders.

'Heb je Zoe nog gesproken?' vroeg ze zo nonchalant mogelijk.

'Wat? Niet vandaag of gisteren of zo. Hoezo? Is er iets?'

'Hoe zou ik dat moeten weten? Ik spreek haar niet meer.'

Fronsend keek Jen op. 'Waarom zeg je dat zo raar? Toch niet omdat ze zwanger is, hè? O, mam! Je weet toch dat het niet haar schuld is?'

'Zij heeft met Chad geslapen.'

'En wat dan nog? Het was net uit. Zoiets kan gebeuren.' Argwanend nam Jen haar moeder op. 'Je hebt er toch niet iets van gezegd, hè?'

'Ik heb gezegd dat ze bij Steven uit de buurt moet blijven.'

'O mijn god!' Met open mond keek Jen haar aan. 'Dat meen je toch niet?'

'Jawel. Dat meen ik wel. Het wordt een drama, dat weet jij ook. Chad laat zich niet buitenspel zetten. Zoe is heel lang verliefd op hem geweest, dat kan zo weer terugkomen. En dan? Wat betekent dat voor Steven? Hij kan er beter op tijd mee stoppen. Nu. Voor het uit de hand loopt.'

'Denk je dat echt?'

'Waarom verbaast je dat?'

'Omdat het gemeen is, en dat is helemaal niets voor jou.'

Ongemakkelijk ging Pam verzitten, alsof ze zo de doordringende blik van haar dochter kon ontwijken. De beschuldigende blik. 'Dit is het beste voor iedereen.'

'Helemaal niet.'

'Kijk niet zo!'

'Ik weet gewoon niet wat ik daarop moet zeggen,' zei Jen hoofdschuddend. 'Steven kan voor zichzelf zorgen, mam. Wij allebei. Daar heb jij wel voor gezorgd. Je moet hem vertrouwen.' Het was even stil. 'Heeft het iets met papa te maken?' vroeg ze toen aarzelend.

'Waarom moet je je vader er nou weer bijhalen?' Pam wilde zeggen dat John het met haar eens zou zijn geweest, maar daar was ze ineens niet meer zo zeker van.

'Je bent hem onverwacht kwijtgeraakt. Dat was heel moeilijk voor je.' Haar stem was zachter geworden. 'Je kunt ons niet behoeden voor de nare dingen van het leven, mam. Steven weet wat hij doet. Je moet hem steunen. En Zoe ook.'

'Steven is familie, Zoe niet.'

'Zoe is mijn vriendin! En de jouwe ook, dacht ik.'

'Je ziet het helemaal verkeerd,' zei Pam, geërgerd dat ze niemand kon overtuigen van haar gelijk. 'Ze zijn pas een paar weken bij elkaar. Hoe erg is het om dan uit elkaar te gaan? Dat zou misschien toch wel gebeuren. Ik bedoel, Steven staat niet bepaald bekend om zijn lange, stabiele relaties. En als we naar Chad kijken, moeten we constateren dat Zoe's smaak ook te wensen overlaat.'

'Wat is er met jou, mama? Je bent normaal nooit zo grof en onaardig.'

'Ik ben praktisch.'

'Je bent gemeen.'

'Zoiets zeg je niet tegen je moeder.'

'Dan moet je maar niet zo gemeen doen. Ik begrijp niet wat je dwarszit. Zoe heeft een vergissing gemaakt en daar moet ze nu voor boeten. Ze had het kind ook weg kunnen laten halen, maar ze heeft besloten het te houden. Ik zou denken dat je daar juist respect voor op zou kunnen brengen. Zoe is een goed mens. Als zij en Steven verliefd op elkaar zijn, mogen ze allebei van geluk spreken dat ze elkaar gevonden hebben.'

'Dat zie je verkeerd. Steven heeft geen idee wat hij doet.'

'Hij is volwassen, mam. Laat hem zijn gang gaan. Ik moet zeggen dat ik echt heel erg geschrokken ben van je houding.'

'Ik bescherm mijn gezin.'

'Noem je dat zo?' Jen schudde haar hoofd. 'Je hebt ons altijd geleerd om ons te verplaatsen in andere mensen. Om ons voor te stellen wat ze doormaken en ze te steunen. Dat was dus allemaal onzin.'

Weer ging Pam verzitten. 'Dit is anders.'

'Helemaal niet. Het is precies hetzelfde. Mama, Zoe is mijn beste vriendin. Wat er ook gebeurt, ik zal er voor haar zijn. Als dat je niet bevalt, heb je pech. Echt, je schat de hele situatie verkeerd in.' Ze stond op. 'Je moet oppassen, want als je Steven te hard in een bepaalde richting duwt, loop je het risico dat hij niets meer met je te maken wil hebben. Ik meen het, mam. Dit is echt erg.'

Pam voelde dat ze bloosde. Zo werd ze niet graag toegesproken. Door niemand. Ze wist dat ze gelijk had. Ze wist precies wat ze deed en zei. 'Iemand moet Steven de waarheid vertellen,' zei ze, opstaand.

'En dat wil jij gaan doen?' Jen zette haar handen op haar heupen. 'Voor je de verhouding met je zoon gaat verpesten, wil ik je er wel even op wijzen dat hij besloten heeft om voor Zoe en de baby te zorgen door wat jij en papa ons geleerd hebben. Jullie hebben altijd gezegd dat we het beste in mensen moesten zien en dat iedereen een kans verdient. Ook allemaal onzin, zeker?'

Op dat moment kwam Lulu parmantig de serre in draven. Jen tilde het hondje op en drukte het tegen zich aan. 'Het is een zware week geweest, mam. Er zijn hier dingen gebeurd...' Ze gaf Lulu een kusje en gaf haar aan Pam. 'Nou ja, laat maar. Ik hoef niet te weten wat jij ervan vindt. Je zit ernaast wat Zoe en Steven betreft. Maar daar zul je zelf wel achter komen.'

'Ongelooflijk dat je haar kant kiest,' zei Pam, naar de voordeur lopend. 'Ik ben echt in shock.'

'Dan zijn we gezellig samen in shock.'

Pam stapte in haar SUV en legde haar handen op het stuur. Haar armen trilden en ze was een beetje misselijk. Wat had Jen? Waarom zag ze niet hoe slecht dit af kon lopen? Was iedereen blind, behalve zij?

Heimelijk keek ze omhoog. Was John er nog maar. Die zou weten wat hij moest zeggen. Die zou tot Steven door kunnen dringen en hem ervan overtuigen dat het zonde was om je leven te vergooien aan een vrouw. John zou zeggen...

Heel even kwam het Pam voor dat John misschien hetzelfde zou zeggen als Jen. Dat ze zich er niet mee moest bemoeien. Dat zij haar kinderen niet hun hele leven kon behoeden voor alles wat er mis kon gaan. Ook al hield dat in dat ze met open ogen een ramp tegemoet liepen – volgens haar dan.

'Nee,' zei Pam hardop. 'Dat laat ik niet gebeuren. Als Steven het niet uit zichzelf in wil zien, dan zal ik het moeten bewijzen.'

Tegen elke prijs. Later zou hij haar er dankbaar voor zijn.

Jen ging op het gras liggen in de achtertuin. Het was warm en zonnig, de hemel was blauw. Daar moest ze van genieten. Ze moest in het nu leven, een zijn met de natuur.

Allemaal kul natuurlijk. Ze was hartstikke kwaad en kon haar woede op niemand afreageren. Niet op haar zoon; Jack was gewoon een peuter die peuterdingen deed. Kirk was slechts de boodschapper. Wat er was gebeurd, was niet zijn schuld. Dat had ze hem proberen uit te leggen, maar ze wisten allebei dat zij er niet gelukkig mee was. Haar grote droom der verleiding was in rook opgegaan. Nu, na dagen, zaten de emoties haar nog veel te hoog en worstelde ze met gevoelens van schuld en zelfverwijt.

Jack zat naast haar en duwde zijn vrachtwagen over het pas gemaaide gras. Naast hem lag die idiote gitaar waar hij zo dol op was. Lucas zat te dutten in de serre. Aan de andere kant naast haar zat Zoe de video te bekijken die Kirk gemaakt had.

'Ik weet niet wat ik zeggen moet,' bekende haar vriendin. 'Je zult wel opgelucht zijn.' Dat laatste was meer een vraag dan een constatering.

'Je mag het wel hardop zeggen,' zei Jen. 'Iedereen denkt het toch.'

'Nee.'

'Jawel. Dat het aan mij ligt. Ik zit er zo bovenop dat hij tegen mij niet hoeft te praten. Ik heb er op internet over gelezen. Het gebeurt vaak bij broertjes en zusjes die niet veel in leeftijd verschillen. De oudste begrijpt wat de jongste wil en zorgt dat dat gebeurt, dus de jongste hoeft niet te praten. Dat heb ik gedaan bij Jack.' Ze ging rechtop zitten en sloeg haar handen voor haar gezicht. 'Ik ben een helikoptermoeder.'

'Helemaal niet.'

'Het scheelt niet veel. Ik ben bezorgd. Ik ben hem steeds een stap voor. Ik waak over hem. Door mij is Jack niet gaan praten.'

'Hij is wél gaan praten.'

'Maar niet tegen mij.'

Het hele weekend had Jen van alles geprobeerd. Ze had speelgoed langer vastgehouden in de hoop dat Jack het woord zou zeggen. Maar nee. Ze had hem een paar uur bij Lucas gelaten en toen ze terugkwam zag ze aan Lucas' schuldige gezicht dat Jack hem de oren van het hoofd had gekletst.

'Ik ben een mislukkeling.'

'Doe niet zo gek.' Zoe sloeg haar armen om haar heen. 'Je bent een fantastische moeder. Jack mag blij zijn dat hij jou als moeder heeft. Je zorgt heel goed voor hem.'

'Ik smoor hem met mijn goede bedoelingen. Leer van mijn fouten, Zoe. Dat meen ik echt. Ik heb alles fout gedaan.'

Hier hielp mediteren en waterdrinken niet tegen, dacht ze boos. Ja, zij had er iets aan gehad, maar haar zoon niet. 'Het is echt verschrikkelijk,' ging ze zachter verder. 'Ik stik van de negatieve energie waar ik geen kant mee op kan. Ik ben bang dat ik straks doordraai of zo.'

'Je redt het wel,' zei Zoe, haar hoofd schuddend. 'Nu je weet wat er aan de hand is, kun je je ontspannen wat Jack betreft, en daarna ook wat de rest betreft. Het grootste probleem is opgelost. Heb je daar geen houvast aan?'

Jen knikte, ook al was het niet waar. De waarheid was dat alles wat er mis was gegaan dag en nacht door haar hoofd bleef spoken. Er was geen ontkomen aan. Ze voelde zich net een hamster in zo'n draaimolen. Maar dat wilde niet zeggen dat andere mensen ook de hele tijd over haar probleem wilden praten. Ze ging in kleermakerszit zitten. 'Het grootste probleem is opgelost. Dat klopt. Jack blijkt te kunnen praten. Dat is het belangrijkste.' Haar glimlach was onoprecht, maar ze hoopte dat Zoe dat niet zag. 'Genoeg gepraat over mij. Hoe is het met jou? Voel je je nog steeds goed?'

'Ik ben helemaal niet misselijk. Daar voel ik me wel een beetje schuldig over.'

Jen lachte. 'Wees blij. Hormonen zijn gemene opdondertjes. Ze zullen je het leven nog vaak genoeg zuur maken, tijdens de zwangerschap. Geniet er nog maar van zolang het kan. Ben je nog bij de dokter geweest?'

'Gisteren nog.' Zoe's mond vertrok. 'Aangezien we precies de datum van de conceptie weten, was het niet moeilijk om uit te rekenen wanneer ik moet bevallen. Ik heb weer een echo gehad en alles ziet er prima uit. Ga zo door en geniet ervan, zei ze.'

Zo'n dokter had gemakkelijk praten, dacht Jen. Zo vanzelfsprekend was het niet voor Zoe. 'En lukt dat een beetje?'

'Genieten? Ik weet niet... Het is wel ingewikkeld. Chad wil met me praten.'

'Weet hij het?'

'Ja, ik heb het hem verteld. Hij zei dat hij tijd nodig had om na te denken. Ik heb al gezegd dat ik het prima vind als hij afstand wil doen van het kind, maar volgens mij ziet hij dat niet zo zitten. Van tevoren had ik met een advocaat gesproken. Als Chad bij de opvoeding betrokken wil blijven, wil ik zo snel mogelijk een ouderschapsregeling treffen. Liefst voor de geboorte, zolang het nog een beetje abstract is allemaal.'

'Hoe minder, hoe beter?' vroeg Jen.

Zoe aarzelde. 'Eigenlijk hoe eerlijker, hoe beter. Maar ja, minder zou wel heel fijn zijn. Hij heeft niet de voogdij over zijn andere twee kinderen, dus ik neem niet aan dat hij dat over ons kind wel wil. Die andere twee ziet hij om het weekend en een deel van de vakanties. Dus ik hoop op iets soortgelijks.'

'Zou hij om het weekend met een pasgeboren baby opgescheept willen zitten?'

'Geen idee. En ik ben van plan om borstvoeding te gaan geven, dus ik weet niet hoe we dat op kunnen lossen. Nou ja, we zien wel.' Zoe plukte aan het gras. 'Ben je boos?'

'Op jou? Welnee, hoe kom je daarbij? Je bent mijn vriendin, ik zal je steunen waar ik kan.' Ze wees naar een stapel boeken in de serre.

‘Zou ik je mijn halve bibliotheek uitlenen als ik boos op je was?’

‘Nee.’ Zoe glimlachte. ‘Ik had geen idee dat je zoveel boeken over zwangerschap en bevalling had.’

Schouderophalend keek Jen naar de stapel. Zeker meer dan tien boeken. ‘Het is inderdaad misschien een beetje veel. Begin met een of twee. Ik zal je mijn favorieten laten zien.’

‘Steven heeft al *What to expect when you are expecting* voor me gekocht. Dat is heel gedetailleerd.’

‘Er staat heel veel in, ja. Ze loodsen je maand voor maand door de zwangerschap heen. Echt een superleuk boek.’

Jack stond op en zwaaide naar haar. Jen opende haar armen en haar zoon rende naar haar toe. Ze trok hem tegen zich aan, en draaide hem om zodat hij tussen haar benen op de grond kon zitten. ‘Je ziet Steven dus nog wel?’ vroeg ze, zo terloops mogelijk.

‘Ja,’ zei Zoe, haar nauwlettend opnemend. ‘Wat vind jij daarvan?’

‘Ik vind dat jij veel te goed voor hem bent,’ antwoordde ze grinnikend. ‘Nee, hoor. Ik ben heel blij voor jullie. De dood van mijn vader heeft ons allemaal veranderd. Het heeft Steven gedwongen eindelijk volwassen te worden. Eerst had hij elke week een ander, daarna is hij op zoek gegaan naar een serieuzere relatie. Ik ben heel blij dat hij jou gevonden heeft.’

Dat leek Zoe niet te overtuigen. ‘Ook nu ik zwanger ben van Chad?’

‘Nog steeds. Ik begrijp best dat het lastig zal worden, maar elke relatie heeft z’n ups en downs. Jullie weten tenminste waar jullie aan beginnen. Wat ik hoor van vrienden die met stiefkinderen te maken krijgen, is dat ze het zo moeilijk vinden dat ze in het begin geen zeggenschap over de opvoeding hebben gehad. Steven zal vanaf het begin bij jou en de baby betrokken zijn. Hij maakt gewoon deel uit van jullie gezin.’

Als het echt iets werd tussen die twee en ze gingen trouwen en het huwelijk liep uit op een scheiding, dan had Steven geen poot om op te staan. Stiefvaders kregen hun stiefkinderen in de regel nauwelijks te zien. Maar haar broer was slim genoeg om te weten waar hij aan begon. Als hij bij Zoe wilde blijven, dan zou zij daar niet moeilijk over doen.

'Dank je wel,' zei Zoe. Ze kietelde Jack onder zijn blote voetje. De jongen schaterde en Zoe glimlachte, maar haar glimlach verdween al snel. 'Je moeder denkt daar heel anders over.'

Jen trok een gezicht. 'Ik weet niet wat haar bezielt. Ze stelt zich vreselijk aan.'

'Ze beschermt haar zoon.'

'Aardig van je dat je haar verdedigt. Als ik jou was, zou ik haar banden lekprikken.'

'Niet mijn stijl,' zei Zoe grinnikend. Maar ook dit keer was de lach snel verdwenen. 'Ik weet echt niet wat ik tegen haar moet zeggen. Zij ziet alleen maar de slechte kanten, voor Steven. En voor jou ook, neem ik aan.'

Jen had geen zin om over de ruzie met haar moeder te praten. 'Je was getuige op mijn huwelijk. Je bent mijn beste vriendin en dat blijft zo, daar heeft mijn moeder niets over te zeggen.'

'Ik zou het vervelend vinden als ik de oorzaak ben van onenigheid in de familie.'

'Zover zal het niet komen. Geloof me nou maar, alles komt goed.' Bemoedigend knikte Jen haar toe. 'Jij hebt al zoveel op je bordje. Een zwangerschap vergt enorm veel van je. Je moet goed voor jezelf zorgen en je omringen met mensen die het beste met je voorhebben. Daar ben ik er een van, en zo te horen Steven ook. Dus laat je dat aanleunen. En wat mijn moeder betreft...' Ze haalde haar schouders op. 'Ik hoop dat ze het op den duur begrijpt, maar zo niet dan heb je altijd ons nog.'

Hoofdstuk 19

Vooralsnog ondervond ze weinig lichamelijke problemen van de zwangerschap, dacht Zoe, toen ze door de woonkamer liep naar de voordeur. Maar logistieke problemen waren er des te meer.

'Hoi, Chad.'

'Zoe.'

Het grootste probleem stond nu voor haar deur. Hoewel ze hem het liefst nooit meer zou zien, wist ze dat ze hem in deze omstandigheden niet kon negeren. Dus had ze ja gezegd toen hij vroeg of hij langs kon komen.

Het was midden op de dag, wat betekende dat hij langskwam in zijn lunchpauze. Gelukkig maar, in drie kwartier kon er niet al te veel mis gaan.

Hij droeg zijn gebruikelijke uniform: een spijkerbroek en een wit T-shirt. Het was een raar idee dat ze hem ooit zo knap had gevonden. Dat kwam waarschijnlijk doordat ze hem nu heel anders was gaan zien. Eigenlijk had ze nooit echt op hem kunnen rekenen, niet zoals ze op Steven kon rekenen. In feite had hij nauwelijks deel uitgemaakt van haar leven. Nu zag ze hem gewoon als een oude bekende. Wat ze hadden, leek heel lang geleden – al bewees de op handen zijnde baby het tegendeel.

Ze gebaarde naar een stoel en hij ging zitten. Even durfde ze te hopen dat hij kwam vertellen dat hij meer dan twee kinderen niet aankon en afzag van zijn ouderlijke rechten. Niet dat ze dat echt verwachtte; zoveel geluk zou haar vast niet ten deel vallen.

'Hoe voel je je?' vroeg hij.

'Prima. Ik ben onlangs bij de dokter geweest en met de baby is alles goed.'

'Mooi.' Hij wreef in zijn handen, stond op en liep naar de andere kant van de kamer. Daar draaide hij zich om en keek haar aan. 'Ik heb erover nagedacht.'

Alsjeblieft, alsjeblieft... smeekte ze inwendig.

'Over ons en de baby. En ik dacht...' Hij slikte, liep naar haar toe en kwam naast haar op de bank zitten. Een glimlach brak door op zijn gezicht. 'Trouw met me, Zoe. We komen er wel uit.' Hij nam haar handen in de zijne. 'Ik meen het. We gaan trouwen. Dat wilde je toch altijd? Nou, nu kan het. Een bruiloft, een ring, je zegt het maar. Je hebt een leuk huisje, geen probleem. Dan hou ik waarschijnlijk wel mijn eigen appartement aan, je weet wel, voor als ik de kinderen heb. Maar dat is prima.'

Zoe trok haar hand uit de zijne en hoopte dat het niet waar was. Dat Chad haar niet net ten huwelijk had gevraagd.

Trouwen? Met hem? Nee. Ze konden niet... Ze zouden nooit...

'Zoe?'

'Nee, Chad. Wij gaan niet trouwen.'

'Waarom niet?'

'Ten eerste omdat we niet van elkaar houden. We hadden geen echte relatie. We hadden iets wat ons op dat moment allebei goed uitkwam.'

'Maar jij wilde altijd trouwen! Daar had je het over! Je zei zelf dat je daarom dit huis gekocht hebt.'

Daar zou ze haar hele leven spijt van hebben. Niet van het huis, maar dat ze met hem had willen trouwen. 'Het is nu anders. Ik zie nu in dat dat een vergissing was. Je houdt niet van me. Je wilt niet eens je appartement opgeven. Je wilde nooit meer dan wat we hadden. En je had gelijk. We passen niet bij elkaar.'

'Maar we krijgen een baby. Als er een kind op komst is, moet je trouwen.'

Tjonge jonge, hij leek haar vader wel. 'Dat verandert niets aan wat wij voor elkaar voelen, Chad. Het spijt me, maar ik wil niet met je trouwen. Lief dat je het vraagt, maar nee.'

Hij schoof achteruit op de bank. 'Ik dacht dat dat was wat je wilde.'

'Nu niet meer.'

'Ik geef mijn kind niet op. Ik wil hem of haar blijven zien.'

Dat was geen verrassing, maar het was toch een teleurstelling. Ze verbeet een zucht. 'Dat dacht ik al. Je bent heel erg dol op je andere kinderen. Dan moeten we een ouderschapsregeling treffen die voor ons allebei werkt. In het begin is dat misschien een beetje lastig, omdat ik van plan ben borstvoeding te geven. Maar we verzinnen wel wat.'

'Ik dacht dat jij het wilde,' herhaalde hij, hoofdschuddend.

'Dat weet ik. Sorry.'

'Ik wilde al een ring voor je kopen.'

'Lief van je.'

'Is er een ander?' vroeg hij.

Ze knikte. 'Een geweldige man. Je zult hem wel een keer ontmoeten.'

Tot haar verbazing vroeg Chad niet verder. Hij zuchtte alleen maar. 'Mijn ex is afgelopen december hertrouwd. Wat is dat toch met jullie vrouwen dat jullie je meteen aan een ander binden?'

Zoe's mond viel open. 'Je ex-vrouw is hertrouwd en dat heb je me helemaal niet verteld?'

'Het leek me niet belangrijk.'

Maar afgelopen december waren ze nog bij elkaar geweest! Dan had hij toch…

Mentaal ging ze op de rem staan. Niet meer haar pakkie-an. Het was typisch Chad, maar zij had er niets meer mee te maken.

Ze stond op en liep naar de deur. 'We spreken elkaar snel

weer. Ik zal een afspraak maken met mijn advocaat om met een voorstel voor een ouderschapsregeling te komen. Ik weet niet of jij ook een advocaat wilt, daar moet je maar over nadenken.' Even overwoog ze hem meteen te vertellen dat ze hem niet bij de bevalling wilde hebben, maar dat was nog ver weg. Nog maanden en maanden. Er kon nog van alles gebeuren. Nou ja, van alles behalve dat ze terugging naar Chad.

'Weet je het zeker?' vroeg hij, de veranda op stappend.

'Ja. We spreken elkaar nog.'

'Oké.'

Ze deed meteen de deur dicht, zonder te wachten tot hij ingestapt was. Er viel niets meer te zeggen. Toen ze de auto weg hoorde rijden, ging ze in de werkkamer zitten en startte de computer op. Maar ze ging niet meteen aan het werk. Ze leunde achterover, staarde naar het plafond en vocht tegen de tranen.

Wat een zootje had ze ervan gemaakt. Dit hele gedoe was zo onverwacht. Ze legde haar handen op haar buik. 'Jij ook,' fluisterde ze. Juist de baby. Maar het had ook zijn goede kanten. Een jaar geleden zou ze dolblij geweest zijn met Chads aanzoek. Stel je voor, dan zou ze nu met hem getrouwd zijn. Dat zou pas een ramp geweest zijn. Ze wilde niet trouwen met een man die zijn eigen appartement aan wilde houden. En dan was zijn onvermogen om zich aan iemand te binden nog niet eens het grootste probleem. Ze hielden niet van elkaar. Sterker nog, ze vermoedde dat hij nooit echt verliefd op haar geweest was. Wat haarzelf betreft had ze geen idee wanneer haar gevoelens verdwenen waren. In elk geval was er nu niets meer van over.

Zij kreeg een baby en Chad was de vader. Twee feiten waar ze niets aan kon veranderen. Er moest een ouderschapsregeling komen en alimentatie. Geen leuke dingen, maar dat was de prijs die ze voor de baby moest betalen. Want die baby wilde ze houden.

Haar telefoon piepte: een berichtje van Steven. Het was een foto van een bladzijde uit een catalogus van biologische groentezaden. Spreken we vanavond af? Dan neem ik de belofte van botersla mee.

Ja, leuk. schreef ze terug.

Glimlachend legde ze haar telefoon weg. Dat deel van haar leven ging tenminste goed, dacht ze. Hoe kon ze weerstand bieden aan een man die haar verleidde met biologisch slazaad? Dat was fysiek onmogelijk en ze zou het niet eens proberen.

Normaal gesproken ging Pam altijd met gemengde gevoelens op reis. Natuurlijk verheugde ze zich op het weerzien met haar vriendinnen en vroeg ze zich af hoe de steden zouden zijn waar het schip zou aanleggen, maar ze vond het ook altijd naar om haar familie achter te laten.

Dit keer was het anders. Afgezien van het feit dat ze Lulu en haar vriendinnen zou missen, was ze blij dat ze een paar weken weg kon uit Mischief Bay. Het zou goed voor haar zijn, een beetje afstand nemen. Misschien dat de verandering van omgeving haar zou helpen helderheid te scheppen in haar hoofd.

Voor vertrek had ze alle drie de kinderen een sms'je gestuurd om ze eraan te herinneren dat ze er een paar weken niet zou zijn. Brandon, die niet op de hoogte was van de zaak-Zoe, had meteen belangstellend gebeld. De andere twee hadden een berichtje teruggestuurd om haar goede reis te wensen en verder niets. Niet het gebruikelijke telefoontje om te kletsen over waar ze heen ging en wat ze allemaal zou gaan zien.

Ze wist dat Steven en Jen nog boos op haar waren, en ze wist ook dat ze gelijk had en haar kinderen niet. Ook goed. Laat ze maar in hun eigen sop gaarkoken, dacht ze. Wanneer ze terugkwam, waren ze vast wel bijgedraaid.

In New York verliet ze haar vliegtuig en wandelde naar de bagageband. Olimpia's vlucht uit Orlando zou ongeveer tegelijk landen en ze hadden afgesproken samen een taxi te nemen naar hun hotel. Als het goed was, waren Laura en Eugenia er al. Morgenochtend vlogen ze met zijn vieren naar Kopenhagen, waar ze twee dagen hadden voordat hun cruise begon.

Nadat Pam haar twee grote tassen van de band had gehaald, keek ze op haar telefoon. Olimpia had al een berichtje gestuurd dat ze ook bij een bagageband stond. Pam sms'te terug waar zij was en ze begonnen elkaar tegemoet te lopen.

Pam zag Olimpia het eerst. Al bij de eerste aanblik van haar vriendin voelde Pam dat ze haar emoties niet langer de baas kon blijven en tegen de tijd dat ze elkaar omhelsden, stroomden de tranen haar over de wangen.

'Wat is er?' vroeg Olimpia bezorgd.

'Alles gaat mis. Steven, Zoe en Miguel. Het komt allemaal door Zoe. Nou vooruit, en misschien een beetje door mij. Tenslotte heb ik haar aan Steven gekoppeld. Als ik dat niet had gedaan, was dit allemaal niet gebeurd. En als zij niet met Chad naar bed was gegaan ook niet, natuurlijk. Ik dacht dat ik het allemaal zo goed bedacht had, maar het is op een ramp uitgedraaid.'

Olimpia klopte haar op de rug. 'Dat is een hele waslijst. Kom, we zoeken een taxi en dan vertel je me alles onderweg naar het hotel. Als we met zijn vieren aan een cocktail zitten, ziet alles er vast veel rooskleuriger uit.'

'Maar ik weet niet wat ik moet doen.'

'Pam, je gaat naar Europa. Je hoeft niets te doen tot je terug bent.'

Een uur later waren ze bij het Peninsula Hotel midden in de stad. Onderweg had Pam alles uitgelegd aan Olimpia. Ook had ze haar verteld dat de hele wereld partij leek te kiezen voor Zoe, terwijl de kans groot was dat zij Stevens hart zou breken.

Ze gingen ieder naar hun kamer en spraken af elkaar over een uur in de bar van een van de restaurants te treffen. Pam had echter geen zin om uit te gaan pakken. Alles wat ze de dagen voor de cruise nodig had, zat in de kleinste van de twee koffers. De grootste kon dicht blijven tot op het schip.

In de bar van restaurant Clement zaten haar vriendinnen al op haar te wachten. Aan hun gezichten kon ze zien dat Olimpia hen al had ingelicht. Goed, dan hoefde zij het niet nog een keer te doen.

'Ik heb geen zin om over die belachelijke familie van mij te praten,' kondigde ze aan. 'Hoe gaat het met jullie?'

'Prima,' zei Eugenia, haar omhelzend.

Met een afgunstige blik schoof Laura een stukje op om plaats te maken op de bank. 'Wat zie jij er toch altijd fantastisch uit. Irritant gewoon. Hoe vaak ga je naar de sportschool?'

'Een paar keer per week.'

Ze dacht aan de lessen in Nicoles studio. Lessen waar Zoe zich bij aangesloten had. Maar misschien zou ze nu niet meer komen. Dat zou jammer zijn. Niet omdat Pam nog bevriend met haar wilde zijn, natuurlijk. Maar pilates was goed voor Zoe's zwangerschap. Het was zo magisch om een vrouwenlichaam te zien veranderen tijdens de zwangerschap, en te weten dat er nieuw leven aan het ontstaan was. Na een zwangerschap weer een beetje conditie opbouwen, was best moeilijk. Als Zoe door zou gaan met pilates, zou het een stuk gemakkelijker gaan.

Dat soort dingen moest iemand haar vertellen, dacht ze een beetje weemoedig. Maar Zoe's moeder was overleden en Jen dacht er misschien niet aan. Er waren wel meer dingen die…

Nee, daar hoefde zij zich niet druk om te maken. Het kon haar niets meer schelen hoe goed of niet goed het met Zoe zou gaan na de bevalling. Waren de omstandigheden anders geweest, dan had ze zich verheugd op de komst van de baby. O, ja. Ze was dol op pasgeboren baby's. Die geur, en hoe ontspannen ze in haar armen konden slapen, zo helemaal van de wereld. Niets was mooier dan een pasgeboren baby in je armen houden.

'Hallo?' zei Laura. 'Contact?'

'Wat?' Geschrokken keek Pam naar haar vriendinnen. 'Sorry. Waar hadden we het over?'

'Over ons cocktailschema,' zei Eugenia. 'De reis is te lang om het bij één cocktail te houden.'

Olimpia grinnikte. 'Hoor ik daar een licht accent?'

'Hoor je het?' zei Eugenia verbaasd. 'Ja, ik heb een beetje meer tijd doorgebracht met mijn Texaan dan anders en dan neem ik vanzelf zijn accent een beetje over.'

'Nou ja, een beetje...' zei Olimpia plagend.

'Hoe dan ook, ik wilde zeggen dat we afwisseling aan moeten brengen in onze cocktailkeuze.'

'We zijn een paar dagen in Rusland, dan moeten we iets met wodka drinken,' vond Laura. 'Dat is wel zo beleefd.'

'Dat hoeven we nu nog niet te beslissen.' Olimpia keek de tafel rond. 'Eerst onze New York-cocktail?'

Ze knikten.

'Volgens mij is het mijn beurt.' Eugenia haalde diep adem. 'Bellini's. Champagne is altijd toepasselijk, zeker voor een reis als wij gaan maken.'

'Dan worden het Bellini's.' Laura wenkte de ober.

Ze plaatsten hun bestelling. De ober zette een paar schaaltjes met noten en olijven op tafel. Toen hij weg was, keek Olimpia de vrouwen een voor een aan. 'Hoe gaat het met jullie? Heeft er iemand nieuws?'

Laura haalde haar schouders op. 'Met mij gaat het prima. Moeten we ons zorgen maken over jou, Pam, met al dat gedoe?'

'Nee, hoor. Ik moet alleen even bedenken hoe ik het aan moet pakken.'

'Die arme Steven.' Laura trok een medelijdend gezicht. 'Hij moet een paar moeilijke beslissingen nemen. Ik weet wel dat jij je neutraal opstelt, maar inwendig zul je hem wel het een en ander willen toeschreeuwen.'

Pam deed haar mond open en weer dicht. Ineens realiseerde ze zich dat ze in het verslag dat ze aan Olimpia had uitgebracht, niet gemeld had dat ze zich niet bepaald neutraal had opgesteld. Niet alleen had ze Steven gezegd wat hij moest doen, ook met haar dochter had ze er ruzie om gehad en door alle toestanden wilde ze Miguel niet meer zien. Of hij wilde haar niet meer zien, dat wist ze niet precies.

'Het lijkt me logisch dat Steven bij haar weggaat.' Eugenia haalde haar schouders op. 'Ik bedoel, het klinkt misschien onaardig, maar straks zit hij met het kind van een andere man. Dat is niks. Zeker als Chad bij de opvoeding betrokken blijft.' Vragend keek ze naar Pam. 'Dat is hij toch wel van plan?'

'Ik neem aan van wel,' mompelde Pam.

Voor ze kon zeggen hoe fijn het was dat ze op begrip kon rekenen bij haar vriendinnen, protesteerde Olimpia: 'Hoe kun je zoiets zeggen? Waarom zou hij bij haar weggaan? Zoe kan er toch niets aan doen dat ze zwanger is? Dat is nu eenmaal gebeurd. En daardoor zou ze een geweldige man als Steven kwijtraken? Natuurlijk blijft hij bij haar. Als ze om elkaar geven, dan komen ze er samen wel uit. We weten allemaal hoe Pam is: een oprecht, aardig en goed mens. Zo zal ze Steven ook wel opgevoed hebben. Die laat Zoe niet zomaar in de steek.'

Hoewel Pam blij was met het compliment, wist ze niet of ze het verdiende. Volgens haar kinderen was ze de afgelopen tijd niet zo oprecht en aardig geweest.

Laura keek bedenkelijk. 'Ze is wel met haar ex naar bed gegaan. Dat is niet handig.'

'Mee eens,' beaamde Olimpia. 'Maar kom op zeg, zoiets kan gebeuren. En ze dacht dat ze beschermd was tegen zwangerschap. Zoe heeft zich niet onverantwoordelijk gedragen. We zeggen allemaal dat we onze kinderen op willen voeden tot goede mensen. Dat ze moeten kijken naar hoe iemand vanbinnen is en zich niet moeten laten afleiden door oppervlakkige bijkomstigheden.'

'Een baby is niet bepaald een bijkomstigheid te noemen,' zei Eugenia. 'Het verandert je hele leven. Waarom zou Steven dat willen?'

'Waarom niet? Het is toch een aardige jongen? Oké, een baby maakt alles wat ingewikkelder, maar wat dan nog? Stel dat hij iemand had ontmoet die gescheiden was en kinderen had uit een eerder huwelijk. Zou je dan ook zeggen dat hij die moet laten gaan? Waarom is dit anders?'

'Ze is zwanger,' zei Laura langzaam. 'Ik begrijp wel wat je bedoelt, ook met als iemand gescheiden is en zo... Interessant dat het heel anders lijkt nu ze zwanger is. Ik kan niet uitleggen waar dat aan ligt.'

Het was alsof haar vriendinnen de stemmen in haar hoofd geworden waren, merkte Pam. Zij speelden de discussie na die ze met zichzelf gevoerd had.

'Mijn vriendin Shannon is getrouwd met een man die al twee kinderen had,' zei ze langzaam. 'In het begin was dat wel lastig, maar nu gaat het prima.'

'Zie je wel?' Olimpia klonk triomfantelijk. 'En heb je gezegd dat zij bij hem weg moest gaan?'

'Natuurlijk niet.' Pam herinnerde zich nog wel hoe moeilijk het voor Shannon geweest was toen ze Adam net kende. Het was een heel gedoe om de kinderen te leren kennen. Maar dat hadden ze doorstaan en nu waren ze heel gelukkig samen. Shannon, Adam én de tweeling van vijf. 'Sterker nog,' zei ze glimlachend, 'Shannon past op Lulu als ik op reis ben. Dan is mijn kleine meisje in de hondenhemel, met al die kindertjes in aanbidding om zich heen.'

'Wil Jen niet...' begon Laura, maar ze stak snel haar hand op. 'O, nee. Zolang er geen bacterieloze en geen biologische honden zijn, wil ze die niet te veel in huis hebben, ik weet het weer. Mijn dochters zouden zo trots op haar zijn.'

De Bellini's werden gebracht. Ze pakten elk een glas en brachten een toost uit.

'Op ons,' zei Laura. 'En op onze fantastische reis.'

De glazen tikten tegen elkaar.

'Denken jullie dat ik ergens een zijden sjaaltje kan krijgen?' vroeg Laura, na een slok genomen te hebben. 'Die zwarte van mij is een beetje op. Ik wil heel graag een frisse nieuwe.'

'We hebben een dag over in Kopenhagen,' zei Eugenia. 'Dan kunnen we wel gaan shoppen als we de bezienswaardigheden gezien hebben.'

'Ik heb die zilverkleurige bij me. Die mag je wel lenen,' bood Pam aan.

'Zeg dat maar niet te hard,' zei Laura grinnikend. 'Als ik hem mooi vind, krijg je hem niet meer terug.'

Iedereen lachte. Pam slaakte een zucht en voelde zich ontspannen. Dit waren haar vriendinnen. Ze hielden van haar en hadden vanaf dag één voor haar klaargestaan. Ze steunden haar en vertrouwden haar. Alleen wist Pam niet zeker of ze dat vertrouwen wel verdiende.

Het was niet haar bedoeling geweest om de vriendinnen niet het hele verhaal te vertellen, maar zo was het wel gelopen. Ze kenden nu de feiten, maar wisten niet hoe ze gereageerd had. Pam voeg zich af of ze haar misschien een klein beetje minder aardig zouden vinden als ze wisten wat er precies gebeurd was.

Jen reed achteruit de oprit af. Dit hoefde niet, hield ze zichzelf voor. Als ze van gedachten wilde veranderen, dan kon dat. Maar het kon ook weer niet. Niet echt. Jack weigerde nog steeds tegen haar te praten. Hij was vrolijk, lief, slim en stil. Tegen haar tenminste. Tegen zijn vader, tegen Lucas en zelfs tegen de postbode babbelde hij honderduit, maar tegen haar zweeg hij. Dus was zij het probleem. En als zij het probleem was, dan was zij ook de oplossing. Alleen jammer dat er weer een paniekaanval op de loer lag.

Ze probeerde de druk op haar borst te negeren. Haar medicijnen zouden de symptomen binnen de perken houden, hield ze zichzelf streng voor. Dus er was absoluut geen reden om haar plan niet door te zetten.

Stap één: opvang regelen voor Jack. Daarvoor had ze een afspraak gemaakt met Rose. Dit keer zou ze de papieren invullen en Jack inschrijven.

'Gaat het wel?' vroeg Lucas vanaf de passagiersstoel.

'Nee, maar het moet.'

'Het is maar een kinderdagverblijf.'

'Er zijn kinderen omgekomen in kinderdagverblijven.'

'Overdrijf je altijd zo?'

Kwaad keek ze opzij. 'Echt waar! Dat heb ik wel eens op het nieuws gezien.'

'Waarschijnlijk waren dat verhalen van dezelfde journalisten die schrijven dat de aliens binnenkort de aarde over gaan nemen.' Afwerend hief hij zijn handen. 'Ja, oké, het is wel eens gebeurd. Eén keer. Hooguit twee. Met een beetje geluk ontspring jij de dans. Of, om met de Hunger Games te spreken: *may the odds be ever in your favor.*' Hij lachte om zijn eigen grapje.

'Ja, haal jij er maar weer enge films bij. Straks nog een citaatje uit The Godfather... Lachen, hoor.'

'Pff, wat zijn we chagrijnig vandaag.'

Dat klopte en dat hoefde hij haar niet te vertellen.

'Ik heb honger,' kondigde Lucas aan, toen ze Choppy Avenue op reed. 'Zullen we langs de In-N-Out Burger rijden? We hebben tijd genoeg.'

'Ben je gek? Zo'n burgertent? Weet je wel wat je daar te eten krijgt?'

'Hamburgers?'

O, wat had ze hem graag geslagen. Hard. Maar het zou niet goed zijn als Jack zoiets zag.

In de achteruitkijkspiegel zag ze dat haar zoon rustig zat te spelen met zijn knuffelwasbeer.

'Jack eet geen fastfood.'

'Het is een hamburger, Jen. Geen rattengif. Ze hebben daar best goed eten.'

'Patat.'

'Ja, dat zit er meestal bij.'

'Jack eet geen patat.'

'Arme jongen.'

Haar handen knepen in het stuur. Ondanks de medicijnen voelde ze haar hart in haar keel bonzen. De bekende beklemming kreeg haar in zijn greep. Al meer dan een week had ze geen aanval gehad. Ze kwamen steeds minder vaak voor en werden steeds minder hevig. Waarom nu dan wel?

'We gaan daar niet heen,' zei ze zachtjes, haar best doend om rustig door te ademen.

'Waarom verdomme niet?'

'Je mag niet vloeken waar Jack bij is!' gilde ze.

Lucas mompelde iets. Op de achterbank begon Jack te huilen.

'Zie je nou wat je gedaan hebt?'

'Ik?' zei Lucas verbeten. 'Ik ben niet degene die zo gestrest is dat 'ie bijna ontploft.'

Zijn woorden kwamen hard aan. Ze was niet gestrest. Het ging zoveel beter de laatste tijd. Behalve dat ze echt geen adem meer kon krijgen en dat Jack nog steeds zat te huilen. Langs de weg zag ze de reclame van de In-N-Out Burger en ze schoot de parkeerplaats op. Ze parkeerde en wees naar de deur. 'Neem hem mee naar buiten. Nu!'

Voor de verandering deed Lucas meteen wat ze zei. Hij stapte uit en haalde Jack uit zijn stoeltje. Samen liepen ze naar het grasveldje naast de burgertent, terwijl Jen in de auto bleef zitten, happend naar adem. Ze had het warm en koud tegelijk en haar keel leek dichtgesnoerd te worden.

Met beide handen op het stuur concentreerde ze zich op haar ademhaling. 'Als ik kan praten, kan ik ook ademhalen,' zei ze hardop. Ze wist dat ze besefte dat het goed zou komen als ze haar eigen stem hoorde.

Na een paar minuten werd ze inderdaad wat rustiger. Wat was er in hemelsnaam gebeurd? Lucas had gelijk: het was maar een frietje. Vanwaar die paniek?

Waarschijnlijk had dat veel te maken met het feit dat Jack niet tegen haar praatte. Daar voelde ze zich enorm schuldig over. Plus het idee dat ze hem nu echt ging opgeven voor kinderopvang; dat zat haar ook niet lekker. Maar ze wist dat ze het door moest zetten. Vooruit moest ze. Zoals het nu ging, was het ook niet goed. Haar leven was niet wat ze zich voorgesteld had. Ze mocht de Jen die ze geworden was zelf niet eens. Er moest iets gebeuren.

Een laatste keer haalde ze diep adem, toen pakte ze haar tas en stapte uit. Met Jack was niets aan de hand, die zat lekker met zijn wasbeer te spelen, maar Lucas stelde zich afhoudend op.

'Gaat het weer?' vroeg hij argwanend.

'Ja. Natuurlijk kunnen we hier iets gaan eten. Ik vind het best lekker.' En wat Jack betreft... Nou ja, ze moest maar zien wat de gevolgen zouden zijn.

Ze gingen naar binnen en bestelden. Voor Lucas een driedubbele burger, voor haar een gewone. Ze zouden een portie frietjes delen, besloten ze. Jen vroeg om water erbij, en Lucas om een vanillemilkshake met een bekertje en lepeltje extra.

Toen ze een tafeltje hadden gevonden, gaf Jen Jack een stukje van haar hamburger en ze legde drie frietjes voor hem op een servetje, maar hij had meer belangstelling voor de auto's die hij door het raam kon zien dan voor zijn eten.

Haar liep het water juist in de mond bij de eerste hap. 'Het is echt een eeuwigheid geleden dat ik zoiets gegeten heb,' kreunde ze. 'Ik was vergeten hoe heerlijk ze zijn.'

Na een tijdje proefde Jack van zijn burger en knabbelde hij aan een frietje. Hij leek het wel lekker te vinden, maar de andere twee frietjes liet hij liggen. Omdat hij een kind was en altijd lekker en gezond eten tot zijn beschikking had, dacht Jen schaapachtig. Voor hem was zo'n fastfoodlunch helemaal geen punt. Het ging in het leven allemaal om evenwicht, hield ze zichzelf voor.

'Sorry dat ik vloekte,' zei Lucas onverwacht. 'Ik heb mijn best gedaan dat niet te doen waar Jack bij is.'

'Dat weet ik en dat stel ik zeer op prijs. Ik ben bang dat ik ontzettend irritant kan zijn soms.'

'Soms?'

'Is het zo erg?'

'Niet altijd. Je bent al een stuk rustiger, maar je zou je best nog wat meer kunnen ontspannen.'

'Ik weet het. Dat niet praten van Jack zit me gewoon heel erg dwars.'

'Dat snap ik. Daar zou iedere moeder ongelukkig van worden.'

'Dank je.' Ze nam een slok water. 'Jij doet het zo goed met Jack. Heb je nooit zelf kinderen willen hebben?'

Verontwaardigd trok Lucas zijn wenkbrauwen op. 'Moet je per se mijn humeur verpesten? Nee. Ik ben geen vaderlijk type.'

'Daar geloof ik niets van. Jij bent natuurlijk te oud, maar met die jonge vriendinnen van jou leeft in elk geval een van jullie lang genoeg om bij zijn afstuderen te zijn.'

'Ik doe maar net of ik je niet hoor.'

'Dan is er dus niets veranderd.'

Hij knipoogde. 'Bijdehand. Dat mag ik wel.'

Jack at nog een frietje en een hapje van Lucas' milkshake. Toen stapten ze op.

'Ben je klaar om je in de bacteriezee van het kinderdagverblijf te storten?' vroeg Lucas.

'Haha. Zo erg is het niet.'

'Een tijdje geleden vond je anders van wel.'

Ze verzamelde hun afval op haar dienblad. 'Dat weet ik, maar nu is het anders. Welkom in de wondere wereld van de moderne farmaceutica.'

Lucas pakte haar arm. 'Het zijn niet alleen de medicijnen, Jen. Je bent zelf ook veranderd. Daar heb je hard voor gewerkt. Dat mag ook wel eens hardop gezegd worden.'

'Dank je.' Het onverwachte compliment gaf haar zelfvertrouwen. 'Lief dat je dat zegt.'

'Het is waar. We weten allebei dat ik niet van mooie praatjes hou.'

'Daar ben je ook te oud voor, zeker?'

Grinnikend pakte hij Jack op met zijn goede arm. Samen liepen ze terug naar de SUV. Daar zette Lucas Jack in zijn kinderstoeltje. Toen hield hij het voorportier voor Jen open.

'Ik ga morgen maar weer eens naar huis.'

Het duurde even voor ze begreep wat hij bedoelde. 'Ga je weg?'

'Ik ben al bezig met fysiotherapie en over een week mag ik weer aan het werk. Ik kan uitstekend voor mezelf zorgen.'

Dat was allemaal waar, maar wat dan nog? 'Ik wil niet dat je weggaat,' flapte ze eruit. 'Ik vind het fijn dat je er bent.'

'Je moet meer met je dagen doen. Ga werken, neem een tweede kind, zoek iets waar je je energie in kwijt kunt. Je bent gelukkig als je iets omhanden hebt.'

Daar had hij gelijk in, maar ze wist dat dat niet de enige reden was waarom ze wilde dat hij bleef. 'Lucas, je hoort bij de familie.'

Zijn groene blik rustte even op haar. 'Dank je wel. Zo voel ik het ook. Maar mijn eigen leven lonkt.'

Ze begreep wel dat hij zijn eigen leven weer op wilde pakken, maar toch. 'We zullen je allemaal missen.' Grappig dat ze in het begin Lucas helemaal niet aardig gevonden had en nu niet wilde dat hij wegging.

'Ik zal vaak langskomen. Beloofd.'

'Goed.'

Ze stapten in en reden naar het kinderdagverblijf. Dit keer viel het haar meteen op dat de buurt heel erg op gezinnen gericht was. Allemaal huizen met goed onderhouden tuinen, een speeltuintje in het park aan de overkant.

'Leuk,' zei Lucas, terwijl hij uitstapte. 'Gaan ze wel eens met de kinderen naar het park?'

'Weet ik niet. Dat moeten we vragen.'

Jen haalde Jack uit de auto. Hij leek zich het huis te herinneren, want hij rende meteen naar de voordeur. Jen en Lucas liepen achter hem aan.

Rose deed de deur open, in gezelschap van Buddy.

'Mrs. Beldon, leuk u weer te zien.' Rose wendde zich tot Lucas. 'En u bent Mr. Beldon, neem ik aan? Aangenaam.'

Met moeite onderdrukte Jen een giechel toen ze Lucas' geschrokken gezicht zag. 'Zeg maar Jen. En dit is niet mijn man. Lucas is een vriend van ons. Omdat Kirk moest werken, bood Lucas aan om mee te gaan.'

Ze gaf Jack een hand toen hij de ene tree op moest stappen naar de deur en ging toen op haar hurken zitten. 'Herinner je je Buddy nog, Jack?'

Lachend stak Jack zijn armpjes uit naar de hond. Buddy boog zijn hoofd, alsof hij zichzelf meer peuter-vriendelijk wilde maken. Jacks vingers prikten onhandig in de hondennek.

'Vroeger was Buddy een geleidehond,' zei Jen tegen Lucas. 'Hij is heel goed met kinderen.'

Lucas trok zijn wenkbrauwen op, maar zei niets.

Opnieuw leidde Rose hen rond. Dit keer probeerde Jen door de rommel die de kinderen gemaakt hadden heen te kijken. De ramen waren best schoon en het speelgoed ook. Rose liet alles zien, van het schoonmaakmiddel dat ze gebruikte tot de toiletten. Er was een bewakingssysteem en een Nanny-Cam, waar ouders op in konden loggen om te zien wat er in het huis gebeurde.

'Dat is vanzelfsprekend een gesloten netwerk,' legde Rose uit. 'We willen niet dat iedereen zomaar naar onze kindjes kan kijken.'

Jen kreeg een overzicht van alle activiteiten, waar ook op stond wat er aangeboden werd als lunch en als tussendoortje, welke films er vertoond zouden worden en wat er gedaan werd om de cognitieve ontwikkeling te stimuleren. Jack zou leren over letters en cijfers, kleuren en vormen.

Toen ze met zijn drieën vertrokken, had Jen het formulier ingevuld en de eerste maand vooruit betaald. Om te beginnen zou

Jack drie ochtenden per week gaan. Als dat goed ging, kon ze dat uitbreiden.

'Trek je het nog?' vroeg Lucas, terwijl ze terugliepen naar de auto.

'Jawel, hoor. Het is eng, maar ik weet dat het zo het beste is.'

'Jack vindt het er vast geweldig.'

'Dat denk ik ook. Hier kan hij met andere kinderen spelen en dat is belangrijk. Kinderen moeten leren met andere kinderen om te gaan.'

'En jij, Jen? Wat moet jij leren?'

Ze zuchtte. 'Ik denk dat ik moet leren me niet zo aan te stellen.'

Hoofdstuk 20

Zoe begon te vermoeden dat het toch niet zo'n goed idee was geweest om bij haar vader te gaan ontbijten. Weliswaar had ze meer proteïne nodig en had ze geen zin om zelf thuis eieren te staan bakken, maar ze wist niet of de heerlijke omelet opwoog tegen de strenge preek.

'Hij is de vader van je kind,' herhaalde Miguel, voor de zoveelste keer.

'Ja, dat wéét ik.'

'Zal ik met hem gaan praten? Wil je dat? Dat is misschien een goed idee, van man tot man.'

Dat leek Zoe helemaal geen goed idee. Chad had zo zijn tekortkomingen, maar hij zou er een eerlijke strijd van maken. Miguel niet. Leg dat maar eens uit, dacht ze, een slok kruidenthee nemend. 'Ik mis de koffie.'

'Niet ineens over iets anders beginnen.'

'Dat deed ik niet. Het was gewoon een constatering. Pap, ik hou van je. Het is lief dat je je zorgen maakt, maar ik red het wel. En ik ga niet met Chad trouwen.'

'Omdat je dat niet wil of omdat hij je niet gevraagd heeft?'

Ze kreunde. Als ze niet in een restaurant hadden gezeten, had ze haar hoofd tegen de muur geslagen, maar dat was in Inn at the Pier niet zo gepast. Mooi dat ze haar vader niet ging vertellen dat Chad haar een aanzoek had gedaan. Dan zou Miguel helemaal niet meer naar haar willen luisteren. Kat in 't bakkie, zou hij denken. 'Voor een man die zoveel van de wereld gezien heeft, ben je hopeloos ouderwets,' zei ze. 'Ik mis mama.' Veel meer dan de koffie.

Haar vaders ogen werden groot. 'Waarom zeg je dat?'

'Omdat zij je tot inkeer zou brengen. Ze zou zeggen dat je niet zo moet zaniken en dat je mij juist moet steunen.' Bovendien, dacht Zoe verdrietig, als een vrouw voor de eerste keer in verwachting was, dan wilde ze gewoon haar moeder in de buurt hebben.

'Ik zanik niet.'

'Het voelt als zaniken.'

'Dan zal ik mijn mond houden.'

'Echt?'

'Voorlopig.'

Ze schoot in de lach. 'Je bent in elk geval eerlijk.'

'Ik doe mijn best. Hoe voel je je?'

'Prima. Ik heb tot nu toe mazzel. Bijna geen last van ochtendmisselijkheid, werk gaat goed, Steven is er vaak.'

Haar vader trok een gezicht. 'Ik weet niet wat ik van die Steven moet denken.'

'Gelukkig maar dat jij geen relatie met hem hebt dan.'

'Grappig.'

'Ja, misschien is een carrière als stand-upcomedian wel iets voor mij.'

Miguel schudde zijn hoofd. 'Je lijkt op je moeder. Dat weet je toch, hè?'

'Ik hoop het. Dank je. Maar jij bent ook leuk, hoor.'

'Ik maak me zorgen over jou.'

'Dat weet ik, pap. Maar het gaat prima. Ik krijg een kind, zonder Chad. Tenminste, met zo min mogelijk Chad. Ik hoop dat je me in die beslissing wilt steunen.'

'Ik zal mijn best doen. Hoe past Steven in dat plaatje?'

'Daar zijn we nog niet helemaal uit.' Ze legde haar handen om haar beker. 'Ik vind hem heel aardig. Als ik niet in verwachting was, dan zat ik nu met een glas champagne een vakantie naar Hawaï te boeken. Nu kom ik niet verder dan voorzichtig optimistisch te zijn. We doen het rustig aan. Ik kan niet alleen aan mezelf denken. Ik moet rekening houden met de baby.' En met Steven, dacht ze, maar ze was zo verstandig dat niet hardop te zeggen.

'Denk je dat hij het aankan? Dat je een kind krijgt?'

Dat was een legitieme vraag, besloot Zoe. 'Tot nu toe doet hij het prima, maar nu is alles nog een beetje abstract. We moeten maar zien wat er gebeurt als ik opzwel als een watermeloen.'

'Je moeder was prachtig toen ze in verwachting was van jou. De hele tijd.'

'Wat lief dat je dat zegt.' Ze zette haar thee neer. 'Hoe gaat het met jou, pap? Waar ben je zoal mee bezig?'

'Niet veel.'

'Wat is er met Pam gebeurd?' Ze wist dat het laatste gesprek niet goed gegaan was, maar daarna had ze niets meer over Pam gehoord.

'We waren het niet eens met elkaar.'

'Nou, over één ding zijn jullie het in elk geval eens: jullie willen allebei dat ik met Chad trouw.'

Tot haar verbazing schudde hij zijn hoofd. 'Nee, hoor. Zij niet. Ze vindt Chad maar niets en zou teleurgesteld zijn als ik aan zou dringen dat je met Chad moet trouwen.'

'Wat?' Dat Pam partij voor haar gekozen had! 'Ik dacht dat ze een hekel aan me had gekregen.'

'Nee, hoor. Volgens mij heeft Pams reactie helemaal niets met jou te maken.'

Alsof ze dat geloofde, dacht Zoe, met de moed der wanhoop nog een slok kruidenthee naar binnen werkend.

'Ze heeft onverwacht haar man verloren,' ging haar vader verder. 'Daar heeft ze veel verdriet van gehad, en ze wist niet hoe ze met dat verdriet om moest gaan. Nu wil ze alles en iedereen onder controle houden, om de mensen van wie ze houdt te beschermen. Jij bent zwanger van Chad en daartegen kan ze Steven niet beschermen. Daarom reageerde ze zo fel.'

Met open mond keek Zoe haar vader aan. 'O. Mijn. God. Kijk jij tegenwoordig naar Dr. Phil of zo?'

Miguel trok zijn wenkbrauwen op. 'Je onderschat me. Wat een teleurstelling.'

'Kom op, pap. Dat is niet eerlijk. Ik had gewoon niet verwacht dat jij zo emotioneel en begripvol zou zijn.' Ze kreunde. 'Dat klonk niet aardig.' Goed onthouden: ontbijten met haar vader was echt een slecht idee. 'Wat ik bedoel is dat je hier echt over nagedacht hebt.'

'Natuurlijk. Dat zou jij ook moeten doen. Meer begrip tonen.'

'Voor of nadat ik met Chad getrouwd ben?' bromde ze. 'Ik ben zwanger, zij niet. Zou zij niet wat meer begrip voor mij moeten opbrengen?'

'Ja, maar dat zit er niet in, dus is de beurt aan jou.'

'Ik vind het stom om altijd de verstandigste te moeten zijn in een relatie.'

'Dat weet ik,' zei hij glimlachend. 'Maar vooralsnog lukt het je uitstekend.'

'Dus jij vindt haar houding wel oké?'

Zijn glimlach verdween. 'Helemaal niet. Ze heeft jou gekwetst, daarom ben ik kwaad. Maar ik probeer wel te begrijpen waaróm.'

'Dan vind je haar echt aardig.'

'Ze is… intrigerend.'

Zoe wist niet goed wat ze daarvan moest denken. In het begin had ze het wel zien zitten, haar vader en Pam. Het was een beetje raar geweest omdat zij met Pams zoon ging en Pam met haar vader, maar dit was Los Angeles en zulke dingen waren hier vast aan de orde van de dag. Maar haar zwangerschap had alles veranderd.

'Wil je met haar verder?'

Miguel wenkte de serveerster en bestelde nog een koffie. 'Jij nog thee?'

'Nee, dank je.' Ze had het gevoel dat ze zelf naar kruidenthee begon te ruiken.

Wetend dat haar vader uit zichzelf wel op het onderwerp terug zou komen, wachtte ze rustig af.

Inderdaad zei Miguel, zodra de serveerster weg was: 'Ik weet nog niet hoe het verder moet met Pamela. We zijn nog maar een paar keer uit geweest. Ik dacht dat er iets tussen ons zou kunnen ontstaan, maar nu weet ik dat niet meer zo zeker.' Hij glimlachte weer. 'Jij bent mijn dochter. Ik zal altijd achter jou staan.'

'Fijn.' Het liefst had ze gezegd dat Pam een stomme trut was en dat ze haar allemaal moesten negeren. Alleen wist ze dat Pam in wezen heel aardig en leuk was. Dit was de eerste keer dat Pam zich tegenover haar afwijzend en negatief gedragen had. Misschien was ze gek, maar ze was bereid om te denken dat haar vader gelijk had en dat ze Pam het voordeel van de twijfel moest gunnen. 'Ze is heel beschermend tegenover Steven,' gaf ze toe. 'Als vriendin van Steven vond ik het oneerlijk, maar misschien verandert mijn kijk daarop wel als ik zelf een kind heb om me zorgen over te maken.'

Dichter bij een 'Mijn zegen heb je, pa' kon ze niet komen op dat moment.

'Ik kan er nu toch niet veel aan doen,' zei Miguel schouderophalend. 'Ze is op reis. Ik neem pas een beslissing als ze terug is.'

'Wacht je op een teken?' vroeg ze plagend.

'Je weet het nooit. Het kan raar lopen.'

Dat hoefde niemand Zoe te vertellen. Zelf was ze per ongeluk zwanger geraakt van haar ex. Dat viel absoluut in de categorie 'raar'.

Pam stond met haar vriendinnen te kijken naar de dubbele rij stenen die de plaats markeerde waar de Berlijnse muur had gestaan. Er waren winkeltjes en restaurants en daarachter het prachtige Ritz-Carlton Hotel. Het was moeilijk voor te stellen dat ze nog geen veertig jaar geleden in het niemandsland zou hebben gestaan tussen de twee helften van de stad.

Op een poster was te zien hoe het hier vroeger geweest was. Daar keek ze naar, en toen keek ze weer om zich heen. Bussen, auto's en winkels even verderop. Haar brein kon het heden en verleden niet met elkaar in verband brengen.

'Dit is mijn favoriete stad,' zei Laura, die foto's stond te nemen met haar telefoon.

Olimpia schoot in de lach. 'Dat zeg je in elke stad. Elke stad is je favoriet.'

'Dat is niet waar.'

'Jawel,' bevestigde Eugenia. 'Twee dagen geleden was Oslo je favoriete stad, daarvoor Kopenhagen. Ik weet zeker dat Sint Petersburg die eer ten deel zal vallen als we daar zijn.'

'Jammer,' verzuchtte Laura. 'Nu wil ik met jullie allemaal niet meer praten. Ongezellig.'

De anderen lachten. Pam lachte mee, meer uit beleefdheid dan omdat ze de opmerkingen grappig vond. Die waren best grappig, hoor. Het lag gewoon aan haar.

Vanaf het moment dat ze Mischief Bay verlaten had, had ze zich vreemd gevoeld. Niet lekker. Niet echt ziek, gewoon een beetje van de kaart. Van welke kaart dat dan moest zijn, had ze nooit begrepen, maar zo voelde ze zich nu. Verdrietig. Nee, niet verdrietig. Hoe dat voelde, wist ze nog maar al te goed. Na het overlijden van John was verdriet haar enige metgezel geweest. Haar ademhaling. Haar leven. Dit was anders.

Ze miste de kinderen. Ja, dat in elk geval. Ze had steeds zin om Jen en Steven een berichtje te sturen om te vragen hoe het met ze ging. De afstand was het probleem niet, want ze had speciaal een internationale belbundel aangevraagd. Maar wat moest ze zeggen? Zo vrolijk was hun afscheid niet geweest.

'Dat ziet er leuk uit,' zei Eugenia, wijzend naar een café. 'Laten we daar gaan lunchen en daarna een beetje door de stad lopen. We hebben nog drie uur voor we terug moeten naar de haven.'

Ze hadden al een rondrit door de stad gemaakt waarbij de belangrijkste bezienswaardigheden aan bod waren gekomen, inclusief de Brandenburger Tor en Checkpoint Charlie. Nu hadden ze de tijd aan zichzelf tot het tijd was om met de bus en de trein terug te gaan naar hun schip.

Het tentje aan de overkant zag er inderdaad gezellig uit. Het had grote ramen en was binnen vrolijk verlicht.

'We zijn in Duitsland,' zei Olimpia. 'Dus ik zeg: we gaan aan het bier.'

'Ik doe mee,' zei Eugenia.

Pam knikte afwezig en mompelde dat ze naar de wc ging. Daarvoor moest ze langs de bar. Er hingen allemaal affiches van oude drankreclames aan de muur. Toen Pam achter de bar de hoek om ging, stond ze ineens oog in oog met een grote reclame voor Saldivar Tequila, waar een knappe man op stond die zij toevallig kende.

De foto was een jaar of tien, vijftien geleden genomen, gokte ze. Miguel stond aan de bar in een tropische omgeving. Zijn glimlach was uitdagend, zijn houding uitnodigend. Ze hoorde zijn sexy stem bijna fluisteren: 'Pamela.'

Totaal onverwacht prikten de tranen in haar ogen. Verwoed knipperend liep ze door naar de toiletten. Toen ze terugliep naar hun tafeltje, vermeed ze het naar het affiche te kijken. Ze zat nog maar net toen Olimpia vroeg: 'Wat is er gebeurd? Gaat het wel, Pam?'

Afwachtend keken haar vriendinnen haar aan.

'Je moet het zeggen, hoor, als je je niet lekker voelt,' zei Eugenia vriendelijk.

Pam perste haar lippen op elkaar. 'Niets aan de hand,' mompelde ze.

'Hm-m.' Laura leunde achterover. 'We hebben trouwens een biertje voor je besteld, ik hoop dat je dat lust. En nee, we veranderen niet van gespreksonderwerp. Er is iets aan de hand. Je bent jezelf niet. Al sinds New York. Vertel op.'

Pam zuchtte. 'Dat gaat niet. Dan vinden jullie me niet meer aardig.'

De andere vrouwen keken elkaar aan. 'Ik geloof niet dat iemand van ons zo oppervlakkig is,' zei Olimpia. 'Maar mocht dat zo zijn, dan kun je ons beter kwijt dan rijk zijn.'

De tranen prikten weer in haar ogen, maar Pam nam zich voor niet te huilen in het buitenland.

De serveerster kwam terug met vier grote pullen bier. De vrouwen klonken voordat ze weer naar Pam keken, die begreep dat ze de waarheid moest vertellen als ze niet binnen vijftien seconden met een plausibele leugen kwam.

'Jen en Steven willen niet meer met me praten,' zei ze, starend naar het bierviltje op de houten tafel. 'Ik zei tegen Steven dat hij een grote vergissing begaat door bij Zoe te blijven. Dat hij weg moet gaan bij haar. Dat hij zijn leven zou vergooien als hij bij haar bleef. Of woorden van die strekking. Jen zei dat ik me er niet mee moest bemoeien, maar ik wilde niet naar haar luisteren.

Bovendien is Zoe haar vriendin. Dus zij is ook kwaad op me. En ik begin me af te vragen of dat niet terecht is.'

Toen Pam opkeek, zag ze dat haar vriendinnen haar medelevend en begripvol aankeken. 'Ik wil helemaal niet onaardig zijn, echt niet. Ik probeer altijd alles van hun kant te bekijken. En ik vind Zoe aardig. Ik gun haar het beste. Alleen... Chad is echt een vervelende vent en nu zit ze haar hele leven aan hem vast. Dat wil ik niet voor Steven. Ik wil niet dat hij andermans kind op moet voeden. Ik wil dat hij krijgt wat zijn vader en ik hadden. Zijn eigen kindjes. Niet die van een ander. Ik weet gewoon dat dit slecht af gaat lopen en dat Steven ongelukkig zal worden. Ik wil hem beschermen maar dat kan niet omdat niemand naar me wil luisteren.' Ze nam een slok voor ze verderging. 'Hij gelooft me gewoon niet. Hij vindt dat ik overdreven reageer en toen hebben we ruzie gehad. Ik heb dingen gezegd die...' Ze schudde haar hoofd. 'En nu mis ik ze zo.'

'En Miguel?' vroeg Eugenia zacht.

'O, dat heb ik ook helemaal verprutst.'

'Wat wil je het liefst?'

'Dat weet ik op het moment echt niet meer. Ik ben zo in de war. Het liefst... praat ik er gewoon niet over.'

'Oké, dan praten we er niet meer over,' zei Olimpia.

Dus bestelden ze lunch en praatten verder over wat ze die ochtend gezien hadden en hoe de stad veranderd was.

'Ik wil nog wel langs de chocolaterie die we op de heenweg gezien hebben,' zei Laura. 'Daar kunnen we vast een lekker toetje vinden.'

Daar was iedereen het mee eens. Pam bedacht dat ze wel wat chocola mee kon nemen voor thuis.

De lunch werd gebracht en ze begonnen te eten. Het gesprek kabbelde voort, maar Pam liet het een beetje langs zich heen gaan. Het was fijn om te weten dat haar vriendinnen dat niet erg vonden. Ze had tijd en rust nodig om na te denken en ze wist dat de anderen haar die ruimte zouden geven.

Voor ze vertrokken, liep ze terug naar het gangetje achter de bar om een foto te maken van het affiche met Miguel, die ze naar hem stuurde met een korte mededeling eronder. Het lijkt wel of je overal bent.

Het was in Berlijn twee uur 's middags, dus in Mischief Bay moest het een uur of zeven 's ochtends zijn. Toch kreeg ze al na een paar seconden bericht terug.

Is dat leuk of niet leuk?

Ze aarzelde voor ze antwoordde. Ze wist niet precies wat hij bedoelde, en wat zij dacht of voelde. Wat zij wilde, dat begreep ze wel, was een link met thuis, en op dit moment was Miguel de enige met wie ze contact had. Leuk, stuurde ze terug, voor ze met haar vriendinnen naar buiten liep.

De docent van de Mischief Bay High School die 's ochtends Engelse literatuur moest geven, had ook geen invalkrat klaarstaan. Wel vond Zoe een gedetailleerd lesplan, een lijst met leerlingen aan wie je hulp kon vragen en een paar aantekeningen over hoe de discussie in goede banen te leiden.

'Dat wordt geen Sky High kijken dit keer,' mompelde Zoe in zichzelf, toen ze alle informatie doorgenomen had.

De klas was bezig met Shakespeare. Leerlingen mochten zelf een onderwerp kiezen, zolang het niet te beperkt was. Het moest betrekking hebben op een van zijn stukken of zijn poëzie. Hoewel Zoe tijdens haar studie colleges had gevolgd over Shakespeare, had ze het gevoel dat deze bovenbouwstudenten haar flink zouden uitdagen. Leuk.

De school werkte met blokken: verschillende vakken op verschillende dagen voor een langere periode. Dat was niet een concept waar Zoe vertrouwd mee was. Deze ochtend had ze tweeëneenhalf uur achter elkaar Engelse literatuur en na de lunch twee uur gewoon Engels.

Precies op tijd kwamen de leerlingen van de literatuurklas binnen. Ze namen haar nieuwsgierig op, maar niet uitgesproken vijandig. Zoe stelde zich voor en nam de presentielijst door. Slechts een paar keer struikelde ze over een naam en er was elke keer een leerling die haar uitspraak vriendelijk corrigeerde.

Tegen het bureau geleund liet ze haar ogen nog eens over de aantekeningen gaan. 'Jefferson, jij begint vandaag met de discussie. Jij bent A Winter's Tale aan het lezen, klopt dat?' vroeg ze, opkijkend.

Jefferson, een lange slungel, klapte zijn laptop open en tikte iets in. 'Dat klopt. Het is heel interessant, vooral door de herhaaldelijke stemmingswisselingen.' Hij keek haar aan. 'U heeft het gelezen, neem ik aan?'

Ze verbeet een glimlach. 'Jazeker.' Heel lang geleden weliswaar, maar ze herinnerde zich er vast nog genoeg van om zich door de discussie heen te bluffen.

'En dit bijvoorbeeld...' Hij begon te lezen.

'Is het jaar op streek, de zomer nog niet dood, de kou
Van de winter nog ver weg, dan zijn de mooiste bloemen
Onze anjers en gestreepte duizendschonen, bastaarden der natuur, volgens sommigen, waarvan
Onze inheemse tuinen vrij zijn; en ik hoef daarvan geen stekjes.'

Hij keek op. 'Dat zette me aan het denken. Shakespeare verwijst heel vaak naar bloemen.'

Een paar leerlingen kreunden. Een meisje met donker haar op de voorste rij schudde lachend haar hoofd. 'Sorry, hoor,' zei ze. 'Maar Jefferson is dol op spreadsheets. Daar is hij volgens mij verslaafd aan. Waarschijnlijk heeft hij nu een spreadsheet gemaakt met alle bloemen die in alle Shakespearestukken voorkomen, met de verwijzingen erbij.' Ze grijnsde. 'U bent gewaarschuwd.'

Jefferson deed of hij haar niet gehoord had. 'Ik heb op internet wat onderzoek gedaan en toen alle verwijzingen naar bloemen in een schema gezet.'

Meer gekreun.

'Ja, wat nou?' vroeg hij. 'Dat is hartstikke interessant. Shakespeare stopt zelfs bloemen in de koningsdrama's. Ze zitten overal.'

'Logisch, man. Bloemen, hè? Ze hadden weinig anders om over te praten. Appen konden ze nog niet.'

'Er zit meer achter,' hield Jefferson vol, zijn donkere haar uit zijn gezicht strijkend. 'Bloemen hadden toen echt nog een betekenis. Een bepaalde waarde. Sommige bloemen stonden voor emoties, andere waren symbool voor misstanden of zo. Luister maar.' Hij schraapte zijn keel en begon weer te lezen.

'En dat komt met tranen: deze zomerbloemen
Zijn niet bestemd voor mannen van zekere leeftijd.'

Jefferson keek op. 'De bloemen zijn vrouwen, snap je? Meisjes. Jonge meisjes voor oude mannen. De zomerbloem verwijst naar een levensfase, niet naar de echte zomer.' Hij wees naar het meisje op de voorste rij. 'In jouw stuk zitten ook bloemen.'

'Wat lees jij?' vroeg Zoe.

Jefferson rolde met zijn ogen. 'Romeo and Juliet. Verschrikkelijk. Maar wel met bloemen.'

'"*What's in a name*", bedoel je?' vroeg Zoe. '"Dat wat wij een roos noemen, zou met een andere naam even heerlijk ruiken?"'

'Precies. Weer bloemen. Weet je, ik denk dat die bloemen het hele verhaal verklaren. Ze overleven de winter, worden gezien als Gods zegen. "Ze strijden niet, ze liegen niet." Om Shakespeare nog maar eens te citeren.'

'En ik denk dat Jefferson niet goed snik is,' grapte een van de jongens.

'Nou, denk dat maar lekker. Als ik aangenomen word op Harvard zullen we nog wel eens zien of je dan nog zo moet lachen.'

'Heeft er nog iemand een bloementheorie?' vroeg Zoe.

Het gesprek verliep soepel. Zoe vond het leuk om naar hun ideeën te luisteren. De tijd vloog voorbij. Toen de les afgelopen was, hield ze Jefferson even staande bij de deur.

'Dank je wel. Ik denk dat ik A Winter's Tale maar eens ga herlezen.'

Hij grinnikte. 'Het is niet mijn lievelingsstuk, maar het is wel interessant.'

Tijdens de lunch ging Zoe naar de lerarenkamer. Ze had brood meegenomen en vond een plaatsje aan een van de tafels. De andere docenten waren aardig en hartelijk. Ze moest toegeven dat ze vandaag interessanter vond dan de dag op de lagere school.

Terwijl de middaggroep bezig was met hun opstel, bladerde zij door het lesboek, denkend aan de tijd dat ze in de onderbouw les had gegeven. Sommige leerlingen daar konden nog wel belangstelling voor haar lessen opbrengen, veel ook niet. Het had haar tijd en moeite gekost om de stof zo interessant te maken dat iedereen bij de les bleef. Destijds had ze gedacht dat ze niet geschikt was voor het vak.

Dat was ook de tijd geweest waarin ze had zitten dromen over

Chad. Dat hij ooit bij zinnen zou komen en zou inzien dat ze voor elkaar geschapen waren. De omstandigheden hadden tegen haar samengespannen. Ze had de kans gekregen om haar baan-om-de-rekeningen-te-betalen uit te breiden, zodat ze meer geld kon verdienen in minder tijd. Haar moeder was ziek geweest en Zoe wilde tijd hebben om bij haar te zijn. Ze vond toch geen bevrediging meer in haar werk. Of in haar leven, misschien. Hoe dan ook, ze was gestopt met lesgeven en was fulltime handleidingen gaan vertalen.

Haar pad was zo duidelijk geweest, dacht ze, een bladzijde omslaand. Ze was zo zeker geweest van haar keuze. De ziekte van haar moeder had haar afgeleid van de uitzichtloosheid van haar relatie met Chad. De dood van haar moeder had haar gebroken. Pas toen ze in haar eentje op de zolder vast had gezeten, had ze zich gerealiseerd hoe leeg en saai haar leven geworden was.

Wat ze precies van de toekomst verwachtte, wist ze niet, maar handleidingen vertalen, zou er geen belangrijke rol meer in spelen. Ze wilde meer. Betrokkenheid bij andere mensen. Een uitwisseling van ideeën. Ze miste het lesgeven. Dat wilde ze nog wel toegeven. Wat veel moeilijker was, was accepteren waar haar vader haar een paar weken geleden op had gewezen: dat ze haar hele leven had omgegooid voor een man.

Zoals zoveel mensen had ze zich laten leiden door de schoonheid van de bloem, in plaats van naar de inhoud te kijken. Of beter: het gebrek aan inhoud.

Ze glimlachte in zichzelf. Oké, het ging niet goed met haar als ze metaforen met bloemen en Chad en Shakespeare door elkaar ging halen. Het punt was, waarschijnlijk, dat ze meer dagen wilde zoals vandaag. Dagen waarop ze kon hopen dat een onverwacht gesprek over de betekenis van woorden en het veranderen van die betekenis in de loop der tijd, een leerling altijd bij zou blijven.

Ze wilde terug naar het vak waar ze altijd van gehouden had. De vraag was alleen wanneer en in welke hoedanigheid. Door haar zwangerschap zou het moeilijker zijn een nieuwe baan in te passen. Bovendien wilde ze graag de eerste maanden thuis zijn voor de baby. En eerlijk gezegd stond ze niet te springen om terug te gaan naar de onderbouw.

Ze dacht aan haar gesprek met de decaan van Cal State Dominguez Hills. Als ze haar master haalde, had ze meer opties. Dan kon ze in de bovenbouw lesgeven of zelfs in het hoger onderwijs.

Er moesten dus een paar beslissingen genomen worden. Het was een geluk dat ze zoveel opties had, dat realiseerde ze zich ook. En wat Chad betrof: ze was vastbesloten om te leren van haar fouten. Wat ze in de toekomst ook zou besluiten, ze zou haar keuze baseren op wat het beste was voor haar en haar baby. Niet voor Chad of Steven of wie dan ook. Dit was haar leven, daar moest zij de ster in zijn. En als ze dan toch in zo'n slagvaardige bui was...

Ze pakte haar mobiele telefoon en begon een e-mail te schrijven. Na een paar valse starts wist ze wat ze wilde zeggen.

Lieve Pam,

Het spijt me dat je zo van streek bent door mijn zwangerschap en wat dat betekent voor Steven en mij. Het spijt me niet dat ik zwanger ben. Het is bijzonder en verwarrend en eng, en ik baal er enorm van dat Chad de vader is, maar het spijt me niet. Ik weiger spijt te hebben van zoiets bijzonders. Deze baby is een geschenk uit de hemel, hoe hij of zij ook ontstaan is. En hoewel het me spijt dat jij niet gelukkig bent, ga ik me niet verontschuldigen voor wat er gebeurd is. Nu niet en later ook niet.

Ik had gedacht, gehoopt eigenlijk, dat we vriendinnen konden blijven. Ik dacht tenminste dat je mijn vriendin was, maar nu begrijp ik dat ik dat verkeerd heb ingeschat. Ik begrijp dat je je zoon verkiest boven mij – wat ik jammer vind, is dat je het gevoel hebt dat je moest kiezen. Dat je niet gelukkig kunt zijn voor hem én voor mij. Ik zal hem nooit kwetsen. Daarmee beweer ik niet dat hij nooit gekwetst zal worden. Pijn hoort bij het leven. Als je dat wilt voorkomen, moet je in een grot gaan wonen en nooit met iemand praten.
Het is grappig: ik vond jou altijd een perfecte vrouw, met een perfect leven. Nu besef ik dat je net als ieder ander bent. Veel goeds, hier en daar wat slechts en vooral veel bluffen om vooruit te komen. Dit inzicht had ons dichter bij elkaar kunnen brengen. Helaas komt het te laat. Je gelooft me misschien niet, maar ik wens je het allerbeste.

Zoe verstuurde de mail voor ze van gedachten kon veranderen. Of het een goede zet was geweest, wist ze niet, maar nu was er niets meer aan te doen. Misschien was dat wel de oplossing, dacht ze, haar telefoon terug stoppend in haar tas. De bruggen achter je verbranden zodat je niet meer hoefde te twijfelen, omdat er geen weg terug meer was.

Hoofdstuk 21

Zaterdagmiddag, aan het eind van Jens wekelijkse kwartiertje geeststilte, zoals ze het zelf noemde, opende ze haar ogen. Het was stil in huis. Kirk was aan het werk en Lucas was verhuisd naar zijn eigen huis. Jack deed zijn middagdutje, al kon hij nu elk moment wakker worden.

Ze liet zichzelf genieten van de rust. Zo simpel was het. Stilte was niet het ontbreken van iets. Ergens in haar borrelde irrationele paniek op, alsof die een opening probeerde te vinden. Dat gebeurde wel vaker, maar ze had geleerd er objectief naar te kijken in plaats van het te voelen.

De medicijnen waren aangeslagen. Ook het besef dat er niets mis was met haar zoon was tot haar doorgedrongen. Als er al iets mis was, dan was het met háár. Die waarheid was wat lastiger te verwerken. Meestal was het een strijd tussen woede en schuldgevoel, waarbij schuldgevoel bijna altijd won. Het lag aan háár dat haar zoon niet wilde praten. Het was haar schuld, alleen maar haar schuld. In haar poging de beste moeder ter wereld te zijn, had ze het helemaal verpest. Daar konden alle natuurlijke schoonmaakmiddelen en al het biologische voedsel niet tegenop.

Als haar moeder terug was van haar cruise, zou Jen haar vragen of ze een paar uur op Jack wilde passen, om te bevestigen dat hij echt tegen iedereen praatte behalve tegen haar. Maandag begon hij op het kinderdagverblijf. De eerste week zou ze dagelijks een verslag krijgen. Ze had zo'n voorgevoel dat daarin zou staan dat Jack de leidsters de oren van het hoofd kletste.

'Dan zal ik daar blij mee zijn,' nam ze zichzelf hardop voor, voor ze opstond en het bed gladstreek.

In de keuken controleerde ze of ze alles in huis had voor het eten. Toen keek ze naar de klok en fronste. Inmiddels had Jack al lang wakker moeten zijn. Meestal hield hij zich vrij precies aan zijn schema, zeker overdag.

Ze liep naar zijn kamertje. Hoewel de gordijnen dicht waren, was er nog licht genoeg om alles te kunnen zien. 'Hé, knulletje. Word je wakker?' vroeg ze, naar het bedje lopend.

Jack reageerde nauwelijks. Jen deed het licht aan en zag dat zijn wangen rood waren. Toen ze haar hand op zijn wang legde, voelde ze dat zijn huid gloeide.

'Jack.' Ze deed de zijkant van het bedje omlaag en tilde hem op. 'Kijk me eens aan, lieverd.'

Hij lag slap in haar armen. Snel liep ze met hem naar de badkamer, hem op haar ene arm overbrengend zodat ze met de andere het laadje met de thermometers open kon doen. Eerst gebruikte ze de thermometer die je alleen maar tegen het voorhoofd hoefde te houden. Het duurde een seconde voor die gebruiksklaar was. Toen ze de temperatuur zag, schrok ze. 39,8.

'Niets aan de hand,' zei ze, meer tegen zichzelf dan tegen Jack. 'Nog een keer proberen.'

De oorthermometer gaf hetzelfde aan. Met Jack nog steeds op een arm, rende ze naar de kamer om haar telefoon te pakken.

Het duurde twee minuten voor ze alle keuzemenu's van haar kinderarts had doorlopen en een bericht op het antwoordapparaat had achtergelaten. Of ze zo snel mogelijk terug wilde bellen. Daarna pakte ze schone theedoeken, maakte die nat en depte er Jacks gezicht en armen mee. Jack, die inmiddels op de bank lag, opende even zijn ogen en sloot ze meteen weer. Hij reageerde nog steeds nauwelijks, zelfs niet toen ze voor hem begon te zingen.

Haar maag was een grote knoop. Even overwoog ze het bad aan te zetten, maar ze besloot niets te doen voor ze de dokter gesproken had. Tot die tijd gaf ze hem zelfs geen paracetamol. Eerst wilde ze weten of ze met hem naar het ziekenhuis moest of niet.

Vijf eindeloze minuten later ging de telefoon.

'Hallo?'

'Mrs. Beldon? Met dokter Wilson. Ik heb vanavond dienst. Vertel eens, hoe is het nu met Jack?'

'Hij reageert bijna niet. Ik heb hem nog niets gegeven omdat ik wilde wachten tot ik u gesproken had. Ik neem hem af met koude, vochtige doeken, maar wist niet of hij in bad moet of zo.'

'Wilt u nog een keer temperaturen?'

Ze haalde de voorhoofdthermometer uit de zak van haar spijkerbroek en legde die even op Jacks voorhoofd. 'Het is nu 39.9.'

'U zult hem naar de Spoedeisende Hulp moeten brengen. Lukt dat, of moet ik een ambulance laten komen?'

Ze bedacht hoelang ze er zelf over zou doen. 'Ik ben er denk ik even snel,' zei ze. 'Ik kom eraan.'

'Waar gaat u heen?

'Mischief Bay Memorial.'

'Ik zal ze alvast bellen om te zeggen dat u eraan komt. Dan staan ze klaar.'

'Fijn. Dank u wel.'

Overvallen door paniek bleef ze een paar seconden staan. Toen duwde ze het paniekgevoel weg. Hoe beroerd ze zich ook voelde, ze wíst dat ze ademhaalde. Jack was belangrijker.

Ze schoot schoenen aan, pakte haar tas en tilde Jack op. Zijn hoofd rolde achterover, alsof hij buiten bewustzijn was. Ze onderdrukte een angstkreet en controleerde of hij nog ademhaalde. Ja, zijn borst ging op en neer en ze voelde zijn warme adem tegen haar wang. Dus rende ze naar haar auto en zette hem in zijn stoeltje. 'Hou vol, Jack. Ik hou van je. Het komt goed.'

Na de garagedeur geopend te hebben, reed ze voorzichtig de garage uit. Hoeveel haast ze ook had, ze wilde nu geen brokken maken.

Het was nog geen vijf kilometer rijden. Het liefst had ze Kirk meteen gebeld, maar nu concentreerde ze zich op de weg. Ze moest Jack veilig in het ziekenhuis zien te krijgen. Daarna zou alles goed komen.

Zonder op de borden en strepen te letten zette ze de auto stil voor de ingang van de Spoedeisende Hulp. Met Jack in haar armen rende ze naar binnen. 'Er is gebeld!' riep ze, naar de receptie hollend. 'Ik ben Jen Beldon. Mijn zoon Jack is twintig maanden. Hij heeft hoge koorts en wordt niet meer wakker. Help me, alstublieft!'

De vrouw achter de balie wierp een blik op het roerloze kind en riep meteen om hulp. Er kwam een verpleger aan gerend, op de voet gevolgd door een arts. Ze namen Jack van haar over en liepen met hem een gang in. Jen liep er achteraan.

In de onderzoekskamer vuurde de arts een hele reeks vragen op haar af. Gelukkig had ze de data van Jacks inentingen in haar telefoon staan. De verpleger nam zijn temperatuur op en de arts vroeg naar mogelijke allergieën. Ze brachten een infuus aan met vocht en medicijnen en namen bloed af. Er kwam een vrijwilliger binnen, die naar haar autosleutels vroeg zodat ze de auto weg kon zetten. Toen pas liep Jen de gang in om Kirk te bellen.

Haar handen trilden zo dat ze nauwelijks op de sneltoets voor Kirks nummer kon drukken. Toen het eindelijk gelukt was, werd ze meteen doorgeschakeld naar de voicemail.

'Met mij,' zei ze met dikke stem. 'Ik ben in het ziekenhuis, met Jack. Op de Spoedeisende Hulp. Hij heeft hoge koorts. Bel me zodra je dit hoort.'

Ze hing op en probeerde Lucas, maar ook daar kreeg ze meteen de voicemail. Dat betekende dat ze bezig waren met een klus en niet gebeld konden worden.

Ten einde raad belde ze haar broer, toen Zoe, maar niemand nam op. Haar moeder was in Europa.

Ze liep de kleine onderzoekskamer weer in en ging naast Jack zitten. Hij zag er zo klein uit, op die grote tafel. Ze legde haar hand tegen zijn wang. Tot haar grote opluchting voelde hij al wat minder warm aan. Kennelijk deden de medicijnen hun werk. Maar waarom werd hij dan niet wakker?

Om de vijf minuten kwam de verpleger even kijken hoe het ging. De arts kwam zeggen dat ze met de bloedtests bezig waren. 'Vooralsnog ga ik ervan uit dat het een of ander virus is,' zei hij. 'Straks weten we meer.'

Jen wist niet hoelang ze zo naast Jack had gezeten, tegen hem pratend, voor hem biddend. Haar hele lichaam deed pijn en ze worstelde met een angst die groter was dan ze zich ooit voor had kunnen stellen. Maar ze bleef rustig. Ze moest wel. Jack had haar nodig.

Om hen heen gebeurde er van alles. Er meldden zich andere mensen bij de Spoedeisende Hulp. Het personeel bracht apparatuur, technici deden allerhande testjes. Het was druk en lawaaiig en ze wilde overal liever zijn dan daar.

Het leek uren later, toen Jack eindelijk zijn ogen opende. Hij draaide zijn hoofd en glimlachte naar haar.

'Dag, lieverd,' fluisterde ze. 'Hoe gaat het? We zijn in het ziekenhuis. Je was ziek, maar nu maken ze je weer beter.'

De verpleger kwam binnen. 'Kijk nou eens. Hij is wakker. Heb je dorst, knul? Wil je wat drinken?'

Jack knikte zwakjes. Jen hielp hem een beetje overeind te komen en hield het kleine kartonnen bekertje vast terwijl hij een paar slokjes nam. Toen ging hij weer liggen, met zijn kleine handje in de hare.

Op haar telefoon had ze een app met verhaaltjes. Die opende ze en ze begon hem voor te lezen. Ongeveer een uur later kwam de dokter zeggen dat ze dachten aan een virusinfectie in plaats van een bacteriële infectie. Inmiddels was de koorts gezakt tot 38,3. Dat nieuws was nog maar net doorgedrongen toen Kirk belde om te zeggen dat hij eraan kwam. Na hem gerustgesteld te hebben, las ze weer verder.

Tegen de tijd dat Kirk en Lucas arriveerden, zat Jack te spelen met wat speelgoed dat de verpleging gebracht had. Zijn wangen waren nog wat rood, maar het was duidelijk dat het stukken beter met hem ging. Kirk sloeg eerst zijn armen om haar heen, voordat hij Jack een knuffel gaf. Tot haar verbazing omhelsde Lucas haar ook stevig.

'Hoe gaat het met hem? Wat zeggen de artsen?'

Jen bracht hen op de hoogte.

'En jij?' vroeg Kirk bezorgd. 'Hoe gaat het met jou?'

'Goed.'

Terwijl ze dat zei, realiseerde ze zich dat het waar was. Ze was nog een beetje bibberig, maar het ging goed. Deze crisis had ze op eigen kracht overleefd. Ze was niet in paniek geraakt, had de juiste beslissingen genomen. Ze was sterk geweest.

Misschien dat haar eigen medicatie en het dagelijkse kwartiertje rust daarbij hadden geholpen. Misschien had ze zich erdoorheen geslagen omdat ze nu eenmaal Jacks moeder was en wist wat ze wel en niet moest doen. Hoe het ook kwam, ze wist nu dat ze zoiets aankon en dat gaf haar een soort machtsgevoel. Niet dat ze nu dacht dat alles opgelost was. Dat ze een of andere wonderbaarlijke genezing had doorgemaakt. Natuurlijk zouden er nog momenten komen waarop ze zich het liefst af zou sluiten voor de hele wereld of het juist uit zou willen schreeuwen van angst. Maar het besef dat ze in haar eentje een crisis het hoofd kon bieden, was iets waar ze heel lang kracht uit zou kunnen putten.

Een van de leukste dingen van thuiskomen was verwelkomd worden. Omdat Pam niet wist wat Jen en Steven zouden zeggen als ze haar zagen, was ze extra blij met Lulu's enthousiaste begroeting. Het hondje sprong opgewonden blaffend om haar heen toen ze haar op kwam halen bij Shannon. Onderweg naar huis kroop ze zelfs op schoot. Thuis week ze geen centimeter van Pams zijde. Elke keer dat Pam iets uit de koffer haalde, sprong Lulu erin.

'Nee, ik ga niet weg,' verzekerde Pam haar. 'Ik ben terug. Daarom gaan de spullen eruit, en niet erin.'

Dat leek Lulu niet te overtuigen. Ze verloor haar baasje geen moment uit het oog.

'Ja, ja, ik voel me schuldig. Heel erg schuldig. Nou goed?'

Lulu gaf haar een hondenkusje en nestelde zich met een diepe zucht tegen de koffer aan op het bed.

'Ik ben ook blij om jou weer te zien.'

Toen ze klaar was met uitpakken, las ze haar e-mail. Er waren heel veel nieuwe berichten. Op het schip had ze ook wel internet gehad, maar na een rottig bericht van Zoe had ze haar mailbox niet meer geopend. Vlak na hun vertrek uit Berlijn had ze het mailtje gelezen en ze had er nachten van wakker gelegen, piekerend over wat Stevens vriendin en ooit ook haar vriendin had gezegd.

Eerst gooide ze alle junkmail weg, toen begon ze aan de rest. Er zaten wat rekeningen tussen en een berichtje van Filia, die zo snel mogelijk een afspraak wilde maken. Pam stelde een aantal data voor, drukte op *send* en keek naar Lulu.

'Niemand heeft me een berichtje gestuurd,' zei ze.

Bezorgd keek Lulu terug.

'Dat is niet erg, hoor. Iedereen heeft het druk. Dat begrijp ik wel. Ik ben niet het middelpunt van het universum. Maar toch...'

Normaal gesproken kreeg ze van minstens een van haar kinderen wel een welkom-thuisberichtje. En Miguel had ook niets meer van zich laten horen na het korte sms-contact in Berlijn.

Was zij aan zet? Moest zij contact met hem opnemen? Moest ze...

Haar telefoon piepte. Het was een sms van Brandon. Hij vroeg hoe haar reis was geweest en zei dat hij plannen had om in het najaar langs te komen. Er was dus gelukkig nog iemand die om haar gaf.

Na hem een berichtje teruggestuurd te hebben, maakte ze een boodschappenlijstje. Niet dat ze vandaag nog boodschappen zou gaan doen – Lulu zou helemaal in paniek raken als ze haar zo snel alweer alleen liet. En haar meenemen naar de winkel in deze nerveuze toestand zou ook alleen maar problemen opleveren. Mensen deden zo moeilijk over honden in winkels waar ze hun eten kochten. Onzin, vond Pam dat. Zagen ze wel hoe vies sommige kinderen waren?

'Over vies gesproken,' zei ze tegen Lulu. 'We gaan jou eens lekker in bad doen. Dan trekken we onze pyjama aan en gaan lekker vroeg naar bed. Morgen gaan we boodschappen doen en misschien even langs Jen.'

Lulu kwispelde tevreden.

De volgende ochtend stuurde ze Jen een sms'je met de vraag of ze later die dag langs kon komen.

Ben je al terug! Ik dacht dat je vanmiddag pas thuis zou komen. Ja, leuk als je langskomt. Ik kan wel wat gezelschap gebruiken.

‘Zeker weer een crisis,’ mompelde Pam tegen Lulu.

Ze verzamelde de cadeautjes die ze meegenomen had, nam Lulu onder de arm en liep naar de auto.

Nog voordat ze aangebeld had, deed Jen de voordeur open en sloeg haar armen om haar heen. ‘Hoe gaat het? Heb je een leuke reis gehad? Ik moet zeggen: ik ben altijd een beetje jaloers als je zo’n cruise maakt, maar deze had ik zelf ook echt heel graag willen maken. Al die mooie steden! Nou ja, misschien komt het er ooit nog van.’

‘Het was geweldig.’ Pam zette Lulu op de grond. ‘Ze is gisteren in bad geweest.’

‘Terwijl je net terug was? Dat had je voor mij niet hoeven doen, hoor.’ Ze hurkte naast Lulu neer en kriebelde haar achter een oor. ‘Dag mooie meid. Hoe gaat het met jou? Jammer dat Jack er niet is om met je te spelen.’

Pas op dat moment realiseerde Pam zich dat Jen haar zoon niet op de arm had. En hem alleen in de kamer laten was geen optie. ‘Wat? Waar is hij?’

‘Op de crèche. Hij gaat drie ochtenden per week.’

Pam voelde haar mond openvallen. ‘Sinds wanneer? Ik ben maar drie weken weg geweest!’

‘Ik weet het. Kom binnen, dan zet ik even koffie.’

In de keuken keek Pam om zich heen. Het viel haar op dat het aanrecht niet zo perfect schoon was als anders. Op de koffietafel in de woonkamer lag zelfs een stapel boeken. Jen zette koffie en pakte uit een trommel een handvol koekjes, die ze op een schoteltje legde. Ze gingen allebei aan tafel zitten, en Lulu sprong op een derde stoel.

Pam begon te vertellen over haar reis. ‘Ik ben bezig met een digitaal fotoalbum. Als het af is, zal ik het ook naar jou sturen,’ zei ze. ‘En ik heb natuurlijk iets voor jou en Kirk meegenomen. En voor Jack, natuurlijk.’

Uit haar tas haalde ze een grote fles wodka. 'Ik weet het, het is niet heel origineel. Maar we hebben heel veel wodka geproefd, en deze is echt lekker. En dit is voor jou.' Ze zette de matroesjka's op tafel. De traditionele Russische houten poppetjes waren handbeschilderd met een prachtig bloemenmotief.

'O, mam, wat mooi!' Jen pakte ze uit en bekeek ze van alle kanten. 'Echt heel leuk. Dank je wel.'

'Graag gedaan. Kijk, deze is voor Jack. Uit Stockholm. Gecertificeerd hout, en de lak is niet giftig.' Ze zette een klein houten autootje op tafel. Het was een eenvoudig, strak ontwerp. Blank hout met vrolijke groene wielen.

'O, dat zal hij zeker leuk vinden,' zei Jen, opstaand om haar weer een knuffel te geven. 'Lief dat je aan ons gedacht hebt.'

Met opgetrokken wenkbrauwen nam Pam haar dochter op. 'Wat is er gebeurd? Je bent veranderd.'

Jen schoot in de lach. 'Wat er gebeurd is? Poeh, waar zal ik beginnen?' Ze nam een slok koffie. 'Lucas woont weer in zijn eigen huis. Hij is ook weer aan het werk. Nu nog halve dagen, maar het zal niet lang meer duren voor hij volledig hersteld is.'

'Je zult wel blij zijn dat je het huis weer voor jezelf hebt.'

'Deels. Het was wel gezellig om hem in huis te hebben. Wie had dat verwacht? En verder... Nou, Jack gaat dus naar de crèche.'

'Een hele verrassing.' Pam had durven wedden dat er in de hele staat geen kinderdagverblijf was dat aan Jens strenge eisen voldeed. 'Zitten ze in de buurt?'

'Ja, in het oude deel van Mischief Bay. Het is wel een leuke plek en hij heeft het er erg naar zijn zin.' Ongemakkelijk schoof ze met haar kopje over tafel. 'Ik heb een paar gesprekken gehad. Niet echt met een therapeut, meer een voedingsdeskundige die ook ander advies geeft. Ik slik voedingssupplementen en een licht kalmeringsmiddel. Het werkt. Ik heb mijn leven kritisch bekeken en geconstateerd dat er iets moest veranderen. O ja, en...' Ze haalde diep adem. 'Jack praat.'

'Echt? Wat geweldig! Sinds wanneer? O mijn hemel, wat zul jij opgelucht zijn!' Pam wist wel dat er niets mis was met haar kleinzoon, maar het was fijn om dat bevestigd te zien. 'Alleen woordjes of al hele zinnen? Heb je er een video van?'

'Ik niet, maar Kirk wel. Hij praat tegen Kirk, en tegen Lucas, en op het kinderdagverblijf.' Jens mond vertrok. 'Maar hij praat niet tegen mij.'

'Hè? Dat begrijp ik niet.'

Haar dochter trok een grimas. 'Jack kletst met iedereen, behalve met mij. Waarschijnlijk omdat ik hem te goed ken. Hij kan mij duidelijk maken wat hij wil, zonder iets te zeggen. Het schijnt vaker voor te komen.'

'Ik dacht dat dat vooral voorkwam bij kinderen die een broertje of zusje van ongeveer dezelfde leeftijd hebben.'

'Klopt, maar niet altijd dus.'

Pam wist dat Jen met heel veel problemen kampte. Voor een deel was dat misschien wel aan haar te wijten. Ook zij was een overbezorgde moeder geweest, zeker bij de oudste. Bij de jongens was ze al een stuk rustiger geweest. Maar Jen had nog geen tweede kind. 'Gaat het wel?' vroeg ze bezorgd.

'Het is lastig, maar het gaat. Ik probeer mijn frustratie te compenseren met de opluchting dat er in elk geval niets mis is met hem. Ik vraag elke keer of hij woorden wil gebruiken, en op een dag zal hij dat heus wel gaan doen. Later, als hij puber is en brutale antwoorden geeft, zal ik nog wel met weemoed terugdenken aan de tijd dat hij niet sprak.'

'Je bent er zo rustig onder,' zei Pam. 'Bewonderenswaardig.'

'Misschien bedoel je eerder verwonderlijk,' zei Jen schouderophalend. 'Het komt ook door de medicijnen, hè? Verder slik ik voedingssupplementen en ik neem elke dag een kwartier om mijn hoofd leeg te maken. Uiteindelijk moeten al die kleine dingen samen genoeg zijn. Dat hou ik mezelf tenminste voor.'

Het leek wel alsof haar dochter in haar afwezigheid de laatste stap naar volwassenheid gezet had, stelde Pam vast. En hoewel ze blij was dat Jen haar problemen het hoofd kon bieden, moest ze toegeven dat ze zich ook een beetje gepasseerd voelde. 'De beslissing om hem naar een kinderdagverblijf te laten gaan, was die ook in het kader van het praten?' vroeg ze.

'Het was meer dat ik me ineens realiseerde dat Jack in zijn leven behoefte heeft aan meer dan alleen zijn moeder,' gaf Jen toe. 'En ik wil dolgraag weer aan het werk.'

Pam herinnerde zich de keer dat Jen haar had gevraagd of zij een paar dagen per week op Jack wilde passen, en dat zij dat geweigerd had. 'Ik kan ook af en toe wel op hem passen...' begon ze aarzelend.

Meteen schudde Jen haar hoofd. 'Ik had je niet moeten vragen of jij verantwoordelijk wilde zijn voor mijn zoon, mam. Kirk en ik moeten het oplossen. Je past al zo vaak op; daar zijn we heel blij mee. Ik zal niet zeggen dat ik het nooit zal vragen. Natuurlijk is het fijn als je af en toe op kunt passen. Jij en Jack zijn dol op elkaar. Maar ik moet mijn opvoedkundige kring uitbreiden, zogezegd.'

'Je doet het geweldig.'

'Het is voor het grootste deel bluf, maar ik ga vooruit. Zo gaat dat, toch? Niets blijft hetzelfde.'

Hoewel Pam wist wat haar dochter bedoelde, voelde het ook een beetje als een veroordeling. Alsof het feit dat Jen vooruitging, nog eens extra benadrukte dat Pams leven stil was blijven staan na de dood van John. Vlak na zijn overlijden was alles veranderd, in de jaren erna was alles eigenlijk stil blijven staan.

Tot nu toe had ze zichzelf voorgehouden dat dat goed was. Stabiliteit was goed. Maar nu ze Jen zo hoorde, begon ze daaraan te twijfelen.

'Hoe gaat het met je broer?' vroeg ze, om zichzelf af te leiden.

'Met Brandon is alles goed. Ik heb hem van de week nog gesproken.'

Pam pakte een koekje en brak er een stukje af voor Lulu. 'Heel grappig.'

'O, je bedoelde Steven? Met hem gaat het prima. En met Zoe ook.'

Pam wachtte. Jen glimlachte.

'Ga je me verder niets vertellen?' vroeg Pam.

'Nee.' Haar gezicht was ernstig geworden. 'Je had je er niet mee moeten bemoeien, mam. Volgens mij wil Steven echt verder met Zoe. Ik weet dat je je zorgen maakt en je hebt gelijk dat het niet makkelijk zal zijn om het kind van een ander op te voeden, maar aan de andere kant: stel dat het goed gaat? Stel dat ze waanzinnig verliefd op elkaar worden en willen trouwen? Als ze dan na jaren huwelijk terugkijken op deze periode, dan herinneren ze zich ook dat jij er niet voor hen was. Hoe zou je dat vinden?'

Verdedigend sloeg Pam haar armen over elkaar. 'Hij wordt ongelukkig.' Ze bracht de woorden met zo veel mogelijk overtuiging, maar er leek ook een beetje een vraag in haar stem door te klinken.

'Oké. Misschien wordt hij ongelukkig. Hij is een volwassen vent. Daar komt hij wel overheen. Het is beter om hem nu te steunen dan om later "zie je wel" te kunnen zeggen. Je houdt van hem, mam. Je moet er voor hem zijn.'

'Ik weet niet of ik dat met je eens ben. Het zou veiliger zijn als –'

'Hij wil geen veiligheid. Hij wil Zoe.'

Pam klemde haar kaken op elkaar. Er waren zoveel reacties mogelijk. Zoveel antwoorden. Maar hoeveel daarvan waren zinnig, als Steven inderdaad verliefd was? 'Ik weet het niet,' zei ze uiteindelijk. 'Het is niet goed. Dat voel ik gewoon tot in mijn botten.'

'Je moet het loslaten. Denk op zijn minst na over wat ik gezegd heb. We zijn altijd zo'n hecht gezin geweest. Ik zou het heel jammer vinden als dat verandert.'

Pam snifte. 'Wil je beweren dat je denkt dat mijn zoon die vrouw verkiest boven mij?'

'Ongetwijfeld, mam. Ongetwijfeld.'

Hoofdstuk 22

Zoe moest toegeven dat kijken naar een knappe man die in de tuin aan het werk was, geen slechte invulling was van een voorjaarsmiddag. Steven had al twee verhoogde plantenbakken klaar en legde net de laatste hand aan de derde. Het volgende project waar hij zich op zou storten, was een irrigatiesysteem waarmee zij met één hendeltje alle bakken van water kon voorzien. Het enige wat zij ondertussen hoefde te doen, was bedenken wat ze precies wilde planten.

'Denk je niet dat Mason dit zal gebruiken als gigantische kattenbak?' vroeg Steven, terwijl hij een schroef indraaide. 'Of mag dat in de biologische teelt?'

Zoe zat op een dekentje in de schaduw, met Mason naast haar. Ze aaide haar kat. 'Mason is gek op kattenbakkorrels. Hij houdt niet van aarde. Ik denk niet dat iemand hem ooit heeft uitgelegd dat zo'n tuin eigenlijk een grote kattenbak is, dus wat dat betreft zitten we goed.' Ze glimlachte. 'En mijn buren zijn vooral hondenmensen, dus daar verwacht ik ook geen problemen van.'

'Mooi.' Hij pakte de volgende schroef.

Niet bepaald een romantische conversatie, maar wel praktisch. Het was lief van Steven dat hij zo betrokken was bij haar en haar tuin.

'Een vriend van mij heeft een pick-uptruck,' zei hij. 'Die kan ik lenen om de aarde op te halen. Volgende week dinsdag zou die er zijn, zei die man van het tuincentrum.'

'Fijn. Ik zal vanavond beslissen wat ik erin ga zetten en de zaden bestellen.'

'Mijn kleine boerinnetje,' zei hij plagend.

'Zeg dat wel. Misschien moet ik er meteen een overall bij bestellen. Of een strohoed.'

'Een hoed heb je wel nodig, tegen de zon.' Hij stond op en liet zijn ogen over de drie bakken gaan. 'Zo. Dat is klaar.'

Hij ruimde zijn gereedschap op en kwam bij haar zitten op de deken.

'Bedankt dat je dit voor me wilde doen,' zei ze, hem een glas sap aanreikend. 'Echt, ik ben er heel erg blij mee.'

'Ik vind het leuk om in en rond het huis te klussen. Op mijn werk zit ik min of meer de hele dag achter mijn bureau. Heel af en toe kom ik nog wel eens op locatie, maar dat is eigenlijk alleen in geval van crisis. En dan is het niet leuk.'

'Mis je het, de bouwvakkers onder elkaar?'

'Soms.' Hij glimlachte. 'Ik herinner me nog de eerste keer dat mijn vader me meenam naar een bouwproject. Een jaar of zes was ik, denk ik. Ik had mijn eigen mini-gereedschap en een helm. Geweldig vond ik het. Iedereen noemde me kerel of maat. Ik voelde me heel wat.'

'Heb je nooit iets anders willen doen?'

Hij schudde zijn hoofd. 'Niet echt. Ik wist dat ik het bedrijf van mijn vader over zou nemen. Brandon had er geen belangstelling voor, Jen ook niet. Dat kwam goed uit.'

'Maar wat jou betreft had het wel wat langer mogen duren.'

'Ja. Niet alleen omdat ik hem mis, maar het was een grote overgang.'

Ze dacht aan alles wat hij meegemaakt had. Zo'n groot bedrijf met alle verantwoordelijkheden van dien; hij had er ook voor kunnen bedanken. Maar dat had hij niet gedaan. Hij had alles op alles gezet en het was gelukt.

'Ik moet je iets vertellen,' zei ze, terwijl ze in kleermakerszit ging zitten.

'Oké.' Zijn donkere blik rustte op haar.

Ze haalde diep adem. 'Chad heeft me ten huwelijk gevraagd. Ik heb nee gezegd,' zei ze er snel achteraan. Toen zweeg ze, zodat hij de informatie op zich in kon laten werken.

Zijn blik bleef kalm in de hare. 'Weet je het zeker?'

'Ja. Ik wil niet met hem verder. Ik heb veel over onze relatie nagedacht en ik ben erachter gekomen waarom ik hem leuk vond en waarom het niet werkte. Het is evengoed mijn schuld. Misschien wel meer zelfs. In plaats van te kijken naar wie hij was en wie ik was als ik bij hem was, heb ik veel te lang gedaan alsof. Ik hoopte dat het ooit beter zou worden. Dat was niet realistisch.'

Ze voelde dat ze bloosde, maar ging toch verder. Voor Steven wilde ze geen geheimen hebben. 'Ik zei steeds tegen mezelf dat het goed zou komen als we eenmaal getrouwd waren. Wat ik niet zag, of niet wilde zien, was dat hij helemaal niet bij mij wilde zijn. Niet op die manier. Volgens mij begon ik daar net een beetje achter te komen toen mijn moeder overleed.'

Hij knikte. 'Klinkt logisch.'

Voor Steven misschien, omdat hij wist hoe het was om een ouder te verliezen. Sterker nog, hij was degene die gekomen was met de theorie dat de dood van haar moeder haar juist in Chads armen had gedreven.

'Je had gelijk toen je dat zei,' zei ze. 'Ik voelde me zo alleen en kwetsbaar. Chad was er. Wat we hadden, was vertrouwd. Dus bleef ik nog een paar jaar bij hem. Dat is stom. Ik wou dat ik sterker geweest was.' Eventjes legde ze haar hand op haar buik. 'Ik wil een ding duidelijk maken, Steven. Ik heb geen spijt van de baby. Ik vind het jammer dat hij of zij Chads kind is, maar ik kan er geen spijt van hebben dat ik zwanger ben. Dit is mijn kind.'

'Dat weet ik, Zoe. Je had het weg kunnen laten halen, dan had niemand ervan hoeven weten. Maar daar heb je niet voor gekozen. Daar heb ik wel bewondering voor.'

'Dank je. Ik heb mijn advocaat gesproken. We proberen de omgangsregeling rond te hebben voor de baby geboren is.' Ze aarzelde. 'Ik wil de volledige voogdij, en voor Chad alleen bezoekrecht. Dat heeft hij met zijn ex-vrouw ook zo geregeld, dus ik neem niet aan dat hij daar een probleem van maakt. Dat betekent dat ik fulltime moeder zal zijn.'

Met zijn hoofd een beetje scheef keek hij haar aan. 'Denk je dat ik iets anders verwacht had?' Hij boog zich naar haar toe. 'Zoe, ik begrijp het. Jij krijgt een baby en die baby is er altijd. Probeer je me soms weg te jagen?'

'Nee. Ik hoop dat je blijft. Ik wil alleen dat je weet waar je aan begint.'

'Ik begin aan een lange relatie met jou.' Zijn lippen streken even langs de hare. 'En nu ik weet dat Mason niet in de tuin gaat poepen, mag Mason ook blijven.'

Ze schoot in de lach. 'Fijn. Je bent geweldig. Ik ben echt blij dat ik jou ontmoet heb.'

'Ik ook.'

'Maar je moeder heeft nog steeds een hekel aan me.'

Binnensmonds iets brommend ging hij rechtop zitten. 'Aan mij ook,' zei hij toen.

'Dat is wel een probleem.'

'Helemaal niet.'

'Dat zeg je nu, maar ze is wel je moeder. Je houdt van haar. Je wilt haar niet ongelukkig maken.'

'Zeg je daarmee dat ik moet kiezen?'

'Ik niet, maar zij misschien wel.' Voor hij iets kon zeggen, stak ze haar hand op. 'Steven, ik wil je echt niet kwijt, maar ik wil ook geen problemen veroorzaken.'

Glimlachend zette hij zijn glas neer. Hij kuste haar. 'Je bent zo lief, Zoe. Dank je wel. Ik hou van je. Duidelijker kan ik het niet zeggen.'

Haar hoofd tolde. Ze wist niet wat ze zeggen moest; wist bijna niet meer hoe ze moest ademen. Hij hield van haar? Hij hield van haar!

Stevens mondhoek krulde op. 'Ja, daar schrok ik zelf ook een beetje van.'

Toen ze haar mond opendeed om iets te zeggen, legde hij snel zijn vingers op haar lippen. 'Ssst. Zeg nog maar niets. Ik wil dat je er eerst over nadenkt. Over ons en hoe het verder zou kunnen gaan. Ik hou van je. Ik wil altijd bij je zijn. Ik wil deel uitmaken van het leven van deze baby en alle andere baby's die je nog gaat krijgen. Ik heb een heleboel plannen. Maar eerst moet je het zeker weten. Dus neem de tijd.'

Het liefst had ze meteen gezegd dat ze ook van hem hield, maar ze begreep wat hij bedoelde. Ze moesten er allebei van op aan kunnen dat het geen spontane reactie was op zijn bijzondere liefdesverklaring.

Dus kuste ze hem. 'Dat betekent waarschijnlijk dat er wel iets meer in zit dan een kus?'

Hij grinnikte. 'Waarschijnlijk wel. Wil je dat?'

'Altijd.'

'Dit is Desire.'

Jen glimlachte vriendelijk naar de jonge vrouw naast Lucas. Desire? Meende hij dat? 'Hoi, ik ben Jen.'

Desire, een platinablonde vrouw van hooguit tweeëntwintig, glimlachte kuiltjes in haar wangen. 'Lucas heeft me zoveel verteld over jou en je zoontje. Ik vind het heel leuk dat we vanavond op mogen passen.'

Dat zou nog best eens waar kunnen zijn ook, dacht Jen, als je zag hoe dol Jack en Lucas op elkaar waren. Maar het verbaasde haar dat Kirks partner oppassen bij een peuter van bijna twee opgenomen had in zijn dating-repertoire.

Het kwam goed uit, dat wel. Toen Kirk ineens voorstelde om met zijn tweetjes uit eten te gaan, had ze op korte termijn oppas moeten regelen. Ze had net op het punt gestaan om Rose te bellen om te vragen of een van haar leidsters misschien in wilde vallen, toen Kirk Lucas had voorgesteld.

Drie maanden geleden zou ze zich nog liever in zee gestort hebben dan Lucas alleen te laten met haar zoon, maar inmiddels wist ze beter.

Toen Lucas achter Desire aan het huis in liep, fluisterde hij Jen in haar oor: 'Ik beloof je dat we niet zullen gaan vrijen waar hij bij is.'

Ze schoot in de lach. 'Dat geloof ik ook nog. Drinken mag, maar geen sigaren in huis.'

'Afgesproken. En tv?'

'Zolang het maar geen porno is.'

Nu schoot Lucas in de lach. 'Daar ben ik niet zo van, dus dat is geen probleem.' Hij nam haar even op. 'Je ziet er goed uit.'

'Dank je.' Ze streek over de voorkant van haar jurk. 'Deze heb ik in geen tijden aangehad.'

'Nee, ik had het over jou. Niet over de jurk. Hoe voel je je?'

'Goed. Beter. Bedankt voor al je –'

Hij schudde zijn hoofd. 'Nee, Jen. Je moet mij niet bedanken. We zijn familie, toch? Dat soort dingen doe je voor elkaar.'

'Oké, dan zal ik je niet bedanken. Maar laat me je dan op zijn minst een keer voorstellen aan een vrouw van in de dertig. Kun je dat niet eens proberen? Eén keer?'

'Later misschien,' zei hij met een knipoog. 'Als ik wat ouder ben.'

Ze kreunde. 'Goed, ik ga me verder klaarmaken. Kirk staat onder de douche. We zullen over een minuut of twintig wel weg kunnen.'

Achter zich hoorde ze Jack aan komen rennen, en ze draaide zich om. Kirrend van blijdschap stak hij zijn armpjes uit naar Lucas, die hem optilde en in het rond zwierde.

'Kijk eens even, wat ben jij groot geworden.' Hij zette Jack op zijn arm. 'Jack, dit is Desire. Zeg je haar gedag?'

'Dag,' zei Jack met een brede glimlach. 'Mooi.'

Desire glimlachte. 'Hallo, Jack. Wat ben jij een charmeur.'

Jen deed haar best om te genieten van het moment. Af en toe hoorde ze Jack praten. Nooit tegen haar, maar dat was oké. Vervelend, maar oké.

'Tot zo!' riep ze over haar schouder, toen ze de gang in liep om naar de slaapkamer te gaan.

Haar make-up had ze al gedaan en haar haren zaten al in de krul. Ze hoefde alleen nog maar lippenstift op te doen en haar schoenen aan te trekken. Inmiddels zou Kirk wel klaar zijn met douchen en...

Toen ze de slaapkamer binnenliep, voelde ze meteen twee armen om haar heen. Haar man kuste haar hartstochtelijk, deed met zijn ene hand de deur op slot en legde zijn andere hand om haar borst. Ze had het gevoel dat haar botten smolten.

'Wat...' probeerde ze tussen twee kussen door uit te brengen.

'God, wat heb ik je gemist. Wat heb ik óns gemist.'

Pas toen realiseerde ze zich dat hij nog helemaal naakt was. En opgewonden.

Gewillig liet ze zich naar het bed duwen, blij dat ze niet haar strakke spijkerbroek aan had getrokken voor hun avondje uit. Nu hoefde ze alleen maar haar jurk los te ritsen, die ritselend op de vloer gleed. Kirk maakte haar beha los. Zelf wist ze haar slip omlaag te duwen voor ze op het bed vielen.

Zijn handen waren overal.

Verlangen brandde in haar lichaam. Gretig streelde ze zijn rug, haakte haar benen om de zijne, terwijl hij haar borsten streelde voor hij zijn hand tussen haar benen liet glijden. Zijn vingers vonden wat ze zochten en ze hapte naar adem.

Ondertussen bleven ze elkaar kussen. Uitdagend, opwindend. Eigenlijk moest ze zich natuurlijk zorgen maken over Lucas en Desire die gewoon in de woonkamer zaten en Jack die nog wakker was, maar het kon haar niets schelen. Ze giechelde schuldbewust.

'Wat is er?' vroeg Kirk.

'Ik hou van je,' zei ze, en ze duwde hem op zijn rug.

Zijn adem stokte. 'Jij boven?'

Dat was zijn lievelingsstandje, alleen wilde zij dat bijna nooit doen om allerlei volslagen niet ter zake doende reden – zo leek het nu tenminste. Hij vond het lekker, zij kwam sneller en wat maakte het uit dat het er niet uitzag, zo'n hopsende vrouw? Seks hoefde toch niet beschaafd te zijn?

'Ik bovenop.'

Ze ging schrijlings op hem zitten, tot hij haar helemaal vulde. Toen hij in haar borsten kneep, kon ze een kreun niet meer binnenhouden. Ze bracht haar hand tussen haar benen, zonder haar bewegingen te stoppen.

Dit gaat niet lang duren, dacht ze hijgend, toen ze in minder dan een minuut van 'neem me' tot 'ik kom' was gekomen. De combinatie van zijn handen en haar handen, zijn erectie en haar vingers, bracht haar in recordtempo naar de rand van de afgrond. Ze deed haar ogen open en zag dat hij naar haar keek.

'Kom maar,' kreunde hij. 'Laat het zien, Jen. Ik wil jou zien.'

Haar bewegingen gingen steeds sneller, tot ze zich overgaf aan het onvermijdelijke. Ze schreeuwde toen ze kwam, voelde haar spieren samentrekken en wist dat hij het ook voelde. De hele tijd hield ze haar ogen open om hem te laten zien wat hij wilde. Haar. Haar ziel en zaligheid. Voor hem.

Steunend op haar handen ging ze verder. Voor hem. Zijn handen lagen om haar heupen. Hij bewoog sneller, dieper. Haar climax hield aan, lichter nu, hun blikken aan elkaar geklonken, tot ook hij zich overgaf aan het genot.

'Je bent zo sexy,' fluisterde hij, toen ze naast hem ging liggen. 'Ik heb je gemist.'

'Ik jou ook.' Glimlachend kuste ze hem, toen keek ze op de klok. 'Vier minuten. Ik weet niet of dat een persoonlijk record is voor ons, maar het scheelt niet veel.'

Met een gelukzalige glimlach trok hij haar tegen zich aan.

'Dit wil ik vaker doen,' fluisterde ze tegen zijn borst. 'Veel vaker.'

'Ik ook. Ik hou van je.'

'Ik ook van jou.'

Ineens grinnikte hij. 'Ik heb honger. Zullen we gaan?'

'Ja. Maar misschien moeten we eerst iets aantrekken.'

'Goed idee.'

Pam was tien minuten te vroeg voor haar afspraak met Filia, maar die zat al te wachten. Aan haar gezicht zag Pam dat ze geen goed nieuws had. Omdat Filia haar dochtertje bij zich had, vroeg Pam nog maar niets.

'Het spijt me,' zei Filia, opstaand. 'Marta wilde heel graag mee en ik wilde het haar niet weigeren omdat ik het leuk vind dat ze zo'n belangstelling heeft voor de zaak. Je zult geen last van haar hebben. Ik hoop dat je het niet erg vindt.'

'Natuurlijk niet,' zei Pam vriendelijk. 'Er is een overlegruimte naast mijn kantoor, daar kan ze even zitten als wij aan het praten zijn.'

Het duurde een paar minuten om Marta te installeren, toen nam Pam Filia mee naar haar kantoor en zette haar zo neer dat ze door de glazen wand heen haar dochter in de gaten kon houden.

'Zeg het eens,' zei Pam, terwijl ze achter haar bureau ging zitten. Ze wist dat Filia tijdens haar vakantie een paar gesprekken had gehad.

'De banken hebben me afgewezen. De tweede wilde niet eens een afspraak met me maken. Ze zeiden meteen al dat ik niet in aanmerking kwam.' Een felle blos kleurde haar wangen. 'Ik werk hard, soms wel zeven dagen per week. Ik weet wat ik doe. Ze lopen nauwelijks risico. Mijn huidige zaak heb ik helemaal van de grond af aan opgebouwd en die loopt nu hartstikke goed. Ik begrijp het niet. Is het omdat ik een vrouw ben? Omdat ik niet in dit land geboren ben? Waarom word ik afgewezen?'

'Ik weet het niet,' zei Pam naar waarheid. 'Ik vind het heel naar voor je dat het zo gelopen is en het spijt me echt dat ik er niet was.' Niet elke klant kreeg een lening, maar de meeste klanten werden toch minstens uitgenodigd voor een gesprek. 'Ik geef het nog niet op. Hopelijk denk jij er net zo over.'

'Absoluut. Ik ga door. Ik...'

'Goedemorgen, Pamela.'

In de deuropening stond Miguel. Het was zo onverwacht en hij zag er zo goed uit dat haar hart op hol sloeg. Haar mond werd droog. Omdat ze geen woord uit kon brengen, was ze blij dat hij van haar naar Filia keek en zijn hoofd schudde.

'Sorry. Ik wist niet dat je in gesprek was. Ik kom een andere keer wel terug.'

Sinds haar vertrek naar Europa had ze hem niet meer gezien. Waarom hij haar nu op kwam zoeken wist ze niet, maar ze wilde de kans om hem te spreken niet laten gaan.

'Zal ik weggaan?' stelde Filia voor.

'Nee,' zeiden Pam en Miguel tegelijk.

Miguel knikte. 'Ik wacht wel even bij de receptie, is dat goed?'

'Prima.' Pam wachtte tot hij weg was voor ze haar aandacht weer op Filia richtte. Een seconde mocht ze van zichzelf wegdromen, hopen dat dit bezoek betekende dat hij haar niet helemaal opgegeven had, toen concentreerde ze zich weer op haar werk. 'Sorry. We gaan verder.'

'Wat een knappe man is dat. Ik heb het gevoel dat ik hem vaker gezien heb.'

'Dat hoort hij wel vaker. Oké, jij wilt je plannen dus doorzetten.'

'Ja, zeker. Ik ben teleurgesteld dat ik geen lening heb kunnen krijgen, maar ik geef niet op. Er is mij al zo vaak gezegd dat iets niet kan; daar laat ik me niet door uit het veld slaan. Ik kon niet naar Amerika gaan. Ik kon geen eigen zaak beginnen. Ik kon mijn zaak niet draaiende houden. Mijn hele leven krijg ik al te horen dat ik te grote dromen heb. Maar mijn opvoeding was er juist op gericht dat ik sterk moest zijn en in mezelf moest geloven. Dit gaat lukken.'

'Dat hoop ik ook,' zei Pam, onder de indruk van Filia's strijdvaardigheid. 'Die banken waren slechts de eerste ronde. We hebben nog andere opties. Bijvoorbeeld Mischief Bay Credit Union. Die wil ik nu proberen. Zij investeren graag in de lokale gemeenschap.' Daarna konden ze altijd nog een beroep doen op de beurzen en giften, maar Pam wilde dat Filia eerst alle reguliere opties onderzocht had. 'Nu ik terug ben, kan ik mee met de gesprekken.'

'Dat zou ik heel fijn vinden,' zei Filia. 'Dank je wel. Zodra jij me de informatie gestuurd hebt, zal ik een afspraak maken.'

'Heb je twee minuten? Ik kan de formulieren meteen gaan halen.'

Ze liep naar het archief, waar ze ook alle informatie over banken en leningen bewaarden. Het duurde niet lang voor ze had gevonden wat ze zocht. Toen ze terugliep naar haar kantoor, zag ze dat Miguel met Filia's dochter zat te praten. Nee, niet te praten… Hij liet haar zijn nagels lakken!

Het was zo ontroerend om te zien, die grote, sterke man van de wereld met dat kleine meisje, dat haar hart ervan smolt. Het gaf haar ook hoop. Hoop waar ze onbewust kennelijk naar verlangd had. Terwijl ze helemaal niet iets met Miguel wilde beginnen. Ja, ze wilde hem zien en met hem praten en nou ja, als hij haar weer kuste, zou dat ook niet echt heel erg zijn.

Met Filia nam ze de formulieren door die Filia online in moest vullen, omdat Pam er zeker van wilde zijn dat ze precies begreep wat de Credit Union wilde horen. Een halfuurtje later omhelsden ze elkaar ten afscheid.

'Ik sta nog steeds achter je,' zei Pam, Filia nog even vasthoudend. 'Ik sta achter je, en samen gaat het ons lukken.'

'Dank je wel.'

Ze liepen de overlegruimte in. Toen Pam zag dat Marta een of andere glitterlak op Miguels nagels had gesmeerd, glimlachte ze.

'Wat heb je nou gedaan!' riep Filia geschrokken uit. 'Het spijt me ontzettend. U heeft nagellakremover nodig om dat eraf te krijgen. Dat heb ik niet bij me, maar ik zal u geld geven.'

Miguel keek op. 'Hoeft niet, ik vind het wel mooi.' Hij knipoogde naar Filia. 'Maakt u zich geen zorgen. Ik heb zelf ook een dochter, ik kan het wel aan.'

Pam wachtte tot Filia en Marta verdwenen waren voor ze Miguel in haar kantoortje liet. 'Ik heb wel remover thuis,' zei ze, terwijl ze haar best deed niet te kijken naar die vreemde combinatie van brede schouders en roze glitters.

'Ik ook,' zei hij. 'Of nou ja, ik heb aceton in de garage. Dat is bijna hetzelfde.' Hij knikte naar de weglopende Filia. 'Ging het goed?'

Hoewel Pam het aardig vond dat hij belangstelling toonde, kon ze met hem geen cliënten bespreken. 'Ja, hoor. Eh... hoe gaat het met jou?' Dat klonk gelukkig beleefder dan: 'Ik had niet verwacht jou ooit nog eens te zien,' wat ze eigenlijk had willen zeggen. Net als 'Wauw, ik heb je veel meer gemist dan ik had gedacht.'

'Prima. Hoe was je cruise?'

'Leuk. Het was goed weer en we hebben mooie dingen gezien.'

Zijn donkere ogen zochten de hare. 'Bedankt voor je sms'je. Ik ben blij dat je aan me gedacht hebt, Pamela, hoe kort dan ook.'

Die paar woorden waren genoeg om haar hele wereld op zijn kop te zetten. Ze had geen idee wat ze moest zeggen. Of denken. Of voelen. Hij maakte haar zo in de war, op allerlei manieren, en dan had je dat gedoe met Zoe nog, dat ook niet meer zo zwart-wit leek als in het begin.

'Er zit je iets dwars,' constateerde hij.

'Ik begrijp niet goed wat je hier komt doen. Jij bent degene die weggelopen is.'

Een schouder ging omhoog en weer omlaag. 'Klopt. Jij was onredelijk maar omdat ik geen ruzie wilde maken, liep ik weg.'

'Loop je altijd weg als je emotioneel wordt?'

Hij glimlachte. 'Mannen worden niet emotioneel, Pamela.'

'Ook goed. Loop je altijd weg als je boos wordt dan?'

'Nee. Dan blijf ik en bijt ik van me af.'

'Dit keer niet. Je ging weg.' Iets wat haar meer geraakt had dan ze zich destijds gerealiseerd had. 'Het is vast heel bevredigend om gewoon weg te lopen als iets je niet zint, maar het is niet eerlijk tegenover die ander. Ik dacht dat we vrienden waren.'

'O ja?'

Plotseling voelde ze zich ontzettend stom. Had zij zich vergist? Speelde hij gewoon met haar gevoelens? 'Wat doe je hier, Miguel?'

'Jij zocht contact met mij toen je in Europa was. Ik doe hetzelfde nu jij weer terug bent.'

Ze dacht aan de e-mail van Zoe. De mail waar ze zo verdrietig van was geworden. Was het wel zo dat het beter voor Steven was als hij bij Zoe wegging? Zij wilde dolgraag dat hij vader werd. Dat hij zou weten hoe dat voelde. Maar hoe kon hij van Chads baby houden alsof het zijn eigen kind was?

'Ik hoor je hier helemaal denken.'

'Hopelijk hoor je niet wat ik denk.'

'Helaas niet, nee.'

'Wees blij. In mijn hoofd is het een grote bende.'

'Laat me je dan helpen door een paar dingen duidelijk te maken.'

'Graag. Al is het moeilijk om je serieus te nemen met die glitternagels.'

'Dat lukt je vast wel.' Hij nam haar even op. 'Zoe is mijn dochter,' begon hij toen. 'Ik hou heel veel van haar en heb geen zin om te moeten kiezen tussen haar en jou, net zomin als jij wilt kiezen tussen mij en Steven.'

'Natuurlijk niet.'

'Dan is er dus maar een oplossing.'

Langzaam knikte ze, verbaasd over hoe teleurgesteld ze was. Ze kende Miguel nauwelijks. Wat maakte het uit dat ze hem nooit meer zou zien? Toch deed het haar verdriet dat ze nooit de mogelijkheid zou hebben om…

'Je zult je over je belachelijke standpunt heen moeten zetten.'

Haar mond viel open. 'Wat?'

Hij zei niets, wachtte geduldig tot ze haar mond weer dicht deed en zijn woorden tot zich door liet dringen.

'Jij vertelt mij wat ik moet denken?'

'Ik wil alleen dat je redelijk bent. Niet alleen voor mij, Pamela. Ook voor jezelf. Steven en Zoe zijn nog steeds bij elkaar.'

Dat had ze kunnen weten als ze nog *on speaking terms* was geweest met Steven. Echt close waren ze nooit geweest, jammer genoeg. Ze vond het niet leuk dat Miguel dingen wist over haar zoon die zij niet wist.

Miguel stond op. 'Denk erover na. Volgens mij heb je het hart van een leeuwin. Je zult je kinderen met hand en tand verdedigen. Maar soms is het beter om niets te doen. We moeten ze laten opgroeien en hun eigen fouten laten maken. Misschien zijn ze voor elkaar bestemd, misschien niet. Dat kan alleen de tijd ons leren. Ik weet wel dat het niet helpt om een ultimatum te stellen. Daar is niemand bij gebaat. Ik hoop dat je dat met me eens bent.'

Ze knikte bijna onzichtbaar.

'Goed. Dan hoop ik je snel weer te zien.'

Voor ze kon vragen wat hij daarmee bedoelde, liep hij haar kantoor uit. Een tijdje staarde ze woedend naar de lege stoel waarop hij gezeten had, toen wendde ze bewust haar blik af. 'Vervelende vent. Ik hoef jou helemaal niet in mijn leven.'

Dat klonk als een leugen, en Pam bleef zitten met het gevoel dat er iets heel belangrijks ontbrak. Wist ze maar wát.

Hoofdstuk 23

'De stokstaartjes,' zei Jen stellig toen ze de Los Angeles Zoo binnenliepen. 'Ik ben dol op stokstaartjes.'

'Luie beesten,' zei Lucas. 'Die willen allemaal naar Hollywood. Sinds die film willen ze niet meer op hun achterpootjes staan om hun soortgenoten te verdedigen in de...' Hij fronste. 'Hoe noem je dat? Kudde?'

Kirk schoot in de lach. 'Een kudde slaat alleen op grazende dieren, man.'

'O ja? En als jij zo slim bent, hoe noem je een groep stokstaartjes dan?'

Vragend keek Kirk naar Jen, die achter Jacks buggy liep. 'Ik ben er niet over begonnen,' zei ze verdedigend. 'Ik zei alleen maar dat ik naar de stokstaartjes wil.'

'Je zegt een groep stokstaartjes,' zei Desire. 'Zo'n groep bestaat uit verschillende families.' Ze glimlachte haast verontschuldigend. 'Vroeger keek ik altijd naar Animal Planet.'

Jen ging naast Lucas lopen en fluisterde: 'O jee, ze is nog slim ook. Hoe kan dat nou? Heb je niet goed opgelet? Wat erg. En ik nog denken dat je het met haar misschien wel een maand uit zou houden.'

'Nee, verschrikkelijk. Ik heb er zo'n hekel aan als ze stiekem slim blijken te zijn.'

'Stel je voor hoe rampzalig je het zou vinden als ze stiekem oud blijken te zijn.'

'Dat kan niet. Ik controleer in het begin meteen hun rijbewijs.'

'Dan moet je tegenwoordig ook naar hun eindexamencijfers vragen. Als ze dat al gedaan hebben, tenminste.'

'Er komt nog heel wat bij kijken, bij zo'n relatie.'

'Maar dat moet je er voor over hebben, als je seks wilt hebben. Of je moet een escortservice overwegen.'

Hij legde zijn hand op zijn hart. 'Betalen voor seks? Daar doe ik niet aan.'

'Ach, kom. Alsof je er nu niet voor betaalt. Jouw hele financiële huishouding draait om jongedames.'

Lachend ging hij weer naast Desire lopen. 'Wat ik wilde zeggen,' zei hij, haar hand pakkend, 'is dat die beesten vroeger altijd zo waakzaam waren. Nu liggen ze gewoon in de zon te wachten tot ze worden gevraagd voor een auditie. Eigenlijk zou de dierentuin roofvogels over het verblijf moeten laten vliegen, om weer godvrezende dieren van ze te maken.'

'De dood vrezend, zul je bedoelen,' verbeterde Jen hem. 'Tenzij je wilt beweren dat god een roofvogel is.'

Kirk sloeg een arm om haar heen en gaf haar een kus. 'Jen wil altijd het laatste woord hebben. Dat weet je inmiddels toch wel?'

'Ik dacht nog even dat het een gezellige dag zou worden,' bromde Lucas.

Over het brede pad liepen ze naar de stokstaartjes. Het was een zonnige en warme ochtend en het was relatief rustig in de dierentuin op een donderdag. Jen vond het heerlijk om een dagje met haar man en zoon door te brengen, op een van Kirks zeldzame vrije dagen. Dat Lucas en Desire mee waren, was ook leuk.

'Je kunt het tegenwoordig veel beter met Lucas vinden,' merkte Kirk op. 'Fijn.'

'Ik moest even aan hem wennen,' gaf ze toe. 'Nu is hij net de oudere broer die ik nooit gehad heb.' Ze rolde met haar ogen. 'Hij heeft alleen een verschrikkelijke smaak wat vrouwen betreft, maar vooruit. Dat zal wel bijtrekken. Ooit beseft hij waar hij mee bezig is en ziet hij het licht.'

Kirk liet zijn hand naar haar billen glijden en kneep er even in. 'Of hij wordt een verstokte vrijgezel. Dan bouwen we een appartement voor hem boven de garage.'

'Met zo'n traplift,' zei ze lachend. 'Voor als hij de trap niet meer op kan.'

Bij het hok van de stokstaartjes haalde Jen Jack uit de buggy en nam hem op de arm.

'O, mag ik hem vasthouden?' vroeg Desire.

'Natuurlijk.'

Desire en Lucas gingen dichter bij de stokstaartjes staan. Jen hoorde het meisje met Jack babbelen, en Jack praatte terug.

'Tegen mij heeft hij nog steeds niets gezegd,' zei ze tegen Kirk, haar best doend niet verongelijkt te klinken. 'Ik weet het, ik weet het. Het komt vanzelf. Ik heb het probleem veroorzaakt en nu moet ik geduld hebben, dat is de enige oplossing.'

Kirk draaide haar naar zich toe, legde zijn handen op haar heupen en trok haar tegen zich aan. 'Jij hebt het probleem niet veroorzaakt. Het is gewoon zo gelopen.'

'Dat is lief. Niet waar, maar wel lief.' Ze staarde Kirk diep in zijn ogen en voelde haar hart opzwellen van liefde. 'Je bent echt een lieverd. Ik heb mazzel dat ik met jou getrouwd ben.'

'Zeg dat wel. En ik ook.'

Ze kusten elkaar. Toen Jen weer opkeek, zag ze Lucas en Desire met Jack bij de stokstaartjes staan en ze glimlachte. Wat was er de afgelopen maanden veel veranderd. 'Ik moet weer beginnen met werken,' zei ze tegen Kirk. 'Ik heb het hoofd van mijn oude school gesproken en zij kan in september weer iemand gebruiken, omdat een van de leerkrachten een kind krijgt en een jaar vrijaf neemt.'

'Weet je het zeker? Het beviel je toch wel, thuis?'

'Jawel, maar ik heb het er ook wel moeilijk mee gehad. Het gaat nu beter, en dat wil ik zo houden. Een jaar invallen zal goed voor me zijn. Het geld kunnen we sparen. We hebben een goede plek voor Jack gevonden.' Ze trok haar wenkbrauwen op. 'We kunnen proberen aan het eind van dat jaar weer zwanger te worden. Ik vind het wel tijd voor een tweede, jij niet?'

Hij glimlachte breed. 'Ik ook. Ik wil een meisje.'

'Dat moet je dan maar met je zaadcellen regelen. Ik ben alleen maar de broedmachine.'

Grinnikend trok hij haar weer tegen zich aan. 'We moeten wel wat vaker oefenen, vind ik. Zodat we zeker weten dat we het niet verleren.'

'Goed plan.' Achter zich hoorde ze hoe Jack, met weinig succes, probeerde het woord stokstaartje uit te spreken. Toen ze naar Lucas en Desire toe liep, stak Jack zijn armpjes naar haar uit. 'Vind je het leuk hier?' vroeg ze. 'Lief, hè, de stokstaartjes?'

In plaats van ja te zeggen, zwaaide hij vrolijk met zijn handjes – zijn manier van met haar communiceren. Jen haalde diep adem en nam zich voor de dag niet te laten verpesten door gevoelens van onmacht of schuld. Jack kón praten. Dat was het belangrijkste.

'Hiernaast zit de kinderboerderij,' zei ze. 'Die heet Muriel's Ranch. Daar kun je Nigeriaanse dwerggeitjes aaien.'

'Iemand heeft haar huiswerk gedaan,' constateerde Lucas.

'Klopt. Want het is niet erg dat ik slim ben.'

'Ik ben dol op dwerggeitjes.' Desire wreef in haar handen. 'Die springen altijd zo grappig, met die kleine hoefjes. Net een sprookje. Als ik in mijn volgende leven terug moet komen als dier, dan graag als dwerggeit. Of een poesje. Of een walrus, want niemand vindt het erg als een walrus dik wordt. Of een dansend paard. Dat zou ook leuk zijn.'

Jen boog opzij naar Lucas. 'Misschien toch minder slim dan we dachten?'

'Ik hoop het.'

Hij sloeg zijn arm om Desire heen en zette het gesprek over reïncarnatie als dier voort. Jen dacht aan alles wat hij voor haar en Kirk gedaan had. Dat appartement boven de garage was een grapje geweest van Kirk, dat begreep ze ook wel, maar ze hoopte dat hij altijd bij hen in de buurt zou blijven. In de afgelopen maanden was Lucas echt als een broer voor haar geworden. Hij was er voor hen geweest en zij wilde er voor hem zijn. Altijd.

Als Jack straks een puber was die niets van zijn ouders wilde weten, zou hij bij Lucas terecht kunnen. Dat gevoel had ze tenminste. Zelfs dan zou ze waarschijnlijk nog bang zijn dat Lucas de wildste van de twee was.

Een luxeprobleem, dacht ze tevreden, toen ze het hekje van de kinderboerderij opendeed.

'Ik zie de geitjes!' riep Desire.

'Beter dan spoken,' mompelde Kirk, en Jen lachte.

Languit lag Zoe op een van de ligstoelen in haar vaders achtertuin, met Mariposa op schoot. Ze speelde met de zijdezachte oortjes van de hond en genoot van de zon op haar huid. Het ging goed, dacht ze, enigszins tot haar eigen verbazing. Ja, ze was zwanger en dat had ze niet aan zien komen, en verder was haar toekomst nog niet helemaal duidelijk. Maar haar plannen kregen steeds meer vorm en ja, dan was Steven er ook nog, die had gezegd dat hij van haar hield.

Daar had ze nog steeds niet op gereageerd. Ze had het geprobeerd, nadat ze gevreeën hadden, maar ook toen had hij gezegd dat ze moest wachten tot ze het zeker wist. In deze chaotische tijden wilde hij niet dat ze zich onder druk gezet voelde. Waardoor ze alleen maar meer van hem hield.

Haar vader kwam naar buiten met een karaf en twee glazen en ging op een stoel naast haar zitten.

'Kruidenthee,' zei hij met gepaste trots. 'Biologisch. Voor hetzelfde bedrag had ik een flinke biefstuk kunnen krijgen.'

'Ik még biefstuk eten,' zei ze grinnikend.

'Heel grappig. Wees blij dat ik geen koffie ga zitten drinken voor je neus.'

'Dat ben ik ook. Echt.' Ze glimlachte naar hem. 'Je bent heel lief voor me. Sterker nog: iedereen is heel lief voor me. Dat is het voordeel van zwanger zijn.'

'Ook al zo grappig. Ik ben altijd lief voor je.'

'Dat is waar.'

Ze nam het glas van hem aan. Nieuwsgierig keek Mariposa op. 'Dit vind je niet lekker, meisje,' zei Zoe, het hondje het glas voor houdend.

Mariposa snoof, deinsde achteruit en keek haar met haar bolle oogjes aan. De boodschap was duidelijk: 'Hoe krijg je het door je keel?'

'Zij had ook liever de biefstuk gehad,' zei Zoe plagend.

'Dat zeker.' Miguel strekte zijn benen. 'Wat heb je besloten?'

'Ik hou mijn baan en schrijf me in voor een master. Het moet lukken om in de zomer een paar vakken te doen. In het najaar weet ik het nog niet, dat is wel erg dicht bij de datum waarop ik uitgerekend ben. Maar misschien kan ik één vak doen en vragen of ik het examen wat eerder mag afleggen.' Die beslissing hoefde ze vandaag nog niet te nemen, stelde ze zichzelf gerust. 'Mijn advocaat is bezig met een ouderschapsregeling. Ik hoop dat ik dat eind van de maand met Chad kan bespreken. Steven gaat de babykamer voor me schilderen.'

'Heeft Chad zijn aanzoek nog herhaald?'

'Nee. Ik denk dat hij het gevoel heeft dat hij aan zijn verplichtingen heeft voldaan en dat we nu verder kunnen.' Argwanend keek ze naar haar vader. 'Ga je daar nu weer over doorzeuren?'

'Nee, ik laat het maar zo.' Hij keek haar aan. 'Omdat je mijn lievelingsdochter bent.'

'Ik ben je enige dochter.'

'Ook dat. En omdat je me overtuigd hebt dat je met Chad niet gelukkig zou worden.' Zijn blik werd ernstiger. 'Ik ga die masteropleiding betalen en daar wil ik geen discussie over hebben.'

'Nee, pap.'

Zijn wenkbrauwen schoten omhoog. 'Dat noem ik het begin van een discussie.'

'Weet ik, en ik vind het hartstikke lief van je, maar ik betaal mijn opleiding zelf. Ik ben een grote meid. Ik kan het betalen.'

'Jij moet sparen voor de baby. Wil je niet dat die later kan studeren?'

'Je weet dat de baby ongeveer zo groot is als een radijsje?'

'Radijsjes worden groot en dan moeten ze naar school.'

'Oké. Stop het geld voor mijn studie dan maar in een fonds voor je kleinkind.'

Even verscheen er een frons in zijn voorhoofd, toen ontspande hij. 'Goed. Dat zal ik doen. Maar als jij iets nodig hebt, dan moet je het zeggen.'

'Dat weet ik. Dank je.' Ze nam nog een slok thee.

'Ik weet maar niet of ik wil dat je een jongetje of een meisje krijgt.'

Echt iets voor hem. 'Je begrijpt, neem ik aan, dat je daar niet veel over te vertellen hebt?"

'Ik weet wel iets van biologie, ja.' Hij pakte haar hand. 'Ik wou dat je moeder nog leefde, zodat ze dit kon meemaken.'

De onverwachte wending bracht tranen in haar ogen. Ze kneep in zijn hand. 'Ik ook.'

'Ze zou dolgelukkig zijn geweest.'

Zoe knikte. 'En vervolgens zou ze naar die farmaceutische fabriek zijn gegaan om iemand de hersens in te slaan.'

'Dan zou ik met haar meegegaan zijn.'

Zoe had een andere aanpak gekozen. Ze was al door verschillende advocaten benaderd die de belangen behartigden van andere vrouwen die door de niet-werkende medicijnen ongepland zwanger waren geworden. Zelf kon ze nog aardig omgaan met de situatie, maar ze wist dat er vrouwen waren die hun hele leven in de soep zagen lopen door wat er gebeurd was. De enige manier om te voorkomen dat zoiets niet nog een keer kon gebeuren, was samenwerken.

Ze liet haar vaders hand los. 'Wat is er verder nog gebeurd?' vroeg ze, vooral om hem af te leiden. 'Heb je Pam nog gesproken?'

'Hoe wist je dat ze terug was?'

'Ik wist wanneer ze aan zou komen.'

'Ja, ik heb haar gesproken, en ik heb gezegd dat ze het goed moet maken met jou voor ik haar weer wil zien.'

'Omdat jij zo geweldig bent en ze voor jou best van gedachten wil veranderen?' vroeg ze luchtig, om te verbloemen dat Pams reactie haar nog steeds dwars zat. Hoe vaak ze zichzelf ook voorhield dat het logisch was als een moeder haar zoon wilde beschermen, het bleef pijnlijk dat een vriendin haar zo had laten vallen. Het leek haar niet zo ingewikkeld om elkaar een beetje tegemoet te komen, maar kennelijk had Pam daar geen belangstelling voor.

'Ik ben best wel geweldig, als je dat zo wilt zeggen. Maar dat is niet waarom ze van gedachten zal veranderen. Ze is een goed mens. Op den duur zal ze er zelf wel achter komen dat het niet goed is wat ze gedaan heeft. Dat kan even duren. Is het dan te laat?'

'Je bedoelt of ik het haar lang kwalijk blijf nemen?'

'Ja.'

'Ik ben er niet zo van overtuigd dat ze op den duur ook mijn kijk op de zaak zal begrijpen, maar ja, als ze me niet langer ziet als de duivel in eigen persoon, wil ik best weer bevriend met haar zijn.'

'Fijn. Dank je.'

Ze glimlachte. 'Sorry hoor, pap, maar dat zeg ik niet voor jou. Ik zeg het voor mezelf. Ik moet me daar overheen kunnen zetten. Dat is het beste voor ons allemaal. En voor de baby.'

'Mag ik nog steeds trots op je zijn?'

'Straks maak ik met vingerverf een tekening die je op de koelkast kunt hangen.'

'Maak jij er maar weer een grapje van.'

'Allemaal uit liefde, pap. Allemaal uit liefde.'

De rest van de week hield Pam zichzelf bezig. Ze ging met Filia mee naar de afspraak bij de kredietbank. Het gesprek daar verliep positief. Filia kreeg een voorlopige toezegging, met de aantekening dat ze binnen een paar dagen het definitieve besluit te horen zou krijgen. Het enige wat Pam had gedaan, was meegaan en haar mond houden toen Filia haar plannen toelichtte; ze wist dat haar bijdrage alleen bestond uit morele steun. Maar Filia was helemaal opgewonden en Pam zag nu al uit naar de opening van de nieuwe zaak.

Verder zorgde ze voor de planten op haar balkon en stuurde ze een foto van de bloeiende maskerbloemen naar Ron van het tuincentrum. Zijn snelle antwoord – 'ik zal jouw oordeel nooit meer in twijfel trekken' – had bevredigend moeten zijn, maar dat was het niet. Dat kwam doordat ze niet lekker in haar vel zat. Of in haar leven.

Dat was allemaal Stevens schuld, dacht ze, terwijl ze naar Jens huis reed. Van hem of van Zoe. Of van allebei. Hoe had ze het ooit in haar hoofd kunnen halen om die twee aan elkaar te koppelen? Voor zover ze begreep, was het dikker aan dan ooit. Dat betekende dat Steven haar raad niet had opgevolgd. En hij sprak niet meer met haar. Ja, als ze hem een berichtje stuurde, dan beantwoordde hij dat wel. Maar ze had hem nog niet aan de telefoon gehad, en hij was ook nog niet langsgekomen sinds ze terug was van haar reis. Ze wist dat ze hem uit moest nodigen, maar diep in haar hart was ze bang dat hij niet zou komen.

Dus ging ze maar naar Jen. Die praatte tenminste nog met haar.

Jen deed met een brede glimlach open. 'Perfecte timing,' zei ze, twee bebloemde handen in de lucht houdend. 'Ik ben deeg aan het kneden en dat lukt helemaal niet en Jack wil iets drinken. Zou jij een beetje water voor hem in willen schenken?'

'Natuurlijk. Of ik kan het brood voor je kneden.'

'Dat moet ik ook zelf kunnen. Ik laat me niet op mijn kop zitten door dat stomme deeg.'

Toen Pam en Lulu de kamer in liepen, lichtte Jacks gezicht op. Met uitgestoken armpjes kwam hij op haar af rennen. 'Oma!'

Pam tilde hem op en gaf hem een knuffel. 'Dag, lieverd. Hoe gaat het?'

'Goed.' Hij wees naar de hond. 'Ruru.'

'Bijna goed.' Pam zette hem op de grond en liep de keuken in. 'Hij praat echt.'

'Dat zeggen ze, ja,' zei Jen afgemeten.

'Nog steeds niet tegen jou?'

'Nee. Ik probeer ermee te leven.' Ze trok haar neus op. 'Mijn therapeut zegt dat ik geduld moet hebben. Dat is makkelijker gezegd dan gedaan. Maar goed, kleine stapjes et cetera.'

'Ga je nog steeds naar een therapeut?'

'Hm-m. Ik heb het teruggebracht naar eens per twee weken. De eerste paar maanden van het schooljaar blijf ik de medicijnen slikken, dan ga ik kijken of ik ermee kan stoppen. Of in elk geval minderen. Eerlijk gezegd denk ik dat mediteren, genoeg water drinken en tijd nemen voor mezelf net zo goed helpt. Gewoon, beter naar mezelf luisteren.'

Pam schonk water in voor Jack en ging met hem aan het kleine tafeltje zitten. 'Geweldig,' zei ze. 'Ik ben blij dat je je beter voelt.'

'Ik ook. Bovendien ben ik ervan overtuigd dat die angst zal afnemen naarmate ik ouder word. Dat was bij jou ook zo.'

Pam tilde Lulu op, gaf haar een knuffel en zette haar weer op de grond. 'Ik weet niet wat je bedoelt.'

Schouderophalend ging Jen door met kneden, zonder de moeite te nemen op te kijken. Ze kneedde er een bol van en deed die in een schaal die ze afdekte met een theedoek. 'En nu moet je rijzen,' zei ze streng. 'Anders stort ík in.' Terwijl ze haar handen stond te wassen, wendde ze zich weer tot Pam. 'Je weet toch nog wel hoe gespannen jij was toen wij klein waren? Altijd bezorgd, over de kleinste dingen. Toen we ouder werden, ging dat weg. Ik vraag me af of dat iets hormonaals is. Moet ik eens opzoeken.'

'Ik was helemaal niet zo overdreven bezorgd,' zei Pam gepikeerd.

Jen schoot in de lach. 'Jawel. Je zag altijd doemscenario's voor je. Nog steeds, trouwens. Zoals nu met Steven en Zoe. Natuurlijk is het een risico, maar het leven zit vol risico's. Ja, ze kunnen gaan scheiden en dan wordt hij diep ongelukkig, maar voor hetzelfde geld blijven ze nog tachtig jaar gelukkig bij elkaar.'

Pam wilde zeggen dat ze niet zo oud zouden worden, maar haar hoofd was nog druk bezig met wat Jen gezegd had. Of beter: met hoe Jen over haar dacht. 'Vind je echt dat ik een gestreste moeder was?'

'Ach, mam, daar moet je niet zo zwaar aan tillen. We hebben allemaal wat. Jij wilde ons beschermen. Je maakte je zorgen en dat was lief. Zo wisten we dat je om ons gaf. Wat dat betreft lijk ik op jou. Ik maak me ook zorgen. Het verschil is dat jij er in je eentje uit kwam en dat ik daar hulp bij nodig heb.'

Het ontging Pam niet dat Jen haar woorden probeerde te verzachten, maar dat hielp niet veel. Ze kon nog steeds niet geloven dat Jen haar zo zag. Het was zo'n verschil met hoe ze zichzelf zag. 'Ik ben een heel ondernemend type.'

'Dat weet ik wel. Je hebt het hartstikke goed gedaan na papa's overlijden. We vroegen ons af hoe je het zou redden, en we zijn echt onder de indruk. Zoals jij vrouwen helpt met hun bedrijf, en zoals je met je vriendinnen de hele wereld over reist... Ik teken ervoor.' Jen ging naast Jack op de grond zitten. 'Dag, lieverd.'

Stralend keek hij haar aan.

'Heb je lekker een beker water van oma gekregen?'

Hij knikte.

'Zeg eens water.'

Jack lachte alleen maar.

'Ooit,' zei ze met een zucht, 'ga je tegen me praten en dan hou je niet meer op. Oké?'

Hij giechelde.

Jen klopte op haar schoot en Lulu sprong erop. 'Over Lulu...' begon ze tegen Pam. Maar ze onderbrak zichzelf, kriebelde Lulu achter haar oortjes en zei: 'Ja, ik heb het over jou, kleine meid.'

Tegen Pam ging ze verder: 'De volgende keer dat je op reis gaat, wil ik ook wel op haar passen, hoor. Als het Shannon niet uitkomt.'

De wereld was helemaal doorgedraaid, dacht Pam verbijsterd. 'Wil jij op Lulu passen? Hier?'

'Ja.'

'Weet je wel dat ze een hond is? Ze gaat vast in de tuin plassen en poepen.'

'Dan vraag ik of Kirk het opruimt. Ja, mam, ik weet het. Ik had het al veel eerder aan moeten bieden. Jack is dol op haar, het is een braaf beestje en ik weet zeker dat het Shannon af en toe niet goed uitkomt. Nou, dan kan Lulu bij ons.'

'Je bent echt veranderd.'

'Dat hoop ik. Ik doe mijn best. In september ga ik weer aan het werk. Rond kerst willen Kirk en ik proberen weer zwanger te worden. Met een beetje geluk ben ik volgend jaar rond deze tijd zes maanden onderweg.'

'Dat is geweldig! Wat ben ik blij voor jullie.'

'Dank je. Wij zijn er ook heel blij mee. Jack wordt vast een fantastische grote broer.'

Ze kletsten verder, maar Pam was er met haar hoofd niet helemaal bij. Het gevoel dat de wereld om haar heen veranderd was zonder dat ze het merkte, benauwde haar. Ze moest haar best doen om bij te blijven. Jen was zo volwassen ineens en leek alles onder controle te hebben. Bij haar vergeleken voelde Pam zich overbodig.

'Spreek je je broer nog vaak?' vroeg ze.

'Brandon?' vroeg Jen, Lulu op de grond zettend. 'Of Steven?'

'Steven natuurlijk. Met Brandon kan ik zelf ook wel praten.'

'Met Steven niet dan?'

'Ik weet het niet. Hij heeft me niet gebeld.'

'Heb jij hem gebeld dan?'

Ik ben niet degene die in de nesten zit, wilde ze zeggen, maar dat deed ze niet. Nu alles zo snel veranderd bleek te zijn, zou Jen daar zomaar eens een andere kijk op kunnen hebben. 'Ik heb het druk gehad,' zei ze verdedigend. Het was niet fijn om het gevoel te hebben dat ze iets verkeerd gedaan had. 'Trouwens, hij is mijn zoon.'

'Ja, en jij bent zijn moeder,' zei Jen geduldig. 'Hij heeft respect voor je en wil dat je blij voor hem bent. Als je iemand de schuld wilt geven van wat hij doet, dan moet je bij jezelf en pa zijn. Jullie hebben ons altijd geleerd dat we mensen moeten accepteren zoals ze zijn en begrip moeten opbrengen voor wat hun overkomt.'

Zoiets had Steven ook al gezegd, de laatste keer dat ze hem gesproken had. 'Dit is anders.'

'Helemaal niet.' Jen keek haar aan. 'Je weet dat Zoe niet met opzet zwanger is geworden.'

'Ja, dat weet ik, dat weet ik. Daar begint iedereen over. Maar dat maakt toch niets uit?'

'Het maakt alles uit! Ze wilde dit niet, mam. Ze heeft het niet gepland, en toch neemt ze haar verantwoordelijkheid. Ze wordt vast een geweldige moeder, maar ze is ook bang. Bovendien moet ze ook nog van alles met Chad regelen, en dat is heus geen pretje. Toen jij zwanger was van mij, had je papa. Ik was gepland. Jullie waren samen gelukkig. Dat heeft zij allemaal niet. Omdat haar moeder dood is, ben ik de enige aan wie ze dingen kan vragen over de zwangerschap en baby's en zo. Alsof ik het zo geweldig heb gedaan met Jack.'

'Jij hebt het prima gedaan! Je bent een fantastische moeder!'

Jen trok een zuinig gezicht. 'Dank je, maar mijn enige kind praat tegen iedereen behalve tegen mij. Dus ik denk niet dat ik genomineerd word voor moeder van het jaar.'

'Je moet niet zo streng zijn voor jezelf.'

Na een korte aarzeling zei Jen, zachtjes: 'En misschien moet jij wat strenger zijn voor jezelf.'

Met een ruk keerde Pam zich af, alsof ze een klap in haar gezicht gekregen had. Bijna was ze opgesprongen en weggelopen, maar ze dwong zichzelf te blijven zitten. Ze had ook al ruzie met Steven. Wilde ze het contact met Jen ook op het spel zetten? 'Ik ben geen slecht mens,' zei ze stellig. 'Ik hou van mijn kinderen.'

'Zóveel dat je Stevens besluit niet kan accepteren. Grappig eigenlijk, dat jouw zoon ook niet met jou wil praten, mam.'

Pam voelde een warme blos over haar wangen kruipen. Ze pakte Lulu en stond op. 'Ik weet echt niet wat ik hiervan moet denken.'

Jen stond op en zette Jack, die bij haar op schoot was gekropen, op zijn voeten. 'Ik hou van je, mam. Ik hoop dat je niet boos op me bent.'

'Ik ben niet boos, ik ben...' Ze beet op haar lip. 'Ik heb geen idee wat ik ben.' Een nerveuze moeder die van haar eigen kinderen aan het vervreemden was? Dat was niet hoe ze zichzelf zag. Ze haalde diep adem; ze wilde niet huilen. Dat deed ze wel als ze weer thuis was, alleen. 'Wat wil je van me?'

'Dat je van mij en mijn gezin houdt, en dat wij ook van jou mogen houden. O, en dat je stopt met dat gezeur over Zoe en Steven. Ze hebben jouw liefde en steun nodig, jou als wijze moeder, en over een tijdje jou als oppas-oma. Laat het los, mam. Steven is een volwassen man. Nu dwing je hem te kiezen.'

Dat had Miguel ook tegen haar gezegd. Dat ze hem niet moest dwingen tot het maken van een keuze. Dat Miguel dan voor zijn dochter koos, dat begreep ze wel. Maar Steven...

Steven zou kiezen voor de vrouw van wie hij hield, want dat

deed je nu eenmaal als je bij iemand wilde zijn. Bij een kind was dat anders. Je koos altijd de kant van je kind. Maar een ouder was… nee, niet vervangbaar, dacht ze. Een ouder kon je achterlaten.

Steven zou bij haar weggaan. Hij zou voor Zoe kiezen en háár, zijn moeder, in de steek laten. Terwijl hij doorging met zijn leven, zou zij nooit meer tot zijn kring van intimi behoren. Ze zou buitengesloten worden van alles wat hem dierbaar was.

De pijn van dat besef sneed door haar ziel en even kreeg ze geen adem meer. Tijdelijk niet met haar willen praten was één ding, maar stel dat het altijd zo blijven zou? John zou zich zo voor haar geschaamd hebben.

Dat was een waarheid die de bodem onder haar voeten wegsloeg. Ze huiverde. Vreemd dat ze zich, terwijl ze zo vaak aan John dacht, nooit had afgevraagd wat hij van Steven en Zoe zou vinden. Plotseling hoorde ze zijn vertrouwde stem.

'Het is niet aan ons om dat te beslissen, Pam. Of je je druk maakt of niet, uiteindelijk doet Steven toch wat hij wil. Vertrouw erop dat hij de juiste beslissingen neemt en hou je er verder buiten.'

De stem was zo duidelijk, dat ze omkeek om te zien of hij toevallig ook in Jens keuken stond.

'Gaat het wel, mam?'

Pam knikte en pakte Lulu op. 'Prima. Ik moest ineens aan je vader denken.'

'Ik mis hem ook.'

'Dat weet ik.' Ze haalde diep adem en glimlachte. 'Ik weet niet of je er iets aan hebt, maar wat mij betreft, ben je nog in de race voor moeder van het jaar.'

'Oké,' zei Jen, een beetje in de war. 'Wat heeft dat te maken met waar we het over hadden?'

‘Op het eerste gezicht niets.’ Pam omhelsde haar dochter en gaf haar kleinzoon een kus op zijn hoofd. ‘Ik hou van jullie allebei en ik kom snel weer langs.’

‘Gaat het wel?’

‘Ja. Maak je geen zorgen.’

Met die woorden liep Pam het huis uit. Bij haar auto bleef ze even staan aarzelen, tot ze wist wat haar te doen stond.

Hoofdstuk 24

Pam reed door de rustige buurt en parkeerde haar auto voor Zoe's huis. Met Lulu onder de arm liep ze naar de voordeur. Pas toen ze daar stond, vroeg ze zich af wat ze moest zeggen. Ze had geen idee. Dat hield in dat ze of rechtsomkeert moest maken, of moest improviseren. Weggaan was geen optie, dus bleef er maar één ding over.

Ze klopte aan en wachtte, denkend aan Zoe's e-mail. Hopelijk wenste ze haar inderdaad het beste toe.

Een paar tellen later deed Zoe open. Haar ogen werden groot van verbazing. 'Pam. Wat doe jij hier?'

Tersluiks nam Pam haar op. Geen spoor van de zwangerschap. Haar wangen waren misschien wat voller, maar meer kon ze niet ontdekken. Een wijd shirt verhulde haar buik. 'Ik vond dat we moesten praten, maar nu ik hier sta, weet ik niet zo goed wat ik moet zeggen,' gaf ze toe. 'Behalve misschien dat ik graag de vrouw wil worden die jij dacht dat ik was. Hiervoor dan. Ik wil vrienden blijven.'

Haar woorden leken Zoe niet te overtuigen. 'Ben je hier voor mij of voor Steven?'

Dus ze wist dat Steven en zij elkaar niet meer spraken? Ja, natuurlijk, Steven zou haar wel verteld hebben wat er aan de hand was.

Pam had nooit gedacht dat ze zo'n moeder zou worden die het haar kinderen kwalijk nam dat ze hun geluk bij anderen zochten. Even dacht ze aan de tijd waarin zij degene was naar wie Steven toe kwam als hij getroost moest worden. Die dagen lagen ver achter hen. Nu was hij een volwassen man. Met het hart van een man. Een hart dat hij kennelijk aan Zoe verpand had. 'Mag ik zeggen: voor jullie allebei?'

Zoe glimlachte. 'Fijn dat je zo eerlijk bent. Kom verder.'

Ze gingen op het terras zitten. Hoewel Pam zag dat Mason in een van de perkjes lag te zonnen, zette ze Lulu op de grond. Het hondje dribbelde meteen weg om de poes op te zoeken. Mason deed slaperig een oog open en, na een blik op Lulu geworpen te hebben, weer dicht. Even keek Lulu achterom naar Pam, toen nestelde ze zich tevreden naast Mason.

'Ik dacht dat het een drama zou worden,' zei Zoe verbaasd. 'Ze zeggen toch altijd dat honden en katten elkaar de tent uit vechten?'

'Lulu is een sociaal beestje. Ze voelt zich niet snel in het nauw gedreven.'

Zoe en Pam gingen in de schaduw zitten.

'Hoe voel je je?' vroeg Pam. 'Heb je last van ochtendmisselijkheid?'

'Niet echt. Ik heb een paar dagen gehad dat ik misselijk werd van bepaalde geuren, maar dat is ook alweer voorbij. Eigenlijk gaat het heel goed.' Ze hield haar gekruiste vingers in de lucht. 'Hopen dat het zo blijft.'

'Je hebt het ergste achter de rug. Na een maand of drie komen de hormonen tot rust. Ik dacht dan altijd maar dat ze het te druk hadden met de baby om mij lastig te vallen.'

'Dat idee bevalt me wel.'

Pam dacht aan alles wat er gebeurd was. Alles wat ze direct en indirect gezegd had. De enige manier om het goed te maken, was alles uit te spreken wat gezegd moest worden. 'Als jij met Steven trouwt en het draait uit op een scheiding, dan heeft hij geen enkel recht met betrekking tot de baby,' begon ze. 'Zelfs als hij het kind heeft opgevoed en van hem of haar houdt, dan nog heeft hij geen poot om op te staan. Dan blijft hij met lege handen achter. Stel dat het een meisje is dat dol op hem is en dat hij haar wil blijven zien? Na tien of vijftien jaar misschien wel? Dan wordt hij diep ongelukkig.'

Zoe haalde diep adem. 'Chad wil niet afzien van zijn rechten. Dus Steven kan het kind niet adopteren.'

Geen verrassing, maar toch een teleursteling. 'Daar maak ik me zorgen over. Dat hij ongelukkig wordt. Chad zal altijd de vader blijven.' Haar mond trok. 'Ik weet nog hoe opgewonden John was toen ik hem de eerste keer vertelde dat ik in verwachting was. Alles hebben we samen meegemaakt. Hij en ik. Wij hadden een nieuw leven gemaakt. Dat was iets wat ons bond – en wat ons altijd zou binden. Ook dat geldt niet voor Steven.'

'Je wilt dat ik hem laat gaan,' zei Zoe, haar tranen wegvegend. 'Ik denk niet dat ik dat op kan brengen.'

Voor Pam reageerde, ging ze bij zichzelf te rade. Het gemakkelijkste antwoord was: ja, laat hem gaan. Maar ze was oud en wijs genoeg om te weten dat de gemakkelijkste antwoorden niet altijd de beste waren. 'Nee, ik wil dat je begrijpt dat ik net zoveel van Steven hou als jij van je baby, alleen dan heel wat jaartjes langer. Als ik naar jou kijk, zie ik een jonge vrouw die ik erg aardig vind. Maar ik ben ook bang.'

'Zo bang dat je ons uit elkaar probeert te drijven?'

'Dat heb ik wel geprobeerd,' gaf Pam toe. 'Het werkte niet. Ik heb geprobeerd hem te beschermen en dat werkte ook niet. Nu kan ik niet anders dan jullie wensen accepteren.' Ze leunde voorover naar Zoe. 'Dat je van hem houdt, vind ik prima. Het zijn de andere dingen die me zorgen baren. Ik had niet zo hard over je mogen oordelen. Dat spijt me. Het spijt me dat ik geprobeerd heb hem over te halen jou aan de kant te zetten. Maar ik ga me niet verontschuldigen voor het feit dat ik mijn zoon wilde beschermen. Dat is gewoon mijn taak.'

'Omdat je zijn moeder bent.'

Pam knikte. 'Kunnen we vrede sluiten, ondanks alles wat er tussen ons in staat?'

In Zoe's ogen blonken nieuwe tranen. 'Laten we het in elk geval proberen.'

De rest van de middag besteedde Zoe aan het zoeken naar speciale verf en meubels voor de kinderkamer. Van werken zou het na Pams bezoek toch niet meer komen. Om een uur of vier ging ze even naar buiten. Haar blik viel op de jonge aanplant en ze legde haar hand op haar buik. Over een paar weken zou ze het nieuwe leven dat zich aan het ontwikkelen was al kunnen voelen.

Het klopte wel wat Pam had gezegd. Het was de harde waarheid, en daar moest zij het mee doen. Het was logisch dat Pam zich zorgen maakte, zich dingen afvroeg en Steven wilde beschermen. Haar opmerkingen waren allemaal terecht. Als zij en Steven zo doorgingen, van elkaar bleven houden, dan was het niet onlogisch om te veronderstellen dat ze zouden gaan trouwen. En dan? Dit kind, dat hij samen met haar op zou voeden, zou nooit het zijne zijn. In het ergste geval, als het tot een scheiding kwam, kon Steven hooguit rekenen op enige vorm van bezoekrecht. En de kans was niet eens zo heel groot. Dat wilde zeggen dat hij meer op het spel zette dan zij.

Ze liep op de zaken vooruit, dat wist ze zelf ook wel. Hun relatie was nog heel pril. Aan de andere kant begreep ze wat hij zocht en hoopte ze dat hij dat bij haar had gevonden.

De baby maakte alles zo ingewikkeld. Toch kon ze niet willen dat hij of zij er niet was.

Grappig dat er in zo'n korte tijd zoveel kon veranderen. Een halfjaar geleden had ze het net uitgemaakt met Chad en vroeg ze zich af hoe ze zonder hem verder kon leven. Nu had ze een nieuw carrièreplan uitgestippeld, was ze zwanger en had ze een fantastische man gevonden die ook nog eens van haar hield.

Er streek iets langs haar benen en ze keek glimlachend omlaag. 'Ja, Mason. En jij bent er ook nog.'

Haar kat mauwde ter bevestiging.

'Denk je dat je het leuk gaat vinden, een baby in huis?'

De trage knipoog kon van alles betekenen. Ook ja, dacht ze grinnikend.

'Wat is er zo grappig?'

Toen ze zich omdraaide, zag ze Steven aankomen, met in elke hand een grote herbruikbare boodschappentas. Uit een van de tassen stak een bos bloemen. Snel liep ze hem tegemoet, nam een van de tassen van hem over en kuste hem. 'Jij bent vroeg.'

'Ik weet het. Ik moest de hele tijd aan jou denken, dus ben ik er maar snel tussenuit gepiept. Kijk.' Hij hield de tas omhoog. 'Ingrediënten voor een groene salade en voorgesneden fruit, allemaal biologisch. Vrije-uitloopkip en een recept voor een marinade dat mijn moeder me stuurde. Een heerlijke marinade, volgens haar.' Hij legde zijn vrije arm om haar schouders en liep met haar het huis in. 'Ik ben kwaad op haar en heb haar niet meer gesproken sinds ze terug is, en nu stuurt ze me ineens een recept. Ik ben een slechte zoon.'

'Helemaal niet. Je wilde mij beschermen. Dat is juist lief.'

'Wat kon ik anders doen, Zoe? Ik hou toch van je?'

Ja, wat kon hij anders doen?

In de keuken zette ze de tas neer, nam de tweede tas van hem over en zette die bij de andere op het aanrecht. Toen pakte ze zijn handen en trok hem mee naar de keukentafel. 'We moeten praten,' zei ze. 'Ik heb je een paar dingen te vertellen.'

Zijn donkere ogen keken haar aan. 'Moet ik me zorgen maken?'

'Nee, dat niet. Ik wil alleen dat we weten waar we aan beginnen.'

Ze zaten zo dicht bij elkaar dat hun knieën elkaar raakten. Ze bestudeerde zijn gezicht; de regelmatige trekken, de kracht die hij uitstraalde. Hij was rustig, verstandig en lief. Hij hield van zijn familie, zijn land en zorgde goed voor zijn werknemers. Hij was, kortom, een goed mens.

'Ik hou van je,' begon ze.

Meteen straalde hij van oor tot oor. 'Ja?'

Ze knikte, maar toen hij haar hand wilde pakken, schudde ze haar hoofd. 'Eerst wil ik je iets zeggen. Ik hou van je, Steven. Ik ben zo blij dat ik jou gevonden heb.' Ze haalde een schouder op. 'Of beter: dat je moeder je op mij af heeft gestuurd. Je bent geweldig. Maar de baby maakt het wel ingewikkelder.'

'Ik vind het niet erg dat je zwanger bent.'

'Dat geloof ik wel. We hebben het er al zo vaak over gehad. Ik weet dat je in je hoofd begrijpt wat het inhoudt, maar ik weet niet of je hart het ook zo voelt. Ik moet echt zeker weten, en jij ook, dat je dit allemaal voor me doet omdat je van me houdt, en niet omdat je de held uit wilt hangen.'

Even was ze bang dat hij boos zou worden of in zijn schulp zou kruipen, maar Steven zou Steven niet zijn als hij niet alleen rustig geknikt had.

'Daar zit wat in,' zei hij bedachtzaam 'Ik ben inderdaad iemand die graag de held uithangt, maar dit keer niet. Ik zit hier voor jou, Zoe. Als het echt iets wordt tussen ons, dan is dat een risico. Maar ik ben bereid dat risico te nemen.'

Ze zuchtte. 'Als het echt wat wordt, ben ik ook bereid een risico te nemen. Ik bedoel, nu ben ik bezig met een omgangsregeling voor Chad. Die moet klaar zijn voordat de baby geboren wordt. Chad wil geen afstand doen van de baby, dus jij kunt het kind niet adopteren. Maar als we, eh... nou ja, ik zeg niet dat dat gebeurt, maar stel, en het, ik bedoel, we gaan... blijven bij elkaar en zo, dan kunnen we ook zoiets doen. Zo'n plan.' Struikelend over haar woorden bracht ze de zin tot een eind. Hoe kon ze zeggen wat ze wilde zeggen? Want tjemig, hij had haar niet ten huwelijk gevraagd of zo. Ze had een hoofd als een boei, voelde ze. Zou het heel raar zijn om nu op te staan en voor te stellen om met de marinade te beginnen?

Hij legde zijn hand op haar warme wang. 'Je bedoelt dat we, als we gaan trouwen, ook zoiets voor mij op kunnen stellen. Een voorhuwelijks ouderschapsplan.' Hij glimlachte. 'Je bent niet de enige die dingen opzoekt op internet.'

Opluchting stroomde door haar hele lijf. 'Ja. Een omgangsregeling.'

'Dat zou ik fijn vinden.' Hij gaf haar een kus. 'Ik hou van je, Zoe.'

'Ik ook van jou.'

Hij kuste haar nog een keer. 'Is het goed zo?'

'Het is heel goed zo.'

Pam had nog een halte te gaan op haar excuus-trip. Ze was bij Zoe langs geweest, had Steven gesproken, nu alleen Miguel nog.

Een voorbeeld nemend aan de dappere jonge vrouwen in haar leven, had ze hem een sms'je gestuurd met de vraag of hij op de pier af wilde spreken om iets te drinken. Hij had ja gezegd, dus daar liep ze, op weg naar een heuse afspraak met een man. En niet zomaar een man. Een gecompliceerde, knappe man die haar gekust had.

Ze had nog steeds niet het idee dat ze klaar was voor een nieuwe relatie. Aan de andere kant wilde ze Miguel ook niet laten lopen. Vandaar dat ze nu een beetje de bibbers had.

Toen ze het restaurant binnenging, zag ze dat hij er al was. Hij zat aan het raam en stond glimlachend op toen hij haar zag.

'Pamela. Wat zie je er prachtig uit. Leuk om je weer te zien.'

Die stem. Het was gewoon niet eerlijk dat hij zo'n stem had. Zacht en zwoel. Een stem waar ze kippenvel van kreeg.

Toen ze allebei zaten, wenkte hij een ober. 'Mag ik?' vroeg hij aan Pamela. Ze knikte en hij bestelde margarita's met ijs, bereid met de tequila van zijn familie. Natuurlijk.

Na enige aarzeling had ze een donkerrode jurk aangetrokken die wat strakker zat dan de kleding die ze normaal droeg. Het was een mouwloze jurk die net op de knie viel. Door de lage hakjes onder haar schoenen leek ze iets groter, zonder dat ze het gevaar liep te struikelen of door haar enkels te gaan. Nadat ze haar haar en haar make-up had gedaan en een beetje parfum had opgespoten, had ze zich plotseling afgevraagd of ze misschien van de zenuwen zou gaan overgeven. Dat zou in elk geval een onuitwisbare indruk achterlaten.

'Ik heb Zoe gesproken,' viel ze met de deur in huis. Het was maar het beste om het excuus-gedeelte zo snel mogelijk achter de rug te hebben. 'Het was fout van mij dat ik tussen haar en Steven wilde komen en dat heb ik ook gezegd. Verder heb ik uitgelegd dat ik bezorgd was over wat er zou gebeuren mocht het ooit uit gaan. Maar verder is het hun beslissing. Ik kan hem niet eeuwig blijven beschermen. Ik kan alleen maar hopen dat hij de juiste keuze maakt.'

'Hoe vatte ze dat op?'

'Ze was uitermate hoffelijk en vergevingsgezind. Dat vermoedde je waarschijnlijk al.'

'Ik had het gehoopt,' zei hij glimlachend. 'Maar zoiets weet je nooit zeker. Dus alles is goed nu?'

'Ja. Denk ik. Ik weet het niet. Wat denk jij?'

'Ach, Pamela.' Even nam hij haar op. 'Je bent een interessante vrouw.'

Interessant? Interessant! Nee! Intrigerend of fascinerend wilde ze zijn. Een artikel over het broeikaseffect was interessant.

'Maak ik je nog steeds bang?'

'Ik, eh... Je...' Ze schraapte haar keel. 'Ja.'

'Jij mij ook.'

'Echt waar?'

De glimlach was weer terug. 'Je bent een gecompliceerde vrouw. Dat ben ik niet gewend. En dan ben je ook nog de vrouw van John.'

'Dat weet je nog.'

'Hoe zou ik dat kunnen vergeten?'

'Ik kan niet veranderen wie ik ben.'

'Je kunt jezelf een beetje veranderen. Dat hebben we allemaal net gezien. Maar ik begrijp wel wat je bedoelt. Ik bewonder je trouw. Op mijn manier voel ik dat ook ten aanzien van Constance. Ze was een bijzondere vrouw en zal altijd deel uit blijven maken van wie ik ben. We hebben Zoe samen opgevoed, net zoals jij en John jullie kinderen samen hebben opgevoed. Dus... Wat betekent dat voor ons?'

De ober kwam terug met hun drankjes. Miguel wachtte tot ze haar glas pakte en tikte het zijne ertegenaan. 'Laten we een toost uitbrengen op onze mogelijkheden en de belofte van wat er wellicht nog staat te gebeuren,' zei hij.

'Op onze mogelijkheden.'

Ze nam een slok.

'En op goede seks,' vulde hij aan.

Prompt verslikte ze zich. Kuchend zette ze haar glas neer. 'Meen je dat nou?' vroeg ze, toen ze weer een woord uit kon brengen.

‘Absoluut,’ antwoordde hij met een knipoog.

Honderden gedachten dwarrelden door haar hoofd. Toen duizenden. Angst, verwarring, ongerustheid en de kiem van iets wat opwinding zou kunnen worden. Twee jaar was ze alleen geweest. Hoewel ze altijd van John zou blijven houden, was ze inmiddels zover dat ze kon accepteren dat de wereld gewoon door was blijven draaien, met haar erop.

‘Dan moet je wel een condoom gebruiken,’ zei ze streng. ‘Ik heb gehoord dat mensen boven de vijftig de snelst groeiende groep zijn in de SOA-statistieken.’

Lachend leunde Miguel achterover in zijn stoel. Het blije, oprechte geluid leek vanuit zijn buik te komen.

Ze glimlachte, tevreden met het effect van haar reactie.

‘O, Pamela, je bent me er eentje.’ Hij hief zijn glas. ‘Op ons.’

‘Op ons.’

Het geroezemoes van de stemmen ging bijna ten onder in het geluid van de tv, waar een honkbalwedstrijd op was, en niet te vergeten het kabaal dat Mariposa en Lulu maakten. De hondjes deden een of ander ondoorzichtig spelletje waarbij ze heel veel achter elkaar aan moesten rennen en vooral heel hard moesten blaffen. Jen had het al lang opgegeven de boel een beetje onder controle te houden en besloot dat ze net zo goed mee kon delen in de feestvreugde.

Deze vierde juli was warm en helder begonnen, perfect weer voor het vuurwerk dat deze nationale feestdag zou afsluiten. Jen en Kirk hadden besloten een barbecue te organiseren tot zonsondergang, zodat iedereen die dat wilde daarna op het strand naar het vuurwerk kon gaan kijken.

‘Zal ik een paar sterke mannen vragen of ze de keukentafel buiten willen zetten?’ vroeg Pam. ‘Dan gebruiken we die als buffet.’

'Goed idee,' zei Jen. 'Er staan papieren bordjes in de kelder.'

'Papieren bordjes?' vroeg haar moeder verbaasd.

'Ja, biologisch afbreekbaar. Heb ik op gelet.'

Jen begreep wel wat haar moeder bedoelde. Ze hield eigenlijk niet van papieren bordjes. En ze hield ook niet van drukke feestjes en honden in huis. Tenminste, daar had ze vroeger niet van gehouden. Een deel van haar herstel was gebaseerd op het idee dat ze moest leren loslaten. Het had even geduurd, maar inmiddels had ze ontdekt dat ze, als ze niet de hele tijd probeerde alles onder controle te houden, een stuk relaxter door het leven ging.

Niet dat het helemaal verdwenen was, de stress. Natuurlijk niet. Nog steeds gebeurde het wel dat ze midden in de nacht wakker schrok met een bonzend hart en bang was dat ze geen adem zou krijgen. Maar het kwam wel steeds minder vaak voor. Elke dag deed ze haar ontspanningsoefeningen. Ze zorgde goed voor zichzelf, sloeg nooit haar dagelijkse kwartiertje rust over en slikte braaf haar medicijnen. En iedereen stond achter haar en steunde haar.

Kirk en Steven droegen de tafel naar buiten. Haar moeder legde er een plastic tafelkleed overheen en zette de papieren bordjes erop. Jen haalde de schaal met hamburgers uit de koelkast en ging ermee naar buiten.

'Vlees!' riep Kirk enthousiast. 'Vlees voor de mannen!' Hij nam de schaal van haar over en gaf haar snel een kus. 'En de vrouwen.'

In de schaduw zat Desire met Zoe en Miguel te kletsen. Lucas liep door de tuin met een gillende Jack over zijn schouder. 'Kijk maar uit,' fluisterde Jen hem in het voorbijgaan toe. 'Straks pikt Miguel je vriendinnetje in.'

'O nee, Miguel heeft alleen maar oog voor je moeder,' zei Lucas. 'Dat ziet iedereen.'

Dat was waar. Het oudere stel had, hoe discreet ook, duidelijk de volgende stap gezet in hun relatie. Nu hoefde Jen helemaal niet te weten wat dat inhield, die volgende stap. Als Steven zo bang was dat oudere mensen ook seks hadden, dan moest hij zich er maar in verdiepen. Over haar broer gesproken, die leek serieus gekozen te hebben voor Zoe. Gelukkig ging dat heel goed. Haar moeder was er niet meer zo hysterisch over en leek zich neergelegd te hebben bij het onvermijdelijke.

Eigenlijk ging het met iedereen heel erg goed, dacht ze tevreden. Kirk hield van zijn werk en zij kon er nu beter mee omgaan. Vrijen deden ze tegenwoordig weer wat vaker. Het leek wel alsof dat ene explosieve moment de muur tussen hen, of wat het dan ook was geweest dat hen scheidde, had opgeblazen.

Ze liep terug naar de keuken om de hotdogs te halen.

'Jen,' vroeg Steven, met haar meelopend. 'Mag ik je wat vragen?'

'Natuurlijk.' Ze gaf hem de hotdogs en liep naar de kelder om de broodjes te pakken. Pas toen ze terugkwam, zag ze hoe ernstig hij keek. 'Wat is er? Is er iets? Ben je ziek? Is alles goed met de baby?'

'Rustig maar. Je lijkt mama wel.'

'Het kan erger. Wat is er?'

'Ik heb je hulp nodig.' Schichtig keek hij over zijn schouder. 'Je mag nog niets zeggen, maar ik wil een ring voor Zoe kopen. Een verlovingsring,' voegde hij er met een schaapachtig lachje aan toe.

'Wat?' Haar stem schalde door de keuken. 'Sorry,' fluisterde ze snel. 'Wat leuk! Ga je haar ten huwelijk vragen?'

'Ja.'

Ze vloog hem om zijn nek. 'Superleuk. Ja, natuurlijk ga ik mee een ring uitzoeken. Maar ze zal met trouwen willen wachten tot na de bevalling. Dat je het weet.'

'Hoezo? Hebben jullie het daar al over gehad?'

'Nee, maar zo willen vrouwen dat nu eenmaal.' Ze gaf hem nog een kus. 'Mijn kleine broertje gaat trouwen. Wat word je groot!'

'Dank je.' Streng keek hij haar aan. 'Je mag het nog tegen niemand zeggen, hoor. Ik meen het. Alleen tegen Kirk. Beloof je dat?'

'Ik zweer het.'

'Mooi zo.' Hij grinnikte tevreden. 'Ik ben zo gelukkig.'

'Ik ook.'

Nadat Steven met de worstjes en de broodjes de tuin in gelopen was, deed Jen een vreugdedansje in de keuken. Toen ze opkeek, zag ze dat Jack lachend naar haar had staan kijken. Hij wees naar de koelkast.

'Hé, kleine vent,' zei ze, naast hem hurkend. 'Heb je dorst? Wat wil je drinken? Gebruik het woordje maar.'

Want dat stond in alle artikelen. Vraag naar woorden. Dus dat deed ze, tientallen keren per dag. Zonder resultaat.

Jack wees weer naar de koelkast en keek toen glimlachend naar haar. 'Melk, mama. G'aag.'

Jen liet zich op haar billen vallen en staarde hem met open mond aan. In haar hoofd spoelde ze de laatste seconden terug. Hij had melk gezegd! En mama! En graag! Tenminste, ze nam aan dat hij met 'g'aag' graag bedoelde.

Ze kon hem wel opeten van blijdschap. Het liefst had ze het van de daken geschreeuwd. 'Mijn zoon heeft tegen mij gepraat!' Maar een stemmetje in haar hoofd zei haar dat ze er beter niet al te veel aandacht aan kon besteden. Dus stond ze op en zei glimlachend: 'Dan krijg je een beetje melk.' Ze schonk melk in een tuitbeker en gaf die aan haar zoon.

'Da'k je wel.'

'Alsjeblieft.'

Samen liepen ze de tuin in, naar de anderen.

Genoten van dit boek? Lees meer van de *Mischief Bay*-serie van bestsellerauteur Susan Mallery

'Susan Mallery is een meester in het romantische genre.' *Kirkus Reviews*